格律诗写作指导

马维野 著

辽宁人民出版社

ⓒ马维野　　2022

图书在版编目（CIP）数据

格律诗写作指导 / 马维野著 . —沈阳 : 辽宁人民
出版社，2022.1
　　ISBN 978-7-205-10324-8

　　Ⅰ.①格… Ⅱ.①马… Ⅲ.①格律诗—诗歌创作—创
作方法 — 中国 Ⅳ.① I207.21

　　中国版本图书馆 CIP 数据核字（2021）第 230551 号

出版发行：辽宁人民出版社
　　　　　地址：沈阳市和平区十一纬路 25 号　邮编：110003
　　　　　电话：024-23284321（邮　购）　024-23284324（发行部）
　　　　　传真：024-23284191（发行部）　024-23284304（办公室）
　　　　　http://www.lnpph.com.cn
印　　　刷：辽宁新华印务有限公司
幅面尺寸：170mm×240mm
印　　张：36.25
字　　数：450 千字
出版时间：2022 年 1 月第 1 版
印刷时间：2022 年 1 月第 1 次印刷
责任编辑：郭　健
助理编辑：何雪晴
封面设计：琥珀视觉
责任校对：吴艳杰 等
书　　号：ISBN 978-7-205-10324-8

定　　价：108.00 元

作者简介

　　马维野，1977 年恢复高考的第一批大学生。1982 年毕业于清华大学后，分配到中国科学院工程热物理研究所从事科研工作。1986 年考入北京航空航天大学，成为学校管理与领导专业的硕士研究生。1989 年研究生毕业后，先后任中国科学院科技政策局处长、副研究员，国务院发展研究中心国际技术经济研究所常务副所长、研究员，国家知识产权局专利管理司司长、研究员。现任中国专利保护协会副会长兼秘书长。在国内最早提出了"国家科技安全""知识产权文化""知识产权运营"等概念。喜欢研究、创作格律体裁诗歌。2015 年于江苏凤凰文艺出版社出版了个人诗词选《山花野草集》，2019 年于辽宁人民出版社出版了专著《诗词曲格律入门》。

作者邮箱：maweiye@ppac.org.cn

作者微信号：WeiyeMa0926

作者公众号：格律芳野

醉太平·代序

长诗短诗，千年递积，仄平顿挫如织。守常格律持。

新词旧词，书文以期，雅人佳士传习。美哉惟汉黎。

2020 年 9 月 1 日

前　言

　　诗是一种优美的文学体裁，以其有节奏、韵律的语言抒发情感、传递心声、反映生活、表达思想。经过千百年来的锤炼，中国的诗坛形成了俗称唐诗、宋词、元曲这三种独具一格的诗歌形式，它们与其他诗歌的显著区别就是各自遵循其特有的格律规范。我们把具有一定的格律规范的诗称之为格律诗，与朝代无关。当然，所谓唐诗，一定是唐人的诗作，但唐诗并非皆是格律诗，只有近体诗，即绝句和律诗才是格律诗，而事实上，唐诗里近体诗仅占其中一小部分；同样，所谓宋词则一定是宋人写成的符合词律的格律诗作；所谓元曲就是元人写成的符合曲律的格律诗作。我们必须清楚，唐诗、宋词、元曲，首先都是诗。

　　本书对古代诗人所处的朝代，按唐宋元明清的历史大脉络标识，不再将五代、辽金作为独立的朝代，而是把五代归为唐，辽金归为宋。

中国的诗词界有这样一种现象，好像词就不是诗，譬如很多权威图书（如《辞海》）里写古代诗人小传，常常把李白、杜甫、白居易称为"诗人"，把柳永、苏轼、李清照称为"词人"（尚未见把白朴、乔吉、马致远称为"曲人"的）。其实这并不妥当。词，跟近体诗一样，不过是一类特殊的诗，所以，"诗人"本身就包含了所谓的"词人"了。而且，正如唐代诗人也填词一样，宋代的所谓的"词人"也作诗，因此，统称"诗人"足矣，大可不必把"词人"从"诗人"里面分离出来另当别论。

也有人把格律诗仅仅看成是近体诗，而把词、曲排斥在格律诗之外，这与不将词、曲视为诗的片面看法是一样的。

从文体上来讲，人们常讲"诗文"，这也就是说，一切文学创作总体上分为两大类：一类是"诗"，一类是"文"。它们的主要区别在于诗讲韵律而文讲直叙。《诗经》《楚辞》《全唐诗》《全宋词》《全元散曲》皆为诗，《吕氏春秋》《史记》《论语》《孙子兵法》《菜根谭》皆为文。而诗又可按其是否遵循一定的格律规范而分为格律诗与非格律诗。

本书所称的格律诗，系指符合近体诗、词、曲格律规范的诗作。格律诗堪称世界诗坛的巅峰，这种文学体裁具有鲜明的民族性、独特的艺术性和优美的协韵性，也只有以汉字为元素的汉语才能开放出如此美妙的文化奇葩。

常见现代人写的所谓格律诗，极不严谨，所犯的主要错误是平仄混乱、韵律无章、对仗乏工。有的人往往自称发表了"五绝""七律""卜算子""沁园春"，其实由于格律不规范，充其量也不过是自由诗或是顺口溜而已。如此下去以讹传讹，势必会对我国优秀的传统文化构成极大的不敬乃至贻害。写格律诗，必须遵从格律规范，否则写出来的诗句再优美、思想再丰富、意境再深邃，也只能说是一首好的诗歌，不能称作格律诗。

然而我国对于格律诗的文化传承尚显乏力，其原因主要有：一是随着人们的生活越来越现代化，新生事物包括外来语在内的新兴语言文字如雨后春笋，对传统语言文字构成了巨大的冲击；二是现代人的生活语境是白话文和普通话，且优秀传统文化教育和普及逐渐淡化，古文只为少数专业人士和文化人士所关注，不再为广大年轻人所青睐；三是对格律诗的创作，缺乏简明扼要、通俗易懂、范例充足的参考书。

针对上述原因，本书用通俗的语言揭示格律诗体裁的奥妙，用大量的范例解读格律诗韵律的美感，用直观的语言传递格律诗写作的技巧，以期为现代人在现代汉语语境下继承和发扬传统的格律文化，阅读欣赏前人的格律作品，创作撰写符合现代语音韵律的格律诗篇，提供一本实用工具书。

本书总共七章，分别是：第一章"格律诗概述"，第二章"近体诗谱",第三章"常用小令词谱选",第四章"常用中调词谱选",第五章、第六章"常用长调词谱选,第七章"常用小令曲谱选"。诗谱按类别视字数由小到大的顺序出现,字数相同的则按名称的音序排列。所引用的示例,若原作没有题目,则取其作品的首句为题。全书共收录格律诗谱407个,其中近体诗的全部诗谱16个,词谱276个,曲谱115个。每个谱后都给出经作者精选过的名人名篇和作者个人习作(如果有的话)为示例。为便于读者查找,书末给出了本书收录的格律诗谱索引(附录三)。

本书所使用的符号意义如下:

P代表平声;

Z代表仄声;

S代表上声;

Q代表去声;

韵脚以加粗体表示;

X_Y代表声调(音调)应X亦可Y,亦即X是主表达(主声调),Y是次表达(次声调)。

例如:P_Z代表应平可仄;**P**代表平声韵;$\mathbf{P}_Z$代表应平声韵,亦可仄声韵;$\mathbf{Z}_P$代表仄声韵亦可平声不押韵,依此类推。

加实下划线表示必须对仗,加虚下划线表示对仗为宜。

应该特别说明，与以往的有些书不同，本书对格律诗谱的标注，在 X、Y 的表达上，极大地强化了格律规范声调上的规律性。本书归纳总结格律诗的平仄规律，得到如下基本声调表达式：

三言句的规律有 ZZZ，PPP，PPZ，ZZP，PZP，ZPZ；

四言句的规律有 PPZZ，ZZPP，PZZP，ZPPZ，PZPZ，ZPZP；

五言句的规律有 ZZPPZ，PPZZP，PPPZZ，ZZZPP；

六言句的规律有 ZZPPZZ，PPZZPP；

七言句的规律有 PPZZPPZ，ZZPPZZP，ZZPPPZZ，PPZZZPP；

九言句的规律有 ZZZPPZZPP。

在词谱的表达上，X 均尽量取上述规律的主声调，而 Y 则取次声调，这样使得不看次声调时，由主声调构成的格律诗谱均可符合格的规律。

下面举一个例子。《蝶恋花》词谱,有人（如参考书目 4）将其格律表达为：

$P_zZP_zPPZ\mathbf{Z}$，Z_pZPP，$Z_pZPPZ\mathbf{Z}$。P_zZ_pPPZZ，$P_zPP_zZPP\mathbf{Z}$。

Z_zZP_zPPZ，P_zZPP，P_zZPPZ。Z_pZ
Z_pPPZ，P_zPZ_pZPPZ。

首先可以看出，《蝶恋花》词谱本是前后阕相同的谱式，将前阕后阕写成不同的表达是毫无意义的。本书的格律表达则是：

Z_pZP_zPPZ。Z_pZPP，Z_pZPPZ。Z_pZ
P_zPPZ，P_zPZ_pZPPZ。

Z_pZP_zPPZ。Z_pZPP，Z_pZPPZ。Z_pZ
P_zPPZ，P_zPZ_pZPPZ。

不难看出，本书的格律表达完全符合格的表达习惯，显得更加优美，也更便于记忆。

一首好的格律诗，应该是"形神兼备"的诗歌艺术表达。形，就是格式；神，就是文学修养。这里面形是最基本也是最基础的要求。本书的目的是给读者以"形"的规范，帮助读者在写格律诗时做到形"是"而非形"似"。至于"神"，有待于每个人的文学艺术修养的提高，不是本书的重点。

本书所引用的古人格律诗作品，绝大多数都按参考书目作了认真校对，避免了不确之处以及误传。还需要特别指出，本书所选的词谱和曲谱，大都依据古人留下的作品作了校正。特别是词谱准确度的依据不应完全以一些现有的书为准（况且由于各种原因，很多书提供的谱并不准确），而应以古人的作品所遵循的声调和韵律为依据。这样，就会抑制以讹传讹问题的发生。

目 录

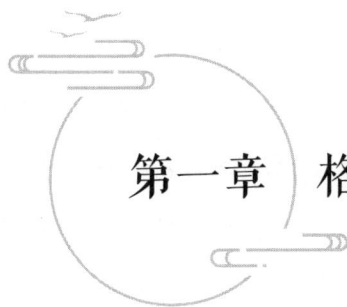

第一章　格律诗概述

　　唐诗、宋词、元曲之所以咏诵起来抑扬顿挫，朗朗上口，甚至令人陶醉，盖因格律之妙。诗词曲对格律的要求一般都很严谨，一首作品一共有多少字，分多少句，每个位置上对应的字是什么音调，即平声还是仄声（曲有时还要区分是上声还是去声），哪句的最后一个字需要押韵以及押平声韵还是仄声韵（曲有时还要区分是上声韵还是去声韵），哪些句子需要对仗以及对仗的形式，等等，这些格律要求就构成了格律诗的特殊规范。

第一节　格律诗的诗学分类

　　诗是一种优美的文学体裁，以其有节奏、韵律的语言抒发情感、传递心声、反映生活、表达思想。古今中外，诗的一个共同特征是押韵，不押韵，便不能称之为诗。经过千百年来的锤炼，中国的诗坛形成了俗称唐诗、宋词、元曲这三种独具一格的诗歌形式，它们与其他诗歌的显著区别就是各自遵循其特有的格律规范。传承中华优秀传统文化，格律诗应为首倡。可以毫不夸张地说，格律诗是人类诗歌的顶峰，是最文雅、最幽深、最高级的语言文字组合，也只有汉语和汉字才能形成世界文坛史上别具一格的格律文学艺术。

所谓**格律诗，就是遵循一定的格律规范的诗**。一首格律诗的规范格式叫做格律诗的**谱**。近体诗都有相应的诗谱，词的格律规范是词谱，曲的格律规范是曲谱。大家一读起唐诗宋词元曲，就会立刻感觉到它们作为诗歌与其他诗歌相比，古代的如《诗经》《楚辞》，现代的如自由诗、打油诗、散文诗等，有着很明显的特殊美感。格律诗读起来抑扬顿挫，朗朗上口，就是由于诗作遵循了相应的格律规范，按谱成诗。**格律的最基本规范是平仄、押韵和对仗。**

作为一种有韵律、可歌咏的文学体裁，古典诗歌体裁分为古体诗、近体诗、词和曲四大类别。古体诗没有句数、字数的限制，也没有严格的格式规范，甚至除了部分要求每句七字或五字外，还可以有每句字数不等的杂言诗。诗经、楚辞、乐府、古绝、古风等诗歌形式，都属于古体诗，不在本书讨论之列。本书讨论的格律诗是指以下三种特定的汉语诗歌体裁的统称，与朝代无关。

1. 近体诗

近体诗是在古体诗基础上经过严格规范而成的格律诗，又称为今体诗。近体诗起源于南齐（479—502年）永明年间，早在隋朝（581—619年）之前。到了唐代，近体诗达到了顶峰时期。本书所特称的诗均指近体诗。我们在《前言》里说过，唐诗并非全是格律诗，只有其中的近体诗具有格律规范。近体诗根据诗的句数分为绝句和律诗，根据每句的字数分为五言和七言，于是就有五言绝句（五绝）、七言绝句（七绝）和五言律诗（五律）、七言律诗（七律）共四种形式。以后**如无特别说明，本书所说的诗特指近体诗，即绝句和律诗。**

2. 词

词始于唐而兴于宋。词源于诗的发展，故而又叫"诗余"，而其特点是句子长短不齐，所以也被称作"长短句"。词的种类繁多，据不完全统计，仅唐宋词就有两万余首，词牌两千多个。**词牌是指填词用的曲调名称，**如"菩萨蛮""念奴娇""满江红"。**词谱是供诗人填词使用的标准。**一个词牌可以有多个词谱，所以词谱的数量远远大于词牌的数量。自古至今任何一个诗人都不可能记住所有的词谱。词的创作过程之所以称作"填词"，就是寓意着诗人照着现成的词谱而逐字逐句填写成篇。

3. 曲

曲始于南宋而兴于元，包括杂剧和散曲。杂剧是戏曲，散曲是诗歌。散曲又分为小令和套数两种，就格律诗的角度而言，只有散曲中的小令才需遵循一定的格律规范，**本书所说的曲特指散曲中的小令**。小令的曲牌数量低于词牌的数量，具体数目尚无确切的统计。

第二节　平仄

平仄，指格律诗所用的汉字的声调。在现代汉语语音里，平仄非常简单，只要学过汉语拼音就可以了。按现代汉语拼音的规定，汉字发音分为阴平、阳平、上声、去声四个声调（轻声除外，轻声也不入诗词，但可入曲）。平声，包括阴平（第一声）和阳平（第二声）；仄声，包括上声（第三声）和去声（第四声）。注意，"上"，**读**第三声 shǎng，**不读**第四声 shàng。其实这恐怕是很简单的事情被制定声调的前辈语言学家给搞复杂了，为什么非要把平时读 shàng 的"上"字定音为 shǎng 来表达声调呢？为什么不可以用其他平时读 shǎng 的字，如"晌""赏"或者用其他发音第三声的汉字如"水""柳"等来表达声调呢？这似乎跟我国有些学者喜欢故弄玄虚，把简单的事情复杂化的心理状态有关。这种事情并不少见，比方说在南美洲有个国家叫秘鲁，如果你没听说过这个国家，你见到"秘鲁"大概会读成 mì lǔ，于是乎有学问的人就会轻蔑且卖弄地教你，"那叫 bì lǔ"！其实这明明是正音"专家"玩的把戏。再进一步讲，把汉语声调的四声归纳为阴平、阳平、上声、去声似乎也是故意让老百姓看着有云里雾里的感觉以显示定音专家水平高深。既然说"上声""去声"，为什么要说"阴平""阳平"而不说"阴声""阳声"？如果说是"阴""阳"要强调是平声，那为什么不说"上仄""去仄"？再深入一步说，用"阴阳上去"也是有点儿故弄玄虚，其实更能让人一目了然的是用一句读音是"阴阳上去"的成语，如"花红柳绿""山明水秀""英雄好汉"来表述四声，岂不是更接地气？当然，前辈就是这样给定下的声调表达规矩，我们只好就这么用。**现代汉语的平仄，只要记住：平，即阴平和阳平；仄，即上声和去声。**这样你写格律诗时对照相应的谱式，遵守平仄规矩，就不会犯平仄混乱的错误了。

现代汉语分辨平仄如此简单，但古代汉语就有点儿麻烦了。古汉语声调也分四声，跟今天的"阴阳上去"不尽相同，而是平声、上声、去声和入声。古汉语的平声，与现代汉语的平声（阴平、阳平）相同；而古汉语的仄声，除了现代汉语的上声和去声外，还有入声，而入声在现代汉语里已经消失了。入声，发音短促，有点像爆破音，读起来很像短促的去声。我国的普通话里没有这个发音了，北方人更不会发这个音，南方方言，如吴语、粤语、湘语，还可以发入声。比方说"白"，读音 bái，阳平声，但在古汉语中，"白"读入声，有点像 bò。现代汉语没有入声了，那古汉语里的入声字去了哪里呢？原来，它们被分流到今天的平声和仄声两大家族里了，有的转为平声，有的转入仄声，转入平声的就"入转平"了，也就是古时的一种仄声变成今天的平声了；转入仄声的就"入仍仄"了，也就是古时的一种仄声今天仍然是仄声。所以，当你阅读欣赏古人格律诗作时，经常会发现有些字怎么与其谱式不同，该用仄声的地方怎么用了平声呢？这时你应该查一查这个字在古汉语里是不是入声字。到哪里去查呢？有一些关于格律知识的书籍里一般都会列出常用的入声字，可以从中查得到。但以前各种书籍给出的入声字，对于今天辨认平仄有些繁琐，其实只需要把转入平声的入声字（如七、竹、缺）列出即可，而转入仄声的入声字在古汉语里本来就属于仄声（如塔、木、日），大可不必多此一举地列出来。本书的附录一《转入平声的入声字》，是本书作者整理出来的可供查询的更加实用的工具。

第三节　押韵

押韵是指诗词歌赋选择句末字的声韵，使声音和谐优美的修辞手法。由于押韵的字在句末，故又称其为**韵脚**。押韵是古今中外诗歌的共同特征，不押韵就不能称之为"诗"。当然，现代也有人把不押韵的一堆自作多情或无病呻吟的文字拿出来排成几行，自称为诗，这纯属对诗的亵渎。而格律诗对押韵最为讲究，格律规定的韵脚必须押韵且不可改变平仄声调。有时候我们用标准的官方语言即汉语普通话读古诗却觉得不那么顺口，也就是不够押韵。先看一首很有名的五言绝句：

五绝·梅花　〔宋〕王安石

墙角数枝梅，凌寒独自开。遥知不是雪，为有暗香来。

诗中的"梅""开"和"来"就是押韵的三个韵脚。讲现代汉语的我们马上就会产生一个疑问，"梅"是 ei 韵，而"开""来"是 ai 韵，ei 和 ai 如果同作韵脚，"梅"在里面听起来有点儿别扭，那么它怎么能做韵脚呢？这是因为古韵和今韵发音不同，从而引出我们对如何赏读古代格律诗和如何写作现代格律诗问题的思考。

韵，在现代汉语发音中最好理解，一个字的韵，就是其汉语拼音的韵母，韵母相同的字就是同韵字，可以在诗中做韵脚。回头再读读王安石《梅花》的三个韵脚："梅"，ei 韵；"开""来"，ɑi 韵。可见"开"和"来"同韵，而"梅"与之不同韵。这是由于随着年代的绵延，汉字的发音也不断地发生演变，古人的真实发音，由于当时没有录音设备记载下来，我们不可能准确地知晓。《全唐诗》里有这样一首诗：

五绝·戏妻族语不正　　[唐] 胡曾

呼十却为石，唤针将作真。忽然云雨至，总道是天因。

可以推知，胡妻大概是外地人，说当时的官方标准话发音不准，胡曾便写诗跟妻子开玩笑。他的意思是说，可爱的老婆呀，你发音太不准啦，你说"十"，却发"石"音；你说"针"，却发"真"音；天阴下雨了，你说"天阴"，却说成"天因"。可是按照我们今天讲的普通话，胡妻的发音一点问题都没有！可见在当年的唐代，"十"与"石"发音相似而不相同，"针"与"真"发音相似而不相同，"阴"与"因"发音相似而不相同。

所以，我们只好求助于也依赖于前人的工具书籍，如《词林正韵》来确定古韵。了解《词林正韵》，可参见 2009 年上海古籍出版社出版的版本，作者是清代学者戈载。该书三卷，分平、上、去三声为十四部，入声为五部，一共是十九个韵部。这部韵律书实际上是依据前人作词用韵的情况归纳而来，这就是戈载所说的"取古人之名词参酌而审定"。戈氏的分韵虽是归纳、审定工作，但其结论却多为后人所接受，论词韵之士多据以为准。

但古韵（如南宋末年刘渊的"平水韵"）很复杂，常有不少字的古音与今音也不同。譬如古格律诗里将 u 和 ü 视为同韵，ei、ai、i 视为同韵（有时 i、o 视为同韵），en、eng 视为同韵，e、o、uo、ue 视为同韵，有时 a、e 视为同韵，有时 an、en 视为同韵，等等，其中有的也可能是因为个别字音古时与今时的不同所致。更让我们在今天的普通话语境下不可理解的是，有些今天汉语拼音完全相同的字，在平水韵里竟然不同韵！所以，本书主张现代人写格律诗，不应再沿袭古人的发音，而应按照现在的读音——《新华字典》和《现代汉语词典》的正音用字。汉语拼音方案规定了 35 个韵母，**同一韵母的字就是同韵字**。除此之外，现代汉语发音，**ie、ü e 同韵，ei、ui 同韵，en、in、ün 同韵，eng、ing、ong 同韵**，这是由读起来韵感谐和所决定的。这些用韵知识，是小学生都能掌握的。当然，学问高深的人喜欢用古韵未尝不可，且或许更加令人景仰。但也要提请大家注意，**格律诗写作中，古韵和今韵只可取其一，决不可混用**。

作者曾经为说明古韵和今韵的不同而在一次游颐和园之后故意写了如下一首五言绝句：

五绝·颐和园赏花　马维野（2020年4月13日）[1]

颐和春色乱，更喜绿丹白。似锦繁花笑，争光万朵开。

此作的第二句末的"白"是韵脚，普通话读阳平 bái，为平声，与最后一句的韵脚"开"同为 ai 韵，读起来十分和谐。但如果按古韵，这里用"白"作韵脚是万万不可的，因为"白"读入声而为仄声字，在古代发音也不是 ai 韵。

第四节　对仗

对仗，是格律诗最常见的修辞方法，能使诗文更加优雅、意境更加深邃、朗诵更加上口。对仗也是汉语诗歌优于其他语言诗歌的一种文学艺术。关于对仗，需要懂得三个知识：对偶、对仗和对仗形式。

1. 对偶

诗文中平行的两个句子相对，称为对偶，它是用字数相等、结构形式相同、意义对称的一对短语或句子来表达两个相对或相近意思的修辞方式。如韩愈的《七律·左迁至蓝关示侄孙湘》中"云横秦岭家何在？雪拥蓝关马不前"里面，"雪"对"云"，"拥"对"横"，"蓝关"对"秦岭"，"马"对"家"，

1　括号内的日期为作品完成时间，全书同。

"不前"对"何在"，前后两句构成了完美的对偶。对偶的基本要求是句子结构相对，此外还有事类对、颜色对、数目对、正对、反对等讲究。常见的对偶形式有5种：

（1）**并肩对**，两句意思并立，无主次之分，如"清新庾开府，俊逸鲍参军"（杜甫：《春日忆李白》）。

（2）**映比对**，两句意思相映比，分主次，一为正意，一为旁衬。如"人世几回伤往事，山形依旧枕寒流"（刘禹锡：《西塞山怀古》），前句为正，后句为衬。

（3）**反比对**，前后句整句或局部意思相反。如"身无彩凤双飞翼，心有灵犀一点通"（李商隐）。

（4）**顺接对**，后句承接前句之意。如"忽过新丰市，还归细柳营"（王维：《观猎》）。

（5）**流水对**，前后两句一意贯通，不能颠倒、分割。如"一去紫台连朔漠，独留青冢向黄昏"（杜甫：《咏怀古迹》）。

2. 对仗

仗，仪仗的意思。古代的仪仗队是两两相对而立的，对仗这一称呼便源于此。对仗是诗文中的对偶修辞手法，它要求格律诗联句在对偶基础上，上下句同一结构位置的词语必须"词性一致，平仄相对"，并力避上下句同一结构位置上重复使用同一词语。格律诗的对仗使得诗句语言更加和谐，达到表现形式上的高度完美。譬如"云"对"雨"，"雪"对"风"，

"晚照"对"晴空","来鸿"对"去燕","宿鸟"对"鸣虫"。

工整的对仗叫做**工对**，这是诗人所追求的最完美的对仗形式。工对的写作应注重以下几点：

（1）**同类对**。选取同类或近类的字词用于出句（对仗句的第一句）和对句（对仗句的第二句）的相应位置。如"两个黄鹂鸣翠柳，一行白鹭上青天"（杜甫），对句的"一"和出句的"两"都是数字，对句的"行"和出句的"个"都是量词，对句的"白"和出句的"黄"都是颜色形容词，对句的"鹭"和出句的"鹂"都是鸟类，对句的"上"和出句的"鸣"都是动词，对句的"青"和出句的"翠"都是颜色形容词。唯独对句的"天"和出句的"柳"不工，稍后将对此加以说明。

（2）**习惯对**。把分类上虽不属于同类，但意义上关联比较紧密的字词用于出句和对句的相应位置。如"诗"与"酒"，"兵"与"马"，"不"与"无"，等等。

（3）**借对**。有些多义字词，按其在诗中的意义，与另一相关句构不上工对，但在另一含义上却为工对，这就是"借对"。如"翠黛不须留五马，皇恩只许住三年"（白居易），其中"皇"与"黄"谐音，便可与"翠"作颜色对。

（4）**句中自对**。出句和对句，句内本身有对仗的字词，既自对又互对，则显得格外工整。如"草木尽能酬雨露，荣枯安敢问乾坤"（王维）中，出句的"草"对"木"，"雨"对"露"；

对句的"荣"对"枯","乾"对"坤"。再如"山重水复疑无路，柳暗花明又一村"（陆游）中出句的"山重"对"水复"；对句的"柳暗"对"花明"。

（5）**重点对**。一联对仗诗句，最重要的是把重点字、多数字对得工整，并不强求、有时也没有必要每一个字都对得工整（当然每个字都能对得工整为最谐美）。如前面提到的"两个黄鹂鸣翠柳，一行白鹭上青天"，历来被看作是很好的工对，但"柳"和"天"并不是对得很工整，而这并不影响这一联诗成为千古绝唱的工对。

清康熙年间进士车万育编撰的《声律启蒙》（附录二）是旧时学校训练平仄、培养对仗技巧和学习声韵选用的启蒙读物，按韵分编，内容涉及天文、地理、花木、鸟兽、人物、文化、历史等诸多方面，几乎无所不包。对于今天的诗词曲爱好者的格律诗创作尤其是对仗训练，依然很有实用价值。

3. 对仗形式

（1）**普通对**。这是最常见的对仗，出句和对句字数相同。如上面所述的例句皆是普通对。

（2）**扇面对**。词中常用的对仗形式，一般都是出句第一个字不参与对仗，从第二字开始与对句构成对仗。具体结构见本章第七节《词的格律》。

（3）**鼎足对**。曲常用的对仗形式，三个句子之间均须相互对仗。如"枯藤老树昏鸦，小桥流水人家，古道西风瘦马"（马致远：《天净沙·秋思》），就是一组完美的鼎足对。

第五节　格律

格律是特定的诗歌——近体诗、词、散曲小令创作所遵循的格式、声调和韵律的规范，是格律诗的灵魂，也是格律诗与非格律诗最主要的区别所在。**格，就是格式的意思**，也就是格律诗的最直观的样子：一共多少行，多少句，多少段（阕），怎样断句和分段，有没有必须对仗的句子，如果有，哪些句子对仗以及对仗的形式。**格规定了一首作品是否合规的最初、也是最基本的判断标准。**所以，写格律诗的人首先要注重格。比方说，你要写一首《五绝》，它必须是一阕，分四句，每句五个字，不必对仗。你要写一首《浣溪沙》，它必须分前后阕，每阕3句，每句7字，后阕的前两句必须对仗。格就好比是事物的框架，作格律诗，绝对不可以出"格"。

律，有两个意思，一是**声律**（或称音律），二是**韵律**，可以形象地表示为：

律=声律+韵律

声律就是平时所说的平仄，决定了格律诗的抑扬顿挫的起伏之美感（当然，如果涉及到曲，仄有时还需区分上去）；韵律取决于韵脚用字的韵母发音，决定了格律诗谐音之美感。

由此可见：

格律=格+律

=格式+声律+韵律

这就涉及我们当代人写格律诗如何确定平仄和韵律的问题，即我们当代人作诗应该用古调古韵还是新调新韵？当代人坚持用古调古韵写格律诗的，文化底蕴一定十分深厚。但本书不主张古调古韵，而应该用新调新韵。一个要首先回答的最基本的问题是：当代人写诗到底是送给谁看，念给谁听。肯定不会、也绝不可能送给李白、苏轼、辛弃疾看，不会、也绝不可能会念给杜甫、陆游、李清照听，我们当代人写格律诗，是给当代人自己看自己听的，所以应该用符合当代人讲话的新韵，以现代汉语的正确发音，即以《现代汉语词典》或《新华字典》的正音为准。如果我们今天仍然拘泥于古汉语的发音来创作格律诗，既很复杂，也完全没必要的，其结果反而弄巧成拙。当代人读格律诗，是完全按照普通话的调韵诵读的。如果我们按照古调古韵写格律诗，当里面有了古今发音不同的字时，我们用普通话读出来，必然失去了格律所规范的抑扬顿挫的应有美感和韵味。实际上，对于古人含有已经转为平声的入声字的格律诗作，我们当代人按普通话的发音读起来已经失去了格律规范的原本韵味。因此，提倡按照普通话的新调新韵定平仄和押韵，并不代表诗的作者文化底蕴不够深厚，而是为了体现格律诗原本的声调和韵律之美感。

当然，我们当代人也都应懂得古调古韵，才能读懂古人格律诗作的声调起伏和韵律和谐。我们不能、也不可能要求古人按现代汉语的发音重新修订他们的诗作，我们也没有必要为了格律诗而废除现代汉语发音重新回到古代发音。惟有熟知古调古韵，才可以读懂古人的诗作而不至于误以为古人平仄韵律不准。我们写格律诗用新调新韵，才能使得自己的作品读起来具有符合格律规定的抑扬顿挫、悦耳动听的美感。这也是对传统文化的继承和发扬的一个原则问题。继承，就必须严格遵循古人规范的格律范式，平仄、韵脚不可随意更改；发扬，就是按现代汉语的标准发音确定平仄和声韵，使之读起来完全保持格律的美感而不至于失真。

诚然，如果你的文化底蕴足够深厚，坚持用古调古韵写格律诗而其中有转入平声的入声字和不符合现代汉语发音的韵，那你读自己的作品时最好别说普通话，还是用入声字原有的调和韵发音，那一定很好听，但你身边的人很有可能听不懂你在念叨什么。

从古文上来讲，"律"本身又指"格律"的意思。但后来"格律"成为诗界的常用说法，所以就把"格"从"律"中析出单论了。

前面已经说过，"古韵和今韵只可取其一，决不可混用"，同样，古调和今调也只能选其一，决不可混用。这里以"白黑"二字为例再解释一下。"白黑"在古人那里皆为仄声字。但在现代汉语里，白，读阳平 bái，黑，读阴平 hēi，都是平声字。如果你写格律诗，在一个应该用仄声的位置上用了"白"，你说"白"读入声，属于仄声字，没错用；而在另一个应该用平声的位置上用了"黑"，你又说黑是平声字，作平声韵脚仍没错用，那就不可以了，既然你以"白"为仄声，那就必须也以"黑"为仄声，格律诗不允许怎么对自己完全"有利"就怎么写。

另外，读古人格律诗，需要注意有些字的古音与现代音的不同并不在于是否是入声字，而是古今发音的平仄不同和韵律相异。本书作者阅读、研究古格律诗，总结出一些字在格律诗里面的特殊声调和声韵，供读者参考。

并，有时读阴平 bīng（至今"并州""并刀"的"并"仍读此音），如"人生好景难并"（高观国：《夜合花·斑驳云开》）；过，常读阴平 guō，如"今日俸钱过十万，与君营奠复营斋"（元稹：《七律·遣悲怀》）；教，常读阴平 jiāo，如"但使龙城飞将在，不教胡马度阴山"（王昌龄：《七绝·出塞》）；俱，有时读阴平 jū，如"最是楚宫俱泯灭，舟人指点到今疑"（杜甫：《七律·咏怀古迹》）；句，有时读阴平 gōu，如"此公去暑似新秋，吏毒一句句"（刘辰翁：《太常引·寿李同知》）；看，常读阴平 kān，如"晓看红湿处，花重锦官城"（杜甫：《五律·春夜喜雨》），尤其是用作韵脚时只读 kān，如"今夜鄜州月，闺中只独看"（杜甫：《五律·月夜》），但若非作韵脚时亦读去声 kàn，如"唤取谪仙平章看"（张元干：《贺新郎·寄李伯纪丞相》）；令，常读阳平 líng，如"高馆更容尘外客，仍令归去待琼华"（戴叔伦：《七律·赠司空拾遗》）；论，常读阳平 lún，如"此心牢落共谁论"（王禹偁：《七律·日长简仲咸》）；暝，有时读上声 mǐng，如"睡起阑干凝思处，漫数尽、归鸦栖暝"（赵以夫：《二郎神·次陈唯道》）；那，有时读阳平 nuó，如"况与故人别，那堪羁旅愁"（韩愈：《五律·祖席》）；任，有时读阳平 rén，如"日暮霜风急，羽翮转难任"（虞世南：《五绝·秋雁》）；胜，有时读阴平 shēng，如"闻到长安似弈棋，百年世事不胜悲"（杜甫：《七律·秋兴》）；思，常读去声 sì，如"黯乡魂，追旅思"（范仲淹：《苏幕遮·怀旧》）；听，常读去声 tìng，如"千秋观里逢新燕，九里山前听午鸡"（陆游：《七律·春游》）；忘，常读阳平 wáng，如"不思量，自难忘"（苏轼：《江城子·十年生死两茫茫》）；斜，读阳平 xiá，如"远上寒山石径斜,白云生处有人家"(杜牧:《七绝·山行》);醒,有时读阴平 xīng,如"更那堪酒醒"(刘过:《醉太平·闺情》);燕,常读阴平 yān,如"腰间羽箭久凋零,太息燕然未勒铭"(陆游:《七律·夜泊水村》);涯,有时读阳平 yí,如"寂寂江山摇落处,怜君何事到天涯"(刘长卿:《七律·长沙过贾谊宅》)。掌握这些个别的古代读音,有助于对古人格律诗所遵循的格律的理解,读者应该熟记。

第六节　诗的格律

首先提醒一下前面已做过的约定,我们这里讲的诗,若非特别说明,指的是近体诗。

1. 诗的分类和字数

前已述及,近体诗根据每首的句数分为**绝句**和**律诗**两种,一首四句的叫做绝句,一首八句的叫做律诗。又根据每句的字数,分为五言(每句五个字)和七言(每句七个字)。所以,诗分五言绝句(五绝)、七言绝句(七绝)和五言律诗(五律)、七言律诗(七律)共四类。

按照起收式的变化,诗总共有 16 个谱式。注意,所谓起,看首句次字(不是首字)的声调;所谓收,看首句末字的声调。如:

五绝·绝句二首（其一）　［唐］杜甫

迟日江山丽，春风花草香。泥融飞燕子，沙暖睡鸳鸯。

首句的第一个字"迟"是平声，但第二个字"日"是仄声，而最后一个字"丽"也是仄声。所以，这首五绝就是"仄起仄收"式。但应指出，作为一首五言绝句，杜甫的这首名诗第二句第三字"花"于相应的格律规范并不严格，"花"是平声字，而此处该用仄声。当然，按照后面将要讲到的平仄变格的五字诗"一三不论"原则，"花"在这里也不算大毛病。

因诗的谱式少、变化不大且很有规律，故而容易记得住。**本书以后所称的诗（如无特殊说明）均指这四类十六个谱式的近体诗。**

2. 近体诗的平仄格式

（1）五言诗的基本平仄格式如下：

①平仄脚 [1] Z_PZPPZ

②仄平脚 $PPZZP$

③仄仄脚 P_ZPPZZ

④平平脚 $ZZZPP$

只要掌握了这 4 种平仄格式，其他平仄格式便都可以推导出来。

1　平仄脚，指诗句的结尾二字的声调为"平仄"，以此类推。

（2）七言诗的基本平仄格式如下：

①平仄脚 $P_z P Z_p Z P P Z$

②仄平脚 $Z_p Z P P Z Z P$

③仄仄脚 $Z_p Z P_z P P Z Z$

④平平脚 $P_z P Z Z Z P P$

可见七言诗每句的首字平仄要求很宽松（当然，无论是五言还是七言，从严作的诗读起来美感更强）。

3. 近体诗的押韵

近体诗的韵脚均为平声。 有些诗篇虽然已成为千古绝唱，但不属于近体诗，均不在本书讨论之内。如孟浩然的《春晓》："春眠不觉晓，处处闻啼鸟。夜来风雨声，花落知多少？"这首著名的五言诗韵脚为仄声，仅从这一点上来讲，它并不在五言绝句之列。

本书称记录诗的平仄、对仗、押韵等格式的规范为**诗谱**。

4. 诗的"联""出句"和"对句"

从一首诗的第一句开始，每两句叫做"一联"。每一联的上一句叫做"出句"或"上句"，下一句叫做"对句"或"下句"。

5. 诗的"对"和"粘"

从上述诗的基本平仄格式可以看出，第一句与第二句的平仄正好相反，这就叫"对"；第二句和第三句的头两个字平仄相同，这就叫"粘"（nián）。说穿了，"对"是指上句与下句的平仄关系，即每一联的出句和对句必须"对"；"粘"是指前联和后联的平仄关系，即上一联的对句和下一联的出句必须"粘"。"对"和"粘"主要看一句诗的头两个字，而由于诗的第一个字有时可平可仄，所以实际上**以诗的第二个字作为"对"和"粘"的判定标准**。诗要求做到"对"和"粘"，否则就是"失对"和"失粘"，这是作诗的大忌。

6. 律诗的对仗

一首律诗共八句，分为四联，即**首联**（第一联）、**颔联**（第二联）、**颈联**（第三联）和**尾联**（第四联）。

律诗的首联、尾联不要求对仗，颔联、颈联必须对仗。

律诗对仗应避免两个禁忌：**一忌"同字相对"**，即对句和出句相同的位置用相同的字相对。**二忌"合掌"**，指的是对句与出句以同义词相对，以致两句的意思完全或基本相同。

7. 平仄变格

对于七言诗而言，诗界一直有"一三五不论，二四六分明"的要诀，意思是在七字诗句中，第一、三、五字的平仄可以放宽要求，第二、四、六字的平仄必须严格而绝无平仄皆可的宽松要求。由此可以推知，在五字诗句中，则就是"一三不论，二四分明"了。

8. 诗的拗救

诗中不符合平仄规矩的诗句称之为"**拗句**"。拗，不顺的意思。一旦出现了拗句，进行补救的办法就是"**拗救**"。具体方法是：前面该用平声的地方用了仄声字，就在后面适当的地方用平声字作为补偿。这种补救的方法有两种：一是本句自救，二是对句相救。

本句自救是指诗中**仄平脚句型**五言第一字（ＰＰＺ・Ｚ・Ｐ）、七言第三字（ＺₚＺ・ＰＰＺＺ・Ｐ）必须是平声，如果用了仄声字，就称之为"犯孤平"，此乃诗家之大忌。这时可在五言第三字、七言第五字用平声作为补偿，这种方法叫做"孤平拗救"。例如：李白的《夜宿山寺》里"恐惊天上人"句，变格为"ＺＰＰＺＰ"；王维的《送沈子福之江东》里"杨柳渡头行客稀"句，变格为"ＺₚＺＺＰＰＺＰ"。

对句相救是指出句出现了拗，用对句来救，这里面有两个修辞方法：一是**大拗必救**，二是**小拗可救可不救**。

（1）大拗必救

诗中**出句为平仄脚句型**的五言第四字（ＺₚＺＰＰＺ）、七言第六字（ＰₚＰＺₚＺＰＰＺ）拗，用了仄声字，此谓大拗，则必须在对句的五言第三字（ＰＰＺＺＰ）、七言的第五字（ＺₚＺＰＰＺＺＰ）用平声字作为补偿。例如：杜甫的《奉济驿重送严公》里的"远送从此别，青山空复情"句，变格为"ＺₚＺＰＺＺ，ＰＰＰＺＰ"；杜牧的《江南春》里的"南朝四百八十寺，多少楼台烟雨中"句，变格为"ＰₚＰ

Z_pZPZZ，$Z_pZPPPZP$"。

（2）小拗可救可不救

诗中**出句为平仄脚句型**的五言第三字（Z_pZPPZ）、七言第五字（P_zPZ_pZPPZ）拗，用了仄声，此谓**小拗**，则可在对句的五言第三字（$PPZZP$）、七言第五字（$Z_pZPPZZP$）用平声字作为补偿。例如：孟浩然的《早寒有怀》里的"乡泪客中尽，孤帆天际看"句，变格为"Z_pZZPZ，$PPPZP$"；许浑的《咸阳城东楼》里的"溪云初起日沉阁，山雨欲来风满楼"，变格为"P_zPZ_pZZPZ，$Z_pZZPPZP$"。这种小拗的情况救了更好，不救也过得去，故有"小拗可救可不救"之说。

不难看出，"山雨欲来风满楼"也是本句自救的诗句。本句自救和对句自救并用是诗人经常使用的赋诗方法，譬如贺知章的《回乡偶书》里的"儿童相见不相识，笑问客从何处来"；司空曙的《喜外弟卢纶见宿》里的"以我独沉久，愧君相见频"。

对于初学者来说，最好还是严格按谱作正格诗，正格熟练以后再在必要的时候运用拗救。

9. 诗的章法

诗的章法系指古人作诗常用的"起、承、转、结"的修辞方法。"起"，即诗的开头，绝句便是第一句，律诗便是首联；"承"，即以"起"为基的继续展开，绝句便是第二句，律诗便是颔联；"转"，即转折，出新意，绝句便是第三句，律诗便是颈联；"结"，即全篇的结束，绝句便是第四句，律诗便是尾联。这些章法的具体写作技巧，并没有特殊的规定，也是因人而异，读者可以根据具体的诗作加以体会，不必过于拘泥。

第七节　词的格律

词原本是配乐的歌词用于吟唱的，所以又叫"曲子词""曲词""乐府"。与律诗的句子不同，词的句子长短不齐，所以词又叫"长短句"。词的句子字数，最短的仅 1 个字，最长的有 11 个字。

1. 词调、词牌、词谱

词调原指填词时依据的乐谱，乐谱失传后也指每种词调作品的句法和平仄格式。词调有同调异名和同调异体两种情况。同调异名如《忆江南》，又叫《望江南》《梦江南》《江南好》；同调异体如《南乡子》，五代有 27 字、两平韵、三仄韵，南唐以后改作 56 字、前后阕各四平韵。每种词调的名称叫**词牌**。记录词的平仄、押韵、对仗等格式的规范叫**词谱**。一个词牌可以有多个词谱，有的词牌对应的词谱可达十几个之多。本书所选大都是最常用的词谱，但绝非唯一的词谱。

2. 词的长短分类

从明朝开始，按照每首词的字数，一般又把词分为小令、中调、长调。**字数不超过 58 个的词称为小令，字数超过 58 个但不超过 90 个的词称为中调，字数超过 90 个的词称为长调。**这种划分虽无严格的道理，但给出了一种词的划分规矩。本书采用了这种划分方法编排词谱。

3. 词韵

词的押韵格式多样，可分为五类：

第一类，平韵格，韵脚皆用平声字，如《浣溪沙》《忆王孙》《沁园春》。

第二类，仄韵格，韵脚皆用仄声字，如《卜算子》《满江红》《念奴娇》。

第三类，平仄韵转换格，韵脚既用平声字，也用仄声字，但平仄不同韵，亦即平声韵脚和仄声韵脚的韵母不同，如《菩萨蛮》《清平乐》《虞美人》。

第四类，平仄韵通协格，韵脚既用平声字，也用仄声字，但平仄同韵，亦即平声韵脚和仄声韵脚的韵母相同，如《西江月》《醉翁操》《曲玉管》。

第五类，平仄韵错协格，韵脚既用平声字，也用仄声字，多韵脚且"起伏跳跃"，如《调笑令》《定风波》《喜迁莺》。

4. 词的对仗

与律诗不同，大多数词牌没有要求对仗的硬性规定，但也有要求对仗的词牌，而且有的还要求"**扇面对**"。扇面对是词的对仗修辞的一种特殊手法，一般都是第一句的首字可不作为对仗的字。有的是一句对一句，如"念累累枯冢，茫茫梦境"（陆游：《沁园春·有感》），"累累枯冢"为上联，"茫茫梦境"为下联，构成对仗，"念"字在对仗之外。有的是把两句作为上联，两句作为下联，四句构成一个对仗的修辞方式。如"叹年光过尽，功名未立；书生老去，机会方来"（刘克庄《沁园春·梦孚若》），"年光过尽，功名未立"为上联，"书生老去，机会方来"为下联，构成对仗，"叹"字在对仗之外。

另外一点与律诗的对仗不同的是，律诗对仗避讳同字相对，而词的对仗不避同字相对，如苏轼《念奴娇》里的"人有悲欢离合，月有阴晴圆缺"句，对句用了"有"字来与出句的"有"字相对。

5. 词的"调"与"叠"

词有单调、双调、三叠、四叠等说法，是指一首词有几段。不分段的词称之为**单调**（单调皆为小令，但小令并非皆为单调），分两段的词称之为**双调**，分三段的词称之为"三叠"，分四段的词称之为"四叠"。本书只涉及单调、双调的词谱。

6. 叠句

叠句指在格律诗每阕后重复用字的修辞方式，有的是整个句子，有的是几个字或一个字，有的重复句尾的字，有的重复句中间的字，不同的词谱有不同的修辞要求。如李清照的《如梦令》"知否？知否？应是绿肥红瘦"里的两个"知否"，再如陆游的《钗头凤》的"一怀愁绪，几年离索。错错错"里的三个"错"，都是叠句。本书对于用叠的词谱都在其句后加一"（叠）"来表示。

7. 词谱的定格与变格

定格是指固定不变的格式，即常规格式；**变格**是指对定格加以改变了的格式，即非常规格式。如苏轼的两首《念奴娇》，其中《中秋》是定格，而《赤壁怀古》则是变格。变格的产生往往是名气大的诗人填词时兴之所至，超越常规格式率意发挥而成，因为名气大，后来者又觉得好，便成了新的格律规范。这或许是一种名人效应吧。

8. 词的衬字

衬字在元曲小令里经常出现（后面将专门讨论），是谱规定的格式之外作者所加字，不能加在句末。但词的格律规范很严格，是否可以加衬字并未见规定。我们可以在极少的古人词作里发现词谱格外的用字，一首词至多也就用一个。

如李之仪的《卜算子》后阕"定不负相思意"里的"定"，李清照的《庆清朝·禁幄低张》前阕　"妖娆艳态"里的"艳"，都属于这种情况，李之仪加在句首，李清照加在句中。特别是加了"定"字的这首《卜算子》表达出了超凡的意境，又传诵了近 900 年，所以被后人当作锦上添花之作。其实对古代诗人词作中出现词谱规范之外多一字的现象，可以有两种理解：一是词作者填词时根据需要加一个字，那么这个外加的字就是衬字；二是词作者填词时记错了词谱而误加的。我们今天读古人词作遇到词谱规定之外的字，就暂且当作是衬字吧，但我们自己填词切勿添加任何字！本书将**衬字**（包括稍后要讲到的曲所用的衬字）一律**用小号字排印**，以便于读者区分。

9. 词的断句

一句词指的是从句子开头到韵脚所有的用字。词的长句中间常用逗号（顿号不算）断开，这就叫"**断句**"。尽管词谱也会给出逗号的位置，但诗人也可以根据具体的修辞需要而选择是否加逗号以及在哪里加逗号。事实上，古代没有标点符号，我们今天看到的带标点符号的古人词句，标点完全是后人根据词句的意思而加的。因此也可以说，古人词作的断句中的逗号是后人根据对词意的理解而增添的标点。

第八节　曲的格律

曲是用来谱曲吟唱的，与词一样，也有格律规范。但总体上讲，词和曲对比而言，词更"阳春白雪"，属于高雅文化，而曲则"下里巴人"，属于大众文化。尽管有人说"人们历来把元曲与唐诗、宋词相提并论，将它们视为古代艺术宝库中三颗璀璨的明珠"，但这种说法实在有夸大元人曲作之嫌。不少元人曲作之所以经常难登大雅之堂，究其原因，乃是金、元时期处于中国文化大倒退的时代，先后统治中国的女真族和蒙古族在当时都属于重武轻文的彪悍民族，他们会的更多的是马上功夫、战场厮杀，远不如宋代汉族那样珍爱文化，宋代"凡有井水处，皆能歌柳词"（叶梦得：《避暑录话》）的文明氛围到了金、元时期几乎荡然无存，而民间小调、大众歌咏等通俗文化便得以盛行，并渐渐演变成了具有一定格律规范的元曲散曲形式。事实上，数百年来曲常为文人雅士所不屑。但曲的这种根植于民间的大白话风格，正是其接地气之处。与词不同，曲更加贴近老百姓的语言，以致于俗语方言皆可入作，一个字音是平是仄乃至是上是去，皆由曲作者所在的年代、地域的发音而定，因而更容易被文化程度不高的广大民众所接受和喜爱。

就格律而言，曲与词并无多大的区别，创作上甚至完全可以将曲谱看作词谱。文人雅士之所以数百年来对元曲不屑一顾，并非因为曲牌、曲谱有什么不雅，而是元人文化的落后，除了少数几个元曲作家之外，很多元人写的元曲作品都很低俗。如果把曲当作词去填写，在文学大家手里同样可以使其登上阳春白雪的大雅之堂。

曲与词相比的特殊之处主要有五：一是有的曲在仄声的用韵上，有时还更加严格地区分为上声和去声，有的该用上声的地方不能用去声，该用去声的地方不能用上声，而词则没有这种细分。二是"鼎足对"是曲常用的一种修辞方式，如马致远《天净沙·秋思》的"枯藤老树昏鸦，小桥流水人家，古道西风瘦马"，就是一组完美的鼎足对，而鼎足对在词作里面很少出现。三是曲的语言比较通俗、浅显、自然，可接近口语，也不避俗语方言，而词的语言一般都比较高雅、深邃、幽婉。四是曲的韵脚比词的韵脚密集得多。绝大多数曲几乎是每一句都要押韵，而词经常是每两句或者三句、四句才押韵。五是曲可以根据需要任意加衬字。曲的衬字是曲牌所规定的格式之外另加的字，字数多少不限、平仄不限，不能加在句末。词用衬字的现象十分罕见，即使有词作里面加了一个衬字，也是极个别的现象，甚至也许是作者填词有误。

此外，元曲中有些用字的发音与现代普通话有所不同，如"色"，普通话读去声 sè，但在元曲作品里读上声 shǎi（至今我国北方农村口语里仍发音 shǎi）。再如"了"，元曲里除了最常用的 liǎo 音外（唐宋词里也常发此音），有时还读去声 le。

第九节　格律诗写作技巧

清代赵翼有《论诗五首》，其第二首豪情万丈地说："李杜诗篇万口传，至今已觉不新鲜。江山代有才人出，各领风骚数百年。"此七言绝句虽有"口吐狂言"之嫌，却也堪为后来格律诗爱好者的励志之辞。其实格律诗写作并不难，只要注重如下几方面的修养，人人都可以写出佳作。

1. 按谱索句

每一首格律诗都对应着严谨的谱式。严格遵循谱式写作，是格律诗创作的最基本的要求。在学习格律诗写作之初，每一句都一定要熟知相应的谱，做到字数、平仄、对仗、韵脚准确无误；否则写出来的东西可以叫诗歌（广义上的诗），但不能叫格律诗。按谱索句就是要求写出来的作品至少形式上称得上是格律作品。有些人不是按谱索句（大概也真的不懂谱），而是按照现成的他人作品拼凑，只做到了字数、行数和韵脚符合谱规，并没有符合平仄、对仗、叠句等修辞规范，难免贻笑大方而自己又浑然不知其作品的不规范。

2. 有感而发

格律诗是作者情感、意念、思想、观点、立场等内心深处活动的艺术表达，好的作品应该是作者内心世界的真实反映。所以，在按谱索句这一基础阶段完成之后，创作格律诗应使其有灵魂、有感染力，能引起读者共鸣。这就要求创作要有感而发，不能为诗而诗，凭空堆砌文字，更不能哗众取宠，装腔作势。有灵感而成的格律诗才可能打动读者，为人传诵。创作时若无灵感，便不如辍笔。

3. 粗知古文

文言文对于格律诗的写作很有好处。文言文言简意赅，现代汉语说的一大段话，可能用文言文一句简单的文字或几个字甚至一两个字就概括了。格律诗由于文字数量的限定，有时用文言文表达可以起到以最少的文字量反映最丰富的精神世界的效果。所以，粗知古文对格律诗写作是很有必要的。当然，这里讲"粗知古文"是对创作者的起码要求，若能"熟知古文"或"精通古文"，就更有利于格律诗创作了。

4. 多识汉字

有人可能觉得这个要求太简单、低端了，其实不然。受格律要求的影响，格律诗写作中会经常有这种情况，想用某一个字表达诗意，但发现它不符合这个位置上的格律规范，这时就要考虑用符合格律规范的另外一个字来替代它。因此，识字越多则对格律诗写作越有利。一个文字匮乏的人是很难进行高质量的格律诗创作的。现代人写格律诗，经常因为识字不够多而出现平仄错位、韵脚混乱的错误。

5. 学以致用

近年来，中央电视台曾多次举办《中国诗词大会》这一全民参与的节目，力求通过对诗词知识的比拼及赏析，带动全民重温、分享诗词之美，感受诗词之趣，而获胜竞赛名次的高考学子还往往被国内最高学府优先录取。但整个节目并没有诗词创作的环节，尽管参赛者对古诗词的知识、典故掌握得炉火纯青，观众却无从知道这些诗词知识的佼佼者们是否真的能写出好的作品来。如果仅仅是停留在诗词知识的学习上，不会应用诗词知识且举一反三，不去实际笔耕于诗词写作，那么对诗词知识掌握得再娴熟，也仅仅是停留在娱乐和吸引观众眼球的层次上。这类电视节目对于真正提升诗词写作水平几乎是没多大意义的。

6. 善于推敲

唐代著名诗人贾岛作诗非常用功，他的诗每一句甚至每个字都要经过仔细琢磨。有一次，贾岛写了一首诗，其中有"鸟宿池边树，僧推月下门"两句。写好以后，他觉得第二句里面的"推"字，念起来不够味儿，想改成"敲"字。可是，他又想了想，觉得用"推"字也还可以，不一定要改成"敲"字。就这样，他一会儿觉得用"推"字好，一会儿觉得用"敲"字好，始终决定不下来。他白天黑夜都在想着这两句诗，甚至走路的时候也一边走，一边做着推门和敲门的手势，仔细琢磨到底用哪一个字更好些。有一天，贾岛走在大街上，正在一推一敲地比划着，不知不觉撞了迎面而来的大文豪韩愈。韩愈问明了原因，想了一阵，对贾岛说："在这句诗里，用'敲'字比用'推'字好。"贾岛得到了韩愈的指点，心里很高兴，便决定把自己的那句诗改成"僧敲月下门"。后人就根据这个故事用"推敲"来表示反复思考斟酌的意思。写格律诗，一定要学习、继承和发扬贾岛的"推敲"精神，善于发现自己先前作品的不足，哪怕是一个字，也要力求修改得完美。

7. 吟诵成习

杜甫说过，"读书破万卷，下笔如有神"。格律作品写作亦同此理。格律诗的创作完全可以无师自通，特别是多读名篇，最好能背诵若干，则可培养起韵律感，提笔写作就会有一种势如破竹的气势。本书遴选了大量的格律作品示例，给读者提供宽泛的选择余地，可取自己特别喜欢的名作进行熟读、背诵，这样一定会对格律诗创作大有裨益。

8. 以勤补拙

学习写作格律诗，最有效的方法就是多读勤练。所谓"熟能生巧""勤可补拙",读古人名作可以汲取其中的精华,培养创作的灵感。但读得再多,若不亲自动笔写作,便永远成不了格律诗人。所以,爱好格律诗写作的人要勤于观察、勤于构思、勤于动笔,甚至有废寝忘食的毅力,由浅入深、循序渐进、读写结合,才能不断提高创作水平。正因为这个道理,本书以下的章节将以给出常用的格律诗的准确谱式及示例作品,引导读者进入格律诗创作的入胜意境。这里还要不厌其烦地提示一点:阅读古人格律作品,如果发现律不符合现代语音的情况,一定要查阅是否是由于古调古韵与今调今韵的不同。

第二章　近体诗谱

前面已经交代过，近体诗分绝句和律诗，又依每句是五字还是七字而分为五言绝句、五言律诗、七言绝句、七言律诗。每一种诗均依其首句的平仄规则而分为仄起仄收、仄起平收、平起仄收、平起平收等四种格式，所以近体诗共有16 个诗谱。这里再重复说明一下：**起，看首句之次字；收，看首句之末字。**

第一节　五言绝句

五言绝句是最短的近体诗，具有简洁明快、朗朗上口、丰富多彩、意境深邃的特征。但五绝并非因字数少而容易写，创作一首好的五绝，对语言文字和表现手法的要求很高。清代诗人张谦宜曾以"短而味长，入妙尤难"八字概括出五绝的创作难度。

　　绝句（无论是五言还是七言）的格律规范不要求对仗，若构成对仗句，则是锦上添花。唐宋诗人写五绝经常构成对仗，使得诗作更为文雅。

　　五言绝句的四种格式中，仄起仄收式最常见，平起平收式不多见。

1. 五言绝句的仄起仄收式

Z$_P$ZPPZ，PPZZ**P**。P$_Z$PPZZ，Z$_P$ZZP**P**。

五绝·登鹳雀楼　　〔唐〕王之涣

白日依山尽，黄河入海流。欲穷千里目，更上一层楼。

五绝·独坐敬亭山　　〔唐〕李白

众鸟高飞尽，孤云独去闲。相看两不厌，只有敬亭山。

江行无题一百首（其三十一）　　〔唐〕钱珝

岸草连荒色，村声乐稔年。晚晴贪[1]获稻，闲却彩菱[2]船。

五绝·奉和咏风应魏王教　　〔唐〕虞世南

逐舞飘轻袖，传歌共绕梁。动枝生乱影，吹花送远香。

五绝·相思　　〔唐〕王维

红豆生南国，春来发几枝。愿君多采撷，此物最相思。

五绝·问刘十九　　〔唐〕白居易

绿蚁新醅酒，红泥小火炉。晚来天欲雪，能饮一杯无？

1　贪，一作"初"。

2　菱，一作"莲"。

五绝·渡汉江　[唐]宋之问

岭外音书断，经冬复历春。近乡情更怯，不敢问来人。

五绝·逢雪宿芙蓉山主人　[唐]刘长卿

日暮苍山远，天寒白屋贫。柴门闻犬吠，风雪夜归人。

五绝·马诗二十三首（其五）　[唐]李贺

大漠沙如雪，燕山月似钩。何当金络脑，快走踏清秋。

五绝·春闺思　[唐]张仲素

袅袅城边柳，青青陌上桑。提笼忘采叶，昨夜梦渔阳。

五绝·秋雁　[唐]褚亮

日暮霜风急，羽翮转难任[1]。为有传书意，联翩入上林。

五绝·山中　[宋]邵定

白日看云坐，清秋对雨眠。眉头无一事，笔下有千年。

五绝·冬至　马维野（2020年12月21日）

庚子交冬至，天行又一年。孤愁随暗去，冀望伴明还。

五绝·深秋"春"花　马维野（2020年11月13日）

恰正深秋季，适逢丽日天。倏然花蕊绽，疑是在春前。

五绝·滇池看红嘴鸥　马维野（2020年11月3日）

翼展张红喙，翩旋覆雪衣。虽然临洱海，却是落滇池。

1　任，读阳平 rén。

五绝·能量的自白　马维野（2020年7月2日）

吾本真标量，何来正负说？愚人聪睿耍，弄巧反成拙。

五绝·沙尘落日　马维野（2020年4月24日）

晚树支昏日，沙尘卷半空。天低云不见，尽在暗霄中。

五绝·题所摄小区紫玉兰照　马维野（2020年3月24日）

丹紫身高贵，花中冠九流。忽而苞吐绽，百丽顿含羞。

五绝·步王之涣韵　马维野（2020年3月14日）

暮日依霞尽，归鸦傍暖流。人闲空举目，身懒上层楼。

五绝·雪霁　马维野（2020年2月7日）

雪霁无三李，晴空少六文。云开徒旷亮，何以慰忠魂？

五绝·初二拜年　马维野（2020年1月26日）

日月行天道，新春鼠意怀。百毒消遁去，万寿入门来。

五绝·旅次镇江　马维野（2018年6月22日）

走马西津渡，观花北固山。昼听江上水，夜宿碧榆园。

2.五言绝句的仄起平收式

$Z_PZZPP，PPZZP。P_ZPPZZ，Z_PZZPP。$

五绝·马诗二十三首（其二十三）　［唐］李贺

武帝爱神仙，烧金得紫烟。厩中皆肉马，不解上青天。

五绝·和张仆射塞下曲六首（其二）　［唐］卢纶

林暗草惊风，将军夜引弓。平明寻白羽，没在石棱中。

五绝·和张仆射塞下曲六首（其三）　〔唐〕卢纶

月黑雁飞高，单于夜遁逃。欲将轻骑逐，大雪满弓刀。

五绝·江馆　〔唐〕王建

水面细风生，菱歌慢慢声。客亭临小市，灯火夜妆明。

五绝·雪中　〔唐〕高蟾

金阁倚云开，朱轩犯雪来。三冬辛苦样，天意似难栽。

五绝·秋日湖上　〔唐〕薛莹

落日五湖游，烟波处处愁。沈浮千古事，谁与问东流。

五绝·题僧影堂　〔唐〕张祜

寒叶坠清霜，空帘著烬香。生前既无事，何事更悲伤？

五绝·哥舒歌　〔唐〕西鄙人

北斗七星高，哥舒夜带刀。至今窥牧马，不敢过临洮。

五绝·渺渺望天涯　〔唐〕钱珝

渺渺望天涯，清涟浸赤霞。难逢星汉使，乌鹊日乘槎。

五绝·中秋月二首（其二）　〔唐〕李峤

圆魄上寒空，皆言四海同。安知千里外，不有雨兼风。

五绝·江上　〔宋〕王安石

江水漾西风，江花脱晚红。离情被横笛，吹过乱山东。

五绝·舟夜书所见　〔清〕查慎行

月黑见渔灯，孤光一点萤。微微风簇浪，散作满河星。

五绝·凤阳明皇陵　马维野（2020年12月5日）

洪武业初成，犹思考妣情。凤阳开茔土，诏谕缮皇陵。

五绝·珠海海滨公园散步　马维野（2020年11月7日）

渔女示习亲，闲人到海滨。千花迎漫客，百鸟唱椰林。

五绝·小区夏果　马维野（2020年7月19日）

小暑正初伏，清晨爽气足。高枝悬夏果，露水润明珠。

五绝·小月河午游　马维野（2020年4月2日）

走小月河林，闻花径馥芬。观茵茵绿草，笑滚滚红尘。

五绝·小区赏樱花　马维野（2020年4月11日）

寓外绽樱前，花仙正妙颜。株枝成丽景，不羡玉渊潭。

五绝·除夕致亲人　马维野（2020年1月24日）

庚子诵诗声，家和万事兴。新年昌运旺，喜鼠兆丰登。

五绝·腊八听画眉　马维野（2020年1月2日）

冬日遇熙阳，轻安步履忙。鸟鸣忽婉转，便是画眉乡。

五绝·小区秋色　马维野（2019年10月26日）

五色绕环周，天随满目收。风轻摇彩叶，好景在金秋。

五绝·途经于凤至故居　马维野（2018年8月19日）

素瓦覆青墙，红栏衬碧窗。天生情笃女，误嫁负心郎。

五绝·秋景　马维野（2007年11月13日）

云淡雁南飞，风轻谷穗垂，霜天红叶瘦，绿水鲤鱼肥。

3. 五言绝句的平起仄收式

P$_z$PPZZ，Z$_p$ZZP**P**。Z$_p$ZPPZ，PPZZ**P**。

五绝·夜宿山寺　［唐］李白

危楼高百尺，手可摘星辰。不敢高声语，恐惊天上人。

阅读提示："恐惊天上人"用了本句拗救修辞手法。

五绝·江亭夜月送别二首（其二）　［唐］王勃

乱烟笼碧砌，飞月向南端。寂寞离亭掩，江山此夜寒。

五绝·宿建德江　［唐］孟浩然

移舟泊烟渚，日暮客愁新。野旷天低树，江清月近人。

阅读提示：首句"移舟泊烟渚"的声调是ＰＰＺＰＺ，而相应的规范则是仄仄脚Ｐ$_z$ＰＰＺＺ，可见孟诗此句按五绝格律要求属于拗句。唐宋诗中这种现象并不罕见。诗学中没有给出五字仄仄脚句型可否将这种情况作为另一种"本句拗救"的修辞的定论。就这种情况而言，如果说本句拗救也包括仄仄脚句型，并规定仄仄脚句型的五字诗句，如果第三字用了仄声，则可以在第四字上用平声字作为补偿，那就可以解释此类拗句问题了。

五绝·山中送别　［唐］王维

山中相送罢，日暮掩柴扉。春草明年绿，王孙归不归？

五绝·池上　［唐］白居易

小娃撑小艇，偷采白莲回。不解藏踪迹，浮萍一道开。

五绝·罢相作　［唐］李适之

避贤初罢相，乐圣且衔杯。为问门前客，今朝几个来？

五绝·答李瀚三首（其二）　［唐］韦应物

马卿犹有壁，渔父自无家。想子今何处，扁舟隐荻花。

五绝·答李瀚三首（其三）　［唐］韦应物

林中观易罢，溪上对鸥闲。楚俗饶辞客，何人最往还？

五绝·听筝　［唐］李端

鸣筝金粟柱，素手玉房前。欲得周郎顾，时时误拂弦。

五绝·登鹳雀楼　［唐］畅当

迥临飞鸟上，高出世尘间。天势围平野，河流入断山。

五绝·喜遇刘二十八　［唐］裴度

病来佳兴少，老去旧游稀。笑语纵横作，杯觞络绎飞。

五绝·四望亭　［唐］朱景玄

高亭群峰首，四面俯晴川。每见晨光晓，阶前万井烟。

五绝·到吴敬梓故居　马维野（2020年12月4日）

全椒吴敬梓，妙笔绘儒林。外史传天下，声名冠逸群。

五绝·珠海立冬日　马维野（2020年11月7日）

珠江忙入海，不晓已冬临。共世曦光岸，同天日月滨。

五绝·高科技析　马维野（2020年7月24日）

科学分大小，技术论高低。概念焉能混，真知不可欺。

五绝·小区初遇乌鸫　马维野（2020年3月6日）

春前风不暖，漫步遇乌鸫。毳羽如漆墨，娇仪赛画工。

五绝·题赠王语瞳小朋友　马维野（2020年1月23日）

诗词藏秀逸，格律蕴灵知。少小多吟诵，风华正茂时。

五绝·题友人所赠蝴蝶兰　马维野（2020年1月16日）

蝶欢枝上舞，紫翅泛光翁。更喜新春近，幽香愈炫奇。

五绝·树下听鸟鸣　马维野（2019年11月9日）

秋阳长引曜，树末鸟争鸣。叶茂遮人眼，闻声不见形。

五绝·春前　马维野（2017年2月7日）

清风拂岸柳，止水举双凫。掌短波粼细，天晴暖树孤。

五绝·五峰　马维野（2009年5月27日）

层峦山雨落，五岭水云生。小镇孤烟静，村潭止水平。

五绝·秋景　马维野（2007年11月19日）

高天晴万里，大地缀千村。黍穗排排挂，田家日日新。

4. 五言绝句的平起平收式

P P Z Z **P**，Z ᴘ Z Z P **P**。Z ᴘ Z P P Z，P P Z Z **P**。

五绝·赋得早雁出云鸣　［唐］李世民

初秋玉露清，早雁出空鸣。隔云时乱影，因风乍含声。

五绝·细雨 〔唐〕李商隐

帷飘白玉堂，簟卷碧牙床。楚女当时意，萧萧发彩[1]凉。

五绝·雨后思湖上居[2] 〔唐〕许浑

前山风雨凉，歇马坐垂杨。何处芙蓉落，南渠秋水香。

五绝·闺人赠远五首（其一） 〔唐〕王涯

花明绮陌春，柳拂御沟新。为报辽阳客，流芳不待人。

五绝·汾上惊秋 〔唐〕苏颋

北风吹白云，万里渡河汾。心绪逢摇落，秋声不可闻。

五绝·夜夜曲 〔唐〕田娥

愁人夜独伤，灭烛卧兰房。只恐多情月，旋来照妾床。

五绝·秋风动客心 〔唐〕钱翊

秋风动客心，寂寂不成吟。飞上危樯立，莺啼报好音。

五绝·醉后 〔唐〕王绩

春来日渐长，醉客喜年光。稍觉池亭好，偏宜酒瓮香。

五绝·白鹭 〔唐〕李嘉祐

江南渌水多，顾影逗轻波。落日秦云里，山高奈若何。

五绝·樗里子墓 〔唐〕郑谷

贤人骨已销，墓树半[3]荣凋。正直魂如在，斋心愿一招。

---

1 彩，一作"影"。

2 雨后思湖上居，一作"雨中忆湖上居"。

3 半，一作"几"。

五绝·婕妤春怨　［唐］皇甫冉

花枝出建章，凤管发昭阳。借问承恩者，双蛾几许长？

五绝·洛阳陌二首（其一）　［唐］顾况

莺声满御堤，堤柳拂丝齐。风送名花落，香红衬马蹄。

五绝·初冬枯叶　马维野（2020年12月9日）

初冬挂叶枯，万木尽童秃。偶尔存无几，忽如媚景出。

五绝·游珠海香山湖公园　马维野（2020年11月9日）

风清送爽来，曲径任徘徊。水绿千鹅泛，花红万朵开。

五绝·夏蝉　马维野（2020年7月29日）

伏天唱暑蝉，热浪作七弦。薄翼嘉声鼓，清音悦耳弹。

五绝·晨练　马维野（2020年6月2日）

清晨步四千，遍赏果花园。久炼成钢志，人生法自然。

五绝·紫藤与紫荆　马维野（2020年4月18日）

丕休有此荆，万朵布珠星。若论分高雅，冰清看紫藤。

五绝·上元节晨景　马维野（2020年2月8日）

元宵早日轮，破晓送冬昀。树影斜楼倚，清霜雪地沉。

五绝·元旦献词　马维野（2020年1月1日）

寰球抟转孤，四季变之无。肇启耶稣日，公元岁月殊。

五绝·深秋小区观鸟　马维野（2019年11月21日）

低枝戴胜停，伟木有鸠鸣。树顶盘旋鹊，白头抢草坪。

五绝·重阳 马维野（2019年10月7日）

重阳敬老秋，万户庆田收。硕果高枝挂，慈音遍地讴。

五绝·夏末秋初 马维野（2016年8月25日）

闻秋夏欲阑，碧水映蓝天。月季知时短，争芳不敢眠。

第二节 七言绝句

五言绝句诗谱的每句前面加上与首二字（**以第二字为准**）平仄相反的两个字，就是七言绝句。与五言绝句的创作习惯不同，在唐宋诗人的七言绝句作品中，构成对仗句的不多见。七言绝句的四种格式中，平起平收式最为常见，仄起仄收式最为少见。

5. 七言绝句的平起平收式

$P_Z P Z_P Z Z P \mathbf{P}$，$Z_P Z P P Z Z \mathbf{P}$。$Z_P Z P Z_P P P Z Z$，$P_Z P Z_P Z Z P \mathbf{P}$。

七绝·赠花卿 ［唐］杜甫

锦城丝管日纷纷，半入江风半入云。此曲只应天上有，人间能得几回闻。

七绝·早发白帝城 ［唐］李白

朝辞白帝彩云间，千里江陵一日还。两岸猿声啼不尽，轻舟已过万重山。

七绝·春雪　[唐]韩愈

新年都未有芳华，二月初惊见草芽。白雪却嫌春色晚，故穿庭树作飞花。

七绝·早春呈水部张十八员外二首（其一）　[唐]韩愈

天街小雨润如酥，草色遥看近却无。最是一年春好处，绝胜烟柳满皇都。

七绝·凉州词　[唐]王翰

葡萄美酒夜光杯，欲饮琵琶马上催。醉卧沙场君莫笑，古来征战几人回？

七绝·泊秦淮　[唐]杜牧

烟笼寒水月笼沙，夜泊秦淮近酒家。商女不知亡国恨，隔江犹唱后庭花。

七绝·出塞　[唐]王之涣

黄河远上白云间，一片孤城万仞山。羌笛何须怨杨柳，春风不度玉门关。

七绝·十五夜望月寄杜郎中　[唐]王建

中庭地白树栖鸦，冷露无声湿桂花。今夜月明人尽望，不知秋思落谁家？

七绝·夜直　[宋]王安石

金炉香烬漏声残，翦翦轻风阵阵寒。春色恼人眠不得，月移花影上栏干。

七绝·贵溪在信州城南其水西流七百里入江　〔宋〕晁补之

玉山东去不通州，万壑千岩隘上游。应会逐臣西望意，故教溪水只西流。

七绝·题醉翁亭　马维野（2020年12月3日）

琅琊山麓一亭楼，天降欧阳命笔修。把酒醉翁题刻记，千年绝唱响滁州。

七绝·小满日作　马维野（2020年5月20日）

出春入夏运时行，小满欣逢五二零。麦秀将熟争丽日，花开花落总关情。

七绝·步杜牧清明诗[1]韵　马维野（2020年4月4日）

清明不雨亦纷纷，泪伴笛鸣悼怨魂。假话充真权势有，真言被假落沙村。

七绝·蓝天下漫步　马维野（2020年2月22日）

疾风一夜送天蓝，万里无云漫步闲。树顶银鹰呼啸过，枝头梦鸟欲翩翾。

七绝·元旦祝词　马维野（2020年1月1日）

地平线上日升恒，元旦稣舒梦丹情。但愿人间多世祉，家家户户享太平。

---

1 杜牧清明诗：清明时节雨纷纷，路上行人欲断魂。借问酒家何处有？牧童遥指杏花村。

七绝·小区散步　马维野（2019年11月26日）

天蓝气爽遇初寒，叶落枝枯倦鸟旋。不惧秋风吹面冷，
庭园小径步八千。

七绝·病房中为《诗词曲格律入门》出版赋

马维野（2019年9月12日）

老夫病重笔耕勤，五次三番遇死神。放我阳元生路走，
新书问世慰初心。

七绝·云天　马维野（2017年2月25日）

风光旖旎欲争春，放眼千程气象新。写意蓝天松做笔，
夕晖饱蘸绘雕云。

七绝·春前小雪　马维野（2017年2月21日）

迎春小雪舞柔晶，漫撒云天寄绮情。郁润寒枝冬欲尽，
东风正待送清明。

6. 七言绝句的平起仄收式

P$_Z$PZ$_P$ZPPZ，Z$_P$ZPPZZ**P**。Z$_P$ZPZ$_P$PP
ZZ，P$_Z$PZ$_P$ZZP**P**。

七绝·忆江柳　〔唐〕白居易

曾栽杨柳江南岸，一别江南两度春。遥忆青青江岸上，
不知攀折是何人。

七绝·江南逢李龟年　〔唐〕杜甫

岐王宅里寻常见，崔九堂前几度闻。正是江南好风景，

落花时节又逢君。

七绝·过勤政楼　[唐]杜牧

千秋佳节名空在，承露丝囊世已无。唯有紫苔偏称意，
年年因雨上金铺。

七绝·画松　[唐]景云

画松一似真松树，且待寻思记得无？曾在天台山上见，
石桥南畔第三株。

七绝·秋思赠远二首（其二）　[唐]王涯

厌攀杨柳临清阁，闲采芙蕖傍碧潭。走马台边人不见，
拂云堆畔战初酣。

七绝·咏兰花　[宋]苏辙

兰生幽谷无人识，客种东轩遗我香。知有清芬能解秽，
更怜细叶巧凌霜。

七绝·有约　[宋]赵师秀

黄梅时节家家雨，青草池塘处处蛙。有约不来过夜半，
闲敲棋子落灯花。

七绝·登飞来峰　[宋]王安石

飞来山上千寻塔，闻说鸡鸣见日升。不畏浮云遮望眼，
自缘身在最高层。

七绝·除夜雪　[宋]陆游

北风吹雪四更初，嘉瑞天教及岁除。半盏屠苏犹未举，

灯前小草写桃符。

七绝·闲居　　[宋]司马光

故人通贵绝相过，门外真堪置雀罗。我已幽慵僮更懒，
雨来春草一番多。

七绝·题颐和园残荷照　　马维野（2020年11月21日）

清晖引曜皇家苑，旷阔人稀唱晚晴。枯苇恬然吟柳岸，
残荷依旧笑秋风。

七绝·题友人登山所摄云海照　　马维野（2020年10月30日）

闲身几度冲霄汉，云海茫茫作浪翻。独立峰巅抬望眼，
不知已在万重山。

七绝·小区日月同辉景　　马维野（2020年6月2日）

婵娟半面寒宫曜，日月同辉湛澈天。万里晴空云影少，
花香鸟语俱等闲。

七绝·咏海棠　　马维野（2020年4月10日）

海棠四色花千树，姹紫嫣红正是春。蝶恋蜂缠枝欲醉，
清风叹咏为芳魂。

七绝·庚子年正月圆月　　马维野（2020年2月10日）

新正月亮圆十六，好友八方晒影踪。但悯嫦娥无口罩，
因瘟自闭广寒宫。

七绝·京城雪　　马维野（2019年11月30日）

玉沙夜扮红棠俏，疑是新梅吐丽葩。倦午冬阳如扫彗，

皇城雪景似昙花。

七绝·小区彩叶 马维野（2019年10月29日）

斜阳逸照楼边树，悦目赏心自咏怀。五彩斑斓如梦幻，悠然神往送诗来。

七绝·车轮菊 马维野（2019年10月2日）

百花凋谢秋葩艳，馥郁芬芳不让春。姹紫嫣红如幻景，情钟菊美赏车轮。

七绝·秋语 马维野（2011年9月30日）

西风落叶残阳照，万紫千红景色奇。目送征鸿初展翼，心邀春燕再衔泥。

7. 七言绝句的仄起平收式

$Z_PZPPZZ\mathbf{P}$，$P_ZPZ_PZZ\mathbf{P}$。P_ZPZ_PZP PZ，$Z_PZPPZZ\mathbf{P}$。

七绝·赠汪伦 〔唐〕李白

李白乘舟将欲行，忽闻岸上踏歌声。桃花潭水深千尺，不及汪伦送我情。

七绝·从军行七首（其四） 〔唐〕王昌龄

青海长云暗雪山，孤城遥望玉门关。黄沙百战穿金甲，不破楼兰终不还。

七绝·芙蓉楼送辛渐 〔唐〕王昌龄

寒雨连天夜入湖，平明送客楚山孤。洛阳亲友如相问，一片冰心在玉壶。

七绝·山行　[唐]杜牧

远上寒山石径斜，白云生处有人家。停车坐爱枫林晚，霜叶红于二月花。

七绝·别董大二首（其一）　[唐]高适

千里黄云白日曛，北风吹雁雪纷纷。莫愁前路无知己，天下谁人不识君？

七绝·登科后　[唐]孟郊

昔日龌龊不足夸，今朝放荡思无涯。春风得意马蹄疾，一日看尽长安花。

七绝·题鹤林寺僧舍　[唐]李涉

终日昏昏醉梦间，忽闻春尽强登山。因过[1]竹院逢僧话，偷得浮生半日闲。

七绝·小池　[宋]杨万里

泉眼无声惜细流，树阴照水爱晴柔。小荷才露尖尖角，早有蜻蜓立上头。

七绝·元日　[宋]王安石

爆竹声中一岁除，春风送暖入屠苏。千门万户曈曈日，总把新桃换旧符。

---

1 过，读阴平 guō。

七绝·示儿　［宋］陆游

死去元知万事空，但悲不见九州同。王师北定中原日，家祭无忘[1]告乃翁。

七绝·小雪日秋叶　马维野（2020年11月22日）

昨夜冰寒闯禁城，周天冷峭脆青茎。自知已是无多日，秋叶哀怜作怨声。

七绝·晨游北海公园　马维野（2020年8月5日）

北海公园夏早时，阴天不雨路人稀。琼华岛上山巅塔，御水清荷泛碧漪。

七绝·小月河漫步　马维野（2020年6月3日）

小月河边举步轻，花稀柳密惹吟声。闲人小径悠然走，七步成诗不算能。

七绝·夕阳云下　马维野（2020年3月24日）

举步前庭饭后闲，清风拂面自悠然。云霞漫乱天欲坠，半个夕阳落下山。

七绝·手机摄鸟　马维野（2020年2月15日）

雪霁天晴凛冽风，人稀漫步向啼声。手机摄取花衣鸟，此雀缘何不露名？

1　忘，读阳平 wáng。

七绝·京城庚子年第二场雪　马维野（2020年2月5日）

窗外忽然作雪披，如今已是不足奇。担当重疫知无力，倦懒闲人写小诗。

七绝·秋风　马维野（2019年11月13日）

昨夜惊风一把刀，秋声落叶卷寒潮。天蓝喜鹊争云树，气爽斑鸠守木梢。

七绝·出院次日观小区秋色　马维野（2019年9月27日）

夏日离家返已秋，楼前百果挂枝头。凡花抢绽知时短，自有余香暗下留。

七绝·丙申年中秋　马维野（2016年9月15日）

玉兔天宫暗咏怀，西风送爽净尘埃。清光遍洒怜秋草，疑是嫦娥掷下来。

8. 七言绝句的仄起仄收式

Z_PZP_ZPPZZ，P_ZZP_ZZZP。P_ZZP_PZ
PPZ，$Z_PZPPZZP$。

七绝·绝句四首（其三）　［唐］杜甫

两个黄鹂鸣翠柳，一行白鹭上青天。窗含西岭千秋雪，门泊东吴万里船。

七绝·九月九日忆山东兄弟　［唐］王维

独在异乡为异客，每逢佳节倍思亲。遥知兄弟登高处，遍插茱萸少一人。

七绝·重送绝句　〔唐〕杜牧

绝艺如君天下少，闲人似我世间无。别后竹窗风雪夜，一灯明暗覆吴图。

题授阳镇路　〔唐〕崔涂

越鸟巢边溪路断，秦人耕处洞门开。小桃花发春风起，千里江山一梦回。

七绝·金陵晚望　〔唐〕高蟾

曾伴浮云归晚翠，犹陪落日泛秋声。世间无限丹青手，一片伤心画不成。

七绝·与杜光庭　〔唐〕张令问

试问朝中为宰相，何如林下作神仙。一壶美酒一炉药，饱听松风白昼眠。

阅读提示：第三句里"一炉药"的"一"为入声字，与格律不符，但按"一三五不论"，亦可。

七绝·赠刘景文　〔宋〕苏轼

荷尽已无擎雨盖，菊残犹有傲霜枝。一年好景君须记，最是橙黄橘绿时。

七绝·秋夜将晓出篱门迎凉有感二首（其二）　〔宋〕陆游

三万里河东入海，五千仞岳上摩天。遗民泪尽胡尘里，南望王师又一年。

七绝·偈二十七首（其一）　[宋]释守净

流水下山非有意，片云归洞本无心。人生若得如云水，铁树开花遍界春。

七绝·即事二首（其二）　[宋]汪藻

双鹭能忙翻白雪，平畴许远涨清波。钩帘百顷风烟上，卧看青云载雨过[1]。

七绝·五塔寺秋色　马维野（2020年10月30日）

瑟瑟秋风吹岸柳，翩翩彩叶半零凋。红黄紫绿盈衰草，五塔晴空古木高。

七绝·七夕　马维野（2020年8月25日，庚子年七月初七）

缱绻七夕天上梦，牛郎织女羡人间。柔情蜜意凭丹鹊，甘苦同心一百年。

七绝·日暮闻莺啼　马维野（2020年3月22日）

气爽天晴疏影静，春来斗艳百花争。忽闻树上莺啼脆，日下归来暮鸟鸣。

七绝·小区春花　马维野（2020年3月21日）

万朵杏花争日放，玉兰紫萼又苞开。丁香聚蕊千团簇，连翘金黄妙彩来。

1　过，读阴平 guō。

七绝·手机摄鸟　马维野（2020年1月28日）

子鼠新年多闭户，同忧武汉疫侵欺。手机打鸟安闲步，只待冰融雪化时。

七绝·除夕　马维野（2020年1月24日）

万木春前枝欲醒，归旋子鼠正登台。迎风踏雪交年到，福禄同尌送下来。

七绝·小年　马维野（2020年1月17日，己亥年腊月廿三）

腊月廿三冰雪夜，灶王觐帝奏皇天。上言好事凌霄殿，下降吉祥过大年。

七绝·争柿麻雀　马维野（2020年1月4日）

麻雀争食盘柿少，吱喳作闹抢枝头。寒冬不抵天阳暖，无限乌光为鸟酬。

七绝·元土城遗址公园小趣　马维野（2015年1月19日）

日暖风清衰朔气，幽幽小径锁琼怀。天骄早已成千古，喜鹊双双入画来。

第三节　五言律诗

与五言绝句类似，五言律诗的四种格式中，仄起仄收式最为常见，平起平收式最为少见。

9.五言律诗的仄起仄收式

Z_PZPPZ，PPZZ**P**。 P_ZPPZZ，Z_PZZP**P**。

Z_PZPPZ，PPZZ**P**。P_ZPPZZ，Z_PZZP**P**。

五律 · 春夜喜雨　[唐]杜甫

好雨知时节，当春乃发生。随风潜入夜，润物细无声。
野径云俱黑，江船火独明。晓看红湿处，花重锦官城。

五律 · 春望　[唐]杜甫

国破山河在，城春草木深。感时花溅泪，恨别鸟惊心。
烽火连三月，家书抵万金。白头搔更短，浑欲不胜簪。

五律 · 望月怀远　[唐]张九龄

海上生明月，天涯共此时。情人怨遥夜，竟夕起相思。
灭烛怜光满，披衣觉露滋。不堪盈手赠，还寝梦佳期。

五律 · 次北固山下　[唐]王湾

客路青山外，行舟绿水前。潮平两岸阔，风正一帆悬。
海日生残夜，江春入旧年。乡书何处达？归雁洛阳边。

五律 · 春宵自遣　[唐]李商隐

地胜遗尘事，身闲念岁华。晚晴风过竹，深夜月当花。
石乱知泉咽，苔荒任径斜。陶然恃琴酒，忘却在山家。

五律 · 楚江怀古　[唐]马戴

露气寒光集，微阳下楚丘。猿啼洞庭树，人在木兰舟。
广泽生明月，苍山夹乱流。云中君不见，竟夕自悲秋。

五律·观棋　[唐]杜荀鹤

对面不相见，用心同用兵。算人常欲杀，顾己自贪生。

得势侵吞远，乘危打劫赢。有时逢敌手，对局到深更。

阅读提示：杜荀鹤诗的首联用了对句拗救的修辞方法，出句的"不"由对句的"同"救。

五律·淮上喜会梁川故人　[唐]韦应物

江汉曾为客，相逢每醉还。浮云一别后，流水十年间。

欢笑情如旧，萧疏鬓已斑。何因北归去，淮上对秋山。

五律·除夜书怀　[唐]崔涂

迢递三巴路，羁危万里身。乱山残雪夜，孤烛异乡人。

渐与骨肉远，转于僮仆亲。那堪正飘泊，明日岁华新。

五律·赋得江边柳[1]　[唐]鱼玄机

翠[2]色连[3]荒岸，烟姿入远楼。影[4]铺秋水面，花落钓人[5]头。

根老藏鱼[6]窟，枝低系[7]客舟。萧萧风雨夜，惊梦复添愁。

五律·雪　马维野（2020年12月25日）

入夜琼芳乱，乡晨软絮平。飘飘飞有意，洒洒润无声。

---

1 江边柳，一作"临江树"。

2 翠，一作"草"。

3 连，一作"迷"。

4 影，一作"叶"。

5 人，一作"矶"。

6 鱼，一作"龙"。

7 系，一作"拂"。

六角冬花脆，三光掠影清。江天长万里，几度梦春风。

五律·石林　马维野（2020年11月4日）

七彩深秋里，云南胜景寻。遥观千玉柱，近看万山群。
野旷天低树[1]，天低野旷林。石奇惊墨客，景秀醉游人。

五律·术后半年感怀　马维野（2020年2月15日）

友谊医声起，神州冠九流。仁心齐日月，肝胆写春秋。
诊术千家赞，医德万户讴。博学堪救世，兆庶再无忧。

五律·正月初五希冀　马维野（2020年1月29日）

庚子风云涌，瘟行武汉关。财神怜厚土，灶鬼奏高天。
但愿千秋好，希求万代安。无人说假话，有士吐真言。

五律·出院感怀　马维野（2019年9月26日）

日久无风月，今朝是令年。轻疾逢体弱，重瘤遇身闲。
季夏临危至，登秋祛病旋。朱孙施逸艺，妙力可回天。

五律·重阳　马维野（2015年10月21日）

瑟瑟秋风起，飘飘落叶黄。天凉衰柳苑，水冷静荷塘。
万朵菊香溢，千只鸟语扬。登高极目瞩，忘我醉夕阳。

10. 五言律诗的仄起平收式

Z$_P$ZZPP，PPZZ**P**。P$_Z$PPZZ，Z$_P$ZZP**P**。

Z$_P$ZPPZ，PPZZ**P**。P$_Z$PPZZ，Z$_P$ZZP**P**。

1　野旷天低树，语出孟浩然《五绝·宿建德江》。

五律·观猎 〔唐〕王维

风劲角弓鸣，将军猎渭城。草枯鹰眼疾，雪尽马蹄轻。

忽过新丰市，还归细柳营。回看射雕处，千里暮云平。

五律·塞下曲六首（其三） 〔唐〕李白

骏马似风飙，鸣鞭出渭桥。弯弓辞汉月，插羽破天骄。

阵解星芒尽，营空海雾消。功成画麟阁，独有霍嫖姚。

五律·访戴天山道士不遇 〔唐〕李白

犬吠水声中，桃花带露浓。树深时见鹿，溪午不闻钟。

野竹分青霭，飞泉挂碧峰。无人知所去，愁倚两三松。

五律·秋日赴阙题潼关驿楼 〔唐〕许浑

红叶晚萧萧，长亭酒一瓢。残云归太华，疏雨过中条。

树色随关迥，河声入海遥。帝乡明日到，犹自梦渔樵。

五律·和晋陵陆丞早春游望 〔唐〕杜审言

独有宦游人，偏惊物候新。云霞出海曙，梅柳渡江春。

淑气催黄鸟，晴光转绿蘋。忽闻歌古调，归思欲沾巾。

五律·彩书怨 〔唐〕上官昭容

叶下洞庭初，思君万里馀。露浓香被冷，月落锦屏虚。

欲奏江南曲，贪封蓟北书。书中无别意，惟怅久离居。

五律·送石贯归湖州 〔唐〕姚鹄

同志幸同年，高堂君独还。齐荣恩未报，共隐事应闲。

访寺临湖岸，开楼见海山。洛中推二陆，莫久恋乡关。

五律·寄飞卿　［唐］鱼玄机

阶砌乱蛩鸣，庭柯烟露清。月中邻乐响，楼上远山明。
珍簟凉风著，瑶琴寄恨生。嵇君懒书札，底物慰秋情。

阅读提示：第二句"烟"字平仄不符，但按"一三不论"看，亦可。

五律·江间作四首（其一）　［宋］潘大临

白鸟没飞烟，微风逆上舡。江从樊口转，山自武昌连。
日月悬终古，乾坤别逝川。罗浮南斗外，黔府古河边。

五律·春寒　［宋］梅尧臣

春昼自阴阴，云容薄更深。蝶寒方敛翅，花冷不开心。
亚树青帘动，依山片雨临。未尝辜景物，多病不能寻。

五律·轻窥戴胜鸟　马维野（2020年2月20日）

戴胜也依人，求食草地寻。昂头如羽扇，敛翼似纶巾。
既已叼枝叶，缘何叩木根？投足轻曳履，但恐起惊尘。

五律·京城春近　马维野（2017年2月17日）

乍暖尚寒凌，春来脚步轻。风和呼弱柳，气润醒枯藤。
水碧琼台影，天蓝玉宇明。青石松柏路，隐处是凉亭。

五律·小月河漫步　马维野（2017年2月17日）

正午艳阳高，寒鸦戏柳梢。清风推褐岸，碧水跨红桥。
醒木怜衰草，陈根育幼苗。独行阡陌迥，路有万千条。

五律·暑雨　马维野（2015年8月2日）

阵雨落如催，足刹大暑威。风吹河水皱，雨打柳枝垂。
喜鹊枝头立，蜻蜓草上飞。天凉生爽意，漫客不思归。

五律·春雨　马维野（2015年4月2日）

喜雨应时行，初来万木萌。千丝侵北土，万点舞东风。
怒放桃花语，低垂柳叶声。春寒仍料峭，漫步更轻盈。

五律·初上长白山　马维野（2007年8月17日）

七月恨骄阳，长白好纳凉。美人松劲挺，针叶木清昂。
瀑布垂千尺，温泉润万乡。天池羞面隐，厚霭蔽天光。

11. 五言律诗的平起仄收式

P$_Z$PPZZ，Z$_P$ZZPP。 Z$_P$ZPPZ，PPZZP。
P$_Z$PPZZ，Z$_P$ZZPP。Z$_P$ZPPZ，PPZZP。

五律·山居秋暝　〔唐〕王维

空山新雨后，天气晚来秋。明月松间照，清泉石上流。
竹喧归浣女，莲动下渔舟。随意春芳歇，王孙自可留。

五律·赋得古原草送别　〔唐〕白居易

离离原上草，一岁一枯荣。野火烧不尽，春风吹又生。
远芳侵古道，晴翠接荒城。又送王孙去，萋萋满别情。

阅读提示："野火烧不尽，春风吹又生"用了对句拗救的修辞手法，出句的"不"非平声字，以对句的平声字"吹"予以拗救。

五律·秋登宣城谢朓北楼　〔唐〕李白

江城如画里，山晓望晴空。两水夹明镜，双桥落彩虹。
人烟寒橘柚，秋色老梧桐。谁念北楼上，临风怀谢公。

五律·赠柳　〔唐〕李商隐

章台从掩映，郢路更参差。见说风流极，来当婀娜时。
桥回行欲断，堤远意相随。忍放花如雪，青楼扑酒旗。

五律·登岳阳楼　〔唐〕杜甫

昔闻洞庭水，今上岳阳楼。吴楚东南坼，乾坤日夜浮。
亲朋无一字，老病有孤舟。戎马关山北，凭轩涕泗流。

五律·赋得暮雨送李曹　〔唐〕韦应物

楚江微雨里，建业暮钟时。漠漠帆来重，冥冥鸟去迟。
海门深不见，浦树远含滋。相送情无限，沾襟比散丝。

五律·哭贾岛　〔唐〕可止

燕生松雪地，蜀死葬山根。诗僻降今古，官卑误子孙。
塚栏寒月色，人哭苦吟魂。墓雨滴碑字，年年添藓痕。

五律·送友人出塞　〔唐〕薛能

榆关到不可，何况出榆关。春草临岐断，边楼带日闲。
人归穹帐外，鸟乱[1]废营间。此地堪愁[2]想，霜前作意还。

阅读提示：首句第三字"到"在这里平仄不符，但按"一三

1　乱，一作"度"。
2　堪愁，一作"秋堪"。

不论"看，亦可。

五律 · 静林精舍　［唐］灵一

静林溪路[1]远，萧帝有遗踪。水击罗浮磬，山鸣于阗钟。
灯传三世[2]火，树老万[3]株松。无数[4]烟霞色，空闻昔卧龙。

五律 · 书逸人俞太中屋壁　［宋］魏野

达人轻禄位，居处傍林泉。洗砚鱼吞墨，烹茶鹤避烟。
闲惟歌圣代，老不恨流年。静想闲来者，还应我最偏。

五律 · 咏地摊经济　马维野（2020年6月6日）

地摊经济火，一夜笑神州。昔日遭白眼，今朝遇玉喉。
有司忙定调，百姓乐清讴。求是兴民运，需防作势收。

五律 · 小区漫步　马维野（2020年2月16日）

寒流侵昼夜，万里尽澄明。竹叶随风摆，松枝逆运横。
斑鸠梢上落，麻雀树间逢。踏步庐园寂，心期大疫停。

五律 · 大年初一拜年词

马维野（2020年1月25日，庚子年正月初一）

依依猪却去，跃跃鼠生添。万象遵天道，千秋法自然。
昨天辞旧岁，今日过新年。祈祝人寰永，家和万事安。

1　溪路，一作"精舍"。

2　世，一作"际"。

3　万，一作"五"。

4　数，一作"复"。

五律·二零二零年京城首雪　马维野（2020年1月6日）

风催寒气紧，瑞雪降皇城。地覆银绒软，天飘玉片轻。

扬扬经彻夜，撒撒到临明。住罢云稀渐，清晨爽气生。

五律·初春　马维野（2017年3月10日）

东风梳翠柳，万木醒如约。暖意融融洒，温情脉脉接。

高枝招故鸟，短蕊惹新蝶。蜜露初生少，千蜂竞采撷。

五律·元土城遗址公园初春　马维野（2016年4月5日）

清明催夜雨，春色染残垣。柳翠新枝软，花黄老柢坚。

勤蜂无堕懒，倦鸟不偷闲。莫道红梅俏，白桃更惹怜。

12. 五言律诗的平起平收式

$PPZZ\mathbf{P}$，Z_PZZPP。$\underline{Z_PZPPZ}$，$PPZZ\mathbf{P}$。
$\underline{P_ZPPZZ}$，$Z_PZZP\mathbf{P}$。Z_PZPPZ，$PPZZ\mathbf{P}$。

五律·题玄武禅师屋壁　〔唐〕杜甫

何年顾虎头，满壁画沧洲。赤日石林气，青天江海流。

锡飞常近鹤，杯度不惊鸥。似得庐山路，真随惠远游。

五律·晚晴　〔唐〕李商隐

深居俯夹城，春去夏犹清。天意怜幽草，人间重晚晴。

并添高阁迥，微注小窗明。越鸟巢干后，归飞体更轻。

五律·江亭赠别　〔唐〕马戴

长亭晚送君，秋色渡江濆。衰柳风难定，寒涛雪不分。

猿声离楚峡，帆影入湘云。独泛扁舟夜，山钟可卧闻。

五律·奉和圣制登骊山高顶寓目应制　[唐]赵彦昭

皇情遍九垓，御辇驻昭回。路若随天转，人疑近日来。
河看[1]大禹凿，山见巨灵开。愿扈登封驾，常持荐寿杯。

五律·风蝉　[唐]赵嘏

风蝉且夕鸣，伴夜送秋声。故里客归尽，水边身独行。
噪轩高树合，惊枕暮山横。听处无人见，尘埃满甑生。

五律·凄凄　[唐]韩偓

深将宠辱齐，往往亦凄凄。白日知丹抱，青云有旧蹊。
嗜咸凌鲁济，恶洁助泾泥。风雨今如晦，堪怜报晓鸡。

春日茶山病不饮酒因呈宾客　[唐]杜牧

笙歌登画船，十日清明前。山秀白云腻，溪光红粉鲜。
欲开未开花，半阴半晴天。谁知病太守，犹得作茶仙。

五律·塞上赠王太尉　[宋]释宇昭

嫖姚立大勋，万里绝妖氛。马放降来地，雕闲战后云。
月侵孤垒没，烧彻远芜分。不惯为边客，宵笳懒欲闻。

五律·送友人归　[宋]郑思肖

年高雪满簪，唤渡浙江浔。花落一杯酒，月明千里心。
凤凰身宇宙，麋鹿性山林。别后空回首，冥冥烟树深。

阅读提示："花落一杯酒，月明千里心"用了对句拗救

1　看，读阴平 kān。

的修辞手法，出句里的"一"是仄声字，而该字位必须是平声，诗人在对句的相应字位用平声字"千"拗救。

五律·书文山卷后　［宋］谢翱

魂飞万里程，天地隔幽明。死不从公死，生如无此生。丹心浑未化，碧血已先成。无处堪挥泪，吾今变姓名。

阅读提示："生如无此生"句中"无"是平声字，而此处应该是仄声字。但按"一三不论"看，亦可。

五律·元旦献词　马维野（2020年1月1日）

寰球抔转孤，四季变之无。暗夜天星闪，清晨海日浮。田家思上地，帝业问疆图。肇启耶稣日，公元岁月殊。

五律·北京园林　马维野（2019年6月8日）

园林妙艺求，中外古今留。密叶池边翠，繁花眼底收。闲游听世界，静坐绕环球。四海风光好，江山共一舟。

五律·咏燕　马维野（2018年7月18日）

凌云口带泥，绕柳贯杨枝。高矗图观物，低翾为觅食。春来修垒早，夏至哺雏迟。翼展如流箭，翕飞正此时。

五律·春　马维野（2008年4月1日）

天晴水际沙，气爽树槙鸦。郁郁河边草，柔柔陌上花。桃红风染蕊，柳绿雨催芽。满目春光秀，游情待势发。

五律·小月河初春　马维野（2017年3月8日）

春初寒气衰，小径任徘徊。柳绿千条摆，花黄万朵开。

青梢留候鸟，紫陌长新荄。美景何须赞？诗情亢意来。

五律·雪　马维野（2007年12月10日）

风催草木枯，雪舞在冬初。素树银花挂，黑田软絮铺。叶枯终逝矣，花落再开乎？冷暖皆天意，轮回四季图。

第四节　七言律诗

五言律诗的每句前面加上与首二字（**以第二字为准**）平仄相反的两个字，就是七言律诗。与七言绝句相同，七言律诗的四种格式中，平起平收式最为常见，仄起仄收式最为少见。

13. 七言律诗的平起平收式

$P_Z P Z_P Z Z P \mathbf{P}$，$Z_P Z P P Z Z \mathbf{P}$。$\underline{Z_P Z P Z_P P P}$ $\underline{Z Z}$，$P_Z P Z_P Z Z P \mathbf{P}$。$\underline{P_Z P Z_P Z P P Z}$，$\underline{Z_P Z P P}$ $\underline{Z Z P}$。$Z_P Z P Z_P P P Z Z$，$P_Z P Z_P Z Z P \mathbf{P}$。

七律·左迁至蓝关示侄孙湘　〔唐〕韩愈

一封朝奏九重天，夕贬潮阳路八千。欲为圣朝除弊事，肯将衰朽惜残年。云横秦岭家何在，雪拥蓝关马不前。知汝远来应有意，好收吾骨瘴江边。

七律·钱塘湖春行　〔唐〕白居易

孤山寺北贾亭西，水面初平云脚低。几处早莺争暖树，谁家新燕啄春泥。乱花渐欲迷人眼，浅草才能没马蹄。最爱湖东行不足，绿杨阴里白沙堤。

七律·晚次鄂州 ［唐］卢纶

云开远见汉阳城，犹是孤帆一日程。估客昼眠知浪静，舟人夜语觉潮生。三湘衰鬓逢秋色，万里归心对月明。旧业已随征战尽，更堪江上鼓鼙声。

七律·秋兴八首（其七） ［唐］杜甫

昆明池水汉时功，武帝旌旗在眼中。织女机丝虚夜月，石鲸鳞甲动秋风。波漂菰米沉云黑，露冷莲房坠粉红。关塞极天惟鸟道，江湖满地一渔翁。

七律·贫女 ［唐］秦韬玉

蓬门未识绮罗香，拟托良媒益自伤。谁爱风流高格调，共怜时世俭梳妆。敢将十指夸偏巧，不把双眉斗画长。苦恨年年压金线，为他人作嫁衣裳。

七律·秘书崔少监见示坠马长句，因而和之 ［唐］刘禹锡

麟台少监旧仙郎，洛水桥边坠马伤。尘污腰间青襞绶，风飘掌上紫游缰。上车著作应来问，折臂三公定送方。犹赖德全如醉者，不妨吟咏入篇章。

七律·望蓟门 ［唐］祖咏

燕台一望客心惊，笳鼓喧喧汉将营。万里寒光生积雪，三边曙色动危旌。沙场烽火连胡月，海畔云山拥蓟城。少小虽非投笔吏，论功还欲请长缨。

七律·贫女吟　　［唐］薛逢

残妆满面泪阑干，几许幽情欲话难。云髻懒梳愁拆凤，翠蛾羞照恐惊鸾。南邻送女初鸣珮，北里迎妻已梦兰。惟有深闺憔悴质，年年长凭绣床看[1]。

七律·春游　·［宋］陆游

春风堤上草萋萋，草软沙平护马蹄。似盖微云才障日，如丝细雨不成泥。千秋观里逢新燕，九里山前听[2]午鸡。追忆旧游愁满眼，彩船曾系画桥西。

七律·日长简仲咸　　［宋］王禹偁

日长何计到黄昏？郡僻官闲昼掩门。子美集开诗世界，伯阳书见道根源。风飘北院花千片，月上东楼酒一蹲。不是同年来主郡，此心牢落共谁论[3]。

阅读提示：源，现代汉语属 an 韵而非 en 韵，由此可见，在宋代 an 与 en 有时作同韵。

七律·颐和园深秋　　马维野（2020年11月20日）

长空雁过悦天蓝，又是浮生半日闲。雨过晴来秋色重，风微气爽雀声寒。颐和园里游仙境，玉带桥头度自然。止水清莹湖面静，扬头远眺是荷残。

1　看，读阴平 kān。
2　听，读去声 tìng。
3　论，读阳平 lún。

七律·立夏日作　马维野（2020年5月5日）

时逢立夏更争春，万紫千红不再新。大地茫茫浮碧草，高天滚滚走白云。花繁引惹蜂蝶翅，叶茂勾留鸟雀身。纵使一年游四季，风光旖旎在今晨。

七律·惊蛰日作　马维野（2020年3月5日）

惊蛰醒木唤春来，万象更新扫疫霾。喜鹊衔枝修旧室，画眉亮嗓唱新宅。高天引曜温枯树，厚土接墒润草荄。只盼冬瘟消遁去，幽园小径任徘徊。

七律·己亥年元宵节

马维野（2019年2月19日，己亥年正月十五）

东升玉兔一冰轮，欲化三阳作孟春。岸柳无边飞柳浪，堤杨有际走杨云。寒宫简朴终堪敬，玉宇奢华不自尊。万里青天经雪夜，林烟明月是黄昏。

七律·瘦西湖　马维野（2015年6月13日）

长江北岸落明珠，秀美玲珑宛画图。锦镜阁横河上跨，虹桥孔竖水中凸。三星拱照金山萃，两月交辉白塔芜。敢问天堂何处在？扬州孟夏瘦西湖。

七律·甲午上元辞

马维野（2014年2月14日，甲午年正月十五）

年逢甲午运当昌，瑞雪迎春报未遑。结彩张灯灯有意，欢歌笑语语无央。元宵衮宇银花缀，子夜长街火树妆。世上焉知天榭冷，嫦娥玉兔笑吴刚。

14. 七言律诗的平起仄收式

$P_Z P Z_P Z P P Z$，$Z_P Z P P Z Z \mathbf{P}$。$\underline{Z_P Z P_Z P P}$ $\underline{Z Z}$，$P_Z P Z_P Z Z P \mathbf{P}$。$\underline{P_Z P Z_P Z P P Z}$，$\underline{Z_P Z P P}$ $\underline{Z Z \mathbf{P}}$。$Z_P Z P_Z P P Z Z$，$P_Z P Z_P Z Z P \mathbf{P}$。

七律·客至　〔唐〕杜甫

舍南舍北皆春水，但见群鸥日日来。花径不曾缘客扫，蓬门今始为君开。盘飧市远无兼味，樽酒家贫只旧醅。肯与邻翁相对饮，隔篱呼取尽余杯。

七律·酬乐天扬州初逢席上见赠　〔唐〕刘禹锡

巴山楚水凄凉地，二十三年弃置身。怀旧空吟闻笛赋，到乡翻似烂柯人。沉舟侧畔千帆过，病树前头万木春。今日听君歌一曲，暂凭杯酒长精神。

七律·遣悲怀三首（其一）　〔唐〕元稹

谢公最小偏怜女，自嫁黔娄百事乖。顾我无衣搜荩箧，泥他沽酒拔金钗。野蔬充膳甘长藿，落叶添薪仰古槐。今日俸钱过十万，与君营奠复营斋。

七律·赠司空拾遗　〔唐〕戴叔伦

侍臣何事辞云陛，江上弹冠见雪花。望阙未承丹凤诏，开门空对楚人家。陈琳草奏才还在，王粲登楼兴不赊。高馆更容尘外客，仍令[1]归去待琼华。

七律·除浙东留题桂郡林亭　[唐]元晦

紫泥远自金銮降，朱旆翻驰镜水头。陶令风光偏畏夜，子牟衰鬓暗惊秋。西邻月色何时见，南国春光岂再游。莫遣艳歌催客醉，不堪回首翠蛾愁。

七律·寄黄几复　[宋]黄庭坚

我居北海君南海，寄雁传书谢不能。桃李春风一杯酒，江湖夜雨十年灯。持家但有四立壁，治病不蕲三折肱。想见读书头已白，隔溪猿哭瘴溪藤。

七律·登快阁　[宋]黄庭坚

痴儿了却公家事，快阁东西倚晚晴。落木千山天远大，澄江一道月分明。朱弦已为佳人绝，青眼聊因美酒横。万里归船弄长笛，此心吾与白鸥盟。

七律·次韵子瞻闻不赴商幕三首（其二）　[宋]苏辙

南商西洛曾虚署，长吏居民怪不来。妄语自知当见弃，远人未信本非才。厌从贫李嘲东阁，懒学谀张缓两腮。知有四翁遗迹在，山中岂信少人哉！

七律·和君贶题潞公东庄　[宋]司马光

嵩峰远叠千重雪，伊浦低临一片天。百顷平皋连别馆，

1　令，读阳平 líng。

两行疏柳拂清泉。国须柱石扶丕构，人待楼航济巨川。萧相方如左右手，且於穷僻置闲田。

七律·寄题徐都官新居假山　［宋］梅尧臣

太湖万穴古山骨，共结峰岚势不孤。苔径三层平木末，河流一道接墙隅。已知谷口多花药，只欠林间落狄鼯。谁侍巾鞋此游乐，里中遗老肯相呼？

七律·重阳节作　马维野（2020年10月25日，庚子年九月初九）

重阳节里风光好，蝶舞飞花上半霄。落叶纷纷人眼乱，秋风阵阵瑞云飘。观菊九月茱萸佩，敬老三生景运昭。心念尊亲遥送目，望乡眺瞩欲登高。

七律·立春日作　马维野（2020年2月4日）

年逢庚子多灾祸，武汉瘟神昼夜侵。假作真时真亦假，真成假后假逼真。装神走遍神间道，弄鬼摸全鬼域门。万象更新今日起，春回大地起诗文。

七律·盛夏惜春　马维野（2016年7月1日）

炎炎烈日中天烤，草木无心半欲焦。目瞩晴空怛热浪，身临炼狱盼凉潮。鸟语声声藏松叶，蝉鸣阵阵透柳梢。多少春情堪缅忆，花香叶嫩雨潇潇。

七律·二千零一十四年末赠同僚　马维野（2014年12月31日）

十年一瞬客心懒，纵使尘寰百媚生。放眼高天天晦暗，投足大地地溟濛。并无济世凌云志，徒有经纶普度情。后辈新朋当自勉，人间苦短似流星。

七律·韶山　马维野（2008年4月10日）

阳春三月东风暖，秀水青山御气生。巨像铜成合巨手，尘屋土就载尘封。歇坪虎卧花争俏，水洞滴流鸟不鸣。纵有人间千百景，韶山冲里亦多情。

七律·冬初吟　马维野（2007年11月30日）

西风尽扫千层叶，万木凋零示世冬。喜鹊声声鸣古树，寒鸦阵阵唱枯藤。不因体弱消残志，定要身强伴此生。躲尽危机成大道，闲来赏雪一身轻。

15. 七言律诗的仄起平收式

$Z_P Z P P Z Z \mathbf{P}$，$P_Z P Z P_Z Z Z P \mathbf{P}$。$\underline{P_Z P Z P_Z Z P}$ $P Z$，$Z_P Z P P Z Z \mathbf{P}$。$\underline{Z_P Z P_Z P P Z Z}$，$P_Z P Z P_Z$ $Z P \mathbf{P}$。$P_Z P Z P_Z Z P P Z$，$Z_P Z P P Z Z \mathbf{P}$。

七律·相见时难别亦难　[唐] 李商隐

相见时难别亦难，东风无力百花残。春蚕到死丝方尽，蜡炬成灰泪始干。晓镜但愁云鬓改，夜吟应觉月光寒。蓬山此去无多路，青鸟殷勤为探看[1]。

七律·昨夜星辰昨夜风　[唐] 李商隐

昨夜星辰昨夜风，画楼[2]西畔桂堂东。身无彩凤双飞翼，

1　看，读阴平 kān。

2　楼，一作"堂"。

心有灵犀一点通。隔座送钩春酒暖，分曹射覆蜡灯红。嗟余听鼓应官去，走马兰台类断[1]蓬。

七律·送温庭筠尉方城　[唐]纪唐夫

何事明时泣玉频，长安不见杏园春。凤凰诏下虽沾命，鹦鹉才高却累身。且尽[2]绿醹销积恨，莫辞黄绶拂行尘。方城若比长沙路，犹隔[3]千山与万津。

七律·题陆侍御林亭　[唐]许浑

野水通池石叠台，五营无事隐雄才。松斋下马书千卷，兰舫逢人酒一杯。寒树雪晴红艳吐，远山云晓翠光来。定知别后无多日，海柳江花次第开。

七律·奉和陆中丞使君长源寒食日作　[唐]皎然

寒食江天气最清，庾公晨望动高情。因逢内火千家静，便睹行春万木荣。深浅山容飞雨细，萦纡水态拂云轻。腰章本郡谁相似，数日临人政已成。

七律·病后登快哉亭　[宋]贺铸

经雨清蝉得意鸣，征尘断处见归程。病来把酒不知厌，梦后倚楼无限情。鸦带斜阳投古刹，草将野色入荒城。故园又负黄华约，但觉秋风发上生。

1　断，一作"转"。

2　尽，一作"饮"。

3　隔，一作"有"。

七律 · 油壁香车　〔宋〕晏殊

油壁香车不再逢，峡云无迹任西东。梨花院落溶溶月，柳絮池塘淡淡风。几日寂寥伤酒后，一番萧索禁烟中。鱼书欲寄何由达？水远山长处处同。

七律 · 莎衣　〔宋〕杨朴

软绿柔蓝着胜衣，倚船吟钓正相宜。蒹葭影里和烟卧，菡萏香中带雨披。狂脱酒家春醉后，乱堆渔舍晚晴时。直饶紫绶金章贵，未肯轻轻博换伊。

七律 · 游山西村　〔宋〕陆游

莫笑农家腊酒浑，丰年留客足鸡豚。山重水复疑无路，柳暗花明又一村。箫鼓追随春社近，衣冠简朴古风存。从今若许闲乘月，拄杖无时夜叩门。

七律 · 柳絮　〔宋〕刘筠

半减依依学转蓬，班骓无奈恣西东。平沙千里经春雪，广陌三条尽日风。北斗城高连蠛蠓，甘泉树密蔽青葱。汉家旧苑眠应足，岂觉黄金万缕空？

七律 · 游北宫国家森林公园　马维野（2020年10月6日）

一盏乌阳曜北宫，松涛万顷作秋声。行龙谷里无龙迹，百鸟林中有鸟鸣。拦翠台前观秀色，狼坡顶上悟山形。凡尘总使人心累，到此恣游万事空。

阅读提示：行龙谷、百鸟林、拦翠台、狼坡顶都是北宫国家森林公园内的景点名称。

七律·正月初七有感 马维野（2020年1月31日）

武汉瘟君愈放欢，人七日里叹尘寰。真言一句招凌窘，假话连篇获赐颁。野味狂吃无善报，疫情滥隐有疴添。依循六道安滋祸? 不可专恣逆自然!

七律·病客自狂 马维野（2019年4月15日）

开口成词动笔诗，文坛千载尚相宜。多年染病衰心体，几日康强未可知。玉浪滔滔淘秀士，洪流滚滚送良医。假如生在唐朝里，敢与谪仙比峻低。

七律·尼亚加拉瀑布 马维野（2007年9月19日）

大瀑奔腾气势雄，身经二度伴涛声。晴空万里倾盆雨，煦日八方卷涌风。碧水高墙掀巨浪，蓝天阔幕映长虹。人间景色千般美，尼亚加拉更不同。

七律·临福州 马维野（2007年6月17日）

万米高云脚下飔，风和日丽作南航。银鹰振翅临东海，楫橹催舟竞闽江。鼎势三山山峙鼎，长流一水水流长。都说玉宇天堂美，怎比榕城巧扮妆。

七律·九寨沟 马维野（2006年10月21日）

九寨沟深嵌四川，孤生一到不思还。千层彩叶沉蓝水，万仞白峰破碧天。亦幻亦真仙境乱，如诗如画梦乡恬。无边秋色催人醉，疑是神图落海寰。

16. 七言律诗的仄起仄收式

$Z_P Z P_Z P P Z Z$，$P_Z P Z_P Z Z P P$。<u>$P_Z P Z_P Z$</u>
<u>$P P Z$</u>，$Z_P Z P P Z Z P$。$Z_P Z P_Z P P Z Z$，$P_Z P Z_P$
<u>$Z Z P P$</u>。$P_Z P Z_P Z P P Z$，$Z_P Z P P Z Z P$。

七律·闻官军收河南河北　〔唐〕杜甫

剑外忽传收蓟北，初闻涕泪满衣裳。却看妻子愁何在，漫卷诗书喜欲狂。白日放歌须纵酒，青春作伴好还乡。即从巴峡穿巫峡，便下襄阳向洛阳。

七律·馆娃宫怀古　〔唐〕皮日休

艳骨已成兰麝土，宫墙依旧压层崖。弩台雨坏逢金镞，香径泥销露玉钗。砚沼只留溪[1]鸟浴，屧廊空信[2]野花埋。姑苏麋鹿真闲事，须为当时一怆怀。

七律·早冬　〔唐〕白居易

十月江南天气好，可怜冬景似春华。霜轻未杀萋萋草，日暖初干漠漠沙。老柘叶黄如嫩树，寒樱枝白是狂花。此时却羡闲人醉，五马无由入酒家。

七律·再授连州至衡阳酬柳柳州赠别　〔唐〕刘禹锡

去国十年同赴召，渡湘千里又分岐。重临事异黄丞相，三黜名惭柳士师。归目并随回雁尽，愁肠正遇断猿时。桂江

1　溪，一作"山"。

2　信，一作"任"。

东过连山下，相望长吟有所思。

七律·代弃妇答贾客　[唐]李端

玉垒城边争走马，铜鞮市里共乘舟。鸣环动佩恩无尽，掩袖低巾泪不流。畴昔将歌邀客醉，如今欲舞对君羞。忍怀贱妾平生曲，独上襄阳旧酒楼。

七律·早春病中　[唐]王建

日日春风阶下起，不吹光彩上寒株。师教绛服禳衰月，妻许青衣侍病夫。健羡人家多力子，祈求道士有神符。世间方法从谁问，卧处还看药草图。

七律·游张公洞寄陶校书　[唐]方干

步步势穿江底去，此中危滑转身难。下蒸阴气松萝湿，外制温风杖屦寒。数里烟云方觉异，前程世界更应宽。由来委曲寻仙路，不似先生换骨丹。

七律·望江道中　[宋]陆游

吾道非邪来旷野，江涛如此去何之？起随乌鹊初翻后，宿及牛羊欲下时。风力渐添帆力健，橹声常杂雁声悲。晚来又入淮南路，红树青山合有诗。

七律·清明　[宋]黄庭坚

佳节清明桃李笑，野田荒冢只生愁。雷惊天地龙蛇蛰，雨足郊原草木柔。人乞祭余骄妾妇，士甘焚死不公侯。贤愚千载知谁是，满眼蓬蒿共一丘。

七律 · 次韵平甫金山会宿寄亲友　[宋] 王安石

天末海门横北固，烟中沙岸似西兴。已无船舫犹闻笛，远有楼台只见灯。山月入松金破碎，江风吹水雪崩腾。飘然欲作乘桴计，一到扶桑恨未能。

七律 · 龙抬头日作　马维野（2020年2月24日）

庚子新年邪运扰，神州奋起与魔争。真言有难揭瘟状，假话无灾隐疫情。万众一心援楚壤，千方百计救江城。伏龙睡醒抬头赞，举世降妖正向赢！

七律 · 颐和园游记　马维野（2018年8月31日）

霞卷云舒游上苑，天蓝气爽送柔和。蝉鸣弱柳扬声远，鸟戏高枝落影多。岭后白云衬宝塔，湖心绿叶缀秋波。轻盈碎步西堤静，玉带桥头止水活。

七律 · 桂林银子岩游记　马维野（2017年9月16日）

地造天成银子洞，八方四面慕仙容。飞流石瀑三千尺，倒挂瑶花二万丛。多彩缤纷如梦幻，琳琅满目是真情。若非鬼斧神工造，哪有岩溶胜玉宫？

七律 · 贺协会会员大会　马维野（2016年7月26日）

天下群英襄盛举，八方四面聚瑶京。承前启后偕行振，继往开来缵衍兴。万马奔腾图大业，千军奋进践新程。孰何难却诸君意，暂使闲身再热情。

七律·除夕　马维野（2013年2月9日）

恰到龙腾蛇舞日，刚逢雪夜焰花时。抬头姹紫周天挂，俯首嫣红遍地披。纵有寒侵春意涌，虽无冷退暖流滋。寰球万户迎春早，举国千家守岁迟。

七律·阳春　马维野（2008年3月25日）

日丽风和阳霁后，枝头喜鹊弄交鸣。如茵绿草伏新蚁，似锦繁花引幼蜂。碧水潺潺鱼跃任，蓝天浩浩鸟飞凭。尘寰自古多遗恨，不享春光枉此生。

第三章 常用小令词谱选

一首小令词的字数不超过 58 个。

17. 十六字令（又名《苍梧谣》《归字谣》，单调 16 字）

P，Z$_p$ZPPZZP。PPZ，Z$_p$ZZPP。

天 ［宋］蔡伸

天，休使圆蟾照客眠。人何在，桂影自婵娟。

眠 ［宋］周邦彦

眠，月影穿窗白玉钱。无人弄，移过枕函边。

归 ［宋］袁去华

归，目断吾庐小翠微。斜阳外，白鸟傍山飞。

归 ［宋］张孝祥

归，十万人家儿样啼。公归去，何日是来时。

寻 ［清］朱彝尊

寻，帘外无端堕玉簪。笼灯去，休待落花深。

小区秋光　马维野（2019年10月27日）

芳，碧草如茵走冷香。轻风过，彩叶泛秋光。

咏荷　马维野（2019年7月11日）

荷，衣绿裙红舞水泽。婀娜态，摇曳亦难折。

海棠花溪赏花　马维野（2019年4月4日）

婷，万朵争相戏彩霞。云行客，最爱海棠花。

云端机舱外景　马维野（2016年6月21日）

霄，万里白云脚下飘。群山渺，江水一银条。

18. 梧桐影（单调20字）

ZZP，PPZ。PPZ$_p$ZPZP，P$_z$PZZPPZ。

落日斜　[唐]吕岩

落日斜，秋风冷。幽人今夜来不来？教人立尽梧桐影。

月欲谢　[唐]薛琼

月欲斜，风偏冷。秋思邻家分得来，隔墙移过梧桐影。

动物园水禽湖小景　马维野（2020年3月30日）

止水清，波纹静。千花万鸟织锦图，天鹅妙舞无朝凤。

烟台清晨漫步　马维野（2015年6月11日）

绿叶浓，红花艳。清晨曲径徐步行，霞光顾影长相伴。

19. 荷叶杯（单调23字）

ZZZPPZ，PZ，ZPP（换韵）。ZPPZZP Z（换仄韵），PZ，ZPP（换回平韵）。

一点露珠　〔唐〕温庭筠

一点露珠凝冷，波影，满池塘。绿茎红艳两相乱，肠断，水风凉。

楚女欲归　〔唐〕温庭筠

楚女欲归南浦，朝雨，湿愁红。小船摇漾入花里，波起，隔西风。

小区花争俏　马维野（2020年3月27日）

一夜降温凄爽，凉旷，又天蓝。小区清静百花俏，夸耀，在争妍。

冬天的果实　马维野（2016年11月27日）

百树尽凋枯叶，披谢，露红妆。看云枝顶上窝絮，鹊喜，恋冬阳。

阅读提示：根据示例词作理解和掌握韵脚的变化。

20. 南歌子（又名《南柯子》《风蝶令》，单调26字）

$ZZPPZ$，$PPZZ\textbf{P}$。$P_Z PZ_p ZZP\textbf{P}$，$Z_p Z$ $P_Z PZ_p Z_p$、$ZP\textbf{P}$。

柳色遮楼暗　〔唐〕张泌

柳色遮楼暗，桐花落砌香。画堂开处晚风凉，高卷水精帘额、衬斜阳。

锦荐红鸂鶒　〔唐〕张泌

锦荐红鸂鶒，罗衣绣凤凰。绮疏飘雪北风狂，帘幕尽垂无事、郁金香。

就医返家路上作　马维野（2020年2月26日）

妙手回春术，忠肝义胆谋。博精仁爱落通州，救死扶伤天下、第一流。

立冬日作　马维野（2019年11月8日）

日月移时季，天人度立冬。友亲相探看叶红，无限丹光妙舞、作秋浓。

小月湖畔看春花　马维野（2019年3月18日）

丽蕊桃枝满，新花杏杈盈。松林高处鸟争鸣，小月河边垂柳、笑春风。

夏末秋初　马维野（2016年9月6日）

日朗光天爽，花香草木稠。果实拥簇挂枝头，还有绿波云影、衬高楼。

北海公园小景　马维野（2016年4月1日）

树影石栏上，春光水下沉。野鸭白塔细波粼，弱柳轻风云舞、伴花魂。

21.捣练子（又名《深院月》，单调27字）

$\underline{P_Z Z Z}$，$Z P P$，$Z_P Z P P Z_P Z P$。$Z_P Z P_Z P P$$Z Z$，$P_Z P Z_P Z Z P P$。

深院静　［唐］李煜

深院静，小庭空，断续寒砧断续风。无奈夜长人不寐，

数声和月到帘栊。

云鬟乱　〔唐〕李煜

云鬟乱，晚妆残，带恨眉儿远岫攒。斜托香腮春笋懒，为谁和泪倚阑干？

夜如年　〔宋〕贺铸

斜月下，北风前，万杵千砧捣欲穿。不为捣衣勤不睡，破除今夜夜如年。

望书归　〔宋〕贺铸

边堠远，置邮稀，附与征衣衬铁衣。连夜不妨频梦见，过年惟望得书归。

晓起　〔宋〕陈著

花影乱，晓窗明，莺弄春笙柳外声。和梦卷帘飞絮入，牡丹无语正盈盈。

午间散步有感于天气不好　马维野（2020年3月8日）

昨未雨，现多云，雾漫天霾难养魂。喜鹊飞来邀凤乐，凤烦啄木闹声频。

午间散步有感于天气好　马维野（2020年3月7日）

昨有雨，现无云，碧透蓝天宜养魂。喜鹊喳喳迎凤意，凤嫌啄木鸟声频。

迎春曲　马维野（2015年2月3日）

花喜鹊，翠枝头，河里双鸭自在游。气爽天蓝风皱水，满园草木盼春遒。

住院部月下漫步　马维野（2007年11月23日）

空院寂，老楼寒，信步环途一百圈。小径逶迤眠树影，高天迥处挂冰盘。

22. 桂殿秋（单调27字）

P_ZZ，ZP_ZP，$P_ZP_ZZZ_PZ_PP_Z P$。P_ZPZZ_P P_ZPZ，$ZZPPZ_PZ P$。

仙女下　[唐]李白

仙女下，董双成，汉殿夜凉吹玉笙。曲终却从仙官去，万户千门惟月明。

河汉女　[唐]李白

河汉女，玉炼颜，云輧往往在人间。九霄有路去无迹，袅袅香风生佩环。

秋色里　[宋]向子諲

秋色里，月明中，红旌翠节下蓬宫。蟠桃已结瑶池露，桂子初开玉殿风。

思往事　[清]朱彝尊

思往事，渡江干，青蛾低映越山看。共眠一舸听秋雨，小簟轻衾各自寒。

蓝天迎春　马维野（2020年3月13日）

天湛透，地回温，晴空万里无片云。东君送暖花枝俏，只待前头遍地春。

春夏之交　马维野（2015年5月8日）

春色里，夏初前，桃花败尽有谁怜？蒹葭绿嫩争舒启，月季花红百鸟翾。

23. 解红（单调27字）

<u>Z Z Z</u>，Z P **P**，Z P Z Z P Z **P**。Z Z P P Z P Z，Z P Z Z P **P**。

百戏罢　［唐］和凝

百戏罢，五音清，解红一曲新教成。两个瑶池小仙子，此时夺却柘枝名。

移玉柱　［清］郑文焯

移玉柱，尽金尊。旧时红袖新啼痕。长得人情似初见，月珑应不耐黄昏。

小区秋果　马维野（2019年10月6日）

叶未落，果没摘，秋季小院花尽衰。满目山楂海棠笑，枣熟柿涩胖榴呆。

24. 南乡子（单调27字）

Z Z P **P**，P$_Z$P$_Z$P Z Z P **P**。Z$_P$Z P P P Z **Z**（换仄韵，不同韵），P **Z**，Z Z P P P$_Z$**Z**。

画舸停桡　［唐］欧阳炯

画舸停桡，槿花篱外竹横桥。水上游人沙上女，回顾，笑指芭蕉林里住。

岸远沙平 〔唐〕欧阳炯

岸远沙平，日斜归路晚霞明。孔雀自怜金翠尾，临水，认得行人惊不起。

卢橘催酸 〔清〕毛奇龄

卢橘催酸，风生菱叶瘴烟寒。自卖明珠归极浦，心苦，白氎单衫着秋雨。

回春 马维野（2020年3月14日）

爽气清道，嫩芽新叶上枝头。柳色初黄风不静，乘兴，几点桃红春欲逞。

春日 马维野（2017年3月29日）

煦日和风，春山如画百花争。绿水蓝天云绮幕，无数，弱柳新枝临岸舞。

阅读提示：根据示例领会换不同仄韵。

25. 潇湘神（单调27字，格一）

P Z P，P Z P（叠），Z P Z$_p$ Z Z P P。Z$_p$ Z Z P P Z Z，P P P Z Z P P。

湘水流 〔唐〕刘禹锡

湘水流，湘水流，九疑云物至今愁。君问二妃何处所？零陵香草露中秋。

斑竹枝　[唐] 刘禹锡

斑竹枝，斑竹枝，泪痕点点寄相思。楚客欲听瑶瑟怨，潇湘深夜月明时。

春日　[清] 梁清标

春日晴，春日晴，海天回首绿烟平。箫鼓千船牵锦缆，几番花醉五羊城。

潇水深　[清] 屈大均

潇水深，湘水深，双双流水逐臣心。潇水不如湘水好，将愁送去洞庭阴。

深秋院景　马维野（2016年11月5日）

凉叶黄，凉叶黄，雾霾稍退隐昏阳。更有海棠红似火，枝头悬柿赏秋光。

26. 潇湘神（单调27字，格二）

Z P **P**，Z P **P**（叠），Z P P Z Z P **P**。Z$_P$ Z P$_Z$ P P Z Z，P P Z Z Z P **P**。

端午竞渡棹歌　[宋] 黄公绍

望湖天，望湖天，绿杨深处鼓鼟鼟。好是年年三二月，湖边日日看划船。

鬥轻桡　[宋] 黄公绍

鬥轻桡，鬥轻桡，雪中花卷棹声摇。天与玻璃三万顷，尽教看得几吴舠。

月明中　[宋]黄公绍

月明中，月明中，满湖春水望难穷。欲学楚歌歌不得，一场离恨两眉峰。

小区春归　马维野（2020年3月15日）

对祥云，对祥云，玉兰花紫蕴吟魂。弱柳依依松愈绿，黄苞绽蕊报新春。

27.忆江南（又名《望江南》《梦江南》《江南好》，单调27字）

P Z $_P$ Z，Z $_P$ Z Z P **P**。Z$_P$ Z P $_Z$ P P Z Z，P $_Z$ P Z $_P$ Z Z P **P**。Z$_P$ Z Z P **P**。

江南好　[唐]白居易

江南好，风景旧曾谙。日出江花红胜火，春来江水绿如蓝。能不忆江南？

江南忆　[唐]白居易

江南忆，最忆是杭州。山寺月中寻桂子，郡亭枕上看潮头。何日更重游？

春去也　[唐]刘禹锡

春去也，多谢洛城人。弱柳从风疑举袂，丛兰裛露似沾巾。独坐亦含颦。

春去也　[唐]刘禹锡

春去也，共惜艳阳年。犹有桃花流水上，无辞竹叶醉尊前。惟待见青天。

多少恨　［唐］李煜

多少恨，昨夜梦魂中，还似旧时游上苑，车如流水马如龙。花月正春风。

小月河边漫步　马维野（2020年4月16日）

谁伴我，逸陌看花红？俯首清波河泛滟，抬头翠柳路茏葱。此刻静恬中。

小区孟夏　马维野（2017年5月14日）

时孟夏，又现北京蓝。穹顶芸芸白浪滚，园中苊苊绿茵翻。似醉梦江南。

海口景色　马维野（2015年1月23日）

椰城美，海阔碧空蓝。郁郁林深白鹭舞，葱葱草茂彩蝶翩。胜似在江南。

雾　马维野（2008年2月26日）

侵夜冷，严气渐成浓。缥缈虚无旷野上，随风影有半山中。日照便失踪。

28. 渔父（单调 27 字）

$Z_PZPPZZ\textbf{P}$，$P_ZPPZZ\textbf{P}$。$\underline{P_ZZ_PZ}$，$\underline{Z}$
$\underline{PP}$，$P_ZP_ZZ_PZ_PZP_Z\textbf{P}$。

西塞山前白鹭飞　［唐］张志和

西塞山前白鹭飞，桃花流水鳜鱼肥。青箬笠，绿蓑衣，斜风细雨不须归。

棹警鸥飞水溅袍　　［唐］李珣

棹警鸥飞水溅袍，影随潭面柳垂绦。终日醉，绝尘劳，曾见钱塘八月涛。

一棹春风一叶舟　　［唐］李煜

一棹春风一叶舟，一纶茧缕一轻钩。花满渚，酒满瓯，万顷波中得自由。

乐是风波钓是闲　　［唐］张松龄

乐是风波钓是闲，草堂松桧已胜攀。太湖水，洞庭山，狂风浪起且须还。

莫论轻重钓竿头　　［宋］薛师石

莫论轻重钓竿头，住得船归即便休。酒味薄，胜空瓯，事事何须著意求。

钓得鳊鱼不卖钱　　［明］刘基

钓得鳊鱼不卖钱，瓷瓯引满看青天。芳树下，夕阳边，睡觉芦花雪满船。

迎春枝　　马维野（2020年3月12日）

作速春分不日来，南枝托嫩欲花开。新萼露，老根埋，含苞待放等人摘。

武汉　　马维野（2015年6月8日）

楚地云遮暑日夕，长江翻浪汉流急。东水阔，北洋低，楼空鹤影草萋萋。

29. 阳关曲（单调28字）

ZPPZZP**P**，Z_PZPPZ_PZ**P**。ZPZZZPZ，

PZPPP_ZZ**P**。

渭城曲[1] 　〔唐〕王维

渭城朝雨浥轻尘，客舍青青[2]杨柳春[3]。劝君更尽一杯酒，西出阳关无故人。

伊州歌 　〔唐〕王维

清风明月苦相思，荡子从戎十载馀。征人去日殷勤嘱，归雁来时数附书。

凉州赛神 　〔唐〕王维

凉州城外少行人，百尺峰头望虏尘。健儿击鼓吹羌笛，共赛城东越骑神。

中秋作 　〔宋〕苏轼

暮云收尽溢清寒，银汉无声转玉盘。此生此夜不长好，明月明年何处看。

1　渭城曲，一作"送元二使安西"。

2　青青，一作"依依"。

3　杨柳春，一作"柳色新"。

军中　［宋］苏轼

受降城下紫髯郎，戏马台南旧战场[1]。恨君不取契丹首，金甲牙旗归故乡。

李公择　［宋］苏轼

济南春好雪初晴，才到龙山马足轻。使君莫忘雪溪女，还作阳关肠断声。

大寒遇腊八　马维野（2021年1月20日，庚子年腊月初八）

暮冬凛气愈凌威，刺骨钻心似冷锥。大寒巧遇腊八日，严冽凄风满贯吹。

春前　马维野（2020年3月3日）

暖阳风煦到春前，将入惊蛰草不眠。嫩苞点点似星散，无笔吟诗人养闲。

阅读提示：《阳关曲》词作容易被误作平起平收式七绝诗，请注意两者的区别。

30. 江南春（单调30字）

<u>ＰＺＺ，ＺＰ**Ｐ**。</u>ＰＰＰＺＺ，ＰＺＺＰ**Ｐ**。ＰＰＰＺＰＰＺ，ＰＺＰＰＰＺ**Ｐ**。

江南春　［宋］寇准

波渺渺，柳依依。孤村芳草远，斜日杏花飞。江南春尽

---

1 场，读阳平 cháng。

离肠远，蘋满汀洲人未归。

风料峭　［清］冯煦

风料峭，月冥濛。波生前渡碧，花谢去年红。西楼一夜听鶗鴂，春尽重帘闲梦中。

春寂寂　［清］冯煦

春寂寂，思厌厌。薄寒人中酒，微雨燕归帘。庭阴竟日东风峭，吹满樱桃花一奁。

北京蓝　马维野（2016年8月26日）

秋影日，艳阳天。昨逢云叶秀，今遇北京蓝。晴空初洗舒穹幕，夕景如涂归雁翾。

31. 六幺令（单调30字）

P Z **P**，Z Z **P**，Z Z P P Z Z **P**，P P Z Z **P**。Z P **P**，Z P **P**，Z P **P**，Z Z **P**。

东与西　［唐］吕岩

东与西，眼与眉，偃月炉中运坎离，灵砂且上飞。最幽微，是天机。你休痴，你不知。

马褂叶·海棠果·车轮菊　马维野（2019年10月7日）

红海棠，马褂黄，恋顾车轮分外香，工蜂采蜜忙。太阳光，暖洋洋。换秋装，美景长。

32. 步步娇（单调31字）

Z Z Z P **Z**，P Z Z P **Z**。Z Z Z P P，Z **Z**。Z Z Z

PZPZ，PZPZZPZ。

住在古窑墓 〔元〕范圆曦

住在古窑墓，行坐立歌舞。捉住这真空，猛悟。自古及今说龙虎，无一无一个人悟。

戏题小区蘑菇照 马维野（2017年8月20日）

有雨落连日，催长夏菇起。个个顶光圆，馥苾。草帽一枚伞三例，飞闹麻雀送花苾。

阅读提示：第四句二字短韵，末句重此句韵，且末句最后一字须重复第四句之末字。

33. 蕃女怨（单调31字）

ZPPZPZZ，ZZPZ。ZPP，PZZ（可换不同韵），ZPPZ。ZPPZZPP（换平韵，不同韵），ZPP。

万枝香雪开已遍 〔唐〕温庭筠

万枝香雪开已遍，细雨双燕。钿蝉筝，金雀扇，画梁相见。雁门消息不归来，又飞回。

碛南沙上惊雁起 〔唐〕温庭筠

碛南沙上惊雁起，飞雪千里。玉连环，金镞箭，年年征战。画楼离恨锦屏空，杏花红。

美人楼上暝未起 〔清〕蒋春霖

美人楼上暝未起，楼下春水。碧鱼鳞，红燕尾，梦魂千里。去年杨柳已天涯，况杨花。

小区春趣　　马维野（2020年3月19日）

万枝花俏春已到，怎向君报？享阳光，望雨露，在今朝暮。
画眉清唱伴东风，柳梢青。

蜂恋紫薇　　马维野（2015年7月29日）

百花开尽何处看？赏紫薇艳。任风吹，凭雨溅，愈加娟倩。
万蜂争蜜采撷忙，送幽香。

阅读提示：根据示例把握好韵脚的变化。

34. 忆王孙（又名《豆叶黄》《阑干万里心》，单调 31字）

$P_ZPZ_PZZP\textbf{P}$，$Z_PZPPZ_PZ\textbf{P}$。Z_PZPPZ_P
$Z\textbf{P}$。$ZP\textbf{P}$，$Z_PZPPZ_PZ\textbf{P}$。

春词　　［宋］李重元

萋萋芳草忆王孙，柳外楼高空断魂。杜宇声声不忍闻。
欲黄昏，雨打梨花深闭门。

秋词　　［宋］李重元

飕飕风冷荻花秋，明月斜侵独倚楼。十二珠帘不上钩。
黯凝眸，一点渔灯古渡头。

番阳彭氏小楼作　　［宋］姜夔

冷红叶叶下塘秋，长与行云共一舟。零落江南不自由。
两绸缪，料得吟鸾夜夜愁。

秋江送别集古句　〔宋〕辛弃疾

登山临水送将归，悲莫悲兮生别离。不用登临怨落晖。昔人非，惟有年年秋雁飞。

粉墙丹柱柳丝中　〔宋〕赵彦端

粉墙丹柱柳丝中，帘箔轻明花影重。午醉醒来一面风。绿葱葱，几颗樱桃叶底红。

西风一夜剪芭蕉　〔清〕纳兰性德

西风一夜剪芭蕉，倦眼经秋耐寂寥。强把心情付浊醪。读《离骚》，愁似湘江日夜潮。

春前小月河　马维野（2020年3月10日）

清风拂面正相宜，举步徘徊人影稀。漫步河边觅小诗。静春思，万朵黄花染柳堤。

金鸡湖　马维野（2008年9月13日）

蓝天碧水透如新，野岛琼姬殇怨魂。可有今人悼古人？未曾闻，只见湖边矗厦林。

35. 调笑令（又名《古调笑》《宫中调笑》《调啸词》《转应曲》，单调32字）

P **Z**，P **Z**（叠），　**Z**ₚ**Z**ₚP**Z**P**Z**ₚ**Z**。**Z**ₚPP**Z**P**P**，P**Z**P**Z**ₚ**Z**ₚ**Z**P。P **Z**，P **Z**（叠），P**Z**P**Z**ₚP**Z**ₚ**Z**。

胡马　〔唐〕韦应物

胡马，胡马，远放燕支山下。跑沙跑雪独嘶，东望西望路迷。迷路，迷路，边草无穷日暮。

边草　　[唐]戴叔伦

边草，边草，边草尽来兵老。山南山北雪晴，千里万里月明。明月，明月，胡笳一声愁绝。

团扇　　[唐]王建

团扇，团扇，美人病来遮面。玉颜憔悴三年，谁复商量管弦。弦管，弦管，春草昭阳路断。

杨柳　　[唐]王建

杨柳，杨柳，日暮白沙渡口。船头江水茫茫，商人少妇断肠。肠断，肠断，鹧鸪夜飞失伴。

蝴蝶　　[唐]王建

蝴蝶，蝴蝶，飞上金枝玉叶。君前对舞春风，百叶桃花树红。红树，红树，燕语莺啼日暮。

归雁　　[宋]苏轼

归雁，归雁，饮啄江南南岸。将飞却下盘桓，塞外春来苦寒。寒苦，寒苦，藻荇欲生且住。

小区玉兰　　马维野（2020年3月17日）

丹紫，丹紫，绚丽春枝初起。艳阳高照庭前，垂耀娇羞玉兰。兰玉，兰玉，花蕾嫩风雅趣。

张家界　　马维野（2015年7月6日）

岩岫，岩岫，拔地悬空坐就。清思遥远峰巅，淑女三人妩妩。妩妩，妩妩，谁是山峦之主？

　　阅读提示：《调笑令》词牌的一个特殊之处是叠句二字必须是前一句末尾二字的倒置，譬如韦应物的"东望西望路迷"，之后的叠句必须是"路迷"的倒置"迷路，迷路"。

　　36. 如梦令（又名《忆仙姿》《宴桃源》《比梅》，单调33字）

　　Z$_P$ZZ$_P$PPZ，Z$_P$ZZ$_P$PPZ。Z$_P$ZZPP，Z$_P$ZZ$_P$PPZ。PZ，PZ，（叠）Z$_P$ZZ$_P$PPZ。

曾宴桃源深洞　〔唐〕李存勖

　　曾宴桃源深洞，一曲清歌舞凤。长记别伊时，和泪出门相送。如梦，如梦，残月落花烟重。

尘拂玉台鸾镜　〔唐〕冯延巳

　　尘拂玉台鸾镜，凤髻不堪重整。绡帐泣流苏，愁掩玉屏人静。多病，多病，自是行云无定。

有寄　〔宋〕苏轼

　　为向东坡传语，人在玉堂深处。别后有谁来？雪压小桥无路。归去，归去，江上一犁春雨。

昨夜雨疏风骤　〔宋〕李清照

　　昨夜雨疏风骤，浓睡不消残酒。试问卷帘人，却道海棠依旧。知否？知否？应是绿肥红瘦。

常记溪亭日暮　[宋]李清照

常记溪亭日暮，沉醉不知归路。兴尽晚回舟，误入藕花深处。争渡，争渡，惊起一滩鸥鹭。

道是梨花不是　[宋]严蕊

道是梨花不是，道是杏花不是。白白与红红，别是东风情味。曾记，曾记，人在武陵微醉。

往岁真源谪去　[宋]晁补之

往岁真源谪去，红泪扬州留住。饮罢一帆东，去入楚江寒雨。无绪，无绪，今夜秦淮泊处。

踏雪行　马维野（2020年2月6日）

窗外曳风牵雪，洒洒飘飘双夜。踏步软绵绵，却见绿枝惊鹊。低切，低切，麻雀画眉争列。

夜雨打窗棂　马维野（2014年4月3日）

夜雨打窗棂骤，早起鸟啼声透。放眼远山巅，似是雾中灵秀。应有，应有，满坳绿争红斗。

秋雨　马维野（2007年11月14日）

秋雨绵绵挥洒，落叶纷纷飘下。撑病体披衣，阔步逆风轻踏。寒煞，寒煞，锻炼壮躯何怕？

37. 风流子（单调34字）

P Z Z$_P$ P P$_Z$ **Z**，P$_Z$ Z Z$_P$ P Z **Z**。P Z Z，Z P P，Z$_P$ Z P$_Z$ P P$_Z$ **Z**。P **Z**，P **Z**，Z$_P$ Z P$_Z$ P P **Z**。

茅舍槿篱溪曲　[唐]孙光宪

茅舍槿篱溪曲，鸡犬自南自北。菰叶长，水蘋开，门外春波涨绿。听织，声促，轧轧鸣梭穿屋。

楼倚长衢欲暮　[唐]孙光宪

楼倚长衢欲暮，瞥见神仙伴侣。微傅粉，拢梳头，隐映画帘开处。无语，无绪，慢曳罗裙归去。

生辰自赋　马维野（2015年11月7日，乙未年九月廿六）

秋雨寒风相伴，衣厚仍觉不暖。精洗脸，懒梳头，窗外叶黄正灿。屏伴，华诞，好友祝词频现。

38. 归自谣（又名《归国谣》，双调34字）

P Z Z, Z$_P$ Z P$_Z$ P P Z Z, P$_Z$ P Z$_P$ P Z P P Z。

P P Z Z P P$_Z$ Z, P P$_Z$ Z, P$_Z$ P Z Z P P Z。

春艳艳　[唐]冯延巳

春艳艳，江上晚山三四点，柳丝如剪花如染。

香闺寂寂门半掩，愁眉敛，泪珠滴破胭脂脸。

何处笛　[唐]冯延巳

何处笛？终夜梦回情脉脉，竹风檐雨寒窗隔。

离人数岁无消息，今头白，不眠特地重相忆。

江水碧　[唐]冯延巳

江水碧，江上何人吹玉笛，扁舟远送潇湘客。

芦花千里霜月白，伤行色，来朝便是关山隔。

雨中情　马维野（2015年7月16日）

淅沥沥，小雨伏天生爽气，河边信步增凉意。

蝶飞不晓人世事，贪花蜜，多情总被无情戏。

39. 天仙子（单调34字）

Z_PZP_ZPPZ**Z**，ZPPZPP**Z**。PPZ_PZZPP，

PZ**Z**，ZP**Z**，ZZP_ZPPZ**Z**。

晴野鹭鸶飞一只　〔唐〕皇甫松

晴野鹭鸶飞一只，水溅花发秋江碧。刘郎此日别天仙，

登绮席，泪珠滴，十二晚峰青历历。

踯躅花开红照水　〔唐〕皇甫松

踯躅花开红照水，鹧鸪飞绕青山觜。行人经岁始归来，

千万里，错相倚，懊恼天仙应有以。

洞口春红飞蔌蔌　〔唐〕和凝

洞口春红飞蔌蔌，仙子含愁眉黛绿。阮郎何事不归来？

懒烧金，慵篆玉，流水桃花空断续。

小区春光　马维野（2017年4月1日）

三月晟春花怒放，小区芬馥香飘漾。红枫胜火秀家园，

桃李盘，海棠绛，紫玉兰芳荆穗壮。

40. 定西番（双调35字）

Z_PZZ_PPP**Z**，PZ**Z**，ZP**P**，ZP**P**。

PZZ_PPP**Z**，P_ZPZ_PZ**P**。Z_PZZ_PPP**Z**，Z

ＰＰ。

汉使昔年离别　　［唐］温庭筠

汉使昔年离别，攀弱柳，折寒梅，上高台。

千里玉关春雪，雁来人不来。羌笛一声愁绝，月裴回[1]。

细雨晓莺春晚　　［唐］温庭筠

细雨晓莺春晚，人似玉，柳如眉，正相思。

罗幕翠帘初卷，镜中花一枝。肠断塞门消息，雁来稀。

鸡禄山前游骑　　［唐］孙光宪

鸡禄山前游骑，边草白，朔天明，马蹄轻。

鹊面弓离短靫，弯来月欲成。一只鸣髇云外，晓鸿惊。

帝子枕前秋夜　　［唐］孙光宪

帝子枕前秋夜，霜幄冷，月华明，正三更。

何处戍楼寒笛，梦残闻一声。遥想汉关万里，泪纵横。

紫塞明月千里　　［唐］牛峤

紫塞明月千里，金甲冷，戍楼寒，梦长安。

乡思望中天阔，漏残星亦残。画角数声呜咽，雪漫漫。

挑尽金灯红烬　　［唐］韦庄

挑尽金灯红烬，人灼灼，漏迟迟，未眠时。

斜倚银屏无语，闲愁上翠眉。闷杀梧桐残雨，滴相思。

1　裴回，勿作"徘徊"。

到烟台　马维野（2015年6月10日）

昨饮长江名水。今又是，海风吹，浪花飞。

虽有万千嘉美，到烟台不飞。人困便生甜睡，梦相随。

阅读提示：请参照示例领会和把握韵脚平仄和韵律的变化。

41. 长相思（又名《相思令》《双红豆》《忆多娇》，双调36字）

Z_PP_ZP，ZP_ZP（宜叠）。Z_PZPPZ_PZP，P_Z
PZ_PZP。

Z_PP_ZP，ZP_ZP（宜叠）。Z_PZPPZ_PZP，P_Z
PZ_PZP。

别情　［唐］白居易

汴水流，泗水流。流到瓜州古渡头，吴山点点愁。

思悠悠，恨悠悠。恨到归时方始休，月明人倚楼。

一重山　［唐］李煜

一重山，两重山。山远天高烟水寒，相思枫叶丹。

菊花开，菊花残。塞雁高飞人未还，一帘风月闲。

吴山青　［宋］林逋

吴山青，越山青。两岸青山相对迎，争忍有离情？

君泪盈，妾泪盈。罗带同心结未成，江头潮已平。

花似伊　［宋］欧阳修

花似伊，柳似伊。花柳青春人别离，低头双泪垂。

长江东，长江西。两岸鸳鸯两处飞，相逢知几时？

小楼重　［宋］张孝祥

小楼重，下帘栊。万点芳心绿间红，秋千图画中。

草茸茸，柳松松。细卷玻璃水面风，春寒依旧浓。

题仗亭馆　［宋］杨适

南山明，北山明。中有长亭号丈亭，沙边供送迎。

东江清，西江清。海上潮来两岸平，行人分棹行。

吴山秋　［宋］章丽贞

吴山秋，越山秋。吴越两山相对愁，长江不尽流。

风飕飕，雨飕飕。万里归人空白头，南冠泣楚囚。

山一程　［清］纳兰性德

山一程，水一程。身向榆关那畔行，夜深千帐灯。

风一更，雪一更。聒碎乡心梦不成，故园无此声。

月季花开　马维野（2020年5月1日）

五月花，四月花。月季花开戏九霞，云天作丽葩。

竹篱笆，木篱笆。芳满笆头千万家，繁英映日华。

京城秀色　马维野（2015年6月18日）

天蓝蓝，水蓝蓝。万里晴空朗霁还，新阳照旧船。

情缠绵，意缠绵。气爽风轻盛夏前，白云头上翻。

42. 思帝乡（单调36字）

P**P**，Z**P**PZ**P**。Z$_P$ZZ**P**PZ，ZP**P**。Z$_P$ZP$_Z$

$P Z_P Z，P_Z P Z_P Z \textbf{P}。Z_P Z Z P P Z，Z P \textbf{P}。$

花花　　[唐]温庭筠

花花，满枝红似霞。罗袖画帘肠断，卓香车。回面共人闲语，战篦金凤斜。惟有阮郎春尽，不归家。

如何　　[唐]孙光宪

如何，遣情情更多？永日水堂帘下，敛羞蛾。六幅罗裙窣地，微行曳碧波。看尽满池疏雨，打团荷。

小区秋日花果　　马维野（2019年9月29日）

清秋，果香飘寓楼。盘柿尚微青涩，海棠熟。蜜枣高枝尖挂，山楂红树头。数百朵凉花笑，向石榴。

43. 相见欢（又名《乌夜啼》《秋夜月》《上西楼》《上瓜洲》《忆真妃》，双调36字）

$P_Z P Z_P Z P \textbf{P}，Z P \textbf{P}。Z_P Z P Z_P P P Z、Z P \textbf{P}。$

$Z_P Z_P \textbf{Z}$（换仄韵，不同韵），$Z_P P \textbf{Z}$，$Z P \textbf{P}$（换回平韵）。$Z_P Z Z_P P P Z、Z P \textbf{P}。$

无言独上西楼　　[唐]李煜

无言独上西楼，月如钩。寂寞梧桐深院，锁清秋。

剪不断，理还乱，是离愁。别是一般滋味、在心头。

林花谢了春红　　[唐]李煜

林花谢了春红，太匆匆。无奈朝来寒雨、晚来风。

胭脂泪，相留醉，几时重。自是人生长恨、水长东。

金陵城上西楼　［宋］朱敦儒

金陵城上西楼，倚清秋。万里夕阳垂地、大江流。

中原乱，簪缨散，几时收？试倩悲风吹泪、过扬州。

月痕未到朱扉　［宋］陈逢辰

月痕未到朱扉，送郎时。暗里一汪儿泪、没人知。

揾不住，收不聚，被风吹。吹作一天愁雨、损花枝。

秋思　［宋］毛滂

十年湖海扁舟，几多愁。白发青灯今夜、不宜秋。

中庭树，空阶雨，思悠悠。寂寞一生心事、五更头。

云闲晚溜琅琅　［宋］蔡松年

云闲晚溜琅琅，泛炉香。一段斜川松菊、瘦而芳。

人如鹄，琴如玉，月如霜。一曲清商人物、两相忘[1]。

晨游天坛闻鸟鸣　马维野（2020年5月19日）

怡情景趣天坛，悦偷闲。绕耳七音交响、奏声欢。

高树密，低枝细，鸟翩翩。恰似凤凰仙乐、在人间。

北京奥森公园初春　马维野（2017年3月9日）

园坪苊苊葱茏，绿茸茸。二月风裁新叶、戏寒虫。

嗅春草，闻啼鸟，看花红。天际月轮浮现、转头空。

1　忘，此处读阳平 wáng。

44. 上行杯（单调38字，格一）

Z̄ Z̄ P P P Z，P Z Z、Z̄ Z̄ P **P**。P Z P P P Z Z（换仄韵，不同韵），P P Z **Z**。Z̄ P P，P Z **Z**，Z̄ **Z**，P **Z**，P Z P **P**（换回平韵）。

草草离亭鞍马 〔唐〕孙光宪

草草离亭鞍马，从远道、此地分襟。燕宋秦吴千万里，无辞一醉。野棠开，江草湿，伫立，沾泣，征骑骎骎。

盛夏上海之旅 马维野（2017年8月2日）

盛夏骄阳如火，经大暑、抵宿申城。吴地云蒸腾热浪，生灵奋荡。静闲心，平燥莽，幻想，清爽，迎面来风。

阅读提示：请参照示例领会和把握韵脚平仄和韵律的变化。

45. 醉太平（又名《醉思凡》《四字令》，双调38字）

P P Z **P**，P P Z **P**，P$_Z$ P Z$_P$ Z P **P**。Z P P Z **P**。P P Z **P**，P P Z **P**，P$_Z$ P Z$_P$ Z P **P**。Z P$_Z$ P Z **P**。

闺情 〔宋〕刘过

情深意真，眉长鬓青，小楼明月调筝。写春风数声。思君忆君，魂牵梦萦，翠销香暖云屏。更那堪酒醒[1]。

---

1 醒，读阴平 xīng。下一首中的"醒"同。

长亭短亭　[宋]戴复古

长亭短亭，春风酒醒，无端惹起离情。有黄鹂数声。

芙蓉绣茵，江山画屏，梦中昨夜分明。悔先行一程。

吹箫跨鸾　[宋]孙惟信

吹箫跨鸾，香销夜阑，杏花楼上春残。绣罗衾半闲。

衣宽带宽，千山万山，断肠十二阑干。更斜阳暮寒。

代序　马维野（2020年9月1日）

长诗短诗，千年递积，仄平顿挫如织。守常格律持。

新词旧词，书文以期，雅人佳士传习。美哉惟汉黎。

46. 上行杯（单调39字，格二）

ＰＺＰＰＺ**Ｚ**，ＰＺＺ、ＺＰＰ**Ｚ**。ＺＺＰＰＰＺＺ，ＰＰＺ**Ｚ**。ＺＰＰ，ＰＺ**Ｚ**（换不同仄韵）。ＺＺ，ＰＺ**Ｚ**，ＰＺＰ**Ｚ**。

离棹逡巡欲动　[唐]孙光宪

离棹逡巡欲动，临极浦、故人相送。去住心情知不共，金船满捧。绮罗愁，丝管咽。回别，帆影灭，江浪如雪。

秋近　马维野（2017年8月25日）

多日云光雅澹，晴好久、地平如线。且自凭阑观四远，蝉鸣似叹。举声哀，催响振。恻悯，临夏遁，风爽秋近。

47. 酒泉子（双调40字，格一）

ＺＺＰ_ｚＰ，ＰＰ_ｚＺＰＰＺ（换仄韵，不同韵）。ＺＰＰ，

PZ**Z**，ZP**P**。

ZPPZZ_PP**Z**（换仄韵，不同韵），PZPZ**Z**。Z
PP，PZ**Z**，ZP**P**。

日映纱窗　[唐]温庭筠

日映纱窗，金鸭小屏山碧。故乡春，烟霭隔，背兰釭。
宿妆惆怅倚高阁，千里云影薄。草初齐，花又落，燕双飞。

楚女不归　[唐]温庭筠

楚女不归，楼枕小河春水。月孤明，风又起，杏花稀。
玉钗斜篸云鬟重，裙上金缕凤。八行书，千里梦，雁南飞。

中伏间作　马维野（2020年7月30日）

侧入中伏，忧煎暑天炙。步优轻，匀吐气，影坚孤。
旱花焦叶盼云水，涓缕丝雨贵。汗淋漓，期盛霈，待
凉疏。

48. 抛球乐（又名《莫思归》，单调40字）

Z_PZPPZ_PZ**P**，P_ZPPZZP**P**。P_ZPZ_PZP_Z
PZ，Z_PZP_ZPZ_PZ**P**。Z_PZPPZ，Z_PZPPZ_PZ**P**。

酒罢歌余兴未阑　[唐]冯延巳

酒罢歌余兴未阑，小桥清水共盘桓。波摇梅蕊伤心白，
风入罗衣贴体寒。且莫思归去，须尽笙歌此夕欢。

逐胜归来雨未晴　[唐]冯延巳

逐胜归来雨未晴，楼前风重草烟轻。谷莺语软花边过，

水调声长醉里听。款举金觥劝，谁是当筵最有情？

珠泪纷纷湿绮罗　[唐]敦煌曲子词

珠泪纷纷湿绮罗，少年公子负恩多。当初姊姊分明道，莫把真心过与他。子细思量着，淡薄知闻解好么？

风胃蔫红雨易晴　[宋]李从周

风胃蔫红雨易晴，病花中酒过清明。绮窗幽梦乱于柳，罗袖泪痕凝似饧。冷地思量着，春色三停早二停。

讲学大连　马维野（2015年9月7日）

露起初秋抵大连，人忙情盛度余闲。棒棰岛上金光照，老虎滩前碧浪翻。论道当明日，且待愚言受众前。

49. 生查子（双调40字）

P_zPZ_pPZ，Z_pZPPZ。Z_pZZPP，Z_pZP PZ。

P_zPZ_pPZ，Z_pZPPZ。Z_pZZPP，Z_pZP PZ。

去年元夜时　[宋]欧阳修

去年元夜时，花市灯如昼。月上柳梢头，人约黄昏后。今年元夜时，月与灯依旧。不见去年人，泪湿春衫袖。

寒食不多时　[宋]朱淑真

寒食不多时，几日东风恶。无绪倦寻芳，闲却秋千索。玉减翠裙交，病怯罗衣薄。不忍卷帘看，寂寞梨花落。

远山眉黛横　［宋］张孝祥

远山眉黛横，媚柳开青眼。楼阁断霞明，帘幕春寒浅。

杯延玉漏池，烛怕金刀剪。明月忽飞来，花影和帘卷。

坠雨已辞云　［宋］晏几道

坠雨已辞云，流水难归浦。遗恨几时休？心抵秋莲苦。

忍泪不能歌，试托哀弦语。弦语愿相逢，知有相逢否？

独游雨岩　［宋］辛弃疾

溪边照影行，天在清溪底。天上有行云，人在行云里。

高歌谁和余？空谷清音起。非鬼亦非仙，一曲桃花水。

只知愁上眉　［宋］陆游妻某氏

只知愁上眉，不识愁来路。窗外有芭蕉，阵阵黄昏雨。

逗晓理残妆，整顿教愁去。不合画春山，依旧留连住。

参加广州光学产品讨论会　马维野（2016年1月17日）

天时自法循，倍日无暇晷。才啜帝都茶，又饮羊城水。

倏然万里行，客寄贤人委。把酒论光机，格物方知悱。

50. 添声杨柳枝（又名《杨柳枝》，双调 40 字）

$Z_PZPPZ_PZ\textbf{P}，ZP\textbf{P}。P_ZZPZ_PZZP\textbf{P}，ZP\textbf{P}。$

$Z_PZP_ZPPZZ，ZP\textbf{P}。P_ZZPZ_PZZP\textbf{P}，ZP\textbf{P}。$

秋夜香闺思寂寥　［唐］顾敻

秋夜香闺思寂寥，漏迢迢。鸳帏罗幌麝香销，烛光摇。

正忆玉郎游荡去，无寻处。更闻帘外雨潇潇，滴芭蕉。

挼碎梅花一断肠　［宋］葛长庚

挼碎梅花一断肠，送斜阳。风烟缥渺月微茫，又昏黄。

平野寒芜何处断？接天长。短篱浅水橘青黄，度清香。

艳声歌　［宋］贺铸

蜀锦尘香生袜罗，小婆娑。个侬无赖动人多，是横波。

楼角云开风卷幕，月侵河。纤纤持酒艳声歌，奈情何。

碧玉簪冠金缕衣　［宋］张孝祥

碧玉簪冠金缕衣，雪如肌。从今休去说西施，怎如伊？

杏脸桃腮不傅粉，貌相宜。好对眉儿共眼儿，觑人迟。

阿尔山至扎兰屯途中　马维野（2015年8月7日）

静卧天池世外沉，映山云。苍苍莽莽大松林，荡牛群。

经雨阳娇光焕灿，草如茵。悦欣一路长精神，甚销魂。

51. 昭君怨（又名《宴西园》《一痕沙》，双调 40 字）

$Z_P Z P_Z P Z_P \mathbf{Z}$，$Z_P Z P_Z P Z_P \mathbf{Z}$。$Z_P Z Z P \mathbf{P}$，$Z P \mathbf{P}$。

$Z_P Z P_Z P Z_P \mathbf{Z}$，$Z_P Z P_Z P Z_P \mathbf{Z}$，$Z_P Z Z P \mathbf{P}$，$Z P \mathbf{P}$。

咏荷上雨　［宋］杨万里

午梦扁舟花底，香满西湖烟水。急雨打篷声，梦初惊。

却是池荷跳雨，散了真珠还聚。聚作水银窝，泻清波。

人面不如花面　［宋］辛弃疾

人面不如花面，花到开时重见。独倚小阑干，许多山。

落叶西风时候，人共青山都瘦。说道梦阳台，几曾来？

园池夜泛　［宋］张镃

月在碧虚中住，人向乱荷中去。花气杂风凉，满船香。

云被歌声摇动，酒被诗情掇送。醉里卧花心，拥红衾。

一曲云和松响　［宋］蔡伸

一曲云和松响，多少离愁心上。寂寞掩屏帏，泪沾衣。

最是销魂处，夜夜绮窗风雨。风雨伴愁眠，夜如年。

京雪　马维野（2019年1月12日）

喜见皇都降雪，日久旱情终解。上帝手轻挥，玉蝶飞。

新水保墒京城，乐欲满园孩童。云散洒乌光，下夕阳。

雨后清晨　马维野（2016年6月7日）

梦里依稀幻影，晨鸟乱啼惊醒。睡眼乱披衣，落云滴。

夜雨敲窗作响，洗净飘尘气爽。偷耳入清声，小虫鸣。

阅读提示：请参照示例领会和把握韵脚平仄和韵律的变化。

52. 点绛唇（双调41字）

Z_PZPP，P_ZPZ_PZPPZ。$ZPPZ$，Z_PZP
PZ。

Z_PZP_ZP，Z_PZPPZ。PPZ，$ZPPZ$，Z_P

ZPP**Z**。

桃源 〔宋〕秦观

醉漾轻舟，信流引到花深处。尘缘相误，无计花间住。

烟水茫茫，千里斜阳暮。山无数，乱红如雨，不记来时路。

蹴罢秋千 〔宋〕李清照

蹴罢秋千，起来慵整纤纤手。露浓花瘦，薄汗轻衣透。

见客入来，袜刬金钗溜。和羞走，倚门回首，却把青梅嗅。

闺思 〔宋〕李清照

寂寞深闺，柔肠一寸愁千缕。惜春春去，几点催花雨。

倚遍阑干，只是无情绪。人何处，连天衰草，望断归来路。

水陌轻寒 〔宋〕寇准

水陌轻寒，社公雨足东风慢。定巢新燕，湿雨穿花转。

象尺熏炉，拂晓停针线。愁蛾浅，飞红零乱，侧卧珠帘卷。

感兴 〔宋〕王禹偁

雨恨云愁，江南依旧称佳丽。水村鱼市，一缕孤烟细。

天际征鸿，遥认行如缀。平生事，此时凝睇，谁会凭栏意！

新月娟娟 〔宋〕汪藻

新月娟娟，夜寒江静山衔斗。起来搔首，梅影横窗瘦。

好个霜天，闲却传杯手。君知否？乱鸦啼后，归兴浓于酒。

喜雪 马维野（2009年2月19日）

云舞鹅毛，飘飘洒洒无边夜。百天涸孽， 一夜忧烦解。

草地河边，雪仗人欢惬。忽漂曳，簇绒飞谢，看绿枝惊鹊。

53. 酒泉子（双调41字，格二）

ＰＺＺ**Ｐ**，ＰＺＺＰＰ**Ｚ**（换仄韵，不同韵）。Ｚ**ＰＰ**，ＰＺ**Ｚ**，Ｚ**ＰＰ**。

Ｚ**ＰＰ**ＺＺＰ**Ｐ**。ＰＺＺＰＰ**Ｚ**（换仄韵，不同韵），Ｚ**ＰＰ**，ＰＺ**Ｚ**，Ｚ**ＰＰ**。

罗带惹香　［唐］温庭筠

罗带惹香，犹系别时红豆。泪痕新，金缕旧，断离肠。

一双娇燕语雕梁。还是去年时节，绿阴浓，芳草歇，柳花狂。

烟台之旅　马维野（2017年8月6日）

晨起奋发，澎湃卷腾白浪。踏烟台，身劲壮，走天涯。

碧波拍岸泛晴沙。千里海鸥飞渡，向仙山，寻妙术，再出发。

阅读提示：请参照示例领会和把握韵脚平仄和韵律的变化。

54. 女冠子（双调41字）

ＰＰＺ$_P$**Ｚ**，Ｚ$_P$ＺＰ$_Z$ＰＺ**Ｚ**。Ｚ**ＰＰ**（换平韵，不同韵）。<u>Ｚ$_P$ＺＰＰＺ，ＰＰＺＺ**Ｐ**。</u>

<u>Ｐ$_Z$ＰＰＺＺ，Ｚ$_P$ＺＺＰ**Ｐ**。</u>Ｚ$_P$Ｚ$_P$ＰＰ$_Z$**Ｚ**，Ｚ**ＰＰ**。

含娇含笑　［唐］温庭筠

含娇含笑，宿翠残红窈窕。鬟如蝉，寒玉簪秋水，轻纱

123

卷碧烟。

雪胸鸾镜里，琪树凤楼前。寄语青娥伴，早求仙。

四月十七 ［唐］韦庄

四月十七，正是去年今日。别君时，忍泪佯低面，含羞半敛眉。

不知魂已断，空有梦相随。除却天边月，没人知。

露花烟草 ［唐］张泌

露花烟草，寂寞五云三岛。正春深，貌减潜销玉，香残尚惹襟。

竹疏虚槛静，松密醮坛阴。何事刘郎去，信沉沉。

凤楼琪树 ［唐］鹿虔扆

凤楼琪树，惆怅刘郎一去。正春深。洞里愁空结，人间信莫寻。

竹疏斋殿迥，松密醮坛阴。倚云低首望，可知心？

小区夏果 马维野（2017年7月29日）

天高云淡，盛夏如秋爽感。正微凉。庭院红花绽，云中绿果藏。

山楂苹果润，盖柿海棠庞。核脑石榴鼓，御梨苍。

55. 玉蝴蝶（双调41字，格一）

PPPZP**P**，PZZP**P**。ZZZP**P**，PPZZ**P**。

PPPZZ，PZZP**P**。PZZP**P**，ZPPZ**P**。

秋风凄切 〔唐〕温庭筠

秋风凄切伤离，行客未归时。塞外草先衰，江南雁到迟。

芙蓉凋嫩脸，杨柳堕新眉。摇落使人悲，断肠谁得知?

清明春色 马维野（2016年4月4日）

微风和煦宜人，云淡暖阳新。陌上草如茵，河边花述春。

桃红芽色浅，荆紫梗颜深。佳气满园侵，更怜芳馥芬。

56.醉花间（双调41字）

ＰＰ**Ｚ**，ＺＰ**Ｚ**（叠），ＰＺＰＰ**Ｚ**。ＰＺＺＰＰ，Ｚ
ＺＰＰ**Ｚ**。

ＰＰＰＺ**Ｚ**，ＺＺＰＰ**Ｚ**。ＰＰＺＺＰ，ＰＺＰＰ**Ｚ**。

深相忆 〔唐〕毛文锡

深相忆，莫相忆，相忆情难极。银汉是红墙，一带遥相隔。

金盘珠露滴，两岸榆花白。风摇玉佩清，今夕为何夕?

休相问 〔唐〕毛文锡

休相问，怕相问，相问还添恨。春水满塘生，鸂鶒还相趁。

昨夜雨霏霏，临明寒一阵。偏忆戍楼人，久绝边庭信。

天府之夏 马维野（2017年7月17日）

山如画，水如画，天府堪休夏。花草伴虫鸣，晚照斜阳挂。

生风蒲扇大，酷暑偏吃辣。街头巷尾声，都是四川话。

57.浣溪沙（双调42字）

Ｚ$_P$ＺＰＰＺＺ**Ｐ**，Ｐ$_Z$ＰＺ$_P$ＺＺ**Ｐ**。Ｐ$_Z$ＰＺ$_P$ＺＺ

P P。

Z~P~Z P~Z~P P Z Z，P~Z~P Z~P~Z Z P **P**。P~Z~P Z~P~Z

Z P **P**。

一曲新词酒一杯　[宋]晏殊

一曲新词酒一杯，去年天气旧亭台。夕阳西下几时回?

无可奈何花落去，似曾相识燕归来。小园香径独徘徊。

门隔花深梦旧游　[宋]吴文英

门隔花深梦旧游，夕阳无语燕归愁。玉纤香动小帘钩。

落絮无声春堕泪，行云有影月含羞。东风临夜冷于秋。

漠漠轻寒上小楼　[宋]秦观

漠漠轻寒上小楼，晓阴无赖似穷秋。淡烟流水画屏幽。

自在飞花轻似梦，无边丝雨细如愁。宝帘闲挂小银钩。

渔父　[宋]苏轼

西塞山边白鹭飞，散花洲外片帆微。桃花流水鳜鱼肥。

自庇一身青箬笠，相随到处绿蓑衣。斜风细雨不须归。

徐门石潭谢雨道上作　[宋]苏轼

麻叶层层檾叶光，谁家煮茧一村香?隔篱娇语络丝娘。

垂白杖藜抬醉眼，捋青捣䴭软饥肠。问言豆叶几时黄?

常山道中　[宋]辛弃疾

北陇田高踏水频，西溪禾早已尝新。隔墙沽酒醉纤鳞。

忽有微凉何处雨，更无留影霎时云。卖瓜声过竹边村。

二月和风到碧城　　［宋］晏几道

二月和风到碧城，万条千缕绿相迎。舞烟眠雨过清明。

妆镜巧眉偷叶样，歌楼妍曲借枝名。晚秋霜霰莫无情。

咏芍药　　马维野（2020年5月3日）

万紫千红亦郁愁，匆匆春色最难留。妍芳秀草竞风流。

亘古牡丹多倨贵，而今芍药更谦柔。娇姿自让百花羞。

坡峰岭秋游　　马维野（2018年10月31日）

日丽风轻梦景天，坡峰岭上正涂丹。幽林红叶染层巅。

信脚高攀登路陡，低头缓步越山弯。宜人秋色更无前。

珠海中秋　　马维野（2018年9月24日，戊戌年八月十五）

月满银光耀九州，珠江入海水东流。亭亭渔女更娇羞。

玉兔心中无欲念，相思树下有乡愁。高天厚土共金秋。

北海公园之秋　　马维野（2017年11月3日）

气爽天高趣不休，皇都北海泛闲舟。人如梦里画中游。

落叶无声风有意，凉波有影水无求。凌云白塔藐谯楼。

夏荷　　马维野（2016年7月28日）

青盖荷盘捧露珠，丹花睡绽静恬如。娇羞百态正佻浮。

菡萏幽香池外溢，莲蓬韵味沼中出。蜻蜓点水泛龙珠。

58. 清商怨（又名《关河令》《伤情怨》，双调42字）

P P P $_Z$ Z Z Z，Z Z P P **Z**。Z $_P$ Z P P，P P P Z Z。

P P Z $_P$ Z $_P$ Z **Z**，Z Z Z $_P$、Z $_P$ P $_Z$ P **Z**。Z Z P P，

$P_ZPPZ\textbf{Z}$。

庭花香信尚浅　［宋］晏几道

庭花香信尚浅，最玉楼先暖。梦觉春衾，江南依旧远。

回纹锦字暗剪，漫寄与、也应归晚。要问相思，天涯犹自短。

葭萌驿作　［宋］陆游

江头日暮痛饮，乍雪晴犹凛。山驿凄凉，灯昏人独寝。

鸳机新寄断锦，叹往事、不堪重省。梦破南楼，绿云堆一枕。

娇痴年纪尚小　［宋］杨泽民

娇痴年纪尚小，试晚妆初了。自戴黄花，开奁还自照。

临岐离思浩渺，道未寒、须管来到。记取叮咛，教人归且早。

登蓬莱阁　马维野（2017年8月7日）

登临凭眺玉浪，旷迥音回荡。乐逸八仙，蓬莱阁浩唱。

精神抖擞爵盎，这又是、欲将何往？海不扬波，秋声刚叩响。

59. 水仙子（双调42字）

$\underline{P_ZPZ_PZZP\textbf{P}}$，$Z_PZPPZZ\textbf{P}$。$P_ZPZ_PZP$ $P\textbf{Z}$，$P_ZPZ_PZ\textbf{P}$。

$P_ZPZ_PZP\textbf{P}$。$PP\textbf{Z}$，$ZZ\textbf{P}$，$Z_PZP\textbf{P}$。

秋思　[元]张可久

天边白雁写寒云，镜里青鸾瘦玉人。秋风昨夜愁成阵，思君不见君。

缓歌独自开樽。灯挑尽，酒半醺，如此黄昏。

到大连　马维野（2015年6月2日）

滨城入夏浪涛宁，气爽云薄海水平。凌空跨越倏然梦，身闲趣不同。

边途迤逦而行。波光映，向晚风，变幻无声。

60.醉垂鞭（双调42字）

Z$_P$ZZPP。PPZ（换仄韵，不同韵），PPZ。Z$_P$ZZPP（换回平韵），P$_Z$PZ$_P$ZP。

P$_Z$PPZZ（换仄韵，不同韵）。PPZ，ZPP（换回平韵）。ZZZPP，PPPZP。

双蝶绣罗裙　[宋]张先

双蝶绣罗裙。东池宴，初相见。朱粉不深匀，闲花淡淡春。

细看诸处好。人人道，柳腰身。昨日乱山昏，来时衣上云。

赠琵琶娘　[宋]张先

朱粉不须施。花枝小，春偏好。娇妙近胜衣，轻罗红雾垂。

琵琶金画凤。双条重，倦眉低。啄木细声迟，黄蜂花上飞。

家乡休闲　马维野（2017年8月15日）

六月闰乾坤。骄阳敛，秋声渐。夏末起风云，苍茫故土新。

屋檐悬乳燕。三食盼，翘黄唇。遍地吐芳芬，花开如遇春。

阅读提示：参照词例掌握韵脚的变化。

61. 露天晓角（又名《月当窗》，双调43字）

P_Z P Z_P Z，Z_P Z P P Z。P_Z Z Z_P P P_Z Z，P_Z P_Z Z、P_Z P Z。

Z_P P P Z Z，Z_P P_Z P Z_P Z。P Z Z_P P P Z，P_Z P_Z Z_P、P_Z P Z。

旅兴　［宋］辛弃疾

吴头楚尾，一棹人千里。休说旧愁新恨，长亭树、今如此。

宦游吾倦矣，玉人留我醉。明日万花寒食，得且住、为佳耳。

蛾眉亭　［宋］韩元吉

倚天绝壁，直下江千尺。天际两蛾凝黛，愁与恨、几时极！

怒潮风正急，酒醒闻塞笛。试问谪仙何处？青山外、远烟碧。

塞门桂月　［宋］吴淑真

塞门桂月，蔡琰琴心切。弹到笳声悲处，千万恨、不能雪。

愁绝泪还北，更与胡儿别。一片关山怀抱，如何对、别人说。

少年豪纵　〔宋〕范成大

少年豪纵，袍锦团花凤。曾是京城游子，驰宝马、飞金鞚。

旧游浑似梦，鬓点吴霜重。多少燕情莺意，都泻入、玻璃瓮。

送林兴国之任　〔宋〕赵善括

楚天风色，一夜波翻雪。舣岸锦帆不度，天有意、且留客。

鼓声吹取急，离觞须举白。看去芳菲时候，日边听、好消息。

鼓浪屿春历　马维野（2016年4月14日）

东南胜境，得妙观天幸。夕景眼前如画，浪翻卷、花柔静。

日光岩峭耸，菽庄园自逞。贪鹭岛宜春意，客身远、留余兴。

62. 生查子（双调43字）

ＺＺＰＰＺ，ＺＺＰＰＰＺ。ＺＺＺＰＰ，ＺＺＰＰＰＺ。

ＺＰＰＰＺ，ＺＺＰＰＺ。ＺＺＺＰＰ，ＺＺＺ、ＰＰＺ。

雨打江南树　〔宋〕王安石

雨打江南树，一夜花开无数。绿叶渐成阴，下有游人归路。

与君相逢处，不道春将暮。把酒祝东风，且莫恁、匆匆去。

冬日午游　马维野（2016年12月10日）

正午高天碧，彳亍温阳晴日。小径碎石青，挂叶枯藤相倚。

朔风吹云起，欲入寒冬季。百果俱光枝，却幸有、金盘柿。

63. 卜算子（双调44字）

Z_PZZPP，Z_PZPPZ。$Z_PZPPZZP$，Z_PZPPZ。

Z_PZZPP，Z_PZPPZ。$Z_PZPPZZP$，Z_PZPPZ。

咏梅　［宋］陆游

驿外断桥边，寂寞开无主。已是黄昏独自愁，更著风和雨。

无意苦争春，一任群芳妒。零落成泥碾作尘，只有香如故。

送鲍浩然之浙东　［宋］王观

水是眼波横，山是眉峰聚。欲问行人去那边？眉眼盈盈处。

才始送春归，又送君归去。若到江南赶上春，千万和春住。

缺月挂疏桐　［宋］苏轼

缺月挂疏桐，漏断人初静。时见幽人独往来，缥缈孤鸿影。

惊起却回头，有恨无人省。拣尽寒枝不肯栖，寂寞吴江冷。

片片蝶衣轻　［宋］刘克庄

片片蝶衣轻，点点猩红小。道是天公不惜花，百种千般巧。

朝见树头繁，暮见枝头少。道是天公果惜花，雨洗风吹了。

不是爱风尘　［宋］严蕊

不是爱风尘，似被前身误。花落花开自有时，总是东君主。

去也终须去，住也如何住。若得山花插满头，莫问奴归处。

我住长江头　［宋］李之仪

我住长江头，君住长江尾。日日思君不见君，共饮长江水。

此水几时休，此恨何时已。只愿君心似我心，定不负相思意。

小月河边漫步　马维野（2020年5月28日）

四月顺天行，正午沿河走。柳陌花香入夏来，累岁无三友。

虽已不三春，气爽风清又。画塑严凌作假威，却道神如日。

秋天的月季　马维野（2019年10月10日）

忘却盛开期，却逞秋天艳。万紫千红已过时，倨傲呈孤炫。

俏丽隐嫣香，独放无相伴。待到明年又一春，自有新妆换。

冬至日作　马维野（2013年12月22日）

最是夜悠长，数九寒天漫。万木凋零逆朔风，老树寒鸦伴。

早起影孤子，何惧霜晨旦。俯首沉思举步轻，只待春晖艳。

秋分日作　马维野（2013年9月23日）

昼夜又平分，再现征鸿影。气爽天高正此时，日丽风和景。

稻黍泛金波，旷野接穹顶。五谷丰登满地歌，就是三秋咏。

夏至日作　马维野（2013年6月21日）

陌上步闲家，足下生芳草。正是春消夏至时，穹顶骄阳烤。

众谓昊天炉，我赏花枝俏。且待秋来硕果多，便有年丰报。

春分日作　马维野（2013年3月20日）

静水漾春河，软雪融低树。又是均分昼夜时，百鸟争阳木。

浅草破新泥，厚土封陈路。叶茂花繁指日来，便到情深处。

64. 采桑子（又名《丑奴儿》《罗敷艳歌》《罗敷媚》，双调44字）

$P_Z P Z_P Z P P Z$，$Z_P Z P \textbf{P}$。$Z_P Z P \textbf{P}$（叠，亦可不叠），$Z_P Z P P Z_P Z \textbf{P}$。

$P_Z P Z_P Z P P Z$，$Z_P Z P \textbf{P}$。$Z_P Z P \textbf{P}$（叠，亦可不叠），$Z_P Z P P Z_P Z \textbf{P}$。

书博山道中壁　　［宋］辛弃疾

少年不识愁滋味，爱上层楼。爱上层楼，为赋新词强说愁。

而今识尽愁滋味，欲说还休。欲说还休，却道天凉好个秋。

天容水色　　［宋］欧阳修

天容水色西湖好，云物俱鲜。鸥鹭闲眠，应惯寻常听管弦。

风清月白偏宜夜，一片琼田。谁羡骖鸾，人在舟中便是仙。

润州多景楼与孙巨源相遇　　［宋］苏轼

多情多感仍多病，多景楼中。尊酒相逢，乐事回头一笑空。

停杯且听琵琶语，细捻轻拢。醉脸春融，斜照江天一抹红。

宝钗楼上妆梳晚　[宋]陆游

宝钗楼上妆梳晚，懒上秋千。闲拨沉烟，金缕衣宽睡髻偏。

鳞鸿不寄辽东信，又是经年。弹泪花前，愁入春风十四弦。

金风玉露初凉夜　[宋]晏几道

金风玉露初凉夜，秋草窗前。浅醉闲眠，一枕江风梦不圆。

长情短恨难凭寄，枉费红笺。试拂么弦，却恐琴心可暗传。

塞上咏雪花　[清]纳兰性德

非关癖爱轻模样，冷处偏佳。别有根芽，不是人间富贵花。

谢娘别后谁能惜，飘泊天涯。寒月悲笳，万里西风瀚海沙。

延吉夜色　马维野（2015年4月21日）

长河静卧延吉夜，璀璨云桥。壮美云桥，燕舞莺歌胜舜尧。

橙蓝赤绿霓虹曜，满目妖娆。分外妖娆，快意随风兴致高。

65. 减字木兰花（双调44字）

P$_Z$P Z$_P$**Z**，Z$_P$Z P Z$_P$P P Z **Z**。Z$_P$Z P **P**（换平韵，不同韵），Z$_P$Z P P Z$_P$Z **P**。

P$_Z$P Z$_P$**Z**（三换仄韵，不同韵），Z$_P$Z P Z$_P$P P Z **Z**。Z$_P$Z P **P**（四换平韵，不同韵），Z$_P$Z P P Z$_P$Z **P**。

春怨　［宋］朱淑真

独行独坐，独倡独酬还独卧。伫立伤神，无奈轻寒著摸人。

此情谁见，泪洗残妆无一半。愁病相仍，剔尽寒灯梦不成。

莺初解语　［宋］苏轼

莺初解语，最是一年春好处。微雨如酥，草色遥看近却无。

休辞醉倒，花不看开人易老。莫待春回，颠倒红英间绿苔。

立春　［宋］苏轼

春牛春杖，无限春风来海上。便与春工，染得桃红似肉红。

春幡春胜，一阵春风吹酒醒。不似天涯，卷起杨花似雪花。

春情　〔宋〕王安国

画桥流水，雨湿落红飞不起。月破黄昏，帘里馀香马上闻。

徘徊不语，今夜梦魂何处去？不似垂杨，犹解飞花入洞房。

花随人去　〔宋〕朱敦儒

花随人去，今夜钱塘江上雨。宿酒残更，潮过西窗不肯明。

小罗金缕，结尽同心留不住。何处长亭，绣被春寒掩翠屏。

花心柳眼　〔宋〕柳永

花心柳眼，郎似游丝常惹绊。慵困谁怜，绣线金针不喜穿。

深房密宴，争向好天多聚散。绿锁窗前，几日春愁废管弦。

乙未上元节赋　马维野（2015年3月5日，乙未年正月十五）

冰轮耀炫，映媚花灯元夜幻。荏苒光阴，月里嫦娥寂寞心。

惊蛰即至，料峭春寒仍未逝。醒木清道，万象更新竞自由。

66. 菩萨蛮（又名《子夜歌》《重叠金》，双调 44 字）

P$_Z$PZ$_P$ZPPZ，P$_Z$PZ$_P$ZPPZ。Z$_P$ZZPP（换韵），Z$_P$PPZP。

P$_Z$PPZZ（换韵），Z$_P$ZPPZ。Z$_P$ZZPP（换韵），Z$_P$PPZP。

小山重叠金明灭　　[唐] 温庭筠

小山重叠金明灭，鬓云欲度香腮雪。懒起画蛾眉，弄妆梳洗迟。

照花前后镜，花面交相映。新帖绣罗襦，双双金鹧鸪。

平林漠漠烟如织　　[唐] 李白

平林漠漠烟如织，寒山一带伤心碧。暝色入高楼，有人楼上愁。

玉阶空伫立，宿鸟归飞急。何处是归程？长亭更短亭。

如今却忆江南乐　　[唐] 韦庄

如今却忆江南乐，当时年少春衫薄。骑马倚斜桥，满楼红袖招。

翠屏金屈曲，醉入花丛宿。此度见花枝，白头誓不归。

书江西造口壁　　[宋] 辛弃疾

郁孤台下清江水，中间多少行人泪？西北是长安，可怜无数山。

青山遮不住，毕竟江流去。江晚正愁予，山深闻鹧鸪。

风柔日薄春犹早　〔宋〕李清照

风柔日薄春犹早，夹衫乍著心情好。睡起觉微寒，梅花鬓上残。

故乡何处是，忘了除非醉。沉水卧时烧，香消酒未消。

雾窗寒对遥天暮　〔清〕纳兰性德

雾窗寒对遥天暮，暮天遥对寒窗雾。花落正啼鸦，鸦啼正落花。

袖罗垂影瘦，瘦影垂罗袖。风翦一丝红，红丝一翦风。

到兴安　马维野（2015年8月7日）

幽烟渺渺朝晖淡，荒原莽莽山花乱。晨起去登高，白云足下飘。

风凉生早露，破晓林中雾。避暑到兴安，偕行天外天。

67. 诉衷情（又名《桃花水》，双调44字）

P_zPZ_pZZP**P**，Z_pZZP**P**。P_zPZ_pZPZ，Z_pZZP**P**。

<u>PZZ</u>，ZP**P**，ZP**P**。Z_pPPZ，Z_pZPP，Z_pZP**P**。

当年万里觅封侯　〔宋〕陆游

当年万里觅封侯，匹马戍梁州。关河梦断何处？尘暗旧貂裘。

胡未灭，鬓先秋，泪空流。此生谁料，心在天山，身老沧洲。

芙蓉金菊鬥馨香　〔宋〕晏殊

芙蓉金菊鬥馨香，天气欲重阳。远村秋色如画，红树间疏黄。

流水淡，碧天长，路茫茫。凭高目断，鸿雁来时，无限思量。

一波才动万波随　〔宋〕黄庭坚

一波才动万波随，蓑笠一钩丝。锦鳞正在深处，千尺也须垂。

吞又吐，信还疑，上钩迟。水寒江静，满目青山，载月明归。

眉意　〔宋〕欧阳修

清晨帘幕卷轻霜，呵手试梅妆。都缘自有离恨，故画作远山长。

思往事，惜流芳，易成伤。拟歌先敛，欲笑还颦，最断人肠。

凭觞静忆去年秋　〔宋〕晏几道

凭觞静忆去年秋，桐落故溪头。诗成自写红叶，和恨寄东流。

人脉脉，水悠悠，几多愁。雁书不到，蝶梦无凭，漫倚高楼。

一声画角日西曛　〔宋〕柳永

一声画角日西曛，催促掩朱门。不堪更倚危阑，肠断已消魂。

年渐晚，雁空频，问无因。思心欲碎，愁泪难收，又是黄昏。

倦投林樾当诛茅　〔宋〕苏庠

倦投林樾当诛茅，鸿雁响寒郊。溪上晚来杨柳，月露洗烟梢。

霜后渚，水分槽，尚平桥。客床归梦，何必江南，门接云涛。

夏日芦苇　马维野（2015年7月22日）

婀娜翠绿舞轻飐，淡雅自幽芳。飘摇不见根底，养长作帷墙。

风曳紧，雨摧狂，愈柔刚。峻清亭立，且待秋来，芦苇花香。

68. 巫山一段云（双调44字）

Z_PZPPZ，PPZ_PZP。P_ZPZ_PZZPP，Z_P $ZZPP$。

Z_PZPPZ，PPZ_PZP。P_ZPZ_PZZPP，Z_P $ZZPP$。

古庙依青嶂　〔唐〕李珣

古庙依青嶂，行宫枕碧流。水声山色锁妆楼，往事思悠悠。

云雨朝还暮，烟花春复秋。啼猿何必近孤舟，行客自多愁。

有客经巫峡　〔唐〕李珣

有客经巫峡，停桡向水湄。楚王曾此梦瑶姬，一梦杳无期。

尘暗珠帘卷，香销翠幄垂。西风回首不胜悲，暮雨洒空祠。

笑拟条风戏　〔宋〕杜安世

笑拟条风戏，装迟谷雨催。彩云飞下柳楼台，千朵一时开。

惜恐尘埃染，惊疑紫府来。有时香喷入人怀，魂断客徘徊。

集仙峰　〔元〕赵孟頫

雨过苹汀远，云深水国遥。渡头齐举木兰桡，纤细楚宫腰。

映水匀红脸，偎花整翠翘。行人倚棹正无聊，一望一魂销。

住院中　马维野（2007年11月25日）

古寺拥白塔，深庭锁翠松。秋颜冬色转头空，惟喜日光浓。

染痼添惆悗，除疾长惰慵。闲身静养气疏通，尽在渐康中。

69.好事近（又名《钓船笛》，双调45字）

$Z_P Z Z P P$，$P_Z Z Z P P Z$。$P_Z Z Z P P Z$，$Z P_Z P P Z$。

$P_Z P Z_P Z Z P P$，$P_Z P_Z Z P Z$。$Z_P Z Z P P Z$，$Z P_Z P P Z$。

咏梅　　［宋］陈亮

的砾两三枝，点破暮烟苍碧。好在屋檐斜入，傍玉奴横笛。

月华如水过林塘，花阴弄苔石。欲向梦中飞蝶，恐幽香难觅。

梦中作　　［宋］秦观

春路雨添花，花动一山春色。行到小溪深处，有黄鹂千百。

飞云当面化龙蛇，夭矫转空碧。醉卧古藤阴下，了不知南北。

风定落花深　［宋］李清照

风定落花深，帘外拥红堆雪。长记海棠开后，正是伤春时节。

酒阑歌罢玉尊空，青缸暗明灭。魂梦不堪幽怨，更一声啼鴂。

渔父词　［宋］朱敦儒

摇首出红尘，醒醉更无时节。活计绿蓑青笠，惯披霜冲雪。

晚来风定钓丝闲，上下是新月。千里水天一色，看孤鸿明灭。

和毅夫内翰梅花　［宋］张先

月色透横枝，短叶小花无力。北客一声长笛，怨江南先得。

谁教强半腊前开，多情为春忆。留取大家沉醉，正雨休风息。

南都寄历下人　［宋］晁补之

丝管闹南湖，湖上醉游时晚。独看小桥官柳，泪无言偷满。

坐中谁唱解愁辞，红妆劝金盏。物是奈人非是，负东风心眼。

暑日　马维野（2015年7月14日）

好梦醒惊雷，一夜啸风催雨。暑虎骤然乏力，举世皆忻喜。

游人渐稀我独行，曲径探幽趣。欲把罕凉留住，却说今弗许。

70. 天门谣（双调45字）

Z$_P$ZPPZ，ZP$_Z$Z、ZPPZ。PZZ，ZPPPZ。

ZZ$_P$ZPPPZZ，ZZPPPZZ。PZZ，ZZZ、PPP$_Z$Z。

牛渚天门险　［宋］贺铸

牛渚天门险，限南北、七雄豪占。清雾敛，与闲人登览。

待月上潮平波滟滟，塞管轻吹新阿滥。风满槛，历历数、西州更点。

次韵贺方回登采石蛾眉亭　［宋］李之仪

天堑休论险，尽远目、与天俱占。山水敛，称霜晴披览。

正风静云闲、平潋滟，想见高吟名不滥。频扣槛，杳杳落、沙鸥数点。

雨消暑　马维野（2015年8月19日）

天送及时雨，溥澍末、霭收方霁。郊野里，漫弥清新蕊。

若有日连番、遭暑炙，久渴京畿乏生气。今且喜，看水沛、浸润如是。

71. 谒金门（双调45字）

PZ$_P$Z，PZZPPZ。Z$_P$ZP$_Z$PPZZ，ZPP

ＺＺ。

Ｚ_PＺＰ_ZＰＺ_PＺ，Ｚ_PＺＰ_ZＰＰＺ。Ｚ_PＺＰ_ZＰＰＺＺ，ＺＰＰＺＺ。

风乍起　　〔唐〕冯延巳

风乍起，吹皱一池春水。闲引鸳鸯芳径里，手挼红杏蕊。

斗鸭阑干独倚，碧玉搔头斜坠。终日望君君不至，举头闻鹊喜。

空相忆　　〔唐〕韦庄

空相忆，无计得传消息。天上嫦娥人不识，寄书何处觅？

新睡觉来无力，不忍把君书迹。满院落花春寂寂，断肠芳草碧。

戏赠知命　　〔宋〕黄庭坚

山又水，行尽吴头楚尾。兄弟灯前家万里，相看如梦寐。

君似成蹊桃李，入我草堂松桂。莫厌岁寒无气味，馀生今已矣。

题建昌城楼　　〔宋〕刘壎

云薄薄，人静黄梅院落。细数花期并柳约，新愁沾一握。

梦醒从前多错，寄恨画檐灵鹊。明月欲西天寂寞，魂销连晓角。

但病酒　　〔宋〕仇远

但病酒，愁对清明时候。不为吟诗应也瘦，坐久衣痕皱。

曾约花间携手，空忆洛阳耆旧。道不相逢还却又，海棠开厮句。

寄远　[宋]李弥逊

春又老，愁似落花难扫。一醉一回才忘了，醒来还满抱。

此恨欲凭谁道，柳外数声啼鸟。只恐春风吹不到，断云连碧草。

桂林游　马维野（2017年9月15日）

天下甲，山水桂林迎迓。日月金银雕二塔，象鼻惊水挂。

龙脊云梯稻稼，百里漓江排闼。人在画中观九马，景光无尽姹。

72.更漏子（双调46字）

$\underline{Z_P P_Z P}$，$P Z \mathbf{Z}$，$Z_P Z P_Z P Z_P \mathbf{Z}$。$\underline{P_Z Z Z}$，$\underline{Z P \mathbf{P}}$，$P_Z P Z_P Z \mathbf{P}$。

$\underline{P P_Z Z}$，$P_Z P_Z \mathbf{Z}$，$Z_P Z P_Z P Z_P \mathbf{Z}$。$\underline{P_Z Z_P Z}$，$\underline{Z P \mathbf{P}}$，$P_Z P Z_P Z \mathbf{P}$。

玉炉香　[唐]温庭筠

玉炉香，红蜡泪，偏照画堂秋思。眉翠薄，鬓云残，夜长衾枕寒。

梧桐树，三更雨，不道离情正苦。一叶叶，一声声，空阶滴到明。

风带寒　［唐］冯延巳

风带寒，枝正好，兰蕙无端先老。情悄悄，梦依依，离人殊未归。

褰罗幕，凭朱阁，不独堪悲摇落。月东出，雁南飞，谁家夜捣衣？

送孙巨源　［宋］苏轼

水涵空，山照市，西汉二疏乡里。新白髪，旧黄金，故人恩义深。

海东头，山尽处，自古客槎来去。槎有信，赴秋期，使君行不归。

上东门　［宋］贺铸

上东门，门外柳，赠别每烦纤手。一叶落，几番秋，江南独倚楼。

曲阑干，凝伫久，薄暮更堪搔首。无际恨，见闲愁，侵寻天尽头。

出墙花　［宋］晏几道

出墙花，当路柳，借问芳心谁有。红解笑，绿能颦，千般恼乱春。

北来人，南去客，朝暮等闲攀折。怜晚秀，惜残阳，情知枉断肠。

日衔山 ［宋］王沂孙

日衔山，山带雪。笛弄晚风残月。湘梦断，楚魂迷，金河秋雁飞。

别离心，思忆泪。锦带已伤憔悴。蛩韵急，杵声寒，征衣不用宽。

秋韵 马维野（2015年9月11日）

水中鸭，枝上鸟，一缕秋思萦扰。园里草，陌头葹，叶枯衰败花。

蓝天湛，白云淡，气爽天高征雁。收稷黍，储仓粮，田家分外忙。

73. 荆州亭（又名《清平乐令》《江亭怨》，双调46字）

P$_Z$ZZPZ**Z**，P$_Z$ZZ$_P$PP**Z**。Z$_P$ZZPP，P ZPPZ$_P$**Z**。

P$_Z$ZZPZ**Z**，P$_Z$ZP$_Z$PP**Z**。Z$_P$ZZPP，P$_Z$ ZPPZ$_P$**Z**。

题柱 ［宋］吴城小龙女

帘卷曲栏独倚，江展暮天无际。泪眼不曾晴，家在吴头楚尾。

数点雪花乱委，扑漉沙鸥惊起。诗句欲成时，没入苍烟丛里。

玉渊潭公园看残花　马维野（2018年4月9日）

风起虐行数日，所剩残芳无几。峭冷转春温，明媚阳光天气。

最恨恼人愠臆，潭里寻香乏力。忽见有高枝，似雪樱花蝶戏。

74. 清平乐（又名《忆萝月》《醉东风》，双调46字，格一）

Z~P~PPZ~Z~，Z~P~ZPPZ。Z~P~ZP~Z~PPZZ，Z~P~ZP~Z~PPZ。

P~Z~PZ~P~ZPP，P~Z~PZ~P~ZPP。Z~P~ZP~Z~PZ~P~Z，P~Z~PZ~P~ZPP。

雨晴烟晚　〔唐〕冯延巳

雨晴烟晚，绿水新池满。双燕飞来垂柳院，小阁画帘高卷。

黄昏独倚朱阑，西南新月眉弯。砌下落花风起，罗衣特地春寒。

金风细细　〔宋〕晏殊

金风细细，叶叶梧桐坠。绿酒初尝人易醉，一枕小窗浓睡。

紫薇朱槿花残，斜阳却照阑干。双燕欲归时节，银屏昨夜微寒。

候蛩凄断　［宋］张炎

候蛩凄断，人语西风岸。月落沙平江似练，望尽芦花无雁。

暗教愁损兰成，可怜夜夜关情。只有一枝梧叶，不知多少秋声。

赠陈参议师文侍儿　［宋］刘克庄

宫腰束素，只怕能轻举。好筑避风台护取，莫遣惊鸿飞去。

一团香玉温柔，笑颦俱有风流。贪与萧郎眉语，不知舞错伊州。

春归何处　［宋］黄庭坚

春归何处？寂寞无行路。若有人知春去处，唤取归来同住。

春无踪迹谁知？除非问取黄鹂。百啭无人能解，因风飞过蔷薇。

谢叔良惠木樨　［宋］辛弃疾

少年痛饮，忆向吴江醒。明月团圆高树影，十里蔷薇水冷。

大都一点宫黄，人间直恁芬芳。怕是九天风露，染教世界都香。

年年雪里　［宋］李清照

年年雪里，常插梅花醉。挼尽梅花无好意，赢得满衣清泪。

今年海角天涯，萧萧两鬓生华。看取晚来风势，故应难看梅花。

协会联席会议有感　马维野（2020年1月8日）

深冬客栈，顺义春晖店。聚议功实千百万，许下明朝宜愿。

寒潮愈冷瑶京，八方四面宾朋。携手悉心勠力，抱团取暖佳成。

京杭大运河拱宸桥头赋　马维野（2015年4月27日）

天开地坼，一脉京杭壑。万里奔流寥旷过，鬼泣神颜变色。

桥横水上留痕，清风送爽宜人。叹想当年往事，今朝抖擞精神。

75. 清平乐（又名《忆萝月》，双调46字，格二）

ＺＰＰＺ，ＰＺＺＰＺ。ＰＺＰＰＺＰＺ，ＺＺＺＰＰＺ。

ＺＺＰＺＰＰ，ＺＺＰＰＺＺ。ＰＺＰＰＰＺ，ＺＺＺＰＰＺ。

画堂晨起　［唐］李白

画堂晨起，来报雪花坠。高卷帘栊看佳瑞，皓色远迷庭砌。

盛气光引炉烟，素草寒生玉佩。应是天仙狂醉，乱把白云揉碎。

元旦后感　马维野（2021年1月4日）

正辞元旦，归者未千万。南北通途客流淡，俱恐惹新冠患。

往日流水行云，近日停学止鉴。闲步居家庭院，胜似远游惊惮。

阅读提示：此谱与前谱不同，前者是常用的平仄转换格，全词无需对仗结构；后者是仄韵格，且其后阕前二句应对仗，韵脚变化也与前者不同。而李白此作是目前发现的唯一一首《清平乐》仄韵格词作。另，此篇载于《全唐诗》（参考书目6）第二十五册第一〇〇五二页，而《全宋词》（参考书目7）第二册第1280页亦载此篇，作者为宋代袁绹。孰是，无考。

76. 误佳期（双调46字）

P Z Z $_P$ P P **Z**，Z $_P$ Z P $_Z$ P Z **Z**。P P P Z Z P P，Z Z P P **Z**。

Z $_P$ Z Z P P，Z $_P$ Z P P **Z**。Z P P Z Z P P，Z Z P **Z**。

闺怨　［清］汪懋麟

寒气暗侵帘幕，孤负芳春小约。庭梅开遍不归来，直恁心情恶。

独抱影儿眠，背看灯花落。待他重与画眉时，细数郎轻薄。

公使之济南　马维野（2017年3月1日）

驱铁骥泉城旅，二月风寒略煦。文韬平指上圆云，欲把天星取。

帷幄运筹明，大势当如许。赞高朋引四杰来，众志成城举。

77. 一落索（又名《一络索》，双调46字）

$Z_P Z_P P_Z P_Z P_Z \mathbf{Z}$，$Z_P P Z_P \mathbf{Z}$。$Z P P_Z Z Z P P$，$Z_P Z_P Z$、$P P \mathbf{Z}$。

$P_Z Z Z P P_Z \mathbf{Z}$，$P_Z P Z_P \mathbf{Z}$。$P_Z P Z_P Z Z P P$，$Z_P P_Z Z$、$P P \mathbf{Z}$。

闺思　［宋］辛弃疾

羞见鉴鸾孤却，倩人梳掠。一春长是为花愁，甚夜夜、东风恶。

行绕翠帘珠箔，锦笺谁托？玉觞泪满却停觞，怕酒似、郎情薄。

东归代同舟寄远　［宋］毛滂

月下风前花畔，此情不浅。欲留风月守花枝，却不道、而今远。

櫓外鹭飞沙晚，烟斜雨短。青山只管一重重，向东下、遮人眼。

满路游丝飞絮 〔宋〕陆游

满路游丝飞絮，韶光将暮。此时谁与说新愁，有百啭、流莺语。

俯仰人间今古，神仙何处？花前须判醉扶归，酒不到、刘伶墓。

心抵江莲长苦 〔宋〕方千里

心抵江莲长苦，凌波人去。厌厌消瘦不胜衣，恨清泪、多于雨。

旧曲慵歌琼树，谁传香素。碧溪流水过楼前，问红叶、来何处？

牡丹次谢主簿韵 〔宋〕赵以夫

露沁香肌娇秀，燕脂微透。蕊宫仙子驾祥鸾，被风卷、霞衣皱。

轻萦倩他红袖，簪来盈首。直须沉醉此花前，怕花到、明朝瘦。

北京植物园赏花 马维野（2020年4月22日）

探赏三春仙卉，芳郊静翠。百花竞放馥幽芬，眼缭乱、游人醉。

锦簇牡丹云蔚，郁金香媚。千枝万叶向阳争，繁朵下、羞新蕾。

78. 忆秦娥（又名《秦月楼》，双调 46 字）

P P $_Z$ **Z**，P $_Z$ P Z $_P$ Z P P **Z**。P P **Z**（叠三字），P $_Z$
P Z $_P$ **Z**，Z P P **Z**。

P $_Z$ P Z $_P$ Z P P **Z**，P $_Z$ P Z $_P$ Z P P **Z**。P P **Z**（叠
三字），P $_Z$ P Z $_P$ **Z**，Z P P **Z**。

箫声咽　［唐］李白

箫声咽，秦娥梦断秦楼月。秦楼月，年年柳色，灞陵
伤别。

乐游原上清秋节，咸阳古道音尘绝。音尘绝，西风残照，
汉家陵阙。

梅谢了　［宋］刘克庄

梅谢了，塞垣冻解鸿归早。鸿归早，凭伊问讯，大梁遗老。

浙河西面边声悄，淮河北去炊烟少。炊烟少，宣和宫殿，
冷烟衰草。

临高阁　［宋］李清照

临高阁，乱山平野烟光薄。烟光薄，栖鸦归后，暮天闻角。

断香残酒情怀恶，西风催衬梧桐落。梧桐落，又还秋色，
又还寂寞。

秋寂寞　［宋］孙道绚

秋寂寞，秋风夜雨伤离索。伤离索，老怀无奈，泪珠零落。

故人一去无期约，尺书忽寄西飞鹤。西飞鹤，故人何在，水村山郭。

双溪月　　［宋］苏轼

双溪月，清光偏照双荷叶。双荷叶，红心未偶，绿衣偷结。

背风迎雨流珠滑，轻舟短棹先秋折。先秋折，烟鬟未上，玉杯微缺。

辛卯年元宵节　　马维野（2011年2月17日）

花灯夜，冰轮炫目霜宵月。霜宵月，银光漫洒，扮妆三界。

嫦娥广袖吴刚钺，寒宫桂树琼浆洌。琼浆洌，怀中玉兔，欲出宫阙。

79. 忆少年（又名《十二时》，双调46字）

P P Z P Z，P P Z Z，P P P **Z**。P P Z P Z Z，Z P P P **Z**。

Z Z P P P Z Z，Z P P、Z P P **Z**。P P Z P Z，Z P P P Z **Z**。

别历下　　［宋］晁补之

无穷官柳，无情画舸，无根行客。南山尚相送，只高城人隔。

罨画园林溪绀碧，算重来、尽成陈迹。刘郎鬓如此，况桃花颜色。

寒食　［宋］谢懋

池塘绿遍，王孙芳草，依依斜日。游丝卷晴昼，系东风无力。

蝶趁幽香蜂酿蜜，秋千外、卧红堆碧。心情费消遣，更梨花寒食。

年时酒伴　［宋］曹组

年时酒伴，年时去处，年时春色。清明又近也，却天涯为客。

念过眼、光阴难再得，想前欢、尽成陈迹。登临恨无语，把阑干暗拍。

秋意长春　马维野（2017年10月14日）

秋光明艳，秋风过耳，秋声如咽。征鸿向天际，正人一分列。

万里长空蓝墨写，衬白云、奉邀红叶。如诗画光景，看长春八月。

80. 甘草子（双调 47 字）

P **Z** 。Z Z P P，Z Z P P **Z**。Z Z Z P P，Z$_P$Z P P **Z** 。

P Z Z P P P **Z**，Z Z$_P$Z、Z$_P$P P **Z**。Z$_P$Z P P P$_Z$ Z$_P$**Z**，Z Z P P **Z**。

秋暮 〔宋〕柳永

秋暮。乱洒衰荷，颗颗真珠雨。雨过月华生，冷彻鸳鸯浦。

池上凭阑愁无侣，奈此个、单栖情绪。却傍金笼共鹦鹉，念粉郎言语。

秋尽 〔宋〕柳永

秋尽。叶翦红绡，砌菊遗金粉。雁字一行来，还有边庭信。

飘散露华清风紧，动翠幕、晓寒犹嫩。中酒残妆慵整顿，聚两眉离恨。

春早 〔宋〕寇准

春早。柳丝无力，低拂青门道。暖日笼啼鸟，初坼桃花小。

遥望碧天净如扫，曳一缕、轻烟缥缈。堪惜流年谢芳草，任玉壶倾倒。

秋暮 〔宋〕杨无咎

秋暮。永夜西楼，冷月明窗户。梦破橹声中，忆在松江路。

欹枕试寻曾游处，记历历、风光堪数。谁与浮家五湖去，尽醉眠秋雨。

大寒乡情　马维野（2020年1月20日）

冬令。漫掷凄寒，酷虐严风冷。瞬霎大寒前，滴水成冰镜。

托寓陋庐归思迸，朔北域、茫茫银岭。万户千家雪乡醒，看远山云影。

81. 画堂春（双调47字，格一）

ＰＰＺ_ｐＺＺＰ**Ｐ**，Ｚ_ｐＰＰＰＺＰ**Ｐ**。ＺＰＰＺＺＰ**Ｐ**，Ｚ_ｐＺＰ**Ｐ**。

Ｚ_ｐＺＺＰＰＺ，ＺＰＰＺＰ**Ｐ**。ＺＰＺＺＺ**Ｐ**，ＺＺＰＰ。

落红铺径水平池　〔宋〕秦观

落红铺径水平池，弄晴小雨霏霏。杏园憔悴杜鹃啼，无奈春归。

柳外画楼独上，凭阑手捻花枝。放花无语对斜晖，此恨谁知？

春情　〔宋〕秦观

东风吹柳日初长，雨馀芳草斜阳。杏花零落燕泥香，睡损红妆。

香篆暗消鸾凤，画屏萦绕潇湘。暮寒轻透薄罗裳，无限思量。

风中荷花 ［宋］沈瀛

荷花含笑调薰风，两情著意尤浓。水精栏槛四玲珑，照见妆容。

醉里偷开盏面，晓来暗坼香风。不知何事苦匆匆，飘落残红。

冬至 马维野（2019年12月22日）

今逢黑夜最悠长，寒冬伊始侵疆。只因天作是规方，四季轮忙。

扑面朔风凄紧，压枝残雪柔刚。寄情北土看清霜，且待春光。

82. 阮郎归（又名《醉桃源》《碧桃春》《宴桃源》，双调 47 字）

$P_Z P P_Z Z Z P \mathbf{P}$，$P_Z P Z_P Z \mathbf{P}$。$Z P P Z Z P \mathbf{P}$，$P_Z P Z_P Z \mathbf{P}$。

$\underline{P Z Z}$，$Z P \mathbf{P}$，$P_Z P Z_P Z \mathbf{P}$。$Z_P P P_Z Z Z P \mathbf{P}$，$P_Z P Z_P Z \mathbf{P}$。

旧香残粉似当初 ［宋］晏几道

旧香残粉似当初，人情恨不如。一春犹有数行书，秋来书更疏。

衾凤冷，枕鸳孤，愁肠待酒舒。梦魂纵有也成虚，那堪和梦无？

耒阳道中　〔宋〕辛弃疾

山前风雨欲黄昏，山头来去雪。鹧鸪声里数家村，潇湘逢故人。

挥羽扇，整纶巾，少年鞍马尘。如今憔悴赋招魂，儒冠多误身。

歌停檀板舞停鸾　〔宋〕苏轼

歌停檀板舞停鸾，高阳饮兴阑。兽烟喷尽玉壶乾，香分小凤团。

雪浪浅，露珠圆，捧瓯春笋寒。绛纱笼下跃金鞍，归时人倚栏。

客中见梅　〔宋〕赵长卿

年年为客遍天涯，梦迟归路赊。无端星月浸窗纱，一枝寒影斜。

肠未断，鬓先华，新来瘦转加。角声吹彻小梅花，夜长人忆家。

南园春半踏青时　〔唐〕冯延巳

南园春半踏青时，风和闻马嘶。青梅如豆柳如丝，日长蝴蝶飞。

花露重，草烟低，人家帘幕垂。秋千慵困解罗衣，画梁双燕栖。

湘天风雨破寒初　　〔宋〕秦观

湘天风雨破寒初，深沉庭院虚。丽谯吹罢小单于，迢迢清夜徂。

乡梦断，旅魂孤，峥嵘岁又除。衡阳犹有雁传书，郴阳和雁无。

天边金掌露成霜　　〔宋〕晏几道

天边金掌露成霜，云随雁字长。绿杯红袖称重阳，人情似故乡。

兰佩紫，菊簪黄，殷勤理旧狂。欲将沉醉换悲凉，清歌莫断肠！

庚寅咏　　马维野（2010年2月14日，庚寅年正月初一）

东风微动暗拂栏，闻鞭炮震天。最寒正月把情传，春归在眼前。

寅啸壮，丑声残，神州尽娱欢。家家户户庆团圆，争先大拜年。

83. 乌夜啼（又名《锦堂春》《圣无忧》，双调 47 字）

ZZPPZ，P_ZPZZP**P**。P_ZPZ$_P$ZPPZ，Z_PZZP**P**。

Z_PZP$_Z$PZ$_P$Z，P_ZPZ$_P$ZP**P**。P_ZPZ$_P$ZPPZ，Z_PZZP**P**。

昨夜风兼雨　　〔唐〕李煜

昨夜风兼雨，帘帏飒飒秋声。烛残漏断[1]频欹枕，起坐不能平。

世事漫随流水，算来一梦浮生。醉乡路稳宜频到，此外不堪行。

世路风波险　　〔宋〕欧阳修

世路风波险，十年一别须臾。人生聚散长如此，相见且欢娱。

好酒能消光景，春风不染髭须。为公一醉花前倒，红袖莫来扶。

清明感怀　　马维野（2017年4月4日）

又是清明日，郊园满溢芬芳。花繁叶茂春风暖，更喜紫丁香。

仕路身闲俸浅，不争虚誉华光。但求伉健青山在，任世事无常。

84. 喜迁莺（又名《鹤冲天》《万年枝》《喜迁莺令》《燕归梁》，双调47字）

P$_z$ZZ，ZP**P**，PZZP**P**。ZPPZZP**P**，PZZP**P**。

1　断，一作"滴"。

PＰ𝑧**Z**（换仄韵），PＺ𝑝**Z**，ZZZ𝑝PＰ**Z**。Z𝑝P
PＺZPＰ（再换平韵），PＺZPＰ。

晓月坠 ［唐］李煜

晓月坠，宿云微，无语枕频欹。梦回芳草思依依，天远雁声稀。

啼莺散，馀花乱，寂寞画堂深院。片红休扫尽从伊，留待舞人归。

花不尽 ［宋］杜安世

花不尽，柳无穷，应与我心同。觥船一棹百分空，何处不相逢。

朱弦悄，知音少，天若有情应老。劝君看取利名场，今古梦忙忙。

霞散绮 ［宋］夏竦

霞散绮，月沉钩，帘卷未央楼。夜凉河汉截天流，宫阙锁清秋。

瑶阶曙，金盘露，凤髓香和烟雾。三千珠翠拥宸游，水殿按凉州。

莲叶雨 ［宋］晏几道

莲叶雨，蓼花风，秋恨几枝红。远烟收尽水溶溶，飞雁碧云中。

衷肠事，鱼笺字，情绪年年相似。凭高双袖晚寒浓，人在月桥东。

霾散歌　马维野（2016年12月22日）

立大地，看周天，千里布幽烟。雾遮尘蔽渺人间，真似列仙班。

霜清冽，风严虐，厚霭散消霾夜。又逢晴爽映穹蓝，欣悸傍河边。

85. 朝中措（双调48字）

$P_Z P Z_P Z Z P$ **P**，$P_Z Z Z P$ **P**。<u>$Z_P Z P Z_P P Z_P Z$，$P_Z P Z_P Z P$ **P**</u>。

$P_Z P Z_P Z$，<u>$P_Z P Z_P Z$</u>，$Z_P Z P$ **P**。$Z_P Z P Z_P P$ $Z_P Z$，$P_Z P Z_P Z P$ **P**。

送刘仲原甫出守维扬　［宋］欧阳修

平山阑槛倚晴空，山色有无中。手种堂前垂柳，别来几度春风。

文章太守，挥毫万字，一饮千钟。行乐直须年少，尊前看取衰翁。

黄昏楼阁乱栖鸦　［宋］周紫芝

黄昏楼阁乱栖鸦，天末淡微霞。风里一池杨柳，月边满树梨花。

阳台路远，鱼沉尺素，人在天涯。想得小窗遥夜，哀弦拨断琵琶。

梅 〔宋〕陆游

幽姿不入少年场，无语只凄凉。一个飘零身世，十分冷淡心肠。

江头月底，新诗旧梦，孤恨清香。任是春风不管，也曾先识东皇。

为人寿 〔宋〕辛弃疾

年年黄菊滟秋风，更有拒霜红。黄似旧时宫额，红如此日芳容。

青青未老，尊前要看，儿辈平戎。试酿西江为寿，西江绿水无穷。

樊良道中 〔宋〕李之仪

败荷枯苇夕阳天，时节渐阑珊。独泛扁舟归去，老来不耐霜寒。

平生志气，消磨尽也，留得苍颜。寄语山中麋鹿，断云相次东还。

横江一抹是平沙 〔宋〕闾丘次杲

横江一抹是平沙，沙上几千家。得到人家尽处，依然水接天涯。

危栏送目，翩翩去鹬，点点归鸦。渔唱不知何处，多应只在芦花。

惜春 ［宋］赵善括

东君著意在枝头，红紫自风流。贪引游蜂舞蝶，几多春事都休。

三分好处，不随流水，即是闲愁。惟我惜花心在，更看红叶沉浮。

圆明园暮春 马维野（2020年4月29日）

圆明园里好风光，春色正苍茫。紫陌花香吐翠，幽林鸟语留芳。

蹉跎岁月，残垣断壁，水佩风裳。春去夏来在目，无诗堪比云章。

青岛初春 马维野（2017年3月3日）

胶东墨客北京来，海碧浪花白。琴岛霞光映照，水乡云影徘徊。

沙滩展卷，清风两袖，岸草千台。弱柳枝头鹊戏，迎春花已初开。

86. 撼庭秋（双调48字）

ZPPZP**Z**，ZZPP**Z**。ZPP**Z**，PPZZ，ZPP**Z**。

PPZZ，PPPZ，ZPP**Z**。ZPPPZ，PPZZ，ZPP**Z**。

别来音信千里　[宋]晏殊

别来音信千里，怅此情难寄。碧纱秋月，梧桐夜雨，几回无寐。

楼高目断，天遥云黯，只堪憔悴。念兰堂红烛，心长焰短，向人垂泪。

下杭州　马维野（2015年8月24日）

奉时流火七月，过抵杭州界。揽西湖胜，尝天下味，雅人心惬。

闲庭信步，空街舒翼，叹花初谢。任苏堤烟柳，雷峰塔影，只留今夜。

87. 秋蕊香（双调48字）

P Z Z$_P$ P P Z，P$_Z$ Z Z$_P$ P P Z。P$_Z$ P Z$_P$ Z P P Z，P$_Z$ Z Z$_P$ P P Z。

P$_Z$ P Z$_P$ Z P P Z，P$_Z$ P Z。P$_Z$ P Z$_P$ Z P P Z，P$_Z$ Z Z$_P$ P P Z。

帘幕疏疏风透　[宋]张耒

帘幕疏疏风透，一线香飘金兽。朱阑倚遍黄昏后，廊上月华如昼。

别离滋味浓于酒，著人瘦。此情不及墙东柳，春色年年如旧。

梅蕊雪残香瘦　〔宋〕晏殊

梅蕊雪残香瘦，罗幕轻寒微透。多情只似春杨柳，占断可怜时候。

萧娘劝我杯中酒，翻红袖。金乌玉兔长飞走，争得朱颜依旧。

歌彻郎君秋草　〔宋〕晏几道

歌彻郎君秋草，别恨远山眉小。无情莫把多情恼，第一归来须早。

红尘自古长安道，故人少。相思不比相逢好，此别朱颜应老。

自京之穗　马维野（2015年11月25日）

晨起凌空飞逝，顷刻时节倏易。初冬北域新寒季，转瞬异乡天地。

皇都大雪飘无避，残花泣。羊城却正春光戏，万紫千红相媲。

88. 人月圆（又名《青衫湿》，双调48字）

P_ZPZ_PZPPZ，P_ZZZP**P**。P_ZPZ_PZ，PPZZ，Z_PZP**P**。

P_ZPZ_PZ，P_ZPZ_PZ，Z_PZP**P**。P_ZPZ_PZ，PPZZ，Z_PZP**P**。

元夜 [宋]王诜

小桃枝上春来早，初试薄罗衣。年年此夜，华灯盛照，人月圆时。

禁街箫鼓，寒轻夜永，纤手同携。更阑人静，千门笑语，声在帘帏。

宴北人张侍御家有感 [宋]吴激

南朝千古伤心事，犹唱后庭花。旧时王谢，堂前燕子，飞向谁家？

恍然一梦，仙肌胜雪，宫髻堆鸦。江州司马，青衫泪湿，同是天涯！

风和日薄馀烟嫩 [宋]杨无咎

风和日薄馀烟嫩，测测透鲛绡。相逢且喜，人圆玳席，月满丹霄。

烂游胜赏，高低灯火，鼎沸笙箫。一年三百六十日，愿长似今宵。

玄都观里桃千树 [宋]元好问

玄都观里桃千树，花落水空流。凭君莫问，清泾浊渭，去马来牛。

谢公扶病，羊昙挥涕，一醉都休。古今几度，生存华屋，零落山丘。

紫竹院漫步　马维野（2018年12月6日）

朔风寒气初来扰，驱净雾霾痕。天蓝如染，薄冰似镜，万里无云。

冷天稀客，公园空旷，落叶纭纷。高枝留雀，孤亭简傲，抖擞精神。

89. 三字令（双调 48 字）

　ＰＺＺ，ＺＰ**Ｐ**，ＺＰ**Ｐ**。ＰＺＺ，ＺＰ**Ｐ**。ＺＰＰ，ＰＺＺ，ＺＰ**Ｐ**。

　ＰＺＺ，ＺＰ**Ｐ**，ＺＰ**Ｐ**。ＰＺＺ，ＺＰ**Ｐ**。ＺＰＰ，ＰＺＺ，ＺＰ**Ｐ**。

春欲尽　〔唐〕欧阳炯

春欲尽，日迟迟，牡丹时。罗幌卷，翠帘垂。彩笺书，红粉泪，两心知。

人不见，燕空归，负佳期。香烬落，枕函欹。月分明，花澹薄，惹相思。

咏香扑　〔明〕叶纨纨

疑是镜，又如蟾。最婵娟。红袖里，绿窗前。殢人怜，羞锦带，妒花钿。

兰浴罢，衬春纤。扑还拈。添粉艳，玉肌妍。麝氤氲，香馥郁，透湘帘。

2019年京城第二场雪　马维野（2019年12月16日）

冬至未，雪趋迎，正飘零。天漫漫，地濛濛。洒银花，抛玉叶，最传情。

抬腿重，迈足轻，沐寒风。精气爽，脑筋灵。持云心，享乐事，度人生。

90. 摊破浣溪沙（又名《山花子》，双调48字）

Z $_P$ Z P P Z Z **P**，P $_Z$ P P Z Z P **P**。Z $_P$ Z P $_Z$ P Z P Z，Z P **P**。

Z $_P$ Z P $_Z$ P P Z Z，P $_Z$ P Z P $_P$ Z Z **P**。Z $_P$ Z P $_Z$ P P Z Z，Z P **P**。

菡萏香消翠叶残　〔唐〕李璟

菡萏香销翠叶残，西风愁起绿波间。还与韶光共憔悴，不堪看。

细雨梦回鸡塞远，小楼吹彻玉笙寒。多少泪珠何限恨，倚阑干。

春暮　〔宋〕刘辰翁

此处情怀欲问天，相期相就复何年？行过章江三十里，泪依然。

早宿半程芳草路，犹寒欲雨暮春天。小小桃花三两处，得人怜。

揉破黄金万点轻　［宋］李清照

揉破黄金万点轻，剪成碧玉叶层层。风度精神如彦辅，大鲜明。

梅蕊重重何俗甚，丁香千结苦粗生。熏透愁人千里梦，却无情。

风絮飘残已化萍　［清］纳兰性德

风絮飘残已化萍，泥莲刚倩藕丝萦。珍重别拈香一瓣，记前生。

人到情多情转薄，而今真个悔多情。又到断肠回首处，泪偷零。

晚云　马维野（2017年4月12日）

傍晚蓝天净澈空，白绵团簇越仙宫。正欲随风任缥缈，上元穹。

小小丹桃花旺茂，纤纤绿柳叶葱茏。夕照残霞生暮碧，看云红。

长沙　马维野（2015年9月14日）

自古湘江向北流，涟漪掀动楚波愁。临暮云低淡天黯，晚霞秋。

岳麓书香千里送，白沙水好万人谋。橘子洲头空怅憾，欲何求？

91. 桃源忆故人（双调 48 字）

P_z P Z_p Z P_z P **Z**，Z_p Z P Z_p P Z_p **Z**。Z_p Z P Z_p P Z_p Z，Z_p Z P P **Z**。

P_z P Z_p Z P P **Z**，Z_p Z P Z_p P Z_p **Z**。Z_p Z P Z_p P Z_p Z，Z_p Z P P **Z**。

玉楼深锁薄情种　　〔宋〕秦观

玉楼深锁薄情种，清夜悠悠谁共？羞见枕衾鸳凤，闷即和衣拥。

无端画角严城动，惊破一番新梦。窗外月华霜重，听彻梅花弄。

斜阳寂历柴门闭　　〔宋〕陆游

斜阳寂历柴门闭，一点炊烟时起。鸡犬往来林外，俱有萧然意。

衰翁老去疏荣利，绝爱山城无事。临去画楼频倚，何日重来此？

暮春　　〔宋〕苏轼

华胥梦断人何处，听得莺啼红树。几点蔷薇香雨，寂寞闲庭户。

暖风不解留花住，片片著人无数。楼上望春归去，芳草迷归路。

虞美人影　［宋］欧阳修

梅梢弄粉香犹嫩，欲寄江南春信。别后寸肠萦损，说与伊争稳。

小炉独守寒灰烬，忍泪低头画尽。眉上万重新恨，竟日无人问。

碧纱影弄东风晓　［宋］欧阳修

碧纱影弄东风晓，一夜海棠开了。枝上数声啼鸟，妆点愁多少。

妒云恨雨腰支袅，眉黛不忺重扫。薄幸不来春老，羞带宜男草。

碧天露洗春容净　［宋］黄庭坚

碧天露洗春容净，淡月晓收残晕。花上密烟飘尽，花底莺声嫩。

云归楚峡厌厌困，两点遥山新恨。和泪暗弹红粉，生怕人来问。

小园雨霁秋光转　［宋］朱敦儒

小园雨霁秋光转，天气微寒犹暖。黄菊红蕉庭院，翠径苔痕软。

眼前明快眉间展，细酌霞觞不浅。一曲广陵弹遍，目送飞鸿远。

秋歌　马维野（2015年9月8日）

天行白露秋时皞，海阔云蒸日曜。两袖清风更俏，步履轻盈绕。

沉酣梦醒晨光好，身在滨城破晓。气爽人和有报，五谷丰登兆。

92. 眼儿媚（又名《秋波媚》，双调 48 字）

$P_Z P Z_P Z Z P \textbf{P}$，$Z_P Z Z P \textbf{P}$。$P_Z P Z_P Z$，$P_Z P Z_P Z$，$Z_P Z P \textbf{P}$。

$P_Z P Z_P Z Z P \textbf{P}$，$Z_P Z Z P \textbf{P}$。$P_Z P Z_P Z$，$P_Z P Z_P Z$，$Z_P Z P \textbf{P}$。

酣酣日脚紫烟浮　〔宋〕范成大

酣酣日脚紫烟浮，妍暖破轻裘。困人天色，醉人花气，午梦扶头。

春慵恰似春塘水，一片縠纹愁。溶溶泄泄，东风无力，欲皱还休。

七月十六日晚登高兴亭望长安南山　〔宋〕陆游

秋到边城角声哀，烽火照高台。悲歌击筑，凭高酹酒，此兴悠哉。

多情谁似南山月，特地暮云开。灞桥烟柳，曲江池馆，应待人来。

玉京曾忆昔繁华　［宋］赵佶

玉京曾忆昔繁华，万里帝王家。琼林玉殿，朝喧弦管，暮列笙琶。

花城人去今萧索，春梦绕胡沙。家山何处，忍听羌管，吹彻梅花。

石榴花发尚伤春　［宋］无名氏

石榴花发尚伤春，草色带斜曛。芙蓉面瘦，蕙兰心病，柳叶眉颦。

如年长昼虽难过，入夜更消魂。半窗淡月，三声鸣鼓，一个愁人。

冬日　马维野（2015年12月24日）

天寒倍感太阳亲，日照愈温馨。休光四体，清风两袖，信步轻匀。

披光小月河边走，峭冷壮闲身。枯枝挂叶，衰蓬败柳，翠柏深根。

93. 河渎神（双调49字，格一）

Z$_p$ZZPＰ，PZPPZＰ。ZPZZZPＰ，ZPPZPＰ。

ZZ$_p$PPPZＺ（换仄韵，不同韵），PZPPPＺ。ZZZPPＺ，ZPPZPＺ。

江上草芊芊　　［唐］孙光宪

江上草芊芊，春晚湘妃庙前。一方卵色楚南天，数行斜雁联翩。

独倚朱阑情不极，魂断终朝相忆。两桨不知消息，远汀时起鸂鶒。

凉月转雕阑　　［清］纳兰性德

凉月转雕阑，萧萧木叶声乾。银灯飘落琐窗闲，枕屏几叠秋山。

朔风吹透青缣被，药炉火暖初沸。清漏沉沉无寐，为伊判得憔悴。

雪后　　马维野（2017年2月22日）

春已近瑶京，冬絮纷飞欲停。雪侵遍野润新生，兆丰年好收成。

信步白绵铺旧陌，听几多闲游客。草绿地平人过，看绒团正飘落。

94. 河渎神（双调49字，格二）

Z$_\text{P}$ZZP**P**，ZPZ$_\text{P}$ZP**P**。Z$_\text{P}$PPPZZP**P**，Z$_\text{P}$PPZ$_\text{Z}$P$_\text{P}$Z**P**。

PZPPPZ**Z**（换仄韵，不同韵），Z$_\text{P}$PPZPZ。PZZPZ$_\text{P}$**Z**，Z$_\text{P}$PPZPZ。

180

河上望丛祠　［唐］温庭筠

河上望丛祠，庙前春雨来时。楚山无限鸟飞迟，兰棹空伤别离。

何处杜鹃啼不歇？艳红开尽如血。蝉鬓美人愁绝，百花芳草佳节。

女詃[1]词效花间体　［宋］辛弃疾

芳草绿萋萋，断肠绝浦相思。山头人望翠云旗，蕙香佳酒君归。

惆怅画檐双燕舞，东风吹散灵雨。香火冷残箫鼓，斜阳门外今古。

元旦赋　马维野（2021年1月1日）

又是过新年，世人休历公元。而今停履更无前，居家规避新冠。

天上无云晴万里，枯枝摇曳风起。严冷不摧养志，随心求欲专意。

95. 贺圣朝（双调49字）

P_ZPZ_PZPP**Z**，ZPPP**Z**。P_ZPZ_PZZPP，ZZ_PPP**Z**。

P_ZPZ_PZ，P_ZPZ_P**Z**，ZPPP**Z**。P_ZPZ_PZ

1　詃（jiàn），意思是巧辩之言。勿作"诚"。

ＺＰＰ，ＺＰＰＰＺ。

留别　　〔宋〕叶清臣

满斟绿醑留君住，莫匆匆归去。三分春色二分愁，更一分风雨。

花开花谢，都来几许，且高歌休诉。不知来岁牡丹时，再相逢何处？

和宗之梅　　〔宋〕赵师侠

千林脱落群芳息，有一枝先白。孤标疏影压花丛，更清香堪惜。

吟情无尽，赏音未已，早纷纷藉藉。想贪结子去调羹，任叫云横笛。

小月河桃花　　马维野（2017年4月6日）

新桃四色花千树，欲将春留住。微风掠过肆芳来，引惹千蜂舞。

皇城三月，繁英满目，任游人云步。午时行履蹑浮轻，赏韶光无度。

96.画堂春（双调49字，格二）

ＰＰＺ_PＺＺＰ**Ｐ**，Ｐ_ZＰＰＺＰ**Ｐ**。ＺＰＰＺＺＰ**Ｐ**，Ｚ_PＺＺＰ**Ｐ**。

ＰＺＺＰＰＺ，ＺＰＰＺＰ**Ｐ**。ＺＰＺＺＺＰ**Ｐ**，ＰＺＺＰ**Ｐ**。

182

摩围小隐枕蛮江　〔宋〕黄庭坚

摩围小隐枕蛮江，蛛丝闲锁晴窗。水风山影上修廊，不到晚来凉。

相伴蝶穿花径，独飞鸥舞春光。不因送客下绳床，添火炷炉香。

外潮莲子长参差　〔宋〕张先

外潮莲子长参差，霁山青处鸥飞。水天溶漾画桡迟，人影鉴中移。

桃叶浅声双唱，杏红深色轻衣。小荷障面避斜晖，分得翠阴归。

入仲秋　马维野（2015年9月13日）

晨光醒梦懒梳头，晴窗凉影斜修。朔风侵壁曳帘钩，凛气满书楼。

厅里吐华香溢，院中吟鸟唧啾。切忧更甚在清秋，心静起乡愁。

97. 柳梢青（又名《陇头月》，双调49字，格一）

Z_PZPP，P_ZPZ_PZ，$ZZPP$。Z_PZPP，P_ZPZ_PZ，P_ZZPP。

P_ZPZ_PZPP。ZZ_PZ、$PPZP$。Z_PZPP，P_ZPZ_PZ，Z_PZPP。

吴中 〔宋〕仲殊

岸草平沙，吴王故苑，柳袅烟斜。雨后寒轻，风前香软，春在梨花。

行人一棹天涯。酒醒处、残阳乱鸦。门外秋千，墙头红粉，深院谁家？

送卢梅坡 〔宋〕刘过

泛菊杯深，吹梅角远，同在京城。聚散匆匆，云边孤雁，水上浮萍。

教人怎不伤情？觉几度、魂飞梦惊。后夜相思，尘随马去，月逐舟行。

一健如仙 〔宋〕赵功可

一健如仙，东湖烟柳，坐拥吟翁。几许功名，百年身世，相见匆匆。

别来三度秋风。怕看见、云间过鸿。酒醒灯寒，更残月落，吾美楼中。

落桂 〔宋〕赵与仁

露冷仙梯，霓裳散舞，记曲人归。月度层霄，雨连深夜，谁管花飞。

金铺满地苔衣。似一片、斜阳未移。生怕清香，又随凉信，吹过东篱。

秋园漫步　马维野（2016年10月8日）

元土城宽，纷繁乱色，水静天蓝。郁馥无垠，清风两袖，健步林园。

三秋大美人圜。举目望、云飞彩鸾。暂驻花前，方歇树下，小憩桥边。

98.柳梢青（又名《陇头月》，双调49字，格二）

ZPPZ，ZPPzZ，ZpPPZ。ZpZPP，Zp PPZ，ZpPPZ。

PPZZPP，ZZpZ、PPZZ。ZpZPP，Pz PZpZ，ZpPPZ。

数声鶗鴂　〔宋〕蔡伸

数声鶗鴂，可怜又是，春归时节。满院东风，海棠铺绣，梨花飘雪。

丁香露泣残枝，算未比、愁肠寸结。自是休文，多情多感，不干风月。

纪游　〔清〕朱彝尊

障羞罗扇，花时犹记，者边曾见。曲录阑干，玲珑窗户，也都寻遍。

两峰依旧青青，但不比、眉梢平远。第一难忘，重来崔护，去年人面。

新年晚会 马维野（2020年1月8日）

凛冬严月，酷冷袭面，大千寰界。顺义农郊，春晖园里，鼓声深烈。

新朋老友圆桌，正会叙、丹情不灭。海阔天空，江南塞北，举杯今夜。

阅读提示：此谱是仄声韵，而前谱是平声韵。

99. **太常引**（双调49字）

P$_Z$PZ$_P$ZZP**P**，Z$_P$ZZP**P**。Z$_P$ZZP**P**，P$_Z$Z$_P$Z、PPZ**P**。

P$_Z$PZ$_P$Z，P$_Z$PZ$_P$Z，Z$_P$ZZP$_Z$**P**。Z$_P$ZZP**P**，P$_Z$Z$_P$Z、PPZ**P**。

建康中秋为吕叔潜赋 ［宋］辛弃疾

一轮秋影转金波，飞镜又重磨。把酒问姮娥，被白髮、欺人奈何！

乘风好去，长空万里，直下看山河。斫去桂婆娑，人道是、清光更多。

赋十四弦 ［宋］辛弃疾

仙机似欲织纤罗，仿佛度金梭。无奈玉纤何，却弹作、清商恨多。

珠帘影里，如花半面，绝胜隔帘歌。世路苦风波，且痛饮、公无渡河。

题洞宾醉桃源像　　［宋］王清观

邯郸梦里武陵溪，春色醉冥迷。花压帽檐欹，谩赢得、红尘满衣。

青蛇飞起，黄龙喝住，才是酒醒时。和露饮刀圭，待月满、长空鹤归。

寿李同知　　［宋］刘辰翁

此公去暑似新秋，吏毒一句句[1]。行县胜监州，觉甘雨、随车应求。

鹭清为酒，螺清为寿，起舞祝君侯。急召也须留，廿四考、中书到头。

观紫薇随想　　马维野（2015年7月8日）

冰肌玉骨送清凉，园谧囿余香。春逝百花殇，问盛夏、能留几芳？

茫茫人海，芸芸万物，念世事无常。看士宦争强，且不论、输赢寇王。

100. 武陵春（双调48字，格一）

Z$_P$ZPPPZZ，ZZZP**P**。ZZPPZZ**P**，Z$_P$ZZP**P**。

Z$_P$ZPPPZZ，Z$_P$ZZP**P**。ZZPPZZ**P**，Z

1　句，读阴平 gōu。

ZZPP。

风过冰檐环佩响　〔宋〕毛滂

风过冰檐环佩响，宿雾在华茵。剩落瑶花衬月明，嫌怕有纤尘。

凤口衔灯金炫转，人醉觉寒轻。但得清光解照人，不负五更春。

宝幄华灯相见夜　〔宋〕欧阳修

宝幄华灯相见夜，妆脸小桃红。斗帐香檀翡翠笼，携手恨匆匆。

金泥双结同心带，留与记情浓。却望行云十二峰，肠断月斜钟。

人道有情须有梦　〔宋〕连静女

人道有情须有梦，无梦岂无情？夜夜相思直到明，有梦怎生成？

伊若忽然来梦里，邻笛又还惊。笛里声声不忍听，浑是断肠声。

秋染青溪天外水　〔宋〕张先

秋染青溪天外水，风棹采菱还。波上逢郎密意传，语近隔丛莲。

相看忘却归来路，遮日小荷圆。菱蔓虽多不上船，心眼在郎边。

赓何显夫小舟有景　［宋］卢炳

红荻黄芦秋已老，妆点楚江头。更有吴姬拨小桡，来往自妖娆。

款款舣舟临别岸，短缆系花梢。料得前身是莫愁，依旧有风流。

秋雨中　马维野（2015年11月5日）

云水绵绵风更冷，小径且徐行。落叶秋魂作五声，重彩染幽亭。

天使花残仍怒放，一岸蒌芦蓬。自立桥头望半空，放眼亦无晴。

101. 武陵春（双调49字，格二）

$Z_PZPPPZZ$，Z_PZZPP。$ZZPPZZP$，Z_PZZPP。

Z_PZP_ZPPZZ，$ZZZPP$。$Z_PZPPZZP$，P_ZZZ、ZPP。

春晚　［宋］李清照

风住尘香花已尽，日晚倦梳头。物是人非事事休，欲语泪先流。

闻说双溪春尚好，也拟泛轻舟。只恐双溪舴艋舟，载不动、许多愁。

惨惨凄凄秋渐紧　[宋]吴潜

惨惨凄凄秋渐紧，风雨更潇潇。强把炉薰寄寂寥，无语立亭皋。

客路十年成底事？水国更停桡。苍鸟横飞过野桥，人不似、汝逍遥。

银川冬暮　马维野（2017年12月19日）

衰草苍茫无尽境，倦路伴寒侵。玉树临风客鬓新，万里走残云。

塞北尤知冬日冷，暮色照千村。白絮如茵鸟错纷，天际处、落飞金。

102. 酒泉子（又名《忆余杭》，双调49字，格三）

P Z P P，Z$_P$Z P P P$_Z$Z$_P$Z，P$_Z$P Z$_P$Z Z P **P**，Z$_P$Z Z P **P**。

P$_Z$P Z$_P$Z P P **Z**，Z$_P$Z P$_Z$P Z P$_Z$**Z**。Z P P$_Z$Z Z P **P**，Z$_P$Z Z P **P**。

长忆钱塘　[宋]潘阆

长忆钱塘，不是人寰是天上，万家掩映翠微间，处处水潺潺。

异花四季当窗放，出入分明在屏障。别来隋柳几经秋，何日得重游。

长忆西湖　［宋］潘阆

长忆西湖，尽日凭阑楼上望，三三两两钓鱼舟，岛屿正清秋。

笛声依约芦花里，白鸟数行忽惊起。别来闲整钓鱼竿，思入水云寒。

长忆吴山　［宋］潘阆

长忆吴山，山上森森吴相庙，庙前江水怒为涛，千古恨犹高。

寒鸦日暮鸣还聚，时有阴云笼殿宇。别来有负谒灵祠，遥奠酒盈卮。

颐和园夏游　马维野（2017年7月28日）

休夏偷闲，旧友颐和园赏景，天公作美暑伏凋，游伴俱清超。

水低湖阔荷花艳，岸柳影飘苇成片。拱桥白色孔十七，倒映隐云枝。

阅读提示：注意韵脚的起伏变化。

103. 滴滴金（双调50字）

P$_Z$ P Z$_P$ Z P Z$_P$ P **Z**，P$_Z$ P Z$_P$ Z$_P$、Z P **Z**。Z$_P$ Z$_P$ P P$_Z$ Z P P，Z P Z$_P$ P **Z**。

P$_Z$ P Z$_P$ Z$_P$ Z$_P$ P P$_Z$ **Z**，P$_Z$ P Z$_P$、Z P **Z**。Z$_P$ Z$_P$ P P$_Z$ Z P P，Z Z$_P$ P P **Z**。

送路彦捷赴仪真　〔宋〕赵彦端

澄溪暝度轻澌白，对平湖、澹烟隔。我与征鸿共行人，更张灯留客。

东园半是馀花迹，料仙帆、到时发。若倚江楼望清淮，为殷勤乡国。

帝城五夜宴游歇　〔宋〕李遵勖

帝城五夜宴游歇，残灯外、看残月。都人犹在醉乡中，听更漏初彻。

行乐已成闲话说，如春梦、觉时节。大家同约探春行，问甚花先发。

初识菊花桃　马维野（2020年4月9日）

幽芬嫩翠休光紫，衬河水、黛漪起。万朵菊花乱桃枝，冷香无知己。

蜿蜒小径今犹记，悠闲走、漫追忆。彳亍丛芳觅诗思，却把雕阑倚。

104. 荷叶杯（双调50字）

Z Z P$_z$ P P **Z**，P **Z**，P Z Z P **P**。P$_z$ P P Z Z P **P**，P$_z$ Z Z P **P**。

P$_z$ Z Z P P **Z**，P **Z**，P$_z$ Z Z P **P**。P$_z$ P P Z Z P **P**，P Z Z P **P**。

绝代佳人难得 〔唐〕韦庄

绝代佳人难得，倾国，花下见无期。一双愁黛远山眉，不忍更思惟。

闲掩翠屏金凤，残梦，罗幕画堂空。碧天无路信难通，惆怅旧房栊。

记得那年花下 〔唐〕韦庄

记得那年花下，深夜，初识谢娘时。水堂西面画帘垂，携手暗相期。

惆怅晓莺残月，相别，从此隔音尘。如今俱是异乡人，相见更无因。

鹊踏画檐双噪 〔宋〕许棐

鹊踏画檐双噪，书到，和笑拆封看。归程能隔几重山，远约数宵间。

准备绣轮雕辔，游戏，说与百花知。莫教枝上一红飞，留伴玉东西。

咏鹅掌楸花 马维野（2020年4月30日）

日丽风和如画，惊诧，琼树正春妆。绿花枝上郁金香？马褂木妍芳。

楸树借名鹅掌，吟响，叶茂隐仪容。金边黄蕊翠玲珑，何似在天宫？

阅读提示：此双调《荷叶杯》与单调同名词牌不是简单

的单调重复，请注意韵脚的变化。

105. 留春令（双调50字）

$Z\,P\,P\,Z$，$Z\,P\,P_Z\,Z$，$Z_P\,P\,P\,Z$。$Z\,Z\,P\,P\,Z\,P\,P$，$Z\,Z_P\,Z$、$P\,P\,Z$。

$Z\,Z\,P\,P\,P\,Z_P\,Z$，$Z\,Z_P\,P\,P\,Z$。$Z_P\,Z\,P\,P\,Z\,P\,P$，$Z\,P_Z\,Z$、$P\,P\,Z$。

粉绡轻试　［宋］高观国

粉绡轻试，绿裙微褪，吴姬娇小。一点清香著芳魂，便添起、春怀抱。

玉脸窥人舒浅笑，寄此情天渺。酒醒罗浮角声寒，正月挂、南枝晓。

咏梅花　［宋］史达祖

故人溪上，挂愁无奈，烟梢月树。一涓春水点黄昏，便没顿、相思处。

曾把芳心深相许，故梦劳诗苦。闻说东风亦多情，被竹外、香留住。

画屏天畔　［宋］晏几道

画屏天畔，梦回依约，十洲云水。手捻红笺寄人书，写无限、伤春事。

别浦高楼曾漫倚，对江南千里。楼下分流水声中，有当日、凭高泪。

小区深秋景　马维野（2017年11月11日）

日光明曜，劲风萧瑟，叶魂轻舞。彳亍秋园看云天，惬意起、神无主。

盖柿枝头灰鹊仁，品红海棠俯。月季花开不多时，忍冬艳、情专固。

106. 梁州令（双调50字）

Z_PZPPZ，Z_PZ_PZ_ZPPZ。P_ZPZZZPP，P_ZPZZPPZ。

P_ZPZ_PZPPZ，Z_PZPPZ。P_ZPZ_PZPZ，PPZZPPZ。

莫唱阳关曲　［宋］晏几道

莫唱阳关曲，泪湿当年金缕。离歌自古最消魂，闻歌更在魂消处。

南楼杨柳多情绪，不系行人住。人情却似飞絮，悠扬便逐春风去。

各自寻思取　［宋］晁端礼

各自寻思取，更莫冤他人做。如今划地怕相逢，愁多正在相逢处。

人前不敢分明语，暗里频回顾。罗襟滴泪无数，匆匆又是空归去。

西安秋叶 马维野（2017年11月13日）

一阵飞蝶乱，秋叶飘零活现。金黄媲美绛深红，犹如梦景多迷幻。

西安自古文明诞，历代皇休炫。而今我欲争艳，云心傲视君王面。

107. 少年游（双调50字）

P$_Z$PZ$_P$ZZP**P**，Z$_P$ZZP**P**。P$_Z$PZ$_P$Z，P$_Z$PZ$_P$Z，Z$_P$ZZP**P**。

P$_Z$P$_Z$Z$_P$Z$_P$PPZ，Z$_P$ZZP**P**。Z$_P$ZPP，Z$_P$PP$_Z$Z，Z$_P$ZZP**P**。

芙蓉花发去年枝 〔宋〕晏殊

芙蓉花发去年枝。双燕欲归飞。兰堂风软，金炉香暖，新曲动帘帷。

家人拜上千春寿，深意满琼卮。绿鬓朱颜，道家装束，长似少年时。

参差烟树灞陵桥 〔宋〕柳永

参差烟树灞陵桥，风物尽前朝。衰杨古柳，几经攀折，憔悴楚宫腰。

夕阳闲淡秋光老，离思满蘅皋。一曲阳关，断肠声尽，独自凭兰桡。

长安古道马迟迟　〔宋〕柳永

长安古道马迟迟，高柳乱蝉栖。夕阳岛外，秋风原上，目断四天垂。

归云一去无踪迹，何处是前期？狎兴生疏，酒徒萧索，不似去年时。

枫林红透晚烟青　〔宋〕蒋捷

枫林红透晚烟青，客思满鸥汀。二十年来，无家种竹，犹借竹为名。

春风未了秋风到，老去万缘轻。只把平生，闲吟闲咏，谱作棹歌声。

渝州席上和韵　〔宋〕张先

听歌持酒且休行，云树几程程。眼看檐牙，手搓花蕊，未必两无情。

拓夫滩上闻新雁，离袖掩盈盈。此恨无穷，远如江水，东去几时平。

朝云漠漠散轻丝　〔宋〕周邦彦

朝云漠漠散轻丝，楼阁淡春姿。柳泣花啼，九街泥重，门外燕飞迟。

而今丽日明金屋，春色在桃枝。不似当时，小桥冲雨，幽恨两人知。

小月河公园冬雪　马维野（2015年11月23日）

冬来有意絮飞扬，一夜舞霓狂。昨逢云蔽，今经雪霁，园小裹银装。

松枝压雪棉桃俏，月季染微霜。彩柳低垂，叶随风落，铺满地阳光。

108. 偷声木兰花（双调50字）

P$_Z$PZ$_P$ZPPZ，Z$_P$ZPZ$_Z$PPZZ。Z$_P$ZPP（换平韵），Z$_P$ZPPZ$_P$ZP。

P$_Z$PZ$_P$ZPPZ（再换仄韵，不同韵），Z$_P$ZPZ$_Z$P PZZ。Z$_P$ZPP（再换平韵，不同韵），Z$_P$ZPPZ$_P$ZP。

春分遇雨　　［唐］徐铉

天将小雨交春半，谁见枝头花历乱。纵目天涯，浅黛春山处处纱。

焦人不过轻寒恼，问卜怕听情未了。许是今生，误把前生草踏青。

画桥浅映横塘路　　［宋］张先

画桥浅映横塘路，流水滔滔春共去。目送残晖，燕子双高蝶对飞。

风花将尽持杯送，往事只成清夜梦。莫更登楼，坐想行思已是愁。

紫荆　马维野（2017年4月16日）

天蓝水碧多风物，娇丽芳园花满目。蝶舞蜂争，大好晨光看紫荆。

团团簇簇纤枝聚，不忍悄悄春欲去。芬馥偷侵，坐享壶天遍地馨。

阅读提示：请根据以上示例把握韵脚的平仄和声韵之变。

109. 西江月（又名《江月令》《步虚词》，双调50字）

$Z_P Z P_Z P Z_P Z$，$P_Z P Z_P Z P$ **P**。$P_Z P Z_P Z Z$ P **P**，$Z_P Z P_Z P Z_P$ **Z**（换仄协[1]）。

$Z_P Z P_Z P Z_P Z$，$P_Z P Z_P Z P$ **P**。$P_Z P Z_P Z Z$ P **P**，$Z_P Z P_Z P Z_P$ **Z**（换仄协）。

夜行黄沙道中　［宋］辛弃疾

明月别枝惊鹊，清风半夜鸣蝉。稻花香里说丰年，听取蛙声一片。

七八个星天外，两三点雨山前。旧时茅店社林边，路转溪桥忽见。

世事一场大梦　［宋］苏轼

世事一场大梦，人生几度秋凉？夜来风叶已鸣廊，看取眉头鬓上。

1　"换仄协"是指和前面韵脚的韵母相同，只是从平声韵改为仄声韵。

酒贱常愁客少，月明多被云妨。中秋谁与共孤光，把盏凄然北望。

问讯湖边春色 ［宋］张孝祥

问讯湖边春色，重来又是三年。东风吹我过湖船，杨柳丝丝拂面。

世路如今已惯，此心到处悠然。寒光亭下水如天，飞起沙鸥一片。

堂下水浮新绿 ［宋］朱熹

堂下水浮新绿，门前树长交枝。晚凉快写一篇诗，不说人间忧喜。

身老心闲益壮，形臞道胜还肥。软轮加璧未应迟，莫道前非今是。

平山堂 ［宋］苏轼

三过平山堂下，半生弹指声中。十年不见老仙翁，壁上龙蛇飞动。

欲吊文章太守，仍歌杨柳春风。休言万事转头空，未转头时皆梦。

宝髻松松挽就 ［宋］司马光

宝髻松松挽就，铅华淡淡妆成。青烟翠雾罩轻盈，飞絮游丝无定。

相见争如不见，有情何似无情。笙歌散后酒初醒，深院月斜人静。

凤额绣帘高卷　［宋］柳永

凤额绣帘高卷，兽镮朱户频摇。两竿红日上花梢，春睡厌厌难觉。

好梦狂随飞絮，闲愁浓胜香醪。不成雨暮与云朝，又是韶光过了。

甲午赋　马维野（2014年1月30日）

恍恍刚逢甲午，悠悠又过一年。千村百邑尽騫欢，更有清平欲现。

闪闪烟花映夜，绵绵响爆喧天。前程似锦享江山，且待春光无限。

110. 惜分飞（双调50字）

Z$_P$ZPPPZ**Z**，Z$_P$ZPPZ**Z**。Z$_P$ZPP**Z**，Z
PP$_Z$ZPP**Z**。

Z$_P$ZPPPZ**Z**，Z$_P$ZPPZ**Z**。Z$_P$ZPP**Z**，Z
PP$_Z$ZPP**Z**。

富阳僧舍代作别语　［宋］毛滂

泪湿阑干花著露，愁到眉峰碧聚。此恨平分取，更无言语空相觑。

短雨残云无意绪，寂寞朝朝暮暮。今夜山深处，断魂分付潮回去。

代别 〔宋〕晁补之

消暑楼前双溪市，尽住水晶宫里。人共荷花丽，更无一点尘埃气。

不会史君匆匆至，又作匆匆去计。谁解连红袂，大家都把兰舟系。

元夕 〔宋〕吕渭老

白玉花骢金络脑，十里华灯相照。帘映春窈窕，雾香残腻桃花笑。

一串歌珠云外裛，饮罢玉楼寒悄。归去城南道，柳梢猎猎东风晓。

莫唱骊驹容首聚 〔宋〕陈三聘

莫唱骊驹容首聚，花径重来微步。从此朝天去，故山怨鹤栖猿侣。

试卜西园春在否，无奈濛濛细雨。明日长亭路，断魂芳草人何处。

春到昆玉河 马维野（2019年3月11日）

两岸迎春花任放，碧水蓝天俊上。弱柳长丝荡，挺杨抽絮增威壮。

昆玉河清波澹漾，古塔千年一向。念万方高亢，泛舟行水文人逛。

咏枯荷　马维野（2018年10月20日）

尖角淤泥春日借，盛夏花开对月。一任深秋谢，半塘凋零怜枯叶。

莫道身衰魂魄灭，早已留根待蘖。四季轮回越，静迎池满荷香阙。

111. 烛影摇红（又名《忆故人》，双调50字）

ＺＺＰＰＺＺ**Ｐ**，ＺＺＰ、ＰＰ**Ｚ**。ＰＰＰＺＺＰＰ，ＰＺＰＰ**Ｚ**。

ＰＺＰＰＺ**Ｚ**，ＺＰＰ、ＰＰＺ**Ｚ**。ＺＰＰＺ，ＺＺＰＰ，ＰＰＰ**Ｚ**。

烛影摇红向夜阑　　［宋］王诜

烛影摇红向夜阑，乍酒醒、心情懒。尊前谁为唱阳关？离恨天涯远。

无奈云沉雨散，凭阑干、东风泪眼。海棠开后，燕子来时，黄昏庭院。

延吉夏夜　马维野（2017年8月17日）

夏日延吉好取凉，夜色轻、微风爽。霓虹灯照彩云桥，流水波光漾。

偕友河边散逛，顿然间、人稀地广。满街楼宇，过客如星，云歌嘹朗。

112. 瑶池燕（又名《燕瑶池》双调 51 字）

ＰＰＺ，ＰＰＺ。ＺＺ，ＺＰＰＺＰＺ，ＰＰＺ。Ｐ
ＰＺＺ，ＰＰＺ。

ＺＰＰ、ＰＺＰＺ，ＺＰＺ。ＰＰＺ_ＰＺＰＺ。ＰＰＺ，
ＰＰＺＺ，ＰＰＺ。

飞花成阵　［宋］苏轼

飞花成阵，春心困。寸寸，别肠多少愁闷，无人问。偷
啼自揾，残妆粉。

抱瑶琴、寻出新韵，玉纤趁。南风来解幽愠。低云鬟、
眉峰敛晕，娇和恨。

秋风叹　［宋］贺铸

琼钩褰幔，秋风观。漫漫。白云联度河汉。长宵半。参
旗烂烂。何时旦。

命闺人、金徽重按，商歌弹。依稀广陵清散。低眉叹，
危弦未断，肠先断。

小月河公园深秋　马维野（2017年11月15日）

蓝天宁湛，风声断。惮漫，趁身闲罢余饭，行河岸。秋
深景焕，千人恋。

叶飘零、七彩明灿，乱人眼。尘途月季孤艳。幽亭现，
依阑小憩，心如愿。

113. 秋夜雨（双调 51 字）

P P Z Z P P **Z**，P P P Z P **Z**。P$_z$ P P Z Z，Z Z Z、P P P **Z**。

P P Z Z P P Z，Z Z P、P Z P **Z**。Z$_p$ Z P Z Z，Z Z Z、P P P **Z**。

秋夜　［宋］蒋捷

黄云水驿秋筇嘚，吹人双鬓如雪。愁多无奈处，谩碎把、寒花轻撇。

红云转入香心里，夜渐深、人语初歇。此际愁更别，雁落影、西窗斜月。

单于系颈须长索　［宋］吴潜

单于系颈须长索，捷书新上油幕。尽沉边柝也，更底问、悲笳哀角。

衰翁七十迎头了，先自来、声利都薄。归计犹未托，又一叶、西风吹落。

游览观复博物馆　马维野（2018 年 1 月 4 日）

天临腊月寒风峭，京城如落冰窖。闲来观复馆，访探古、人生情调。

陶瓷艺术今通汉，看木雕、惟妙惟肖。字画传诡道，且更有、群猫谐闹。

114. 南歌子（又名《南柯子》，双调52字）

$ZZPPZ$，$PPZZP$。P_ZPZ_PZZPP。Z_PZ P_ZPZ_PZ、ZPP。

Z_PZPPZ，$PPZZP$。P_ZPZ_PZZPP。Z_P ZP_ZPZ_PZ、ZPP。

游赏　［宋］苏轼

山与歌眉敛，波同醉眼流。游人都上十三楼。不羡竹西歌吹、古扬州。

菰黍连昌歜，琼彝倒玉舟。谁家水调唱歌头？声绕碧山飞去、晚云留。

天上星河转　［宋］李清照

天上星河转，人间帘幕垂。凉生枕簟泪痕滋。起解罗衣、聊问夜何其。

翠贴莲蓬小，金销藕叶稀。旧时天气旧时衣。只有情怀、不似旧家时。

驿路侵斜月　［宋］吕本中

驿路侵斜月，溪桥度晓霜。短篱残菊一枝黄。正是乱山深处、过重阳。

旅枕元无梦，寒更每自长。只言江左好风光。不道中原归思[1]、转凄凉。

十里青山远　　［宋］仲殊

十里青山远，潮平路带沙。数声啼鸟怨年华。又是凄凉时候、在天涯。

白露收残暑，清风衬晚霞。绿杨堤畔闹荷花。记得年时沽酒、那人家？

山冥云阴重　　［宋］王炎

山冥云阴重，天寒雨意浓。数枝幽艳湿啼红。莫为惜花惆怅、对东风。

蓑笠朝朝出，沟塍处处通。人间辛苦是三农。要得一犁水足、望年丰。

凤髻金泥带　　［宋］欧阳修

凤髻金泥带，龙纹玉掌梳。走来窗下笑相扶。爱道画眉深浅、入时无。

弄笔偎人久，描花试手初。等闲妨了绣功夫。笑问双鸳鸯字、怎生书？

端午节感怀　　马维野（2018年6月18日，戊戌年五月初五）

五月端阳早，三天式假恒。浮光掠影夏来风。多少人家艾草、挂门庭？

1　思，读去声 sì。

戏水龙舟快，扬波玉棹轻。飘香楚粽祭诗灵。江水汨罗千载、颂遗名。

115. 品令（双调52字，格一）

Z Z_P **Z**，P_Z P_Z Z，Z Z P P P **Z**。P P Z、Z Z P P Z，Z Z Z、Z Z_P **Z**。

Z_P Z P P Z Z，Z Z P P_Z P **Z**。Z_P Z_P P_Z、P_Z Z P Z Z，Z P P、Z Z **Z**。

乍寂寞　〔宋〕曹组

乍寂寞，帘栊静，夜久寒生罗幕。窗儿外、有个梧桐树，早一叶、两叶落。

独倚屏山欲寐，月转惊飞乌鹊。促织儿、声响虽不大，敢教贤、睡不著。

舟次五羊　〔宋〕颜博文

夜萧索，侧耳听、清海楼头吹角。停归棹、不觉重门闭，恨只恨、暮潮落。

偷想红啼绿怨，道我真个情薄。纱窗外、厌厌新月上，也应则、睡不著。

三里河公园秋游　马维野（2020年9月4日）

悦秋季，人闲步，早起增添凉意。风微搅、静水摇云影，却更像、圣境赐。

满目红红绿绿，卉木妍芳芬苾。又怎知、三里河此景，

208

似江南、待缅忆。

116. 青门引（双调 52 字）

Z_pZPPZ，$Z_pZZ_pPP_zZ$。PPZZZPP，P_z PZ_pZ，$ZZZPZ$。

PPZZPPZ，Z_pZPPZ。$ZZ_pP_zP_zZ_pZ$，$ZPZZPPZ$。

春思　[宋]张先

乍暖还轻冷，风雨晚来方定。庭轩寂寞近清明，残花中酒，又是去年病。

楼头画角风吹醒，入夜重门静。那堪更被明月，隔墙送过秋千影。

寻梅　[宋]王质

寻遍江南麓，只有斑斑野菊。梅花不遇我心悲，一枝得见，便是一年足。

微香来自横冈竹，飞度寒溪曲。落路寻人借问，谢他指向深深谷。

年会曲终人散　马维野（2020年1月9日）

夜宿京郊地，晨早醒来梳洗。茶余饭后置闲身，迎风举步，享彻朗休气。

张灯挂彩生晖丽，更有云天碧。众行聚罢当散，下心不舍留余意。

117. 少年游（双调52字）

Z_pPPZ，PPZZ，PZZP**P**。PPZZ，PPPZ，PZZP**P**。

PPZZ，PPZZ，PZZP**P**。Z_pZPP，ZPPZ，PZZP**P**。

绿勾阑畔　〔宋〕晏几道

绿勾阑畔，黄昏淡月，携手对残红。纱窗影里，朦腾春睡，繁杏小屏风。

须愁别后，天高海阔，何处更相逢。幸有花前，一杯芳酒，欢计莫匆匆。

西溪丹杏　〔宋〕晏几道

西溪丹杏，波前媚脸，珠露与深匀。南楼翠柳，烟中愁黛，丝雨恼娇颦。

当年此处，闻歌殢酒，曾对可怜人。今夜相思，水长山远，闲卧送残春。

友谊医院病房童画感怀　马维野（2020年6月12日）

童言无忌，冰魂素魄，捉笔绘心思。斑斓世界，行云流水，多彩更相知。

天真烂漫，沾花惹草，何处不堪迷？老道成人，怎如孩稚，谋算互相欺。

118. 思远人（双调52字）

P Z P P P Z Z， P Z Z P **Z**。 Z P P Z Z， P P P Z， P Z Z P **Z**。

Z P Z Z P P Z， Z Z Z P **Z**。 Z Z Z Z P， Z P P Z， P P Z P **Z**。

红叶黄花秋意晚 ［宋］晏几道

红叶黄花秋意晚，千里念行客。飞云过尽，归鸿无信，何处寄书得？

泪弹不尽临窗滴，就砚旋研墨。渐写到别来，此情深处，红笺为无色。

滇池赏鸥 马维野（2017年11月29日）

疑是争春花早绽，葱郁满千树。赏昆明秀色，听风临海，安履彩云路。

九天旷远滇池客，一任乱鸥渡。不问水浅深，一心偏记，来时欲归处。

119. 探春令（双调52字）

Z P P Z Z P P， Z P P P **Z**。 Z Z$_P$ P、 Z$_P$ Z P P Z。 Z P Z、 P P **Z**。

Z P P Z P P **Z**， Z Z P P **Z**。 Z Z$_P$ P、 Z Z P P Z， Z P Z、 P P **Z**。

景龙灯　[宋]韩淲

暗尘明月小桃枝，旧家时情味。问而今、风转蛾儿底。有谁把、春衫试？

景龙灯火升平世，动长安歌吹。这山城、不道人能记。甚村酒、偏教醉。

绿杨枝上晓莺啼　[宋]无名氏

绿杨枝上晓莺啼，报融和天气。被数声、吹入纱窗里。又惊起、娇娥睡。

绿云斜嚲金钗坠，惹芳心如醉。为少年湿了，鲛绡帕上，都是相思泪。

友谊通州院区出院　马维野（2020年6月22日）

夏期昨日最悠长，欲今归家去。十三天、友谊通州寓。有妙手、三神聚。

命光纷惑多难叙，最是如冥趣。纵然间、却感身无病，正盈目、葱茏绿。

120. **望江东**（双调52字）

ＰＺＰＰＺＰ**Ｚ**，ＺＺ_PＺ、ＰＰ**Ｚ**。Ｐ_ZＰＺ_PＺＺＰ**Ｚ**，ＺＺＺ、ＰＰ**Ｚ**。

ＰＰＺＺＰＰ**Ｚ**，ＺＺ_PＺ、ＰＰ**Ｚ**。Ｐ_ZＰＺ_PＺＺＰ**Ｚ**，ＺＺ_PＺ、ＰＰ**Ｚ**。

江水西头隔烟树　〔宋〕黄庭坚

江水西头隔烟树，望不见、江东路。思量只有梦来去，更不怕、江阑住。

灯前写了书无数，算没个、人传与。直饶寻得雁分付，又还是、秋将暮。

秋实　马维野（2016年9月24日）

暇日偷闲步宅院，步道逸、眉舒展。山楂红透叶青浅，小径短、石榴粲。

扶桑自晓来时短，正苦抢、争秋炫。海棠黄果惹人恋，最佳景、菊花艳。

121. 燕归梁（双调52字）

Z$_p$ZPPZ$_p$ZP，P$_z$P$_z$Z、ZP**P**。ZPPZ$_z$ZZPP，ZZ$_p$Z$_p$、ZP**P**。

PPZZPPZ，P$_z$P$_z$Z、ZP**P**。ZPZZZP**P**，ZZ$_p$Z$_p$、ZP**P**。

轻蹑罗鞋掩绛绡　〔宋〕柳永

轻蹑罗鞋掩绛绡，传音耗、苦相招。语声犹颤不成娇，乍得见、两魂消。

匆匆草草难留恋，还归去、又无聊。若谐雨夕与云朝，得似个、有嚣嚣。

风莲 ［宋］蒋捷

我梦唐宫春昼迟，正舞到、曳裾时。翠云队仗绛霞衣，慢腾腾、手双垂。

忽然急鼓催将起，似彩凤、乱惊飞。梦回不见万琼妃，见荷花、被风吹。

游览长春净月潭 马维野（2015年8月10日）

仙境长春净月潭，天堂画、落人间。萋萋芳草绿无边，挺木密、碧空蓝。

荷花俏媚白云淡，波光闪、彩蝶翩。炫奇总在异乡间，梦幻景、醉心田。

122.醉花阴（双调52字）

Z_pZP_ZPPZ，Z_pZPPZ。Z_pZZPP，Z_p ZPP，Z_pZPPZ。

P_ZPZ_pZPPZ，$ZZPPZ$。Z_pZZPP，Z_p ZPP，Z_pZPPZ。

薄雾浓云愁永昼 ［宋］李清照

薄雾浓云愁永昼，瑞脑消金兽。佳节又重阳，玉枕纱厨，半夜凉初透。

东篱把酒黄昏后，有暗香盈袖。莫道不消魂，帘卷西风，人似黄花瘦。

黄花谩说年年好　〔宋〕辛弃疾

黄花谩说年年好，也趁秋光老。绿鬓不惊秋，若鬥尊前，人好花堪笑。

蟠桃结子知多少，家住三山岛。何日跨归鸾，沧海飞尘，人世因缘了。

建康重九　〔宋〕赵长卿

老去悲秋人转瘦，更异乡重九。人意自凄凉，只有茱萸，岁岁香依旧。

登高无奈空搔首，落照归鸦后。六代旧江山，满眼兴亡，一洗黄花酒。

季秋　马维野（2015年11月3日）

柳浪秋风天幕迥，日弄婆娑影。小径立松疏，月季残红，自叹哀容剩。

喳喳喜鹊鸣枝逞，小月河边静。芦苇尽凋枯，色彩斑斓，幻景出银杏。

123. 上林春令（双调53字）

ＰＺＰＰＰ**Ｚ**。ＺＺＺ、ＰＰＺ$_P$**Ｚ**。Ｐ$_Z$ＰＺ$_P$$_Z$ＺＰＰ，Ｐ$_Z$ＺＺ、ＺＰＺ**Ｚ**。

Ｐ$_Z$ＰＺＺＰ$_Z$Ｐ$_Z$**Ｚ**。ＺＺ$_P$Ｚ、Ｚ$_P$ＰＰ**Ｚ**。Ｐ$_Z$ＰＺＺＰＰ，Ｚ$_P$ＰＺ$_P$、ＺＰＰ**Ｚ**。

鲁师文生辰　〔宋〕杨无咎

秾李夭桃堆绣。正暖日、如熏芳袖。流莺恰恰娇啼，似为劝、百觞进酒。

少年未用称遐寿。愿来岁、如今时候。相将得意皇都，同携手、上林春昼。

十一月三十日见雪　〔宋〕毛滂

蝴蝶初翻帘绣。万玉女、齐回舞袖。落花飞絮濛濛，长忆著、灞桥别后。

浓香斗帐自永漏。任满地、月深云厚。夜寒不近流苏，只怜他、后庭梅瘦。

莲花池观荷　马维野（2020年7月14日）

中夏莲花池浅，映翠柳、凌波溢满。轻荷万朵余娇，出止水、百千傲岸。

坤灵自有群芳艳。普天下、争先开遍。安根且待秋实，藕丝里，寄情舒愿。

124. 河传（又名《唐河传》，双调54字）

P$_Z$Z，PZ。PPZZ，ZPPZ。ZPPZZPP。ZP，ZPPZP。

P$_Z$PZ$_P$ZPPZ。Z$_P$PZ，ZZP$_Z$PZ。ZPP，ZZP。Z$_P$P，ZPPZP。

效花间集 ［宋］辛弃疾

春水，千里。孤舟浪起，梦携西子。觉来村巷夕阳斜。几家？短墙红杏花。

晚云做造些儿雨。折花去，岸上谁家女？太狂颠，那岸边。柳绵，被风吹上天。

棹举 ［唐］顾敻

棹举，舟去。波光渺渺，不知何处？岸花汀草共依依。雨微，鸥鹭相逐飞。

天涯离恨江声咽。啼猿切，此意向谁说？倚兰桡，独无憀。魂销，小炉香欲焦。

走地坛公园 马维野（2020年6月4日）

文柏，余采。经年四百，种栽明代。养身修性享清闲。地坛，帝王尊祇园。

晴天朗日增游兴。牡丹婧，百花如朝凤。拜方泽，绕楼阁。树遮，绿荫凉意多。

125.金错刀（双调54字）

P_ZZ_PZ_P，ZP**P**，PPPZZ_PP**P**。P_ZPZZP PZ，PZPPZZ**P**。

PZZ，ZP**P**，PPZ_PZZ_PP**P**。Z_PPZ_PZP PZ，P_ZZPPZZ**P**。

双玉斗 　［唐］冯延巳

双玉斗，百琼壶，佳人欢饮笑喧呼。麒麟欲画时难偶，鸥鹭何猜兴不孤。

歌婉转，醉模糊，高烧银烛卧流苏。只销几觉懵腾睡，身外功名任有无。

日融融 　［唐］冯延巳

日融融，草芊芊，黄莺求友啼林前。柳条袅袅拖金线，花蕊茸茸簇锦毡。

鸠逐妇，燕穿帘，狂蜂浪蝶相翩翩。春光堪赏还堪玩，恼杀东风误少年。

杂感 　马维野（2015年9月14日）

天下事，世间情，人来人往自由行。千姿百态多容采，虚幻无常寡义风。

心坦荡，气中庸，平平淡淡最优轻。为官纵使门楣耀，怎比诗书载美名?

126. 浪淘沙（又名《卖花声》，双调54字）

$Z_P Z Z P \mathbf{P}$，$Z_P Z P \mathbf{P}$。$P_Z P Z_P Z Z P \mathbf{P}$。$Z_P Z$ $P_Z P P Z Z$，$Z_P Z P \mathbf{P}$。

$Z_P Z Z P \mathbf{P}$，$Z_P Z P \mathbf{P}$。$P_Z P Z_P Z Z P \mathbf{P}$。$Z_P Z$ $P_Z P P Z Z$，$Z_P Z P \mathbf{P}$。

帘外雨潺潺　〔唐〕李煜

帘外雨潺潺，春意阑珊。罗衾不耐五更寒。梦里不知身是客，一晌贪欢。

独自暮凭阑，无限江山。别时容易见时难。流水落花春去也，天上人间。

把酒祝东风　〔宋〕欧阳修

把酒祝东风，且共从容。垂杨紫陌洛城东。总是当时携手处，游遍芳丛。

聚散苦匆匆，此恨无穷。今年花胜去年红。可惜明年花更好，知与谁同？

高阁对横塘　〔宋〕晏几道

高阁对横塘，新燕年光。柳花残梦隔潇湘。绿浦归帆看不见，还是斜阳。

一笑解愁肠，人会娥妆。藕丝衫袖郁金香。曳雪牵云留客醉，且伴春狂。

目送楚云空　〔宋〕幼卿

目送楚云空，前事无踪。谩留遗恨锁眉峰。自是荷花开较晚，孤负东风。

客馆叹飘蓬，聚散匆匆。扬鞭那忍骤花骢。望断斜阳人不见，满袖啼红。

夜雨做成秋　〔清〕纳兰性德

夜雨做成秋，恰上心头。教他珍重护风流。端的为谁添病也，更为谁羞？

密意未曾休，密愿难酬。珠帘四卷月当楼。暗忆欢期真似梦，梦也须留。

天公生日之雪　马维野（2020年2月2日）

瑞雪兆丰年，蝶舞翩翩。晨曦唤醒曳栊帘。草木银装光炫目，玉帝擎天。

步履愈蹒跚，小径银滩。竹林百鸟正鸣欢。莫羡人间烟火旺，萁豆相煎。

江际春日　马维野（2015年4月11日）

碧水绕丰田，一望无边。轻风染翰锦江山。麦绿花黄今又是，蹑屣乡间。

借取艳阳天，半日偷闲。抒情叙意醉心泉。挚友相逢春意里，把酒言欢。

127. 忆江南（又名《望江南》《梦江南》《江南好》，双调54字）

P P$_Z$Z，Z$_P$Z Z P **P**。Z$_P$Z P$_Z$P P Z Z，P$_Z$P Z$_P$ Z Z P **P**。Z$_P$Z Z P **P**。

P P$_Z$Z，Z$_P$Z Z P **P**。Z$_P$Z P$_Z$P P Z Z，P$_Z$P Z$_P$ Z Z P **P**。Z$_P$Z Z P **P**。

220

游妓散　〔宋〕周邦彦

游妓散，独自绕回堤。芳草怀烟迷水曲，密云衔雨暗城西。九陌未沾泥。

桃李下，春晚未成蹊。墙外见花寻路转，柳阴行马过莺啼。无处不凄凄。

江南蝶　〔宋〕欧阳修

江南蝶，斜日一双双。身似何郎全傅粉，心如韩寿爱偷香。天赋与轻狂。

微雨后，薄翅腻烟光。才伴游蜂来小院，又随飞絮过东墙。长是为花忙。

暮春　〔宋〕苏轼

春未老，风细柳斜斜。试上超然台上看，半壕春水一城花。烟雨暗千家。

寒食后，酒醒却咨嗟。休对故人思故国，且将新火试新茶。诗酒趁年华。

燕塞雪　〔宋〕华清淑

燕塞雪，片片大如拳。蓟上酒楼喧鼓吹，帝城车马走骈阗。羁馆独凄然。

燕塞月，缺了又还圆。万里妾心愁更苦，十春和泪看婵娟。何日是归年。

与龙靓　　〔宋〕张先

青楼宴，靓女荐瑶杯。一曲白云江月满，际天拖练夜潮来。人物误瑶台。

醺醺酒，拂拂上双腮。媚脸已非朱淡粉，香红全胜雪笼梅。标格外尘埃。

西方好六首（其一）　　〔宋〕净圆

西方好，随念即超群。一点灵光随落日，万端尘事付浮云。人世自纷纷。

凝望处，决定去栖神。金地经行光里步，玉楼宴坐定中身。方好任天真。

咏戴胜鸟　　马维野（2020年2月13日）

云天暗，树影路人稀。俯首无心陪草醒，抬头有意伴莺啼。戴胜鸟登枝。

头顶扇，妩媚展花衣。嬝婉娇娆轻雾罩，姣妍姽婳彩云披。不晓哪家妮。

128. 杏花天（双调55字）

P $_Z$ P Z $_P$ Z P P **Z**。Z Z $_P$ Z、P P Z $_P$ **Z**。P $_Z$ P Z $_P$ Z P P **Z**，P Z P $_Z$ P Z $_P$ **Z**。

P P $_Z$ Z、P $_Z$ P Z **Z**。Z Z $_P$ Z、P P Z $_P$ **Z**。P $_Z$ P Z Z P P **Z**，Z $_P$ Z P $_Z$ P $_Z$ Z $_P$ **Z**。

年时中酒风流病　〔宋〕李莱老

年时中酒风流病。正雨暗、蘼芜深径。人家寒食烟初禁，狼藉梨花雪影。

西湖梦、红沉翠冷。记舞板、歌裙厮趁。斜阳苦与黄昏近，生怕画船归尽。

残春庭院东风晓　〔宋〕朱敦儒

残春庭院东风晓。细雨打、鸳鸯寒峭。花尖望见秋千了，无路踏青鬥草。

人别后、碧云信杳。对好景、愁多欢少。等他燕子传音耗，红杏开也未到。

鬓棱初翦玉纤弱　〔宋〕吴文英

鬓棱初翦玉纤弱。早春入、屏山四角。少年买困成欢谑，人在浓香绣幄。

霜丝换、梅残梦觉。夜寒重、长安紫陌。东风入户先情薄，吹老灯花半萼。

镂冰翦玉工夫费　〔宋〕卢炳

镂冰翦玉工夫费。做六出、飞花乱坠。舞风情态谁相似，算只有、江梅可比。

极目处、璚瑶万里。海天阔、清寒似水。从教高卷珠帘起，看三白、年丰瑞气。

小暑日游小月河 马维野（2020年7月6日）

时逢小暑天如烤。跨浅径、红桥凭眺。天蓝水碧乌阳曜，云步柳烟岸道。

松柏翠、夏花碧草。翅翕动、蜂鸣蝶绕。欣然几对寻欢鸟，旖旎风光独好。

129. 一七令（单调 55 字）

P。Z_pZ，PP。PZ_pZ，ZPP。PZ_pPZ_pZ，$Z_pP_zZ_pP$。Z_pPPPZZ，P_zZZZPP。P_zZZZPZ_pZ，Z_pPPZ_zPP。$Z_pP_zZ_pZ_zZ_pZ_pPP_zZ$，$Z_pZ_pPP_zPZ_zZZ_pP$。

赋得诗 〔唐〕白居易

诗。绮美，瑰奇。明月夜，落花时。能助欢笑，亦伤别离。调清金石怨，吟苦鬼神悲。天下只应我爱，世间惟有君知。自从都尉别苏句，便到司空送白辞。

赋茶 〔唐〕元稹

茶。香叶，嫩芽。慕诗客，爱僧家。碾雕白玉，罗织红纱。铫煎黄蕊色，碗转麹尘花。夜后邀陪明月，晨前命对朝霞。洗尽古今人不倦，将知醉后岂堪夸。

二〇一七年元旦赋 马维野（2017年1月1日）

辞。二〇，一七。除旧岁，创新机。寒风凛冽，白雪柔习。看红尘滚滚，听空门咿咿。天下事多可判，人间情最难知。烹茶喝尽茶香散，煮酒饮罄酒气弥。

长春南湖公园 马维野（2015年8月11日）

湖。谧静，平伏。镶作画，嵌明珠。花锦似绘，叶新如涂。冰心白桦挺，傲骨绿荷孤。水面清漪闪烁，天空云卷飘忽。到后知长春更美，来前料异处犹如。

130. 鹧鸪天（又名《思佳客》，双调55字）

Z$_P$ZPPZ$_P$Z**P**，P$_Z$PZ$_P$ZZP**P**。P$_Z$PZ$_P$Z
PPZ，Z$_P$ZPPZ$_P$Z**P**。

P Z Z，Z P **P**，P$_Z$PZ$_P$ZZP**P**。P$_Z$PZ$_P$ZP
PZ，Z$_P$ZPPZ$_P$Z**P**。

林断山明竹隐墙 ［宋］苏轼

林断山明竹隐墙，乱蝉衰草小池塘。翻空白鸟时时见，照水红蕖细细香。

村舍外，古城旁，杖藜徐步转斜阳。殷勤昨夜三更雨，又得浮生一日凉。

代人赋 ［宋］辛弃疾

晚日寒鸦一片愁，柳塘新绿却温柔。若教眼底无离恨，不信人间有白头。

肠已断，泪难收，相思重上小红楼。情知已被山遮断，频倚阑干不自由。

彩袖殷勤捧玉钟　　［宋］晏几道

彩袖殷勤捧玉钟，当年拚却醉颜红。舞低杨柳楼心月，歌尽桃花扇影风。

从别后，忆相逢，几回魂梦与君同？今宵剩把银釭照，犹恐相逢是梦中。

暗淡轻黄体性柔　　［宋］李清照

暗淡轻黄体性柔，情疏迹远只香留。何须浅碧深红色，自是花中第一流。

梅定妒，菊应羞，画阑开处冠中秋。骚人可煞无情思，何事当年不见收？

黄菊枝头生晓寒　　［宋］黄庭坚

黄菊枝头生晓寒，人生莫放酒杯干。风前横笛斜吹雨，醉里簪花倒著冠。

身健在，且加餐，舞裙歌板尽清欢。黄花白髮相牵挽，付与时人冷眼看[1]。

献汲公相国寿　　［宋］米芾

暖日晴烘候小春，际天和气与精神。灵台静养千年寿，丹灶全无一点尘。

寿彭祖，寿广成，华阳仙裔是今身。夜来银汉清如洗，

1　看，读阴平 kān。

南极星中见老人。

惜别　[宋] 严仁

一曲危弦断客肠，津桥掞柂转牙樯。江心云带蒲帆重，楼上风吹粉泪香。

瑶草碧，柳芽黄，载将离恨过潇湘。请君看取东流水，方识人间别意长。

小月河公园漫步　马维野（2015年5月14日）

气爽风轻醉暖阳，天蓝草绿鸟声长。青桃已有花余在，绿杏初成叶柄藏。

春色晟，夏晖煌，情深意切盼秋香。将心愿化蝴蝶梦，再看冬时换素装。

131. 南乡子（双调56字）

$Z_P Z Z P P$，$Z_P Z P P Z Z P$。$Z_P Z P_Z P P Z Z$，$P P$，$Z_P Z P P Z_P Z P$。

$Z_P Z Z P P$，$Z_P Z P P Z Z P$。$Z_P Z P_Z P P Z Z$，$P P$，$Z_P Z P P Z_P Z P$。

细雨湿流光　[唐] 冯延巳

细雨湿流光，芳草年年与恨长。烟锁凤楼无限事，茫茫，鸾镜鸳衾两断肠。

魂梦任悠扬，睡起杨花满绣床。薄幸不来门半掩，斜阳，负你残春泪几行。

登京口北固亭有怀 ［宋］辛弃疾

何处望神州？满眼风光北固楼。千古兴亡多少事，悠悠，不尽长江衮衮流。

年少万兜鍪，坐断东南战未休。天下英雄谁敌手？曹刘，生子当如孙仲谋。

归梦寄吴樯 ［宋］陆游

归梦寄吴樯，水驿江程去路长。想见芳洲初系缆，斜阳，烟树参差认武昌。

愁鬓点新霜，曾是朝衣染御香。重到故乡交旧少，凄凉，却恐它乡胜故乡。

何处可魂消 ［宋］张先

何处可魂消，京口终朝两信潮。不管离心千叠恨，滔滔，催促行人动去桡。

记得旧江皋，绿杨轻絮几条条。春水一篙残照阔，遥遥，有个多情立画桥。

秋怀 ［宋］周邦彦

夜阔梦难收，宋玉多情我结俦。千点漏声万点泪，悠悠，霜月鸡声几段愁。

难展皱眉头，怨句哀吟送客秋。蟋蟀床前调夜曲，啾啾，又听惊人雁过楼。

冬夜　[宋]黄升

万籁寂无声，衾铁棱棱近五更。香断灯昏吟未稳，凄清，只有霜华伴月明。

应是夜寒凝，恼得梅花睡不成。我念梅花花念我，关情，起看清冰满玉瓶。

端午节随感　马维野（2020年6月25日，庚子年五月初五）

热浪卷栊帘，端午迟来待暮烟。四月成双春已逝，姗姗，万户千家艾叶鲜。

又是度阴天，小径石阶碧草连。更有粽香飘四溢，欢欢，调首回家享一甘。

132. 鹊桥仙（双调56字）

$\underline{P_ZPZ_PZ}$，P_ZPZ_PZ，$Z_PZPZ_PPZ_P\mathbf{Z}$。P_ZP
Z_PZZPP，Z_PZ_PZ、$PPZ_P\mathbf{Z}$。

$\underline{P_ZPZ_PZ}$，$P_ZPP_Z\mathbf{Z}$，$Z_PZPZ_PPZ_P\mathbf{Z}$。P_ZP
Z_PZZPP，ZZ_PZ、$P_ZPZ_P\mathbf{Z}$。

纤云弄巧　[宋]秦观

纤云弄巧，飞星传恨，银汉迢迢暗度。金风玉露一相逢，便胜却、人间无数。

柔情似水，佳期如梦，忍顾鹊桥归路。两情若是久长时，又岂在、朝朝暮暮？

山行书所见　[宋]辛弃疾

松冈避暑，茅檐避雨，闲去闲来几度？醉扶孤石看飞泉，又却是、前回醒处。

东家娶妇，西家归女，灯火门前笑语。酿成千顷稻花香，夜夜费、一天风露。

一竿风月　[宋]陆游

一竿风月，一蓑烟雨，家在钓台西住。卖鱼生怕近城门，况肯到、红尘深处。

潮生理棹，潮平系缆，潮落浩歌归去。时人错把比严光，我自是、无名渔父。

扁舟昨泊　[宋]吴潜

扁舟昨泊，危亭孤啸，目断闲云千里。前山急雨过溪来，尽洗却、人间暑气。

暮鸦木末，落凫天际，都是一团秋意。痴儿骏女贺新凉，也不道、西风又起。

昨日黄花　马维野（2016年5月29日）

天高九纬，地平一线，气爽风清依旧。皇城正午艳阳骄，举碎步、房前屋后。

红芳今早，黄花昨日，焉可馥芬恒有？盛开亦是败衰时，怎永葆、年华豆蔻？

133. 夜行船（双调 56 字）

Z$_P$ZPPPZ**Z**。ZPP$_Z$、ZPP$_Z$**Z**。<u>ZZPP，PPPZ</u>，ZP$_Z$Z$_P$PP**Z**。

Z$_P$ZPPPZ$_P$**Z**。ZPP、ZPP**Z**。<u>ZZPP，PPP$_Z$Z</u>，Z$_P$P$_Z$ZPP**Z**。

略彴横溪人不度　　［宋］姜夔

略彴横溪人不度。听流澌、佩环无数。屋角垂枝，船头生影，算唯有、春知处。

回首江南天欲暮。折寒香、倩谁传语。玉笛无声，诗人有句，花休道、轻分付。

正月十八日闻卖杏花有感　　［宋］史达祖

不翦春衫愁意态。过收灯、有些寒在。小雨空帘，无人深巷，已早杏花先卖。

白髮潘郎宽沈带。怕看山、忆它眉黛。草色拖裙，烟光惹鬓，常[1]记故园挑菜。

京口南园　　［宋］黄机

红溅罗裙三月二。露桃开、柳眠又起。百尺游丝，胃莺留燕，判与南园一醉。

历历斜阳明野水。倚危阑、暮云千里。说似游人，直须

1　常，一作"长"，又作"尚"。

烧烛，早晚绿阴青子。

赠赵梅壑　　［宋］吴文英

碧甃清漪方镜小。绮疏净、半尘不到。古鬲香深，宫壶花换，留取四时春好。

楼上眉山云窈窕。香衾梦、镇疏清晓。并蒂莲开，合欢屏暖，玉漏又催朝早。

上巳节小月河游春

马维野（2020年3月26日，庚子年三月初三）

亍河边心欲醉。嗅幽馨、透鼻甘味。岸柳早黄，堤杨初绿，养静青松枝翠。

人面桃花争俏媚。游蜂闪、往旋香蕊。止水天长，浮云地久，春景把诗描绘。

134. 玉楼春（又名《木兰花》，双调56字）

$P_Z P Z_P Z P P \mathbf{Z}$，$Z_P Z P Z_P P P Z \mathbf{Z}$。$P_Z P Z_P Z$ $Z P P$，$Z_P Z P_Z P P Z \mathbf{Z}$。

$P_Z P Z_P Z P P \mathbf{Z}$，$Z_P Z P Z_P P P Z \mathbf{Z}$。$P_Z P Z_P Z$ $Z P P$，$Z_P Z P_Z P P Z \mathbf{Z}$。

晚妆初了明肌雪　　［唐］李煜

晚妆初了明肌雪，春殿嫔娥鱼贯列。凤箫声断水云闲，重按霓裳歌遍彻。

临风谁更飘香屑，醉拍阑干情未切。归时休放烛花红，待蹋马蹄清夜月。

风前欲劝春光住　　［宋］辛弃疾

风前欲劝春光住，春在城南芳草路。未随流落水边花，且作飘零泥上絮。

镜中已觉星星误，人不负春春自负。梦回人远许多愁，只在梨花风雨处。

桃溪不作从容住　　［宋］周邦彦

桃溪不作从容住，秋藕绝来无续处。当时相候赤栏桥，今日独寻黄叶路。

烟中列岫青无数，雁背夕阳红欲暮。人如风后入江云，情似雨馀粘地絮。

红酥肯放琼苞碎　　［宋］李清照

红酥肯放琼苞碎，探著南枝开遍未。不知酝藉几多香，但见包藏无限意。

道人憔悴春窗底，闷损阑干愁不倚。要来小酌便来休，未必明朝风不起。

锦箨参差朱栏曲　　［宋］钱惟演

锦箨参差朱槛曲，露濯文犀和粉绿。未容浓翠伴桃红，已许纤枝留凤宿。

嫩似春荑明似玉，一寸芳心谁管束。劝君速吃莫踟蹰，看被南风吹作竹。

昭华夜醮连清曙 ［宋］柳永

昭华夜醮连清曙，金殿霓旌笼瑞雾。九枝擎烛灿繁星，百和焚香抽翠缕。

香罗荐地延真驭，万乘凝旒听秘语。卜年无用考灵龟，从此乾坤齐历数。

拟古决绝词柬友 ［清］纳兰性德

人生若只如初见，何事秋风悲画扇。等闲变却故人心，却道故人心易变。

骊山语罢清宵半，泪雨霖铃终不怨。何如薄幸锦衣郎，比翼连枝当日愿。

雨霁小区花果 马维野（2020年5月31日）

风吹叶摆闲庭院，雨霁新阳光焕烂。千花百果润飘霏，剔透晶莹同赫焕。

榴花一树争丹艳，苹果刚成羞人见。山楂绿柿紫棠明，万朵凌霄萱草炫。

闲步遐思 马维野（2020年2月18日）

微寒略冷蓝天湛，老树枯枝麻雀乱。纵然春意已追增，却顾冬心仍未减。

闲身弃置观云淡，小径徘徊怜武汉。人间妖孽正荼毒，举世征魔无另盼。

135. 虞美人（双调56字）

P$_Z$P Z$_P$ Z P P **Z**，　Z$_P$ Z P P **Z**。P$_Z$ P Z$_P$ Z Z P
P（换平韵），　Z$_P$ Z Z$_P$ P P Z、Z P **P**。

P$_Z$ P Z$_P$ Z P P **Z**（换仄韵），　Z$_P$ Z P P **Z**。P$_Z$ P Z$_P$
Z Z P **P**（再换平韵），　Z$_P$ Z Z$_P$ P P Z、Z P **P**。

春花秋月何时了　［唐］李煜

春花秋月何时了，往事知多少？小楼昨夜又东风，故国
不堪回首月明中。

雕阑玉砌应犹在，只是朱颜改。问君能有几多愁？恰似
一江春水向东流。

听雨　［宋］蒋捷

少年听雨歌楼上，红烛昏罗帐。壮年听雨客舟中，江阔
云低、断雁叫西风。

而今听雨僧庐下，鬓已星星也。悲欢离合总无情，一任
阶前、点滴到天明。

曲阑干外天如水　［宋］晏几道

曲阑干外天如水，昨夜还曾倚。初将明月比佳期，长向
月圆时候、望人归。

罗衣著破前香在，旧意谁教改。一春离恨懒调弦，犹有
两行闲泪、宝筝前。

碧桃天上栽和露 〔宋〕秦观

碧桃天上栽和露，不是凡花数。乱山深处水潆回，可惜一枝如画、为谁开。

轻寒细雨情何限，不道春难管。为君沉醉又何妨，只怕酒醒时候、断人肠。

落花已作风前舞 〔宋〕叶梦得

落花已作风前舞，又送黄昏雨。晓来庭院半残红，惟有游丝千丈、罥晴空。

殷勤花下同携手，更尽杯中酒。美人不用敛蛾眉，我亦多情无奈、酒阑时。

碧梧翠竹交加影 〔宋〕谢逸

碧梧翠竹交加影，角簟纱厨冷。疏云淡月媚横塘，一阵荷花风起、隔帘香。

雁横天末无消息，水阔吴山碧。刺桐花上蝶翩翩，唯有夜深清梦、到郎边。

处暑阵雨 马维野（2015年8月23日）

时逢处暑凉烟聚，过午云生雨。枝摇叶晃任摧折，万里苍穹弄水、落如泼。

晴阴转换蓝天后，一捧新阳露。忽闻鸟唱作何猜，气爽风清鸣曲、报秋来。

夜次温州瑶溪王朝大酒店　马维野（2015年6月29日）

晨曦敛雾山巅暗，满目蒸腾散。瑶溪尺水迤逦流，奔涌千年一去、不回头。

王朝夜次初憔悴，幸有长酣寐。忽闻晓鸟唱声频，惊扰眠人晨起、看山云。

136. 芳草渡（双调57字）

P_Z P Z Z Z P **P**。P P_Z Z_P、Z_P P **P**。P P Z_P Z Z P **P**。P P Z，P_Z P_Z Z，Z P **P**。

P Z P_Z Z，Z P **P**。Z P P Z P **P**^{1}。P_Z P Z_P Z Z P **P**。P P Z Z，P_Z P_Z Z，Z P **P**。

主人宴客玉楼西　［宋］张先

主人宴客玉楼西。风飘雪、忽雰霏。唐昌花蕊渐平枝。浮光里，寒声聚，队禽栖。

惊晓日，喜春迟。野桥时伴梅飞。山明日远霁云披。溪上月，堂下水，并春晖。

双门晓锁响朱扉　［宋］张先

双门晓锁响朱扉。千骑拥、万人随。风乌弄影画船移。歌时泪，和别怨，作秋悲。

寒潮小，渡淮迟。吴越路、渐天涯。宋王台上为相思。

1　Z P P Z P **P**亦可作P Z Z、Z P **P**。

江云下，日西尽，雁南飞。

并蒂莲　马维野（2920年7月17日）

三天过后又来游。莲花池、正丕休。双葩并蒂斗丰柔。清晨里，对旭日，若修眸。

称仙子，世无俦。两支合、更娇羞。百年一遇甚难求。因缘好，机遇巧，是丹头。

137.夜游宫（双调57字）

Z$_P$ZPPZ**Z**，Z$_P$P$_Z$Z、Z$_P$PP**Z**。Z$_P$ZPPZ$_P$Z$_P$**Z**。ZPP，ZPP，PZ**Z**。

ZZPPZ，Z$_P$P$_Z$Z、Z$_P$PP**Z**。Z$_P$ZPPP$_Z$Z$_P$**Z**。ZPP，ZPP，PZ**Z**。

叶下斜阳照水　[宋]周邦彦

叶下斜阳照水，卷轻浪、沉沉千里。桥上酸风射眸子。立多时，看黄昏，灯火市。

古屋寒窗底，听几片、井桐飞坠。不恋单衾再三起。有谁知，为萧娘，书一纸？

记梦寄师伯浑　[宋]陆游

雪晓清笳乱起，梦游处、不知何地。铁骑无声望似水。想关河，雁门西，青海际。

睡觉寒灯里，漏声断、月斜窗纸。自许封侯在万里。有谁知，鬓虽残，心未死。

念彩云　［宋］贺铸

流水苍山带郭，寻尘迹、宛然如昨。犹记黄花携手约。误重来，小庭花，空自落。

不怨兰情薄，可怜许、彩云漂泊。紫燕西飞书漫托。碧城中，几青楼，垂画幕。

生日代人献江宰　［宋］吕渭老

帘外繁霜未扫，楼角动、玉绳横晓。百和交焚瑞烟绕。雾霞明，画屏深，天渺渺。

喜色连池沼，荐眉寿、玉儿娇小。早晚除书下天表。日初长，莫等闲，孤一笑。

十七孔桥金光穿洞　马维野（2017年12月8日）

欲晚冬阳自傲，似又见、金台夕照。晖焕十七孔桥曜。洞鎏金，水冰封，人愦闹。

小径湖边道，举云步、轻盈巡绕。红日西沉弱柳妙。看香阁，赏寒亭，生悦笑。

138.一斛珠（又名《醉落魄》《怨春风》，双调57字）

P$_Z$PZ$_P$Z，P$_Z$PZ$_P$ZPPZ。P$_Z$PZ$_P$ZPPZ，Z$_P$ZPP，Z$_P$ZP$_Z$PZ。

Z$_P$ZP$_Z$PPZZ，P$_Z$PZ$_P$ZPPZ。P$_Z$PZ$_P$PPZ，Z$_P$ZPP，Z$_P$ZP$_Z$PZ。

晚妆初过 〔唐〕李煜

晚妆初过，沉檀轻注些儿个。向人微露丁香颗[1]，一曲清歌，暂引樱桃破。

罗袖裛残殷色可，杯深旋被香醪涴。绣床斜凭娇无那[2]，烂嚼红茸，笑向檀郎唾。

席上呈元素 〔宋〕苏轼

分携如昨，人生到处萍飘泊。偶然相聚还离索，多病多愁，须信从来错。

尊前一笑休辞却，天涯同是伤沦落。故山犹负平生约，西望峨嵋，长羡归飞鹤。

今朝祖宴 〔宋〕欧阳修

今朝祖宴，可怜明夜孤灯馆。酒醒明月空床满，翠被重重，不似香肌暖。

愁肠恰似沉香篆，千回万转萦还断。梦中若得相寻见，却愿春宵，一夜如年远。

咏海棠花 马维野（2018年4月16日）

云天送暖，等闲识得东风面。海棠枝杪春光艳，茂木繁英，引惹新蜂乱。

傲骨冰心尘不染，花香直上凌霄殿。嫣红姹紫非妆扮，

---

1 颗，根据词谱，料定此处读去声 kè。

2 那，读 nuò。

百媚千娇，一任群芳妒。

139. 踏莎行（双调 58 字）

Z_PZPP，P_ZPZ_P**Z**，P_ZPZ_ZZPP**Z**。P_ZP Z_PZZPP，P_ZPZ_PZPP**Z**。

Z_PZPP，P_ZPZ_P**Z**，P_ZPZ_ZZPP**Z**。P_ZP Z_PZZPP，P_ZPZ_PZPP**Z**。

春暮　[宋]寇准

春色将阑，莺声渐老，红英落尽青梅小。画堂人静雨濛濛，屏山半掩馀香袅。

密约沉沉，离情杳杳，菱花尘满慵将照。倚楼无语欲销魂，长空黯淡连芳草。

润玉笼绡　[宋]吴文英

润玉笼绡，檀樱倚扇，绣圈犹带脂香浅。榴心空叠舞裙红，艾枝应压愁鬟乱。

午梦千山，窗阴一箭，香瘢新褪红丝腕。隔江人在雨声中，晚风菰叶生秋怨。

小径红稀　[宋]晏殊

小径红稀，芳郊绿遍，高台树色阴阴见。春风不解禁杨花，濛濛乱扑行人面。

翠叶藏莺，朱帘隔燕，炉香静逐游丝转。一场愁梦酒醒时，斜阳却照深深院。

冰解芳塘　　［宋］秦观

冰解芳塘，雪消遥嶂，东风水墨生绡障。烧痕一夜遍天涯，多情莫向空城望。

淡柳桥边，疏梅溪上，无人会得春来况。风光输与两鸳鸯，暖滩晴日眠相向。

候馆梅残　　［宋］欧阳修

候馆梅残，溪桥柳细，草薰风暖摇征辔。离愁渐远渐无穷，迢迢不断如春水。

寸寸柔肠，盈盈粉泪，楼高莫近危阑倚。平芜尽处是春山，行人更在春山外。

小月河游春　　马维野（2020年4月14日）

路滚杨花，河漂柳絮，粼粼万道波光趣。横桥碧水对云天，花繁叶茂红黄绿。

有客离分，无人敛聚，游春顿感多优遇。淋漓兴致载诗来，长空晏静终归去。

南昌　　马维野（2008年4月16日）

赣水穿城，长桥卧虎，原来竟是双猫赌。黑白两个苦争雄，能抓耗子方成主。

峻宇修成，名楼写筑，滕王阁美江东矗。朱耷妙笔写春秋，菊花待放观樟树。

140. 小重山（又名《小重山令》，双调 58 字）

Z_PZPPZ_PZ**P**。Z_PPPZZ，ZP**P**。P_ZPZ_PZZP**P**。PP_ZZ，Z_PZZP**P**。

Z_PZZP**P**。Z_PPPZZ，ZP**P**。P_ZPZ_PZZP**P**。PP_ZZ，Z_PZZP**P**。

一闭昭阳春又春　　〔唐〕韦庄

一闭昭阳春又春。夜寒宫漏永，梦君恩。卧思陈事暗消魂。罗衣湿，红袂有啼痕。

歌吹隔重阍。绕庭芳草绿，倚长门。万般惆怅向谁论[1]？凝情立，宫殿欲黄昏。

昨夜寒蛩不住鸣　　〔宋〕岳飞

昨夜寒蛩不住鸣。惊回千里梦，已三更。起来独自绕阶行。人悄悄，帘外月胧明。

白首为功名。旧山松竹老，阻归程。欲将心事付瑶琴。知音少，弦断有谁听？

秋雨　　〔宋〕赵长卿

一夜西风响翠条。碧纱窗外雨，长凉飙。朝来绿涨水平桥。添清景，疏韵入芭蕉。

坐久篆烟销。多情人去后，信音遥。即今消瘦沈郎腰。

---

1 论，读阳平 lún。

悲秋切，虚度可人宵。

璧月堂 〔宋〕贺铸

梦草池南璧月堂。绿阴深蔽日，啭鹂黄。淡蛾轻鬓似宜妆。歌扇小，烟雨画潇湘。

薄晚具兰汤。雪肌英粉腻，更生香。簟纹如水竟檀床。雕枕并，得意两鸳鸯。

花院深疑无路通 〔宋〕贺铸

花院深疑无路通。碧纱窗影下，玉芙蓉。当时偏恨五更钟。分携处，斜月小帘栊。

楚梦冷沉踪。一双金缕枕，半床空。画桥临水凤城东。楼前柳，憔悴几秋风。

颐和园赏新荷 马维野（2020年5月27日）

止水涟漪绿萍浮。芙蕖伸嫩角，戏龙珠。蜻蜓点水绕荷芜。休光照，一幅美丹图。

官柳绕明湖。睡莲争早放，正丹姝。妍芳尚待再之如。菡萏笑，应在夏中出。

141. 杏花天影（双调58字）

Z_PPPZPPZ。ZPZ、PPZZ。ZPPZZPP，ZZ。ZPP、ZZZ。

PPZ，PPZZ。ZPZ、Z_PPP_ZZ。ZPPZZPP，ZZ，ZPP、ZZZ。

绿丝低拂鸳鸯浦　〔宋〕姜夔

绿丝低拂鸳鸯浦。想桃叶、当时唤渡。又将愁眼与春风，待去。倚兰桡、更少驻。

金陵路，莺吟燕舞。算潮水、知人最苦。满汀芳草不成归，日暮。更移舟、向甚处?

大雨后戏作　〔清〕周之琦

官衙潦水频频庤。似天半、银河灌注。道南人在下流居，最苦。小茅庐、避甚处。

门前路，回汀枉渚。尽濡足、依然窘步。等闲思约故人来，浪语，便无风、也断渡。

紫竹院公园游趣　马维野（2018年5月4日）

雨袭风卷春芳减。野萍满、瑶池阆苑。紫竹灵秀笑残花，抱撼，尔虽妖、却日短。

清波闪，红枫斗艳。望湖水、绿鸭浮面。耳边忽起响蛙声，快看，小摇船、佻荡慢。

第四章　常用中调词谱选

一首中调词的字数不少于59个，不多于90个。

142.钗头凤（又名《折红英》，双调60字）

ＰＰＺ，ＰＰＺ，ＺＰＰＺＰＰＺ。ＰＰＺ_P（换韵，不同韵），ＰＰＺ_P。Ｚ_PＰＰＺ，ＺＰ_ZＰＺ_P。Ｚ_PＺ_PＺ_P（叠三字）。

ＰＰＺ，ＰＰＺ，ＺＰＰＺＰＰＺ。ＰＰＺ_P（换韵，不同韵），ＰＰＺ_P。Ｚ_PＰＰＺ，ＺＰ_ZＰＺ_P。Ｚ_PＺ_PＺ_P（叠三字）。

红酥手　[宋]陆游

红酥手，黄滕酒，满城春色宫墙柳。东风恶，欢情薄。一怀愁绪，几年离索。错错错。

春如旧，人空瘦，泪痕红浥鲛绡透。桃花落，闲池阁。山盟虽在，锦书难托。莫莫莫。

世情薄　［宋］唐婉

世情薄，人情恶，雨送黄昏花易落。晓风干，泪痕残。欲笺心事，独语斜阑。难难难。

人成各，今非昨，病魂常似秋千索。角声寒，夜阑珊。怕人寻问，咽泪装欢。瞒瞒瞒。

桃花暖　［宋］程垓

桃花暖，杨花乱，可怜朱户春强半。长记忆，探芳日，笑凭郎肩，殢红偎碧。惜惜惜。

春宵短，离肠断，泪痕长向东风满。凭青翼，问消息，花谢春归，几时来得。忆忆忆。

寒食饮绿亭　［宋］史达祖

春愁远，春梦乱，凤钗一股轻尘满。江烟白，江波碧。柳户清明，燕帘寒食。忆忆忆。

莺声晓，箫声短。落花不许春拘管。新相识，休相失。翠陌吹衣，画楼横笛。得得得。

玉渊潭暮春游　马维野（2020年5月12日）

清波泛，涟纹乱，玉渊潭水乌光鉴。春临暮，花稀簇。鸳鸭同戏，鸟禽归处。顾顾顾。

晴空远，微风淡，鲁冰花俏无旁愿。神无主，光夺目，景辉凉影，惬怀无数。赋赋赋。

旅次南京　马维野（2016年6月17日）

梧桐影，金陵胜，养闲学赋《钗头凤》。朝都古，经无数。千年丹史，盛名凭负。慕慕慕。

钟山景，秦淮梦，载歌云舞七音进。持平目，挪方步。珍珠泉里，莫相怀顾。住住住。

143. 蝶恋花（又名《鹊踏枝》《凤栖梧》，双调60字）

Z_pZP_zPPZZ。Z_pZPP，Z_pZPPZ。Z_pZP_zPPZZ，P_zPZ_pZPPZ。

Z_pZP_zPPZZ。Z_pZPP，Z_pZPPZ。Z_pZP_zPPZZ，P_zPZ_pZPPZ。

庭院深深　［宋］欧阳修

庭院深深深几许？杨柳堆烟，帘幕无重数。玉勒雕鞍游冶处，楼高不见章台路。

雨横风狂三月暮。门掩黄昏，无计留春住。泪眼问花花不语，乱红飞过秋千去。

春景　［宋］苏轼

花褪残红青杏小。燕子飞时，绿水人家绕。枝上柳绵吹又少，天涯何处无芳草。

墙里秋千墙外道。墙外行人，墙里佳人笑。笑渐不闻声渐悄，多情却被无情恼。

初捻霜纨生怅望　　[宋]晏几道

初捻霜纨生怅望。隔叶莺声，似学秦娥唱。午睡醒来慵一饷，双纹翠簟铺寒浪。

雨罢蘋风吹碧涨。脉脉荷花，泪脸红相向。斜贴绿云新月上，弯环正是愁眉样。

九月江南烟雨里　　[宋]程垓

九月江南烟雨里。客枕凄凉，到晓浑无寐。起上小楼观海气，昏昏半约渔樵市。

断雁西边家万里。料得秋来，笑我归无计。剑在床头书在几，未甘分付黄花泪。

伫倚危楼风细细　　[宋]柳永

伫倚危楼风细细。望极春愁，黯黯生天际。草色烟光残照里，无言谁会凭阑意？

拟把疏狂图一醉。对酒当歌，强乐还无味。衣带渐宽终不悔，为伊消得人憔悴。

槛菊愁烟兰泣露　　[宋]晏殊

槛菊愁烟兰泣露。罗幕轻寒，燕子双飞去。明月不谙离恨苦，斜光到晓穿朱户。

昨夜西风凋碧树。独上高楼，望尽天涯路。欲寄彩笺兼尺素，山长水阔知何处？

天淡云闲晴昼永 ［宋］李之仪

天淡云闲晴昼永。庭户深沉，满地梧桐影。骨冷魂清如梦醒，梦回犹是前时景。

取次杯盘催酩酊。醉帽频攲，又被风吹正。踏月归来人已静，恍疑身在蓬莱顶。

蝶恋花 马维野（2019年10月9日）

谁在天人菊上戏？蝶恋花香，不舍今朝蜜。万朵千枝凋谢已，寻芳正在清秋季。

笑看人间经万世。攘攘熙熙，暗斗明争历。莫问前程天佑必，但行好事无旁议。

重阳 马维野（2018年10月17日，戊戌年九月初九）

又到重阳人愈老。昨日黄花，依旧争分秒。雨雨风风情未了，悠悠往事知多少？

正是秋光七彩俏。万里长空，血色残阳曜。信步闲庭吟古调，明天定比今朝好。

鼓浪屿 马维野（2007年4月26日）

鼓浪石新沙壤旧。高处飘云，皓月园人瘦。彩带当空风雨后，群芳斗艳一枝秀。

似已相识多许久。巨变沧桑，旧貌新颜露。忙里偷闲南国走，耳边似是钢琴奏。

144. 临江仙（双调60字）

Z$_P$Z P$_Z$P P Z Z，P$_Z$P Z$_P$Z P **P**。P$_Z$P Z$_P$Z Z
P **P**。P$_Z$P P Z Z，Z$_P$Z Z P **P**。

Z$_P$Z P$_Z$P P Z Z，P$_Z$P Z$_P$Z P **P**。P$_Z$P Z$_P$Z Z
P **P**。P$_Z$P P Z Z，Z$_P$Z Z P **P**。

庭院深深深几许　〔宋〕李清照

庭院深深深几许？云窗雾阁常扃。柳梢梅萼渐分明。春
归秣陵树，人客远安城。

感月吟风多少事，如今老去无成。谁怜憔悴更凋零。试
灯无意思，踏雪没心情。

忆昔西池池上饮　〔宋〕晁冲之

忆昔西池池上饮，年年多少欢娱。别来不寄一行书。寻
常相见了，犹道不如初。

安稳锦屏今夜梦，月明好渡江湖。相思休问定何如。情
知春去后，管得落花无？

夜饮东坡醒复醉　〔宋〕苏轼

夜饮东坡醒复醉，归来仿佛三更。家童鼻息已雷鸣。敲
门都不应，倚杖听江声。

长恨此身非我有，何时忘却营营。夜阑风静縠纹平。小
舟从此逝，江海寄馀生。

千里潇湘挼蓝浦　［宋］秦观

千里潇湘挼蓝浦，兰桡昔日曾经。月高风定露华清。微波澄不动，冷浸一天星。

独倚危樯情悄悄，遥闻妃瑟泠泠。新声含尽古今情。曲终人不见，江上数峰青。

咏藏春玉　［宋］李之仪

青润奇峰名韫玉，温其质并琼瑶。中分瀑布写云涛。双峦呈翠色，气象两相高。

珍重幽人诚好事，绿窗聊助风骚。寄言俗客莫相嘲。物轻人意重，千里赠鹅毛。

滚滚长江东逝水　［明］杨慎

滚滚长江东逝水，浪花淘尽英雄。是非成败转头空。青山依旧在，几度夕阳红。

白发渔樵江渚上，惯看秋月春风。一壶浊酒喜相逢。古今多少事，都付笑谈中。

再临重庆　马维野（2007年7月12日）

骤雨摧花方止怒，凌空又上山城。天公一喝奏雷鸣。乌云行有意，细雨润无声。

再看方知重庆美，浪涛卷起嘉陵。朝天门外夜光明。长江东逝水，破浪待新生。

145. 唐多令（又名《糖多令》《南楼令》，双调 60 字）

P$_Z$ZZP**P**，P$_Z$PZ$_P$Z**P**^{1}。ZPP、P$_Z$ZP**P**。Z$_P$ZZ$_P$PPZZ，P$_Z$Z$_P$Z、ZP**P**。

P$_Z$ZZP**P**，P$_Z$PZ$_P$Z**P**。ZPP、P$_Z$ZP**P**。Z$_P$ZZ$_P$PPZZ，P$_Z$Z$_P$Z、ZP**P**。

惜别　［宋］吴文英

何处合成愁？离人心上秋。纵芭蕉、不雨也飕飕。都道晚凉天气好，有明月、怕登楼。

年事梦中休，花空烟水流。燕辞归、客尚淹留。垂柳不萦裙带住，漫长是、系行舟。

雨过水明霞　［宋］邓剡

雨过水明霞，潮回岸带沙。叶声寒、飞透窗纱。堪恨西风吹世换，更吹我、落天涯。

寂寞古豪华，乌衣日又斜。说兴亡、燕入谁家？惟有南来无数雁，和明月、宿芦花。

芦叶满汀洲　［宋］刘过

芦叶满汀洲，寒沙带浅流。二十年、重过南楼。柳下系舟犹未稳，能几日、又中秋。

黄鹤断矶头，故人今在不？旧江山、浑是新愁。欲买桂

1　这句可以是"PPPZP"或"ZPPZP"，但不能是"ZPZZP（孤平）"。

花同载酒，终不是、少年游。

秋暮有感　〔宋〕陈允平

休去采芙蓉，秋江烟水空。带斜阳、一片征鸿。欲顿闲愁无顿处，都著在、两眉峰。

心事寄题红，画桥流水东。断肠人、无奈秋浓。回首层楼归去懒，早新月、挂梧桐。

暑夏　马维野（2015年7月13日）

团火一轮曦，能熔地上石。帝都悲、燋热频袭。浅草不堪拼烈日，期几许、绿纷披？

虽是酷暑时，争驱不偃息。傍河行、人影疏稀。岂惧汗流如雨坠？心旷快、径逶迤。

146. 一剪梅（双调60字）

Z$_p$ZPPZ$_p$ZP。Z$_p$ZPP，Z$_p$ZPP。P$_z$ZPZ$_p$ZZPP。Z$_p$ZPP，Z$_p$ZPP。

Z$_p$ZPPZ$_p$ZP。Z$_p$ZPP，Z$_p$ZPP。P$_z$ZPZ$_p$ZZPP。Z$_p$ZPP，Z$_p$ZPP。

舟过吴江　〔宋〕蒋捷

一片春愁待酒浇。江上舟摇，楼上帘招。秋娘度与泰娘娇。风又飘飘，雨又萧萧。

何日归家洗客袍？银字笙调，心字香烧。流光容易把人抛。红了樱桃，绿了芭蕉。

红藕香残玉簟秋　［宋］李清照

红藕香残玉簟秋。轻解罗裳，独上兰舟。云中谁寄锦书来？雁字回时，月满西楼。

花自飘零水自流。一种相思，两处闲愁。此情无计可消除，才下眉头，却上心头。

堆枕乌云堕翠翘　［宋］蔡伸

堆枕乌云堕翠翘。午梦惊回，满眼春娇。嬛嬛一袅楚宫腰，那更春来，玉减香消。

柳下朱门傍小桥。几度红窗，误认鸣镳。断肠风月可怜宵，忍使恹恹，两处无聊。

中秋元月　［宋］辛弃疾

忆对中秋丹桂丛。花在杯中，月在杯中。今宵楼上一尊同，云湿纱窗，雨湿纱窗。

浑欲乘风问化工。路也难通，信也难通。满堂惟有烛花红，杯且从容，歌且从容。

雨打梨花深闭门　［明］唐寅

雨打梨花深闭门。忘了青春，误了青春。赏心乐事共谁论[1]？花下销魂，月下销魂。

愁聚眉峰尽日颦。千点啼痕，万点啼痕。晓看天色暮

---

1 论，读阳平 lún。

看云，行也思君，坐也思君。

月夜燕赵行　马维野（2007年8月30日）

子夜急驰燕赵川。一路遐观，两伴攀谈。车轮滚滚起尘烟。星也伤怜，月也凄单。

沃土丰和硕果甘。绿李仍酸，青枣犹甜。无边旷野正初寒。夏已阑珊，秋已蹒跚。

147.贺明朝（双调61字）

ZZPPPZ**Z**。ZPP**Z**，Z$_P$PP**Z**。P$_Z$PZ$_P$Z，ZPP**Z**。[1] ZP$_Z$PZ，PZP**Z**。

ZPPZZ$_P$P**Z**。Z$_P$ZZP$_Z$P，PZZ$_P$PZ**Z**。ZPPP**Z**，PZZP，Z$_P$ZP**Z**。

忆昔花间相见后　[唐]欧阳炯

忆昔花间相见后。只凭纤手，暗抛红豆。人前不解，巧传心事。别来依旧，孤负春昼。

碧罗衣上蹙金绣。睹对对鸳鸯，空裹泪痕透。想韶颜非久，终是为伊，只恁偷瘦。

忆昔花间初识面　[唐]欧阳炯

忆昔花间初识面。红袖半遮妆脸。轻转石榴裙带，故将纤纤玉指，偷捻双凤金线。

1　此处"ZPP**Z**。"亦可作"ZPPP，"。

碧梧桐锁深深院。谁料得两情，何日教缱绻。羡春来双燕，飞到玉楼，朝暮相见。

大暑日游西海湿地　马维野（2020年7月22日）

大暑皇城什刹海。只闻不逮，望穿云霭。今临湿地，五光七彩。满园余态，夺目宏恺。

万千风景伴怡快。看水映芙蕖，鸣鸟奏天籁。玉阑围荷盖，尖角嫩蓬，花叶同在。

148.定风波（双调62字）

$$Z_PZPPZZP，P_ZPZ_PZZP。Z_PZP_ZPPZZ（换韵），PZ。P_ZPZ_PZZP。$$

$$Z_PZP_ZPPZZ（换韵），PZ。P_ZPZ_PZZP。Z_PZP_ZPPZZ（换韵），PZ。P_ZPZ_PZZP。$$

雁过秋空夜未央　〔唐〕李珣

雁过秋空夜未央，隔窗烟月锁莲塘。往事岂堪容易想，惆怅。故人迢递在潇湘。

纵有回文重叠意，谁寄？解鬟临镜泣残妆。沉水香消金鸭冷，愁永。候虫声接杵声长。

莫听穿林打叶声　〔宋〕苏轼

莫听穿林打叶声，何妨吟啸且徐行。竹杖芒鞋轻胜马，谁怕？一蓑烟雨任平生。

料峭春风吹酒醒，微冷。山头斜照却相迎。回首向来潇酒处，归去。也无风雨也无晴。

暮春漫兴　[宋] 辛弃疾

少日春怀似酒浓，插花走马醉千钟。老去逢春如病酒，唯有。茶瓯香篆小帘栊。

卷尽残花风未定，休恨。花开元自要春风。试问春归谁得见？飞燕。来时相遇夕阳中。

把酒花前欲问伊　[宋] 欧阳修

把酒花前欲问伊，问伊还记那回时。黯淡梨花笼月影，人静。画堂东畔药阑西。

及至如今都不认，难问，有情谁道不相思。何事碧窗春睡觉，偷照。粉痕匀却湿胭脂。

不是无心惜落花　[宋] 魏夫人

不是无心惜落花，落花无意恋春华。昨日盈盈枝上笑，谁道。今朝吹去落谁家。

把酒临风千种恨，难问。梦回云散见无涯。妙舞清歌谁是主？回顾。高城不见夕阳斜。

旱忧　马维野（2015年7月25日）

暑日骄阳赛火炉，无边大地土如酥。热浪蒸腾连日烤，侵恼。甚忧灾厄正连出。

久盼甘霖徒企望，惆怅。农夫心内似汤潜。田裂禾枯青欲尽，何忍？谁能弄雨解烦茹？

阅读提示：参照词例掌握韵脚的变化。

149. 破阵子（又名《十拍子》，双调62字）

$Z_p Z P P Z_p Z$，$P_z P Z_p Z P \mathbf{P}$。$Z_p Z P_z P P Z Z$，$Z_p Z P P Z Z \mathbf{P}$。$Z_p P P Z \mathbf{P}$。

$Z_p Z P P Z_p Z$，$P_z P Z_p Z P \mathbf{P}$。$Z_p Z P_z P P Z Z$，$Z_p Z P P Z Z \mathbf{P}$。$Z_p P P Z \mathbf{P}$。

四十年来家国　〔唐〕李煜

四十年来家国，三千里地山河。凤阙龙楼连霄汉，玉树琼枝作烟萝。几曾识干戈?

一旦归为臣虏，沈腰潘鬓销磨。最是仓皇辞庙日，教坊独奏别离歌。垂泪对宫娥。

为陈同甫赋壮语以寄　〔宋〕辛弃疾

醉里挑灯看剑，梦回吹角连营。八百里分麾下炙，五十弦翻塞外声。沙场秋点兵。

马作的卢飞快，弓如霹雳弦惊。了却君王天下事，赢得生前身后名。可怜白髮生。

春景　〔宋〕晏殊

燕子来时新社，梨花落后清明。池上碧苔三四点，叶底黄鹂一两声。日长飞絮轻。

巧笑东邻女伴，采桑径里逢迎。疑怪昨宵春梦好，元是今朝斗草赢。笑从双脸生。

柳下笙歌庭院 〔宋〕晏几道

柳下笙歌庭院，花间姊妹秋千。记得春楼当日事，写向红窗夜月前。凭谁寄小莲。

绛蜡等闲陪泪，吴蚕到了缠绵。绿鬓能供多少恨，未肯无情比断弦。今年老去年。

掷地刘郎玉斗 〔宋〕辛弃疾

掷地刘郎玉斗，挂帆西子扁舟。千古风流今在此，万里功名莫放休。君王三百州。

燕雀岂知鸿鹄，貂蝉元出兜鍪。却笑泸溪如斗大，肯把牛刀试手不？寿君双玉瓯。

元土城遗址公园之春 马维野（2015年3月30日）

暖日融融醒木，轻风阵阵催芽。一树梨白蜂惹蕊，万朵桃红蝶恋花。满园春色发。

信步幽幽旧径，徘徊渺渺新涯。锦绣神州多绣卷，壮丽河山有丽葩。放诗情九遐。

150. 苏幕遮（双调62字）

ZPP，PZZ。ZₚZPP，ZₚZPPZ。ZₚZPPZZ。ZₚZPP，ZₚZPPZ。

ZPP，PZZ。ZₚZPP，ZₚZPPZ。ZₚZPPZZ。ZₚZPP，ZₚZPPZ。

露堤平　[宋] 梅尧臣

露堤平，烟墅杳。乱碧萋萋，雨后江天晓。独有庾郎年最少。窣地春袍，嫩色宜相照。

接长亭，迷远道。堪怨王孙，不记归期早。落尽梨花春又了。满地残阳，翠色和烟老。

怀旧　[宋] 范仲淹

碧云天，黄叶地。秋色连波，波上寒烟翠。山映斜阳天接水。芳草无情，更在斜阳外。

黯乡魂，追旅思[1]。夜夜除非，好梦留人睡。明月楼高休独倚。酒入愁肠，化作相思泪。

燎沉香　[宋] 周邦彦

燎沉香，消溽暑。鸟雀呼晴，侵晓窥檐语。叶上初阳干宿雨。水面清圆，一一风荷举。

故乡遥，何日去？家住吴门，久作长安旅。五月渔郎相忆否？小楫轻舟，梦入芙蓉浦。

咏选仙图　[宋] 苏轼

暑笼晴，风解愠。雨后馀清，暗袭衣裾润。一局选仙逃暑困。笑指尊前、谁向青霄近。

整金盆，轮玉笋。凤驾鸾车，谁敢争先进。重五休言升

1　思，读去声 sì。

最紧。纵有碧油，到了输堂印。

守倅移厨　[宋]王质

水风轻，吹不皱。上下浮光，两镜光相就。云锦摇香吹散酒。细听清谈，玉屑津津嗽。

明月前，斜阳后。竹露秋声，拂拂寒生袖。掇取湖山聊入手。紫阁黄扉，到了终须有。

长春恋歌　马维野（2015年8月3日）

碧云天，黑土地。北畔之东，夏日清风细。欲道长春多逸丽。却怕人言，乡恋情沉溺。

梦交萦，魂访觅。日月如梭，感逝堪追忆。不羡君王功践帝。志在文坛，千古诗章立。

151. 渔家傲（双调62字）

Z$_p$ZP$_z$PPZ**Z**，P$_z$ZP$_z$PZPP**Z**。Z$_p$ZP$_z$P PZ**Z**。PP$_z$**Z**，P$_z$ZP$_z$ZPP**Z**。

Z$_p$ZP$_z$PPZ**Z**，P$_z$ZP$_z$ZPP**Z**。Z$_p$ZP$_z$P PZ**Z**。PP$_z$**Z**，P$_z$ZP$_z$ZPP**Z**。

寄仲高　[宋]陆游

东望山阴何处是？往来一万三千里。写得家书空满纸。流清泪，书回已是明年事。

寄语红桥桥下水，扁舟何日寻兄弟？行遍天涯真老矣。愁无寐，鬓丝几缕茶烟里。

秋思　〔宋〕范仲淹

塞下秋来风景异，衡阳雁去无留意。四面边声连角起。千嶂里，长烟落日孤城闭。

浊酒一杯家万里，燕然未勒归无计。羌管悠悠霜满地。人不寐，将军白发征夫泪。

天接云涛连晓雾　〔宋〕李清照

天接云涛连晓雾，星河欲转千帆舞。仿佛梦魂归帝所。闻天语，殷勤问我归何处？

我报路长嗟日暮，学诗谩有惊人句。九万里风鹏正举。风休住，蓬舟吹取三山去。

平岸小桥千嶂抱　〔宋〕王安石

平岸小桥千嶂抱，柔蓝一水萦花草。茅屋数间窗窈窕。尘不到，时时自有春风扫。

午枕觉来闻语鸟，欹眠似听朝鸡早。忽忆故人今总老。贪梦好，茫然忘了邯郸道。

二月春期看已半　〔宋〕欧阳修

二月春期看已半，江边春色青犹短。天气养花红日暖。深深院，真珠帘额初飞燕。

渐觉衔杯心绪懒，酒侵花脸娇波慢。一捻闲愁无处遣。牵不断，游丝百尺随风远。

赞净土 　[宋] 可旻

彼土因何名极乐，莲华九品无三恶。虽有频伽并白鹤。非彰灼[1]，如来变化宣流作。

九品一生离五浊，自然身挂珠璎珞。宛转白毫生额角。长辉烁，百千业障都消却。

正午小月河散步 　马维野（2020年5月7日）

正午徘徊轻举步，他来她往河边路。非是人闲无去处。因何故？十年久惯成专固。

欲雨天阴行不住，花稀叶茂春收束。仍有景光留在目。平静度，童心未老登云树。

张家界 　马维野（2015年7月6日）

云梦仙崖峰立峭，层峦叠嶂岚烟老。细雨霏霏生古调。蛇蜿绕？天门脚下盘山道。

止水长空相映照，神工鬼斧岩如刨。此景本应天上造。今更妙，骚人墨客扬名噪。

152.品令（双调64字，格二）

ＰＰ**Ｚ**。ＺＺＺ、ＰＰ**Ｚ**。Ｚ_ｐＰＰＺ，ＺＰＰ_ｚＺ，Ｚ_ｐＰＰ**Ｚ**。Ｚ_ｐＺＺ_ｐＰＰ_ｚＺ，ＺＰＺ**Ｚ**。

ＰＰＰ**Ｚ**。ＺＺ_ｐＺ、ＰＰ**Ｚ**。ＰＰＺ_ｐＺ，Ｚ_ｐＰＰＺ，

---

1 彰灼，一作"真托"。

ZPP**Z**。ZZ_pPP，Z_pZZP**Z**Z。

西风持酒　〔宋〕周紫芝

西风持酒。诮不做、愁时候。机云兄弟，坐中玉树，琼枝高秀。且莫劝人归去，坐来未久。

甘泉书奏。报幽障、沉烽后。明朝重九，茱萸休恼，泪沾襟袖。怕衰黄花，也解笑人白首。

霜蓬零乱　〔宋〕周紫芝

霜蓬零乱。笑绿鬓、光阴晚。紫萸时节，小楼长醉，一川平远。休说龙山佳会，此情不浅。

黄花香满。记白苎、吴歌软。如今却向，乱山丛里，一枝重看。对著西风搔首，为谁肠断。

迢迢征路　〔宋〕辛弃疾

迢迢征路。又小舸、金陵去。西风黄叶，淡烟衰草，平沙将暮。回首高城，一步远如一步。

江边朱户。忍追忆、分携处。今宵山馆，怎生禁得，许多愁绪。辛苦罗巾，揾取几行泪雨。

阅读提示：以上三首宋词在断句上有所不同。

秋分日作　马维野（2020年9月22日）

秋分如梦。草木倦、寒蝉静。天高云淡，雁南飞去，长空留影。硕果香飘庭院，不知醉醒。

霄霞渤涌。日落处、西乡迥。石榴熟透，山楂红遍，海棠夸逞。四季依规，且看此时美景。

153. 喝火令（双调65字）

ZZPPZ，PPZZP。ZPPZZP。PZZP
PZ，PZZPP。

ZZPPZ，PPZZP。ZPPZZP。ZZPP，
ZZZPP。ZZZPPZ，Z$_P$ZZPP。

见晚情如旧　〔宋〕黄庭坚

见晚情如旧，交疏分已深。舞时歌处动人心。烟水数年
魂梦，无处可追寻。

昨夜灯前见，重题汉上襟。便愁云雨又难寻。晓也星稀，
晓也月西沉。晓也雁行低度，不会寄芳音。

豆蔻熏香匼　〔清〕朱彝尊

豆蔻熏香匼，槟榔润小唇。丫兰斜插晕妆新。输与金钱
多少，看取浣纱人。

无意曾窥宋，多愁易感甄。画楼蛮蜡射南邻。那不当窗，
那不卷帘频，那不收灯时候，月底踏芳尘。

步唤云乙酉生辰元韵　〔清〕龚自珍

淡淡梅窗月，幽幽楚客襟。隔帘芳信懒追寻。情系水边
鸥鹭，拈韵自清吟。

守得三生约，修来万古心。玉怀无意诉灵禽。最是空庭，
最是晚云深。最是一天风露，蕉下抚牙琴。

长春冬日　马维野（2016年12月13日）

上午京城水，黄昏省会风。雪白晶松翠月光明。谁晓凛冬严冽？君可试同行。

室外天墟冷，屋中地板烃。锦花新叶倍鲜莹。起座端茶，起座绕兰灯。起座喜迎寒客，何处是梅亭？

阅读提示：后阕有三处叠字，请参考词例体会。

154. 淡黄柳（双调65字）

ＰＰＺＺ，ＰＺＰＰＺ。ＺＺＰＰＰＺＺ。ＺＺＰＰＺₚＺ，ＰＺＰＰＺＰＺ。

ＺＰＺ，ＰＰＺＰＺ。ＺＰ_ＺＺ、ＺＰＺ。ＺＰＰＺＺＰＰＺ。ＺＺＰＰ，ＺＰＰＺ，ＰＺＰＰＺＺ。

空城晓角　〔宋〕姜夔

空城晓角，吹入垂杨陌。马上单衣寒恻恻。看尽鹅黄嫩绿，都是江南旧相识。

正岑寂，明朝又寒食。强携酒、小桥宅。怕梨花落尽成秋色。燕燕飞来，问春何在，唯有池塘自碧。

赠苏氏柳儿　〔宋〕张炎

楚腰一捻，羞剪青丝结。力未胜春娇怯怯。暗托莺声细说，愁蹙眉心鬪双叶。

正情切，柔枝未堪折。应不解、管离别。奈如今已入东风睫。望断章台，马蹄何处，闲了黄昏淡月。

花边短笛　[宋] 王沂孙

花边短笛，初结孤山约。雨悄风轻寒漠漠。翠镜秦鬟钗别，同折幽芳怨摇落。

素裳薄，重拈旧红萼。叹携手、转离索。料青禽一梦春无几。后夜相思，素蟾低照，谁扫花阴共酌。

一年后重游小月河公园　马维野（2018年11月15日）

心如跳兔，怀渴轻迁绕。漫步低徐行故道。恰似离别几世，今现依然旧时貌。

笑衰草，残花尚争俏。水波谧、柳黄袅。看青松傲挺临风啸。修纤枯苇，亘连成片，装点寒园更妙。

155. 解佩令（双调66字）

ＰＰＺₚＺ，ＰＰＺₚＺ。ＺＰＰ、ＰＰＰＺ。ＺＺＰＰ，ＺＺＰᴢ、Ｚₚ ＰＰＺ。ＺＰＰ、ＺＰＺＺ。

ＰＰＺₚＺ，ＰＰＺₚＺ。ＺＰＰ、ＰＰＰＺ。ＺＺＰＰ，ＺＺＰᴢ、Ｚₚ ＰＰＺ。ＺＰＰ、ＺＰＺＺ。

人行花坞　[宋] 史达祖

人行花坞，衣沾香雾。有新词、逢春分付。屡欲传情，奈燕子、不曾飞去。倚珠帘、咏郎秀句。

相思一度，秾愁一度。最难忘、遮灯私语。澹月梨花，借梦来、花边廊庑。指春衫、泪曾溅处。

玉阶秋感　［宋］晏几道

玉阶秋感，年华暗去。掩深宫、团扇无绪。记得当时，自翦下、机中轻素。点丹青、画成秦女。

凉襟犹在，朱弦未改。忍霜纨、飘零何处？自古悲凉，是情事、轻如云雨。倚么弦、恨长难诉。

长春二月　马维野（2017年3月14日）

微风清冽，门前残雪。踏冬凌、期春光洩。日上三竿，抬望眼、碧空无界。过白云、似天使蹑。

春分欲届，惊蛰未阕。伴融冰、心怀激烈。历史长河，画卷展、谁堪书写？岂由人、意恣捺撇？

156. 锦缠道（又名《锦缠头》，双调66字）

ＺＺＰＰ，ＺＺＺＰＰ**Ｚ**。ＺＰＰ、ＺＰＰ**Ｚ**，ＺＰＰＺＰＰ**Ｚ**。ＺＺＰＰ，ＺＺＰＰ**Ｚ**。

ＺＰＰＺＰ，ＺＰＰ**Ｚ**。ＺＰＰ、ＺＰＰ**Ｚ**。ＺＰＰ、ＰＺＰＰ，ＺＺＰＰＺ，ＺＺＰＰ**Ｚ**。

春游　［宋］无名氏

燕子呢喃，景色乍长春昼。睹园林、万花如绣。海棠经雨胭脂透。柳展宫眉，翠拂行人首。

向郊原踏青，恣歌携手。醉醺醺、尚寻芳酒。问牧童、遥指孤村道，杏花深处，那里人家有。

夏蝉 马维野（2017年7月8日）

雨后初晴，弄翅脆声流淌。藉祥风、九霄同赏。透云穿嶂七音朗。小小虫鸣，万千成交响。

树高枝叶丰，夏蝉幽傍。隐真形、远播嘹亮。笑尘寰、文曲逢迎，百媚欢歌咏，只为新王唱。

157.酷相思（双调66字）

Ｚ Ｚ Ｐ Ｐ Ｐ_Ｚ Ｚ Ｚ。Ｚ Ｐ Ｚ、Ｐ Ｐ Ｚ。Ｚ Ｐ Ｚ、Ｐ Ｐ Ｐ Ｚ Ｚ。<u>Ｐ_ＺＺ Ｚ</u>、Ｐ Ｐ Ｚ，<u>Ｐ_ＺＺ Ｚ</u>、Ｐ Ｐ Ｚ。

Ｚ Ｚ Ｐ Ｐ Ｐ Ｚ Ｚ。Ｚ Ｐ_ＺＺ、Ｐ Ｐ Ｚ。Ｚ Ｐ Ｚ Ｐ Ｐ Ｐ Ｚ Ｚ。<u>Ｐ_ＺＺ Ｚ</u>、Ｐ Ｐ Ｚ，<u>Ｐ_ＺＺ Ｚ</u>、Ｐ Ｐ Ｚ。

月挂霜林寒欲坠 ［宋］程垓

月挂霜林寒欲坠。正门外、催人起。奈离别、如今真个是。欲住也、留无计，欲去也、来无计。

马上离魂衣上泪。各自个、供憔悴。问江路梅花开也未？春到也、须频寄，人到也、须频寄。

寄怀少穆 ［清］邓廷桢

百五佳期过也未？但笳吹、催千骑。看珠澥、盈盈分两地。君住也、缘何意？侬去也、缘何意？

召缓征和医并至。眼下病、肩头事。怕愁重如春担不起。侬去也、心应碎！君住也、心应碎！

《诗词曲格律入门》将脱稿赋　马维野（2019年4月25日）

梦里临文千百度，世间语、丰词绌。看天地、人寰行万物。笔墨罄、成诗赋，纸墨罄、终诗赋。

据典引经书仿古，半载短、偷闲著。把时月云风都写谱。将翘首、迎倾目，正翘首、添倾目。

158. 行香子（双调66字）

ＺＺＰ**Ｐ**，Ｚₚ ＺＰ**Ｐ**。ＺₚＰＰ、ＺₚＺＰ**Ｐ**。Ｐ**ᴢ**Ｐ Ｚₚ Ｚ，ＺＺＰ**Ｐ**。<u>ＺＰＰＰ**ᴢ**，Ｐ**ᴢ**ＰＺ，ＺₚＰ**Ｐ**</u>（宜叠倒数第二字）。

ＰＰＺＺ，ＺＺＰ**Ｐ**。Ｚₚ ＰＰ、ＺₚＺＰ**Ｐ**。Ｐ**ᴢ**ＰＺＺ，Ｚₚ ＺＰ**Ｐ**。<u>ＺＺＰＰ，Ｐ**ᴢ**ＰＺ，ＺＰ**Ｐ**</u>（宜叠倒数第二字）。

树绕村庄　［宋］秦观

树绕村庄，水满坡塘。倚东风、豪兴徜徉。小园几许，收尽春光。有桃花红，李花白，菜花黄。

远远围墙，隐隐茅堂。飏青旗、流水桥傍。偶然乘兴，步过东冈。正莺儿啼，燕儿舞，蝶儿忙。

过七里滩　［宋］苏轼

一叶舟轻，双桨鸿惊。水天清、影湛波平。鱼翻藻鉴，鹭点烟汀。过沙溪急，霜溪冷，月溪明。

重重似画，曲曲如屏。算当年、虚老严陵。君臣一梦，今古虚名。但远山长，云山乱，晓山青。

于东坝参加培训班　马维野（2016年6月12日）

日透云裳，水半荷塘。静幽处、鸟语花香。天鹅一对，鸭子成双。看桃儿青，杏儿绿，麦儿黄。

田间美景，大好时光。寻东坝、国是新腔。芸生仕子，说短论长。品今天事，明天忘，后天伴。

159. 感皇恩（双调67字）

ＰＺＺＰＰ，ＰＰＰＺ，ＰＺＰＰＺＰＺ。ＺＰＰＺ，ＺＺＰＰＰＺ。ＺＰＰＺＺ，ＰＰＺ。

ＰＰＺＺＰ，ＰＰＺＺ，ＰＺＰＰＺＰＺ。ＺＰＰＰＺ，ＺＺＺＰＰＰＺ。ＺＰＰＺＺ，ＰＰＺ。

终岁忆春回　〔宋〕晁补之

终岁忆春回，西园行尽，欢喜梅梢上春信。去年携手，暗约芳时还近。燕来莺又到，人无准。

凭谁向道，流光一瞬，佳景闲无事衣褪。春归何处，又对飞花难问。旧欢都未遇，成新恨。

骑马踏红尘　〔宋〕赵企

骑马踏红尘，长安重到，人面依然似花好。旧欢才展，又被新愁分了。未成云雨梦，巫山晓。

千里断肠，关山古道。回首高城似天杳。满怀离恨，付与落花啼鸟。故人何处也？青春老。

荚莱　马维野（2017年4月28日）

频遇好春光，晶莹如雪，盘朵花轮静和惬。迸发芬馥，百里芳香无埒。不须争比艳，惜零谢。

轻风淡云，乌阳仰借，银瓣抒情绿枝嬿。舞姿夭袅，一展白衣凡界。看人间搅攘，何时却？

160. 青玉案（双调 67 字）

P P Z$_P$ Z P P **Z**，Z P$_Z$ Z、P P **Z**。Z$_P$ Z P P P Z **Z**。Z$_P$ P P Z，Z P P Z，Z Z P P **Z**。

P P Z Z P P **Z**，Z Z P P Z P **Z**。Z Z P P P Z **Z**。Z P P Z，Z P P Z，Z$_P$ Z P P **Z**。

元夕　[宋] 辛弃疾

东风夜放花千树，更吹落、星如雨。宝马雕车香满路。凤箫声动，玉壶光转，一夜鱼龙舞。

蛾儿雪柳黄金缕，笑语盈盈暗香去。众里寻他千百度。蓦然回首，那人却在，灯火阑珊处。

横塘路　[宋] 贺铸

凌波不过横塘路，但目送、芳尘去。锦瑟年华谁与度？月桥花院，琐窗朱户，只有春知处。

飞云冉冉蘅皋暮，彩笔新题断肠句。若问闲情都几许？一川烟草，满城飞絮，梅子黄时雨。

和贺方回韵送伯固归吴中故居　　[宋]苏轼

三年枕上吴中路，遣黄耳、随君去。若到松江呼小渡。莫惊鸥鹭，四桥尽是，老子经行处。

辋川图上看春暮，常记高人右丞句。作个归期天已许。春衫犹是，小蛮针线，曾湿西湖雨。

年年社日停针线　　[宋]无名氏

年年社日停针线，怎忍见、双飞燕。今日江城春已半。一身犹在，乱山深处，寂寞溪桥畔。

春衫著破谁针线，点点行行泪痕满。落日解鞍芳草岸。花无人戴，酒无人劝，醉也无人管。

落红吹满沙头路　　[宋]元好问

落红吹满沙头路，似总为、春将去。花落花开春几度。多情惟有，画梁双燕，知道春归处。

镜中冉冉韶华暮，欲写幽怀恨无句。九十花期能几许。一卮芳酒，一襟清泪，寂寞西窗雨。

仲夏末日之晨　　马维野（2016年7月3日）

东方破晓闻啼鸟，醒晨梦、贪今早。特立独行芳径绕。满园青翠，蝉鸣高调，万丈朝晖照。

狭长树影铺新道，青果初成挂枝俏。气爽风清天气好。却怜时短，未出所料，转瞬骄阳傲。

161. 江城子（又名《江神子》，双调 70 字）

P_ZPZ_PZZP**P**。ZP**P**，ZP**P**。Z_PZPP¹，Z_P ZZP**P**。Z_PZP_ZPPZZ，PZZ，ZP**P**。

P_ZPZ_PZZP**P**。ZP**P**，ZP**P**。Z_PZPP，Z_P ZZP**P**。Z_PZP_ZPPZZ，PZZ，ZP**P**。

十年生死两茫茫　［宋］苏轼

十年生死两茫茫。不思量，自难忘[2]。千里孤坟，无处话凄凉。纵使相逢应不识，尘满面，鬓如霜。

夜来幽梦忽还乡。小轩窗，正梳妆。相顾无言，惟有泪千行。料得年年断肠处，明月夜，短松冈。

猎词　［宋］苏轼

老夫聊发少年狂。左牵黄，右擎苍。锦帽貂裘，千骑卷平冈。为报倾城随太守，亲射虎，看孙郎。

酒酣胸胆尚开张。鬓微霜，又何妨？持节云中，何日遣冯唐？会挽雕弓如满月，西北望，射天狼。

画楼帘幕卷新晴　［宋］卢祖皋

画楼帘幕卷新晴。掩银屏，晓寒轻。坠粉飘香，日日唤愁生。暗数十年湖上路，能几度，著娉婷。

年华空自感飘零。拥春醒，对谁醒？天阔云闲，无处觅

1　Z_PZPP，一作"Z_PP_ZP_ZZ"。后阕此处同。

2　忘，读阳平 wáng。

箫声。载酒买花年少事，浑不似，旧心情。

春恨　［宋］魏夫人

别郎容易见郎难。几何般，懒临鸾。憔悴容仪，陡觉缕衣宽。门外红梅将谢也，谁信道，不曾看。

晓妆楼上望长安。怯轻寒，莫凭阑。嫌怕东风，吹恨上眉端。为报归期须及早，休误妾，一春闲。

贺人生子　［宋］莫蒙

长庚入梦夜何其。月波迟，露华滋。珠襁犀帷，生此宁馨儿。天上麒麟人不识，森碌砢，骏权奇。

文章锦绣识新机。国风诗，楚人词。銮殿蓬莱，早晚奉论思。百岁归来如魏武，从老大，好威仪。

咏嘉峪关　马维野（2015年5月21日）

长城万里贯西凉。最丰庞，好巍昂。拔地冲天，惕厉瞩八方。大漠雄关戈壁哨，威武壴，镇边疆。

今朝更有好儿郎。辟原荒，壮新乡。继往开来，世业正恢扬。重走丝绸经济路，凭智慧，靠心光。

162. 千秋岁（双调71字）

ＺＰＰＺ，Ｚ$_P$ＺＰＰＺ。ＰＺ$_P$Ｚ，ＰＰＺ。ＰＰＰＺ
Ｚ，Ｚ$_P$ＺＰＰＺ。ＰＺＺ，Ｐ$_Z$ＰＺ$_P$ＺＰＰＺ。

ＺＺＰＰＺ，Ｚ$_P$ＺＰＰＺ。ＰＺＺ，ＰＰＺ。ＺＰＰＺＺ，
ＺＺＰＰＺ。ＰＺＺ，Ｐ$_Z$ＰＺＺＰＰＺ。

水边沙外　[宋]秦观

水边沙外，城郭春寒退。花影乱，莺声碎。飘零疏酒盏，离别宽衣带。人不见，碧云暮合空相对。

忆昔西池会，鹓鹭同飞盖。携手处，今谁在？日边清梦断，镜里朱颜改。春去也，飞红万点愁如海。

苑边花外　[宋]黄庭坚

苑边花外，记得同朝退。飞骑轧，鸣珂碎。齐歌云绕扇，赵舞风回带。严鼓断，杯盘狼藉犹相对。

洒泪谁能会？醉卧藤阴盖。人已去，词空在。兔园高宴悄，虎观英游改。重感慨，波涛万顷珠沉海。

春恨　[宋]欧阳修

柳花飞尽，鱼鸟无音信。杯减量，愁添鬓。梅酸心未老，藕断丝犹嫩。欢笑地，转头都做江淹恨。

香冷灰消印，灯暗煤生晕。空自解，谁僦问？夜长春梦短，人远天涯近。庭院晚，一帘风雨寒成阵。

楝花飘砌　[宋]谢逸

楝花飘砌，蔌蔌清香细。梅雨过，蘋风起。情随湘水远，梦绕吴峰翠。琴书倦，鹧鸪唤起南窗睡。

密意无人寄，幽恨凭谁洗。修竹畔，疏帘里。歌馀尘拂扇，舞罢风掀袂。人散后，一钩淡月天如水。

立秋日作 马维野（2020年8月7日）

立秋犹热，仍在酷暑里。高温下，升晨日。千花希一雨，百草争三气。窥夏果，枝头挂满丹情寄。

敞朗云空碧，何处生凉意？忽瞬刻，微风起。沁心人意爽，润肺元神谧。堪揣料，伏天过后安舒季。

163. 粉蝶儿（双调72字）

ZZPP，P_ZZ_PZPPZ。ZPP、ZPPZ。ZPP，ZZZ，ZPPZ。ZPP、PZZPPZ。

PZ_PPZ_P，PPZZ_PPZ，ZPP、ZPPZ。ZPP，PZZ，ZPPZ。ZPP、Z_PZZPPZ。

和晋臣赋落花 ［宋］辛弃疾

昨日春如，十三女儿学绣。一枝枝、不教花瘦。甚无情，便下得，雨僝风僽。向园林、铺作地衣红绉。

而今春似，轻薄荡子难久。记前时、送春归后。把春波，都酿作，一江春酎。约清愁、杨柳岸边相候。

绕舍清阴 ［宋］曹冠

绕舍清阴，还是暮春天气。遍苍苔、乱红堆砌。问留春不住，春怎知人意。最关情，云杪杜鹃声碎。

休怨春归，四时有花堪醉。渐红莲、艳妆依水。次芙蓉岩桂，与菊英梅蕊，称开尊，日日殢香偎翠。

阅读提示：曹冠词后阕之"与"字为衬字。

278

雨天次苏州　马维野（2020年9月23日）

览虎丘山，八月细霏缭乱。已秋分、渗凉凄感。水溅溅，雾霭霭，若黄梅现。有佳人、纤手把撑绢伞。

烟雨江南，天堂一角濡染。任鸾弦、雅吟流缓。见云开，晴光曜，意足心满。正流连、花好月圆当返。

164. 离亭燕（又名《离亭宴》，双调72字）

Z_PZPPPZ，PZZPPZ。ZZZPPZZ，Z ZZPPZ。ZZZ_PPP，Z_PZP_ZPPZ。

PZP_ZPPZ，Z_PZZPPZ。Z_PZZPPZZ，ZZPPPZ。ZZZPP，PZPPPZ。

一带江山如画　［宋］张昇

一带江山如画，风物向秋潇洒。水浸碧天何处断？翠色冷光相射。蓼岸荻花中，隐映竹篱茅舍。

天际客帆高挂，门外酒旗低迓。多少六朝兴废事，尽入渔樵闲话。怅望倚危栏，红日无言西下。

次韵答廖明略见寄　［宋］黄庭坚

十载樽前谈笑，天禄故人年少。可是陆沈英俊地，看即锁窗批诏。此处忽相逢，潦倒秃翁同调。

西顾郎官湖渺，事看庾楼人小。短艇绝江空怅望，寄得诗来高妙。梦去倚君傍，胡蝶归来清晓。

秋韵　马维野（2020年10月8日）

四季轮回循转，秋韵婉约柔缓。满目彩蝶翩妙舞，却是叶飘凌乱。啸叫断长空，征旅南飞鸿雁。

头顶天蓝云卷，脚下草黄矜炫。绿紫褐红千百变，一派风光无限。俯首唤诗来，谁诵低吟清啭？

165. 河满子（又名《何满子》，双调74字）

$Z_P Z P_Z P Z_P Z$，$P_Z P Z_P Z P \textbf{P}$。$Z_P Z P_Z P P Z$ Z，$P_Z P Z_P Z P \textbf{P}$。$Z_P Z P_Z P P Z$，$P_Z P Z_P Z P \textbf{P}$。

$Z_P Z P_Z P Z Z$，$P_Z P Z_P Z P \textbf{P}$。$Z_P Z P_Z P P Z Z$，$P_Z P Z_P Z P \textbf{P}$。$Z_P Z P_Z P P Z$，$P_Z P Z_P Z P \textbf{P}$。

秋怨　〔宋〕孙洙

怅望浮生急景，凄凉宝瑟馀音。楚客多情偏怨别，碧山远水登临。目送连天衰草，夜阑几处疏砧。

黄叶无风自落，秋云不雨长阴。天若有情天亦老，摇摇幽恨难禁。惆怅旧欢如梦，觉来无处追寻。

陪杭守泛湖夜归　〔宋〕张先

溪女送花随处，沙鸥避乐分行。游舸已如图障里，小屏犹画潇湘。人面新生酒艳，日痕更欲春长。

衣上交枝鬬色，钗头比翼相双。片段落霞明水底，风纹时动妆光。宾从夜归无月，千灯万火河塘。

湖州作　［宋］苏轼

见说岷峨凄怆，旋闻江汉澄清。但觉秋来归梦好，西南自有长城。东府三人最少，西山八国初平。

莫负花溪纵赏，何妨药市微行。试问当垆人在否，空教是处闻名。唱著子渊新曲，应须分外含情。

自嘲　马维野（2020年10月5日）

佑启三生美梦，终归一世凄凉。花好月圆风景秀，谁能地久天长？岁月终催年老，青春不染儒装。

早已豪情不再，迟来胜义犹强。目睹山河多变换，人间正道沧桑。作画无能泼墨，吟诗凑趣篇章。

166. 剔银灯（双调75字）

Z~P~ZPPZ**Z**，ZZZ、ZPP**Z**。<u>ZZPP，PPP**Z**，ZZZPP**Z**。</u>PPP**Z**，ZZZ、PPP**Z**。

ZZPPZ~P~**Z**，ZZPPP**Z**。<u>ZPZP，PPZZ，ZZPPP**Z**。</u>PPZZ，ZP~Z~**Z**、ZPP**Z**。

何事春工用意　［宋］柳永

何事春工用意？绣画出、万红千翠。艳杏夭桃，垂杨芳草，各斗雨膏烟腻。如斯佳致，早晚是、读书天气。

渐渐园林明媚，便好安排欢计。论槛买花，盈车载酒，百琲千金邀妓。何妨沉醉？有人伴、日高春睡。

今与重添惺惺 ［元］王哲

今与重添惺[1]惺，只是那、亘初元性。急急修持，盈盈圆满，子细剔开周正。通玄传令。炼锻出、自然清静。

一颗明珠堪敬，就上揩磨精莹。不则本师，三真共至，更有虚空贤圣。齐来俱庆。这仙子、此中前定。

景山望故宫 马维野（2020年9月16日）

昨有阴云雨落，看今昼，艳阳高卧。气爽天晴，风轻日暖，便是最佳游措。心闲人乏，动步履、优悠跮踱。

放眼周边修阔，最是皇宫交过。壁红瓦黄，松青柏翠，一线经通南朔。王权无上，任挥洒、岂分强弱？

167. 风入松（双调 76 字）

$P_z P Z_p Z Z P$ **P**，$Z_p Z Z P$ **P**。$P_z P Z Z P P Z$，

$Z P P_z$、$Z Z P$ **P**。$Z_p Z P P Z_p Z$，$P_z P Z_p Z P$ **P**。

$P_z P Z_p Z Z P$ **P**，$P Z Z P$ **P**。$P_z P Z_p Z P P Z$，

$Z P P_z$、$Z_p Z P$ **P**。$Z_p Z P P Z_p Z$，$P_z P Z_p Z P$ **P**。

听风听雨过清明 ［宋］吴文英

听风听雨过清明，愁草瘗花铭。楼前绿暗分携路，一丝柳、一寸柔情。料峭春寒中酒，交加晓梦啼莺。

西园日日扫林亭，依旧赏新晴。黄蜂频扑秋千索，有

---

1 惺，现代读阴平 xīng，估计元代读上声 xǐng。元人发音不准，估计后阕的"颗""莹"均属于此类。

当时、纤手香凝。惆怅双鸳不到，幽阶一夜苔生。

一春长费买花钱　［宋］俞国宝

一春长费买花钱，日日醉湖边。玉骢惯识西湖路，骄嘶过、沽酒垆前。红杏香中箫鼓，绿杨影里秋千。

暖风十里丽人天，花压鬓云偏。画船载取春归去，馀情寄、湖水湖烟。明日重扶残醉，来寻陌上花钿。

德州行　马维野（2015年7月27日）

山东西北冀津南，沃土造平原。长河摆尾冲积地，看德州、乐业家园。通往天衢大道，司疆门户石盘。

公差受命趁余闲，才见陌田宽。如风铁骥倏然到，霎时觉、情满人间。夏日先尝鲤嫩，秋天再赏菊鲜。

168. 祝英台近（又名《祝英台令》《祝英台》《月底修箫谱》，双调 77 字）

$ZPP，PZZ，P_zZZPZ。ZZPP，P_zZZPZ。ZPP_zZPP，Z_pPPZ，Z_pPZ、Z_pPPZ。$

$Z_pPZ。Z_pZPZPP，PPP_zZ_pZ。Z_pZPP，P_zP_zZPZ。Z_pPP_zZPP，Z_pPPZ。ZP_zZ、Z_pPPZ。$

晚春　［宋］辛弃疾

宝钗分，桃叶渡，烟柳暗南浦。怕上层楼，十日九风雨。断肠片片飞红，都无人管，倩谁唤、流莺声住？

鬓边觑。试把花卜心期，才簪又重数。罗帐灯昏，呜咽梦中语。是他春带愁来，春归何处？却不解、将愁归去。

水后　[宋]刘辰翁

昨朝晴，今朝雨，渺莽遽如许。厌听儿童，总是涨江语。是谁力挽天河，误他仙客，并失却、乘槎来路。

断肠苦。剪烛深夜巴山，酒醒听如故。勃窣荷衣，堕泪少乾土。从初错铸鸱夷，不如归去。到今此、欲归何处。

重过西湖书所见　[宋]张炎

水西船，山北酒，多为买春去。事与云消，飞过旧时雨。谩留一掬相思，待题红叶，奈红叶、更无题处。

正延伫。乱花浑不知名，娇小未成语。短棹轻装，逢迎段桥路。那知杨柳风流，柳犹如此。更休道、少年张绪。

晚春　[宋]程垓

坠红轻，浓绿润，深院又春晚。睡起厌厌，无语小妆懒。可堪三月风光，五更魂梦，又都被、杜鹃催攒。

怎消遣。人道愁与春归，春归愁未断。闲倚银屏，羞怕泪痕满。断肠沉水重熏，瑶琴闲理，奈依旧、夜寒人远。

春日客龟溪游废园　[宋]吴文英

采幽香，巡古苑，竹冷翠微路。鬪草溪根，沙印小莲步。自怜两鬓清霜，一年寒食，又身在、云山深处。

昼闲度。因甚天也悭春，轻阴便成雨？绿暗长亭，归梦趁风絮。有情花影阑干，莺声门径，解留我、霎时凝伫。

挂轻帆　[宋]苏轼

挂轻帆，飞急桨，还过钓台路。酒病无聊，欹枕听鸣橹。断肠簇簇云山，重重烟树，回首望、孤城何处。

间离阻。谁念萦损襄王，何曾梦云雨。旧恨前欢，心事两无据。要知欲见无由，痴心犹自，倩人道、一声传语。

仲夏小月河公园漫步　马维野（2020年7月13日）

小河边，垂柳岸，闲步午时愿。一座红桥，跨尺水清浅。影疏木密花香，紫薇游伴。更欣有、微风拂面。

亦无汗。转眼当入初伏，荫凉也稀罕。却赖天公，偷将世程换。心闲倦懒寻诗，性高情淡。念尘世、人生如幻。

169.一丛花（又名《一丛花令》，双调78字）

P$_Z$PP$_Z$ZZP**P**，PZZP**P**。PPZZPPZ，Z
P$_Z$Z$_P$、Z$_P$ZP**P**。<u>PP$_Z$ZZ$_P$，P$_Z$PZ$_P$Z</u>，PZZPP**P**。

P$_Z$PPZZP**P**，PZZP**P**。PPZZPPZ，Z
P$_Z$Z$_P$、Z$_P$ZP**P**。P$_Z$P$_Z$ZZ$_P$，P$_Z$PZ$_P$Z，PZZ
P**P**。

初春病起　[宋]苏轼

今年春浅腊侵年，冰雪破春妍。东风有信无人见，露微意、柳际花边。寒夜纵长，孤衾易暖，钟鼓渐清圆。

朝来初日半含山，楼阁淡疏烟。游人便作寻芳计，小桃杏、应已争先。衰病少情，疏慵自放，惟爱日高眠。

伤高怀远几时穷 ［宋］张先

伤高怀远几时穷？无物似情浓。离愁正引千丝乱，更东陌、飞絮濛濛。嘶骑渐遥，征尘不断，何处认郎踪？

双鸳池沼水溶溶，南北小桡通。梯横画阁黄昏后，又还是、斜月帘栊。沉恨细思，不如桃杏，犹解嫁东风。

杏花 ［宋］赵长卿

柳莺啼晓梦初惊，香雾入帘清。胭脂淡注宫妆雅，似文君、犹带春醒。芳心婉娩，媚容绰约，桃李总消声。

相如春思正萦萦，无奈惜花情。曲栏小槛幽深处，与殷勤、遮护娉婷。姚黄魏紫，十分颜色，终不似轻盈。

谪仙海上驾鲸鱼 ［宋］晁端礼

谪仙海上驾鲸鱼，谈笑下蓬壶。神寒骨重真男子，是我家、千里龙驹。经纶器业，文章光焰，流辈更谁如。

渊明元与世情疏，松菊爱吾庐。他年定契非熊卜，也未应、鹤发樵渔。手栽露桃，亲移云杏，真是种星榆。

五塔寺观银杏落叶 马维野（2020年11月11日）

风梳寒掠作秋深，银杏叶如金。皇封一座真觉寺，六百载、古木非林。人生易老，梵光不灭，传万世佛音。

天天都有坠纷纷，今日更缤缤。黄蝶乱舞迷人眼，欲极目、望断残云。大千世界，凡间诸事，成滚滚红尘。

170. 御街行（又名《孤雁儿》，双调78字）

PPZZPP**Z**，ZZZ、PP**Z**。P$_Z$PPZZPP，Z$_P$ZPPP**Z**。Z$_P$PPP$_Z$**Z**，ZPP**Z**，Z$_P$ZPP**Z**。

PPZ$_P$ZPP**Z**，ZZ$_P$**Z**、PP**Z**。P$_Z$PZ$_P$ZZPP，PZPPP**Z**。Z$_P$PP$_Z$**Z**，Z$_P$PP**Z**，PZPP**Z**。

秋日怀旧　［宋］范仲淹

纷纷坠叶飘香砌，夜寂静、寒声碎。真珠帘卷玉楼空，天淡银河垂地。年年今夜，月华如练，长是人千里。

愁肠已断无由醉，酒未到、先成泪。残灯明灭枕头敧，谙尽孤眠滋味。都来此事，眉间心上，无计相回避。

别东山　［宋］贺铸

松门石路秋风扫，似不许、飞尘到。双携纤手别烟萝，红粉清泉相照。几声歌管，正须陶写，翻作伤心调。

岩阴暝色归云悄，恨易失、千金笑。更逢何物可忘忧，为谢江南芳草。断桥孤驿，冷云黄叶，相见长安道。

在家不觉穷冬好　［宋］程垓

在家不觉穷冬好，向客里、方知道。故园梅花正开时，记得清尊频倒。高烧红蜡，暖熏罗幌，一任花枝恼。

如今客里伤怀抱，忍双鬓、随花老。小窗独自对黄昏，只有月华飞到。假饶真个，雁书频寄，何似归来早。

颐和园春日　马维野（2019年4月10日）

悠然气派皇家苑，万寿瞩、昆明畔。东风无力水波平，垂柳低湖岸。铜牛静卧，石桥多孔，妙舞天鹅炫。

高天厚土多玄幻，赏胜景、长迷恋。颐和园里好游春，闲步花香如伴。小桃争俏，稚蜂偷蜜，回首兰舟泛。

171. 金人捧露盘（又名《铜人捧露盘引》《上西平》《西平曲》，双调79字）

ZPP，PₐPZ，ZPP。ZPZ、ZₐZPP。PPZZ，ZPPZZPP。PPZZ，ZPZₐ、ZZPP。

PₐPZ，PPZ，PPZ，ZPP。ZₐZₐZ、Zₚ ZPP。PPZₐZ，ZPPZZPP。PₐPZₐZ，ZPZ、ZZPP。

梅花　〔宋〕高观国

念瑶姬，翻瑶佩，下瑶池。冷香梦、吹上南枝。罗浮梦杳，忆曾清晓见仙姿。天寒翠袖，可怜是、倚竹依依。

溪痕浅，云痕冻，月痕澹，粉痕微。江楼怨、一笛休吹。芳音待寄，玉堂烟驿两凄迷。新愁万斛，为春瘦、却怕春知。

楚宫闲　〔宋〕高观国

楚宫闲，金成屋，玉为阑。断云梦、容易惊残。骊歌几叠，至今愁思怯阳关。清音恨阻，抱哀筝、知为谁弹。

年华晚，月华冷，霜华重，鬓华斑。也须念、闲损雕鞍。

288

斜缄小字，锦江三十六鳞寒。此情天阔，正梅信、笛里关山。

水仙花　［宋］高观国

梦湘云，吟湘月，吊湘灵。有谁见、罗袜尘生。凌波步弱，背人羞整六铢轻。娉娉袅袅，晕娇黄、玉色轻明。

香心静，波心冷，琴心怨，客心惊。怕佩解、却返瑶京。杯擎清露，醉春兰友与梅兄。苍烟万顷，断肠是、雪冷江清。

越州越王台　［宋］汪元量

越山云，越江水，越王台。个中景、尽可徘徊。凌高放目，使人胸次共崔嵬。黄鹂紫燕报春晚，劝我衔杯。

古时事，今时泪，前人喜，后人哀。正醉里、歌管成灰。新愁旧恨，一时分付与潮回。鹧鸪啼歇，夕阳去、满地风埃。

三峡人家游　马维野（2020年9月9日）

过三江，赞三甲，抵三峡。楚天阔，满目无涯。山峦翠碧，壁拥洄水簇湍花。惊鹰拊翼，向玄旷、展翅奇拔。

闲情爽，尘情切，幽情厚，寄情遐。兴致好、到此斟茶。轻舟云影，仿如仙境透窗纱。风微秋浅，可曾见、对岸人家？

阅读提示：请根据示例体会和把握前后阕开头一整句的叠字使用技巧，此外注意汪元量词与高观国词在前阕最后一整句断句上的不同。

172. 最高楼（双调81字）

P P Z，Z Z Z P P。Z_P Z Z P P。<u>P_Z P Z_P Z P P Z</u>，

P$_Z$P Z$_P$Z Z P **P**。Z P P，P Z Z，Z P **P**。

　　Z Z$_P$Z、P$_Z$P P Z **Z**（换仄韵，不同韵），Z Z$_P$Z、P$_Z$P P Z **Z**。P Z Z，Z P **P**（换平韵，回到原韵）。P$_Z$

P Z$_P$Z P P Z，P$_Z$P Z$_P$Z Z P **P**。Z$_P$P P，P Z Z，Z

P **P**。

和杨民瞻席上用前韵赋牡丹　［宋］辛弃疾

　　西园买，谁载万金归？多病胜游稀。风斜画烛天香夜，凉生翠盖酒酣时。待重寻，居士谱，谪仙诗。

　　看黄底、御袍元自贵，看红底、状元新得意。如斗大，只花痴。汉妃翠被娇无奈，吴娃粉阵恨谁知。但纷纷,蜂蝶乱,送春迟。

吾拟乞归，犬子以田产未置止我，赋此骂之　［宋］辛弃疾

　　吾衰矣，须富贵何时？富贵是危机。暂忘设醴抽身去，未曾得米弃官归。穆先生，陶县令，是吾师。

　　待葺个、园儿名佚老，更作个、亭儿名亦好。闲饮酒，醉吟诗。千年田换八百主，一人口插几张匙？休休休，更说甚，是和非。

客有败棋者，代赋梅　［宋］辛弃疾

　　花知否，花一似何郎。又似沈东阳。瘦棱棱地天然白，冷清清地许多香。笑东君，还又向，北枝忙。

　　著一阵、霎时间底雪。更一个、缺些儿底月。山下路，

水边墙。风流怕有人知处，影儿守定竹旁厢。且饶他，桃李趁，少年场。

初秋　马维野（2015年8月28日）

空园寂，水静影形赅，雁叫作秋来。穹苍顶上白绵绽，皇城故里紫薇开。露蝉鸣，声紧促，唱娱哀。

有道是、路遥知马力；更何况、天长升底气。足下路，世间侪。弟兄振臂扬尘去，惊鸿展翼破云来。看尘寰，多变幻，亦无猜。

173. 蓦山溪（又名《上阳春》，双调82字）

$P_Z P Z_P Z$，$Z_P Z P P Z$。$P Z Z P P$，$Z P_Z P_Z$、$P P Z_P Z$。$P_Z P Z_P Z$，$Z_P Z Z P P$，$P Z_P Z$。$P P Z_P Z$，$Z_P Z P P Z$。

$P P Z_P Z$，$Z_P Z P P Z$。$Z_P Z Z P P$，$Z P_Z P_Z$、$P P Z_P Z$。$P_Z P Z_P Z$，$Z_P Z Z P P$，$P P Z_P Z$。$P P Z_P Z$，$Z_P Z P P Z$。

赠衡阳妓陈湘　［宋］黄庭坚

鸳鸯翡翠，小小思珍偶。眉黛敛秋波，尽湖南、山明水秀。娉娉袅袅，恰近十三馀，春未透。花枝瘦，正是愁时候。

寻花载酒，肯落谁人后。只恐远归来，绿成阴、青梅如豆。心期得处，每自不由人，长亭柳。君知否，千里犹回首。

新正初破　［宋］欧阳修

新正初破，三五银蟾满。纤手染香罗，剪红莲、满城开遍。楼台上下，歌管咽春风，驾香轮，停宝马，只待金乌晚。

帝城今夜，罗绮谁为伴。应卜紫姑神，问归期、相思望断。天涯情绪，对酒且开颜，春宵短。春寒浅，莫待金杯暖。

除夕　马维野（2020年1月24日）

乾坤化转，日月如梭变。今又是除夕，大中华、承迎鼠旦。深沉不夜，看耀目华灯，天地炫，风云灿，景色迷人眼。

红尘如幻，起起伏伏乱。叹物土交纷，正荼毒、瘟行武汉。新年伊始，祝万户千家，长和满。圆期盼，岁岁舒心愿。

174. 千秋岁引（双调82字）

Z_PZPP，PPZZ，ZZPPZPZ。PPZZ_PP_ZP_ZZ，PPZZPPZ。ZPP，ZPZ，P_ZPZ。

P_ZZZPPZZ，P_ZZZPPZZ。ZZPPZPZ。PPZZ_PPP_ZZ，PPZZPPZ。ZPP，ZPZ，PPZ。

秋景　［宋］王安石

别馆寒砧，孤城画角，一派秋声入寥廓。东归燕从海上去，南来雁向沙头落。楚台风，庾楼月，宛如昨。

无奈被些名利缚，无奈被他情担阁。可惜风流总闲却。当初谩留华表语，而今误我秦楼约。梦阑时，酒醒后，思量著。

飞经楚地高空观景　马维野（2020年9月10日）

云雾冲穿，苍穹撞透，万里雄图宛如绣。凌空俯视千山小，低头远眺长江瘦。似泥丸，若丝线，视之谬。

南北地川观一又，谁绘景光涂以就？过眼烟云入峡口。人生自古多遗憾，征途永远难足够。置闲心，弄宜愿，天知否？

175. 新荷叶（双调82字）

Z_PZPP，$P_ZPZZP\textbf{P}$。$ZZPP$，$P_ZPZZP\textbf{P}$。P_ZPZZ，ZP_ZP、$Z_PZP\textbf{P}$。Z_PPPZ，$P_ZPZZP\textbf{P}$。

Z_PZPP，$P_ZPPZZ_PP\textbf{P}$。Z_PZPP_Z，$P_ZPZ_PZP\textbf{P}$。P_ZPZZ，$Z_PZ_PP_Z$、$Z_PZP\textbf{P}$。P_ZPZZ，$Z_PPP_ZZP\textbf{P}$。

和赵德庄韵　　［宋］辛弃疾

人已归来，杜鹃欲劝谁归。绿树如云，等闲借与莺飞。兔葵燕麦，问刘郎、几度沾衣。翠屏幽梦，觉来水绕山围。

有酒重携，小园随意芳菲。往日繁华，而今物是人非。春风半面，记当年、初识崔徽。南云雁少，锦书无个因依。

曲水流觞　　［宋］辛弃疾

曲水流觞，赏心乐事良辰。兰蕙光风，转头天气还新。

明眸皓齿，看江头、有女如云。折花归去，绮罗陌上芳尘。

　　能几多春，试听啼鸟殷勤。览物兴怀，向来哀乐纷纷。

且题醉墨，似兰亭、列序时人。后之览者，又将有感斯文。

艳态还幽　［宋］陈亮

　　艳态还幽，谁能洁净争妍。淡抹疑浓，肯将自在求怜。

终嫌独好，任毛嫱、西子差肩。六郎涂浣，似和不似依然。

　　赫日如焚，诸馀只凭光鲜。雨过风生，也应百事随缘。

香须道地，对一池、著甚沉烟。根株好在，淤泥白藕如椽。

咏荷　［宋］赵长卿

　　冷彻蓬壶，翠幢鼎鼎生香。十顷琉璃，望中无限清凉。

遮风掩日，高低衬、密护红妆。阴阴湖里，羡他双浴鸳鸯。

　　猛忆西湖，当年一梦难忘[1]。折得曾将盖雨，归思如狂。

水云千里，不堪更、回首思量。而今把酒，为伊沉醉何妨。

雨中泛湖　［宋］黄裳

　　落日衔山，行云载雨俄鸣。一顷新荷，坐间疑是秋声。

烟波醉客，见快哉、风恼娉婷。香和清点，为人吹在衣襟。

　　珠颯欢言，放船且向前汀。绿伞红幢，自从天汉相迎。

飞鸥独落，芦边对、几朵繁英。侑觞人唱，乍闻应似湘灵。

1　忘，读阳平 wáng。

寒衣节吟鸟　马维野（2020年11月15日，庚子年十月初一）

十月秋深，云开日朗天凉。谨送寒衣，人寰地久天长。风吹叶落，草犹青、似化新妆。成群麻雀，争食绿地惊忙。

攘攘熙熙，献音百鸟如簧。假话真言，莫衷一是同昌。浮夸谄媚，叫喳喳、喜鹊荣光。乌声逆耳，梦中一枕黄粱。

176. 洞仙歌（双调83字）

$P_Z P Z_P Z，Z_P Z_P P P \mathbf{Z}。Z_P Z P P Z P \mathbf{Z}。Z P P、$

$Z_P Z P Z P P，P Z_P Z，P_Z Z P P Z \mathbf{Z}。$

$Z_P P P Z Z，Z_P Z P P，Z_P Z P P Z P \mathbf{Z}。Z Z_P$

$Z_P P P_Z，Z Z P P，P P_Z Z、Z_P P P_Z \mathbf{Z}。Z Z_P Z P$

$P Z P P，Z Z_P Z P P，Z P P \mathbf{Z}。$

夏夜　〔宋〕苏轼

冰肌玉骨，自清凉无汗。水殿风来暗香满。绣帘开、一点明月窥人，人未寝，欹枕钗横鬓乱。

起来携素手，庭户无声，时见疏星渡河汉。试问夜如何？夜已三更，金波淡、玉绳低转。但屈指西风几时来，又不道流年，暗中偷换。

凄凉楚弄　〔宋〕刘弇

凄凉楚弄，行客肠曾断。涛卷秋容暗淮甸。去年时、还是今日孤舟，烟浪里，身与江云共远。

别来丹枕梦，几过沧洲，皓月而今为谁满。薄幸苦无端，误却婵娟，有人在、玉楼天半。最不惯、西风破帆来，甚时节，收拾望中心眼。

雪云散尽 　［宋］李元膺

雪云散尽，放晓晴池院。杨柳于人便青眼。更风流多处，一点梅心，相映远，约略颦轻笑浅。

一年春好处，不在浓芳，小艳疏香最娇软。到清明时候，百紫千红花正乱，已失春风一半。盍占取韶光、共追游，但莫管春寒，醉红自暖。

泗州中秋作 　［宋］晁补之

青烟幂处，碧海飞金镜。永夜闲阶卧桂影。露凉时、零乱多少寒螀，神京远，惟有蓝桥路近。

水晶帘不下，云母屏开，冷浸佳人淡脂粉。待都将许多明，付与金尊，投晓共、流霞倾尽。更携取、胡床上南楼，看玉做人间，素秋千顷。

荷花 　［宋］刘光祖

晚风收暑，小池塘荷净。独倚胡床酒初醒。起徘徊、时有香气吹来，云藻乱，叶底游鱼动影。

空擎承露盖，不见冰容，惆怅明妆晓鸾镜。后夜月凉时，月淡花低，幽梦觉、欲凭谁省。且应记、临流凭阑干，便遥想，江南红酣千顷。

芍药咏　马维野（2017年4月30日）

皇城孟夏，正盛开芍药。万朵嫣红牡丹貌。更雍容、华贵堪小群芳，花仙子，令称名归信道。

恰风和日丽，云淡天蓝，蝶舞蜂飞朔光好。厚土长茁苗，新蕾枝头，轻盈绽、愈加华耀。任香蕊含羞醉芳心，怒放不争荣，雅洁凌傲。

阅读提示：请注意各词例在最后一整句上的断句之不同。"Z Z$_P$ Z P P Z P P，Z Z$_P$ Z P P，Z P P **Z**"，亦可作"Z Z$_P$ Z、P P Z P P，Z Z$_P$ Z，P P Z P P **Z**"，又可作"Z Z$_P$ Z P P、Z P P，Z Z$_P$ Z P P，Z P P **Z**"，还可作"Z Z$_P$ Z、P P Z P P，Z Z$_P$ Z P P，Z P P **Z**"。

177.江城梅花引（双调85字，格一）

P$_Z$ P P Z Z P **P**。Z P **P**，Z P **P**。P Z Z P、P Z Z P。Z Z Z P P Z Z，Z P Z，P P Z Z **P**。

Z$_P$ Z Z P Z P$_Z$ P **Z**。Z Z$_P$ P，P$_Z$ Z$_P$ **Z**。Z P Z P$_Z$ **Z**，Z$_P$ P Z、Z$_P$ Z P **P**。Z Z P P、Z$_P$ Z Z P **P**。P Z P P Z Z，Z$_P$ P Z，Z P Z Z **P**。

年年江上见寒梅　［宋］王观

年年江上见寒梅。暗香来，为谁开。疑是月宫、仙子下瑶台。冷艳一枝春在手，故人远，相思寄与谁。

怨极恨极嗅香蕊。念此情，家万里。暮霞散绮，楚天碧、

片片轻飞。为我多情，特地点征衣。花易飘零人易老，正心碎，
那堪塞管吹。

178. 江城梅花引（双调87字，格二）

ＰＰＰＺＺＰ**Ｐ**。ＺＰ**Ｐ**，ＺＰ**Ｐ**。ＺＺＺＰ、ＺＺＺ
Ｐ**Ｐ**。ＺＺＰＰＰＺＺ，ＺＰ**Ｐ**。ＰＰＺ、ＺＺ**Ｐ**。

ＺＰＺＺＺＰ**Ｐ**。ＺＰＰ，ＰＺ**Ｐ**。ＺＰＺＺ，ＺＰＺ、
ＺＺＰ**Ｐ**。ＰＺＰＰ、ＰＺＺＰ**Ｐ**。Ｚₚ ＺＰＰＰＺＺ，ＺＰ**Ｐ**。
ＺＰＺ、ＺＺ**Ｐ**。

赠倪梅村　[宋]吴文英

江头何处带春归。玉川迷，路东西。一雁不飞、雪压冻
云低。十里黄昏成晓色，竹根篱。分流水、过翠微。

带书傍月自锄畦。苦吟诗，生鬓丝。半黄烟雨，翠禽语、
似说相思。惆怅孤山、花尽草离离。半幅寒香家住远，小帘垂。
玉人误、听马嘶。

179. 八六子（双调88字）

ＺＰ**Ｐ**，ＺＰＰＺ，ＰＰₚＺＺＺＰ**Ｐ**。ＺＺＺＰＰＺＺ，
ＺＰＰＺＰＰ，ＺＰＺ**Ｐ**。

ＰＰＺₚＺＰ**Ｐ**。ＺＺＺＰＰₚＺ，Ｐₚ ＰＺＺＰ**Ｐ**。Ｚ
ＺＺ、ＰＰＺＰＰＺ，ＺＰＰＺ，ＺＰＰＺ，Ｐ Ｚ ＰＺＺＰ ₂
ＰＺＺ，ＰＰＺₚＺＰ**Ｐ**。ＺＰ**Ｐ**，ＰＰＺＰＺ**Ｐ**。

倚危亭　［宋］秦观

倚危亭，恨如芳草，萋萋刬尽还生。念柳外青骢别后，水边红袂分时，怆然暗惊。

无端天与娉婷。夜月一帘幽梦，春风十里柔情。怎奈向、欢娱渐随流水，素弦声断，翠绡香减，那堪片片飞花弄晚，濛濛残雨笼晴。正销凝，黄鹂又啼数声。

忆南洲　［宋］郑熏初

忆南洲，绀波萦绕，垂杨翠拂朱楼。念十载风流梦觉，满身花影人扶，旧曾暗游。

无言空怆离忧。醉袖裹将红泪，吟笺写许清愁。试与问、杨琼解怜郎否？也应还是，旧家声价，而今艳质不来眼底，柔情终在心头。黯凝眸，黄昏月沉半钩。

戏改秦少游词　［宋］葛长庚

倚危亭，恨如芳草，萋萋刬尽还生。念柳外青鸾去后，洞中白鹤归来，恍然暗惊。

吾家渺在瑶京。夜月一帘花影，春风十里松鸣。奈昨梦、前尘渐随流水，凤箫歌杳，水长天远，那堪片片飞霞弄晚，丝丝细雨笼晴。正消凝，子规又啼数声。

除夕　马维野（2021年2月11日，庚子年腊月三十）

速行天，光阴似箭，穿过庚子尘寰。看小鼠摇头隐遁，巨牛迎面而来，恰似凯旋。

人生沧海桑田。算账总是秋后，备耕恒在春前。夜宴启、周天众星暄曜，宇楼林立，万家温暖，犹如化雨春风入室，堆云瑞气拂阑。作吉言，亲朋倚云拜年。

阅读提示：《八六子》后阕的扇面对是一个特殊的形式，一般的扇面对，都是出句的第一个字不参与对仗，从第二个字开始对仗，而《八六子》的这个扇面对出句第一、第二两个字都不参与对仗，第三个字才开始对仗。这种结构实属罕见。

180. 惜红衣（双调88字）

<u>ZZPP，PPZZ</u>，ZPP**Z**。Z_PZPP，PPZ P**Z**。PPZ**Z**，PZZ、PPP**Z**。P**Z**。PZZP，Z PPP**Z**。

<u>PPZ**Z**，PZPP</u>，PPZP**Z**。PPP_ZZZ**Z**，ZP**Z**。ZZZPPZ，Z_PZZPP**Z**。ZZ_PPPZ，P ZZPP**Z**。

簟枕邀凉　　［宋］姜夔

簟枕邀凉，琴书换日，睡馀无力。细洒冰泉，并[1]刀破甘碧。墙头唤酒，谁问讯、城南诗客？岑寂。高柳晚蝉，说西风消息。

---

1 并，读阴平 bīng。

虹梁水陌，鱼浪吹香，红衣半狼藉。维舟试望故国，眇天北。可惜渚边沙外，不共美人游历。问甚时同赋，三十六陂秋色？

寄弁阳翁　［宋］李莱老

笛送西泠，帆过杜曲，昼阴芳绿。门巷清风，还寻故人屋。苍华鬓冷，笑瘦影、相看如竹。幽谷。烟树晚莺，诉经年愁独。

残阳古木，书画归船，匆匆又南北。蘋洲鸥鹭素熟，旧盟续。甚日浩歌招隐，听雨弁阳同宿。料重来时候，香荡几湾红玉。

《诗词曲格律入门》代序　马维野（2019年4月23日）

艺苑千年，文坛万载，尚诗词曲。不朽吟怀，流传俊声举。而今社会，将断代、合规无句。格律。和者盖稀，亦歪充幽趣。

闲身顺履，急手发篇，心存正清欲。书工访觅宪矩，力删叙。数百谱重编纂，任事用多如许。定稿非完卷，当付梓从头逾。

181. 卜算子慢（又名《卜算子》双调89字）

PPZZ，PZZP，ZZZPP**Z**。ZZPP，ZZZPP**Z**。ZPP、ZZPP**Z**。ZZZ、PPZZ，PPZZP**Z**。

ZZPP**Z**。ZZZPP，ZPP**Z**。ZZPP，ZZ
ZPZ_p**Z**。ZPP、Z_pZPP**Z**。ZZZ、PPZZ，Z
PPZ_p**Z**。

江枫渐老　〔宋〕柳永

江枫渐老，汀蕙半凋，满目败红衰翠。楚客登临，正是
暮秋天气。引疏砧、断续残阳里。对晚景、伤怀念远，新愁
旧恨相继。

脉脉人千里。念两处风情，万重烟水。雨歇天高，望断
翠峰十二。尽无言、谁会凭高意？纵写得、离肠万种，奈归
云谁寄？

溪山别意　〔宋〕张先

溪山别意，烟树去程，日落采蘋春晚。欲上征鞍，更掩
翠帘相睍。惜弯弯浅黛长长眼。奈画阁欢游，也学狂花乱絮
轻散。

水影横池馆。对静夜无人，月高云远。一饷凝思，两袖
泪痕还满。恨私书、又逐东风断。纵西北、层楼万尺，望重
城那见。

秋　马维野（2020年10月22日）

红枫带翠，银杏渐黄，片片瑟然飘落。姹紫嫣红，满目
尽多熟果。秋光盈、拯抚残花怍。覆黛草、随机委叶，妆新
五彩澄廓。

万里无云朵。看攘攘熙熙，物华南朔。壮美河山，日月绕围九陌。笑凡尘、辗转争权握。任世界、分分秒秒，不停窥右左。

第五章　常用长调词谱选（上）

一首长调词的字数不少于91个。

182. 采莲令（又名《采莲舞》，双调91字）

ＺＰＰ，ＰＺＰＰＺ。ＰＰＺ、ＺＰＰＺ。ＺＰＺＺＺ
$P_Z$$P_Z$，ＺＺＰＰＺ。ＰＰＺ、ＰＰＺＺ，ＰＰＺＺ，$Z_P$
ＰＰＺＰＺ。

ＺＺＰＰ，ＺＺＺ$_P$ＺＰＰＺ。ＰＰＺ、Z_PＰＰＺ。Ｚ
ＰＰＺ，ＺＺＺ、ＺＺＰＰＺ。ＺＰＺ、ＰＰＺＺ，P_ZＰＰＺ，
ＺＺＺ$_P$ＰＰＺ。

月华收　［宋］柳永

月华收，云淡霜天曙。西征客、此时情苦。翠娥执手送临歧，轧轧开朱户。千娇面、盈盈伫立，无言有泪，断肠争忍回顾？

一叶兰舟，便恁急桨凌波去。贪行色、岂知离绪。万般方寸，但饮恨，脉脉同谁语？更回首、重城不见，寒江天外，

隐隐两三烟树。

练光浮　［宋］史浩

练光浮，烟敛澄波渺。燕脂湿、靓妆初了。绿云伞上露滚滚，的皪真珠小。笼娇媚、轻盈伫眺。无言不见仙娥，凝望蓬岛。

玉阙葱葱，镇锁佳丽春难老。银潢急、星槎飞到。暂离金砌，为爱此、极目香红绕。倚兰棹、清歌缥缈。隔花初见，楚楚风流年少。

阅读提示：两首词的前阕最后一个整句断句有所不同。

183. 玉京秋（双调91字）

PZ**Z**。PPZPZ，ZPP**Z**。ZPZZ，PPP**Z**。PZPPPZ，ZPP、PZP**Z**。PP**Z**，ZPPZ，ZPP**Z**。

ZZPPP**Z**，ZPP、PPZ**Z**。ZZPP，PPP**Z**，PPP**Z**。ZZZP，ZZZ、PZPPP**Z**。ZP**Z**，PZPPZ**Z**。

烟水阔　［宋］周密

烟水阔。高林弄残照，晚蜩凄切。碧砧度韵，银床飘叶。衣湿桐阴露冷，采凉花、时赋秋雪。叹轻别，一襟幽事，砌蛩能说。

客思[1]吟商还怯,怨歌长、琼壶暗缺。翠扇恩疏,红衣香褪,翻成消歇。玉骨西风,恨最恨、闲却新凉时节。楚箫咽,谁倚西楼淡月。

阅读提示:另有一说在"碧砧度韵"前有"画角吹寒"四字,如是,则此词谱为95字。本书依《全宋词》,取91字谱。

184. 醉翁操（双调91字）

$P_Z\mathbf{P}$, $P\mathbf{P}$, $P\mathbf{P}$, $ZP_Z\mathbf{P}$。$P\mathbf{P}$, $PPZPPP\mathbf{P}$。$Z_PPPZP\mathbf{P}$, $PZ\mathbf{P}$。$ZZZ_PP\mathbf{P}$, $Z_PZ_PPZPZ\mathbf{P}$。

$ZPZZ$, $PZP\mathbf{P}$。ZPZ_PZ, $Z_PZPPZ\mathbf{Z}$。$\underline{P}$ $\underline{ZPPP\mathbf{P}}$, $\underline{ZZZ_PPP\mathbf{P}}$。$PPPZ\mathbf{P}$, $PPPP_Z\mathbf{P}$。$Z_PZZP\mathbf{P}$, $ZZ_PP_PZP_ZZ_P\mathbf{P}$。

琅然 [宋]苏轼

琅然,清圜,谁弹,响空山?无言,惟翁醉中知其天。月明风露娟娟,人未眠。荷蕢过山前,曰有心也哉此贤。

醉翁啸咏,声和流泉。醉翁去后,空有朝吟夜怨。山有时而童巅,水有时而回川。思翁无岁年,翁今为飞仙。此意在人间,试听徽外三两弦。

和东坡韵咏风琴 [宋]楼钥

泠然,清圆,谁弹?向屋山。何言,清风至阴德之天。

---

1 思,读去声 sì。

悠飏馀响婵娟，方昼眠。迥立八风前，八音相宣知孰贤。

有时悲壮，铿若龙泉。有时幽杳，仿佛猿吟鹤怨。忽若巍巍山巅，荡荡几如流川。聊将娱暮年，听之身欲仙。弦索满人间，未有逸韵如此弦。

185. 法曲献仙音（双调92字）

PZPP，Z_PPPZ_Z，ZZPPPZ。ZZPP，ZPPZ，PPZZ_PPZ。ZZZPPZ，PPZPZ。

ZPZ。ZPP、ZPPZ。PZZ、PZZPPZ。ZZZPP，ZPP、PZPZ。ZZPP，ZPP、P_ZZP_ZZ。ZPPZ_PZ，ZZP_PPPZ。

虚阁笼寒　[宋]姜夔

虚阁笼寒，小帘通月，暮色偏怜高处。树隔离宫，水平驰道，湖山尽入尊俎。奈楚客淹留久，砧声带愁去。

屡回顾。过秋风、未成归计。谁念我、重见冷枫红舞。唤起淡妆人，问迺仙、今在何许？象笔鸾笺，甚而今、不道秀句。怕平生幽恨，化作沙边烟雨。

聚景亭梅次草窗韵　[宋]王沂孙

层绿峨峨，纤琼皎皎，倒压波痕清浅。过眼年华，动人幽意，相逢几番春换。记唤酒寻芳处，盈盈褪妆晚。

已销黯。况凄凉、近来离思。应忘却、明月夜深归辇。荏苒一枝春，恨东风、人似天远。纵有残花，洒征衣、铅泪都满。但殷勤折取，自遣一襟幽怨。

除夕　马维野（2019年2月4日）

飞雪迎新，啸风辞旧，岁暮时光严月。地北仍寒，天南回暖，依依守犬交卸。己亥宿猪归客，临门在今夜。

兆民悦。喜洋洋、万家同惬。年景话、开盛世朝天阙。百里酒香飘，举杯觞、春日同跃。把盏清茶，满屋馨、郁润显烈。待餐桌铺宴，美食人人饕餮。

186. 满江红（双调93字）

Z_PZPP，P_ZP_ZZ、$P_ZP_ZP_PZ$。P_ZZ_PZ、Z_P PPZ，$ZPPZ$。$\underline{Z_PZP_ZPPZZ}$，$\underline{P_ZPZ_PZPPZ}$。ZZ_PP、$ZZZPP$，PPZ。

ZP_ZZ，PZ_PZ。P_ZZ_PZ，PPZ。Z_PP_ZPZZ，$ZPPZ$。$\underline{Z_PZP_ZPPZZ}$，$\underline{P_ZPZ_PZPPZ}$。ZP_ZP、Z_PZZPP，PPZ。

写怀　［宋］岳飞

怒发冲冠，凭栏处、潇潇雨歇。抬望眼，仰天长啸，壮怀激烈。三十功名尘与土，八千里路云和月。莫等闲、白了少年头，空悲切。

靖康耻，犹未雪。臣子恨，何时灭？驾长车踏破，贺兰山缺。壮志饥餐胡虏肉，笑谈渴饮匈奴血。待从头、收拾旧山河，朝天阙。

暮春　　［宋］辛弃疾

家住江南，又过了、清明寒食。花径里、一番风雨，一番狼藉。流水暗随红粉去，园林渐觉清阴密。算年年、落尽刺桐花，寒无力。

庭院静，空相忆。无说处，闲愁极。怕流莺乳燕，得知消息。尺素如今何处也，彩云依旧无踪迹。谩教人、羞去上层楼，平芜碧。

暮雨初收　　［宋］柳永

暮雨初收，长川静、征帆夜落。临岛屿、蓼烟疏淡，苇风萧索。几许渔人飞短艇，尽载灯火归村落。遣行客、当此念回程，伤漂泊。

桐江好，烟漠漠。波似染，山如削。绕严陵滩畔，鹭飞鱼跃。游宦区区成底事，平生况有云泉约。归去来、一曲仲宣吟，从军乐。

怀子由作　　［宋］苏轼

清颍东流，愁目断、孤帆明灭。宦游处、青山白浪，万重千叠。孤负当年林下意，对床夜雨听萧瑟。恨此生、长向别离中，添华髪。

一尊酒，黄河侧。无限事，从头说。相看恍如昨，许多年月。衣上旧痕馀苦泪，眉间喜气添黄色。便与君、池上觅残春，花如雪。

万里长江　［宋］韩世忠

万里长江，淘不尽、壮怀秋色。漫说道、秦宫汉帐，瑶台银阙。长剑倚天氛雾外，宝弓挂日烟尘侧。向星辰、拍袖整乾坤，难消歇。

龙虎啸，风云泣。千古恨，凭谁说。对山河耿耿，泪沾襟血。汴水夜吹羌笛管，鸾舆步老辽阳月。把唾壶、敲碎问蟾蜍，圆何缺？

秋怀　马维野（2007年11月10日）

逆水行舟，五十载、夷然觊利。如梦幻、你来他往，万千尘世。鼠辈仍能登碧殿，庸才亦可成皇器。看乾坤、倒转亦寻常，人间戏。

晚霜迫，添凉意。枯绿抖，残红谧。听秋风落叶、弄音悲泣。欲使今身争日月，情堪余岁赢天地。为山河、万代永茏葱，倾心力。

清华抒怀　马维野（1980年3月5日）

沐浴春风，同窗友、东西南北。怀壮志、心揣诗梦，化蝶蝉蜕。万代宏图明日展，千秋美景今朝绘。奋攻关、破堡垒科学，当吾辈。

忆昔往，忧国泪；骁虎眠，蛟龙睡。叹十年动乱，运交非类。秋雨摧拉奸佞祸，春雷唤醒忠良寐。待新英、把社稷隆兴，先灵慰。

187. 六么令（又名《六幺》，双调94字）

Z_PPPZ，Z_PZPZ_ZPZ。P_ZPZZ_ZPPZ，Z_PZ
P_ZPZ。Z_PZPPPZ，Z_PZPPZ。Z_PPPZ，P
PZZ，Z_PZP_ZPZPZ。

$ZZPPPZ$，Z_PZPPZ。P_ZPZ_ZPP，ZZ
PP_ZZ。Z_PZPPZZ，Z_PZPPZ。Z_PPPZ，P_Z
PZ_PZ，Z_PZP_ZPZPZ。

绿阴春尽　〔宋〕晏几道

绿阴春尽，飞絮绕香阁。晚来翠眉宫样，巧把远山学。一寸狂心未说，已向横波觉。画帘遮匝，新翻曲妙，暗许闲人带偷摇。

前度书多隐语，意浅愁难答。昨夜诗有回纹，韵险还慵押。都待笙歌散了，记取留时霎。不消红蜡，闲云归后，月在庭花旧阑角。

淡烟残照　〔宋〕柳永

淡烟残照，摇曳溪光碧。溪边浅桃深杏，迤逦染春色。昨夜扁舟泊处，枕底当滩碛。波声渔笛，惊回好梦，梦里欲归归不得。

展转翻成无寐，因此伤行役。思念多媚多娇，咫尺千山隔。都为深情密爱，不忍轻离拆。好天良夕，鸳帷寂寞，算得也应暗相忆。

云舍赵使君同赋　　［宋］刘壎

晓来寒角，吹起愁相触。乱云黯淡江渚，疏柳双鸦宿。锦瑟银屏何处，花雾翻香曲。柔红娇绿，魂销往梦，羞向孤梅说幽独。

燕支曾印素袂，绛艳收残馥。频问讯，道新来闷损纤腰束。多谢芳心惓恋，罗结文鸳蹴。前欢谁卜，云笺封蜡，就寄相思恨盈掬。

梅英飘雪　　［宋］蔡伸

梅英飘雪，弱柳弄新绿。泠泠画桥流水，风静波如縠。长记扁舟共载，偶近旗亭宿。渺云横玉，鸳鸯枕上，听彻新翻数般曲。

此际魂清梦冷，绣被香芬馥。因念多感情怀，触处伤心目。自是今宵独寐，怎不添愁蹙。如今心足，风前月下，赖有斯人慰幽独。

188. 雪梅香（双调94字）

ZPZ，PPZZZP**P**。ZPPPZ，PPZZP**P**。Z_PZPPZPZ，ZPPZZP**P**。ZPZ，ZZPP，PZP**P**。

P**P**。ZPZ，ZZPP，ZZP**P**。ZZPP，ZPZZP**P**。Z_PZPPZPZ，ZPPZZP**P**。PPZ、PPZ，ZPZP**P**。

景萧索　［宋］柳永

景萧索，危楼独立面晴空。动悲秋情绪，当时宋玉应同。渔市孤烟袅寒碧，水村残叶舞愁红。楚天阔，浪浸斜阳，千里溶溶。

临风。想佳丽，别后愁颜，镇敛眉峰。可惜当年，顿乖雨迹云踪。雅态妍姿正欢洽，落花流水忽西东。无惨恨、相思意，尽分付征鸿。

亭皋见月旷然起故园之思　［清］郑文焯

雨初歇，凭高极目送荒寒。揽征蓬千里，烟光澹著愁颜。秋尽林皋到残月，夜明楼阁起虚澜。雁声落，笛里人家，犹梦关山。

无端。换离景，一片伤心，画出应难。水阔天低，望中故国云还。乱叶从风诉飘泊，晚花凝露泪阑干。归来后、满镜清霜，肠断谁看。

颐和园秋色　马维野（2016年10月23日）

遇霜降，长空望断雁南征。锦云高天佩，离宫景象辉增。攀柳凉蝉寂天籁，覆坪衰草响风声。忆丹桂，百里飘香，贪染秋情。

徐行。绕湖畔，彳亍悠闲，碧水晶滢。满目枯荷，几多萎谢莲蓬。已见残阳照温树，又逢霞彩挂寒藤。偷回首，涟波闪，却仍在幽亭。

189. 凤凰台上忆吹箫（双调 95 字）

Z_PZPP，P_ZPZ_PZ，P_ZPZ_PZPP。$ZZPPZ$，

Z_PZPP。Z_PZPPZ_PZ，PZ_PZ、Z_PZPP。PPZ，

$PPZZ$，$ZZPP$。

PP^1，$ZPZZ$，PZ_PZPP，Z_PZPP。$ZZPPZ$，

Z_PZPP。Z_PZPPZ_PZ，PZZ、Z_PZPP。PPZ，

$PPZP$，$ZZPP$。

香冷金猊　［宋］李清照

香冷金猊，被翻红浪，起来人未梳头。任宝奁闲掩，日

上帘钩。生怕闲愁暗恨，多少事、欲说还休。今年瘦，非干

病酒，不是悲秋。

明朝，这回去也，千万遍阳关，也即难留。念武陵春晚，

云锁重楼。记取楼前绿水，应念我、终日凝眸。凝眸处，从

今更数，几段新愁。

转官球　［宋］赵文

白玉磋成，香罗捻就，为谁特地团团。羡司花神女，有

此清闲。疑是弓靴蹴鞠，刚一踢、误挂花间。方信道，酴醿

失色，玉蕊无颜。

凭阑，几回淡月，怪天上冰轮，移下尘寰。奈堪同玉手，

1　P，亦可作"P"。

难插云鬟。人道转官球也，春去也、欲转何官。聊寄与，诗人案头，冰雪相看。

除夕得梁汾闽中信因赋　[清]纳兰性德

荔粉初装，桃符欲换，怀人拟赋然脂。喜螺江双鲤，忽展新词。稠叠频年离恨，匆匆里、一纸难题。分明见、临缄重发，欲寄迟迟。

心知，梅花佳句，待粉郎香令，再结相思。记画屏今夕，曾共题诗。独客料应无睡，慈恩梦、那值微之。重来日，梧桐夜雨，却话秋池。

寸寸微云　[清]贺双卿

寸寸微云，丝丝残照，有无明灭难消。正断魂魂断，闪闪摇摇。望望山山水水，人去去、隐隐迢迢。从今后，酸酸楚楚，只似今宵。

青遥，问天不应，看小小双卿，袅袅无聊。更见谁谁见，谁痛花娇？谁望欢欢喜喜，偷素粉、写写描描？谁还管，生生世世，夜夜朝朝？

深秋杂感　马维野（2015年10月19日）

斗转星移，夏阑秋进，爽天略带清寒。看万山七色，尽染官田。莫道菊黄欲败，君不见、水短荷残？今时令，登高望远，写意空前。

偷闲，放心志举，悲垂暮年华，瞬霎倏然。叹世凡尘昧，五欲流连。百岁人生太久，终也是、一缕青烟。何须苦，名争利夺，自讨忧烦？

190. 满庭芳（又名《满庭霜》，双调 95 字，格一）

$Z_PZPP，Z_PPPZ，ZP_ZPZPP$。$ZPPZ$，$PZZPP$。$PZPPZZ$，Z_PPZ、$PZPP$。PPZ，$PPZZ$，Z_PZZPP。

PP。PZZ，PPZ_PZ，$PZPP$。ZZ_PZPP，Z_PZPP。Z_PZPPZZ，P_ZP_ZZ、Z_PZPP。PPZ，$PPZZ$，$PZZPP$。

风老莺雏 ［宋］周邦彦

风老莺雏，雨肥梅子，午阴嘉树清圆。地卑山近，衣润费炉烟。人静乌鸢自乐，小桥外、新绿溅溅。凭栏久，黄芦苦竹，拟泛九江船。

年年。如社燕，飘流瀚海，来寄修椽。且莫思身外，长近尊前。憔悴江南倦客，不堪听、急管繁弦。歌筵畔，先安簟枕，容我醉时眠。

山抹微云 ［宋］秦观

山抹微云，天连衰草，画角声断谯门。暂停征棹，聊共引离尊。多少蓬莱旧事，空回首、烟霭纷纷。斜阳外，寒鸦万点，流水绕孤村。

销魂。当此际，香囊暗解，罗带轻分。谩赢得、青楼薄幸名存。此去何时见也？襟袖上、空惹啼痕。伤情处，高城望断，灯火已黄昏。

山抹微云　［宋］琴操

山抹微云，天连衰草，画角声断斜阳。暂停征辔，聊共饮离觞。多少蓬莱旧侣，频回首、烟霭茫茫。孤村里，寒鸦万点，流水绕红墙。

魂伤。当此际，轻分罗带，暗解香囊。谩赢得，青楼薄幸名狂。此去何时见也，襟袖上、空有馀香。伤心处，高城望断，灯火已昏黄。

阅读提示：注意秦观、琴操词作在后阕的断句上与周邦彦词作的不同。令，显然琴操词系改秦观词之作。

191. 满庭芳（又名《满庭霜》，双调95字，格二）

ZZPP，PPZ$_P$Z，ZP$_Z$PZP**P**。P$_Z$PZ$_P$Z，Z$_P$Z$_P$ZPP。Z$_P$ZPPZZ，ZPZ、PZP**P**。PPZ，P$_Z$PZ$_P$Z，PZZP**P**。

PP，PZZ，P$_Z$PZ$_P$Z，Z$_P$ZP**P**。ZPZPP，Z$_P$ZP**P**。Z$_P$ZPPZZ，PP$_Z$Z、Z$_P$Z$_P$P**P**。PPZ，P$_Z$PZ$_P$Z，PZZP**P**。

南苑吹花　［宋］晏几道

南苑吹花，西楼题叶，故园欢事重重。凭阑秋思，闲记旧相逢。几处歌云梦雨，可怜便、流水西东。别来久，浅情未有，锦字系征鸿。

年光，还少味，开残槛菊，落尽溪桐。漫留得尊前，淡月西风。此恨谁堪共说，清愁付、绿酒杯中。佳期在，归时待把，香袖看啼红。

小阁藏春 ［宋］李清照

小阁藏春，闲窗锁昼，画堂无限深幽。篆香烧尽，日影下帘钩。手种江梅更好，又何必、临水登楼。无人到，寂寥浑似，何逊在扬州。

从来，知韵胜，难堪雨藉，不耐风柔。更谁家横笛，吹动浓愁。莫恨香消雪减，须信道、扫迹情留。难言处，良宵淡月，疏影尚风流。

茶 ［宋］黄庭坚

北苑春风，方圭圆璧，万里名动京关。碎身粉骨，功合上凌烟。尊俎风流战胜，降春睡、开拓愁边。纤纤捧，研膏溅乳，金缕鹧鸪斑。

相如，虽病渴，一觞一咏，宾有群贤。为扶起灯前，醉玉颓山。搜搅胸中万卷，还倾动、三峡词源。归来晚，文君未寝，相对小窗前。

中秋日作 马维野（2020年10月1日，庚子年八月十五）

日月如梭，光阴似箭，历载尘世悠悠。纵横交错，一年又中秋。百里云祥气爽，更欲见、大地丰收。想冰镜，寒宫亦暖，娥亦露修眸。

临凡，惟瞩望，太平有道，和善无由。万家有余粮，顺美谐柔。天上人间岁事，千般好、风雨同舟。谁知晓，茫茫梦境，曾几度消愁？

阅读提示：此格与上格的主要区别在于后阕的第二个字，上格需作韵脚，此格则不需。

192. 水调歌头（双调95字）

$Z_pZPzZPZ$，Z_pZZPP。$P_zZP_zZ_pZP_zZ$，Z_pZZPP^1。$Z_pZP_zPP_zZ$，Z_pZPPP_zZ，Z_pZZPP。Z_pZP_zZPZ，Z_pZZPP。

$P_zP_zZ_p$，P_zP_zZ，ZPP。P_zZP_zZ，$P_zZP_zZZPP^2$。$\underline{Z_pZP_zPP_zZ，Z_pZPPP_zZ}$，$Z_pZZPP$。$Z_pZP_pPZ$，$Z_pZZPP$。

明月几时有　　［宋］苏轼

明月几时有，把酒问青天。不知天上宫阙，今夕是何年。我欲乘风归去，又恐琼楼玉宇，高处不胜寒。起舞弄清影，何似在人间！

1　$P_zZP_zP_zZPzZ$，Z_pZZPP为前六后五，亦可前四后七"P_zZP_zZ，P_zZZP_zZZPP"，如陈亮的"当场只手，毕竟还我万夫雄"句。

2　P_zZP_zZ，P_zZZP_zZZPP为前四后七，亦可作前六后五"P_zZP_zZPZZ，Z_pZZPP"。如辛弃疾的"窥鱼笑汝痴计，不解举吾杯"句和苏轼的"跻攀寸步千险，一落百寻轻"句。

转朱阁，低绮户，照无眠。不应有恨，何事长向别时圆？人有悲欢离合，月有阴晴圆缺，此事古难全。但愿人长久，千里共婵娟。

台城游 ［宋］贺铸

南国本潇洒，六代浸豪奢。台城游冶，襞笺能赋属宫娃。云观登临清夏，璧月留连长夜，吟醉送年华。回首飞鸳瓦，却羡井中蛙。

访乌衣，成白社，不容车。旧时王谢，堂前双燕过谁家？楼外河横斗挂，淮上潮平霜下，樯影落寒沙。商女篷窗罅，犹唱后庭花！

舟次扬州和人韵 ［宋］辛弃疾

落日寒尘起，胡骑猎清秋。汉家组练十万，列舰耸高楼。谁道投鞭飞渡，忆昔鸣髇血污，风雨佛狸愁。季子正年少，匹马黑貂裘。

今老矣，搔白首，过扬州。倦游欲去江上，手种橘千头。二客东南名胜，万卷诗书事业，尝试与君谋。莫射南山虎，直觅富民侯。

蒙古国之旅 马维野（2007年6月27日）

迥北幽深处，大漠起孤烟。荒原极目远眺，游牧逾千年。满目青枝斗翠，遍野黄花争艳，猎手带雕旋。起舞婆娑影，洒酒敬苍天。

值晴霁，云涛卷，倚天蓝。山头白桦，引我信步密林前。
月上东方峰侧，日下西边山脉，凉气伴镞穿。多少烦心事，
都付笑谈间。

193. 潇湘夜雨（双调95字）

$Z_P Z P P$，$P_Z P Z_P Z$，$Z P P Z P \mathbf{P}$。$Z P P Z$，
$P Z Z P \mathbf{P}$。$P Z P P Z_P Z$，$P P Z$、$Z_P Z P \mathbf{P}$。$P P Z$，
$P_Z P Z_P Z$，$P Z Z P \mathbf{P}$。

$P P^1$，$P Z Z$，$P P Z Z$，$Z_P Z P \mathbf{P}$。$Z Z_P P P_Z Z$，
$Z_P Z P \mathbf{P}$。$Z Z P_Z P Z_P Z$，$P P Z$、$Z Z P \mathbf{P}$。$P P Z$，
$P_Z P Z Z$，$Z_P Z Z P \mathbf{P}$。

濡须对雪　　[宋]周紫芝

楼上寒深，江边雪满，楚台烟霭空濛。一天飞絮，零乱
点孤篷。似我华颠雪领，浑无定、漂泊孤踪。空凄黯，江天
又晚，风袖倚蒙茸。

吾庐，犹记得，波横素练，玉做寒峰。更短坡烟竹，声
碎玲珑。拟问山阴旧路，家何在、水远山重。渔蓑冷，遍[2]
舟梦断，灯暗小窗中。

和潘都曹九日词　　[宋]周紫芝

江绕淮城，云昏楚观，一枝烟笛谁横。晓风吹帽，霜日

1　P P，亦可作"P **P**"。

2　遍，勿作"扁"。

照人明。暗恼潘郎旧恨，应追念、菊老残英。秋空晚，茱萸细撚，醽醁为谁倾。

人间，真梦境，新愁未了，绿鬓星星。问明年此会，谁寄幽情？倚尽一楼残照，何妨更、月到帘旌。凭阑久，歌君妙曲，谁是米嘉荣。

二妙堂作　［宋］周紫芝

楚尾江横，斗南山秀，辋川谁画新图。几时天际，平地出方壶。应念江南倦客，家何在、飘泊江湖。天教共，银涛翠壁，相伴老人娱。

长淮，看不尽，风帆落处，天在平芜。算人间此地，岂是穷途。好与婆娑尽日，应须待、月到金枢。山中饮，从教笑我，白首醉模糊。

晓色凝暾　［宋］周紫芝

晓色凝暾，霜痕犹浅，九天春意将回。隔年花信，先已到江梅。沉水烟浓如雾，金波满、红袖双垂。仙翁醉，问春何处，春在玉东西。

瑶台，人不老，还从东壁，来步天墀。且细看八砖，花影迟迟。会见朱颜绿鬓，家长近、咫尺天威。君知否，天教雨露，常满岁寒枝。

京畿之夏　马维野（2017年7月7日）

夏柳成荫，停云如梦，暗生初暑浮凉。步通幽径，忽左右歧旁。临履轻行紫陌，游京苑、鸟语花香。天低树，无边旷野，经雨愈苍茫。

蹉跎，惊岁短，功名未立，虚度时光。黯然魂销处，世路彷徨。已老消残壮志，乏心力、续写华章。闲身赋，诗词格律，更纸短情长。

194. 汉宫春（双调96字）

Z_PZPP，ZZ_PPP_ZZ，$Z_PZP\mathbf{P}$。$P_ZPZ_PP_Z$ ZZ，$P_ZZP\mathbf{P}^{1}$。$PPZZ$，ZPP、$Z_PZP\mathbf{P}$。PZZ，PPZ_PZ，$P_ZPZ_PZP\mathbf{P}$。

Z_PZP_ZPPZ，$ZPPZZ$，$Z_PZP\mathbf{P}$。$PPZP$，$ZZP_ZZP\mathbf{P}$。$PPZZ$，ZPP、$Z_PZP\mathbf{P}$。PZZ，PPZ_PZ，$P_ZPZ_PZP\mathbf{P}$。

梅　［宋］晁冲之

潇洒江梅，向竹梢稀处，横两三枝。东君也不爱惜，雪压霜欺。无情燕子，怕春寒、轻失佳期。惟是有，南来归雁，年年长见开时。

清浅小溪如练，问玉堂何似，茅舍疏篱？伤心故人去后，冷落新诗。微云淡月，对孤芳、分付他谁？空自倚，清香未减，风流不在人知。

---

1 ＰＰＺＰＰＺＺＺ，ＰＺＺＰＰ是前六后四，亦可前四后六"ＰＰＺＰＰＺ，ＺＺＰＺＺＰＰ"，如辛弃疾的"无端风雨，未肯收尽余寒"。

黯黯离怀　〔宋〕晁冲之

黯黯离怀，向东门系马，南浦移舟。薰风乱飞燕子，时下轻鸥。无情渭水，问谁教、日日东流？常是送、行人去后，烟波一向离愁。

回首旧游如梦，记踏青殢饮，拾翠狂游。无端彩云易散，覆水难收。风流未老，拚千金、重入扬州。应又是、当年载酒，依前名占青楼。

着破荷衣　〔宋〕赵汝茪

著破荷衣，笑西风吹我，又落西湖。湖间旧时饮者，今与谁俱？山山映带，似携来、画卷重舒。三十里，芙蓉步障，依然红翠相扶。

一目清无留处，任屋浮天上，身集空虚。残烧夕阳，过雁点点疏疏。故人老大，好襟怀、消减全无。慢赢得，秋声两耳，冷泉亭下骑驴。

立春日　〔宋〕辛弃疾

春已归来，看美人头上，袅袅春幡。无端风雨，未肯收尽馀寒。年时燕子，料今宵、梦到西园。浑未办，黄柑荐酒，更传青韭堆盘。

却笑东风从此，便薰梅染柳，更没些闲。闲时又来镜里，转变朱颜。清愁不断，问何人、会解连环？生怕见、花开花落，朝来塞雁先还。

次韵李汉老咏梅　〔宋〕葛长庚

潇洒江梅，似玉妆珠缀，密蕊疏枝。霜风应是，不许蝶近蜂欺。嫣然自笑，与山矾、共水仙期。还亦有，青松翠竹，同今凛冽年时。

何事向人如恨，带苍苔，半倚临水荒篱。孤山嫩寒放晓，尚忆前诗。黄昏顾影，说横斜、清浅今谁。他自是，移春手段，微云淡月应知。

丁酉年赋　马维野（2016年1月27日，除夕）

丁酉雄鸡，正昂扬斗志，抖擞精神。经年累月历变，万象更新。三山五岳，舞东风、大地回春。塞上雪，飘飘洒洒，江关细雨纷纷。

清晓一声高唱，念乡情有限，世义无垠。征人促匆，凛气扑面寒尘。南来北往，修途远、似箭归心。齐守岁，阖家聚首，团圆方显天伦。

195. 黄莺儿（双调96字）

ＰＰＰＺＰｚＰＺ。ＺＺＰＰ，ＰＺＰＰ，ＰＰＰＰ，ＺＰＰＺ。ＰＺＺＺＰＰ，ＺＺＰＰＺ。ＺＰＰＺＰＰ，ＺＰＰ、ＰＺＰＺ。

ＰＺ。ＺＺＺＰＰ，ＺＺＰＰＺ。ＺＰＰＺ，ＺＺＰＰ，ＰＰＺＰＰＺ。ＰＺＺＺＰＰ，ＺＺＰＰＺ。ＺＺＺＺＰＰ，ＰＺＰＰＺ。

园林晴昼春谁主 〔宋〕柳永

园林晴昼春谁主？暖律潜催，幽谷暄和，黄鹂翩翩，乍迁芳树。观露湿缕金衣，叶映如簧语。晓来枝上绵蛮，似把芳心、深意低诉。

无据。乍出暖烟来，又趁游蜂去。恣狂踪迹，两两相呼，终朝雾吟风舞。当上苑柳秾时，别馆花深处。此际海燕偏饶，都把韶光与。

多情春意忆时节 〔宋〕王诜

多情春意忆时节。北圃人来，传道江梅，依稀芳姿，数枝新发。夸嫩脸著胭脂，腻滑凝香雪。问伊还记年时，正好相看、因甚轻别。

情切。往事散浮云，旧恨成华髮。算知空对，绮槛雕栏，孜孜望人攀折。愁未见苦思量，待见重端叠。愿与永仿高堂，云雨芳菲月。

196. 剑器近（双调96字）

ZPZ，ZZZ、PPPZ。ZPZPPZ，ZPZ。ZPZ，ZZZ、PPZZ。PPZPPZ，ZPZ。

PZ，ZPPZZ。PPZZ，ZZZ、ZZPPZ。PPPZZPP，ZPPZP，ZPPZPZ。ZPPZ，ZZPP，ZZPPZZ。ZPZZPPZ。

夜来雨　［宋］袁去华

夜来雨，赖倩得、东风吹住。海棠正妖饶[1]处，且留取。悄庭户，试细听、莺啼燕语。分明共人愁绪，怕春去。

佳树，翠阴初转午。重帘未卷，乍睡起、寂寞看风絮。偷弹清泪寄烟波，见江头故人，为言憔悴如许。彩笺无数，去却寒暄，到了浑无定据。断肠落日千山暮。

197.天香（又名《伴云来》，双调96字）

$Z_P Z P P$，$P P Z Z$，$Z Z_P Z_P P_Z P \mathbf{Z}$。$\underline{Z Z P P}$，$\underline{P_Z P Z_P Z}$，$Z Z Z_P P P \mathbf{Z}$。$P_Z P Z Z$，$P Z Z$、$P_Z P Z_P \mathbf{Z}$。$Z Z P_Z P Z Z$，$P P Z P P \mathbf{Z}$。

$Z_P P Z_P P Z \mathbf{Z}$，$Z P P$、$Z P P \mathbf{Z}$。$Z_P Z P_Z P Z Z$，$Z P P \mathbf{Z}$。$Z_P Z P_Z P Z_P \mathbf{Z}^2$，$Z Z_P Z$、$P P Z P \mathbf{Z}$。$Z Z P P$，$P_Z P Z \mathbf{Z}$。

烟络横林　［宋］贺铸

烟络横林，山沉远照，逦迤黄昏钟鼓。烛映帘栊，蛩催机杼，共苦清秋风露。不眠思妇，齐应和、几声砧杵。惊动天涯倦宦，骎骎岁华行暮。

当年酒狂自负，谓东君、以春相付。流浪征骖北道，客樯南浦。幽恨无人晤语，赖明月、曾知旧游处。好伴云来，

1　饶，勿作"娆"。
2　此句亦可不押韵，即"$Z_P Z P_Z P Z \mathbf{Z}$"亦可作"$Z_P Z P_Z P Z_P Z$"。

还将梦去。

龙涎香　〔宋〕王沂孙

孤峤蟠烟，层涛蜕月，骊宫夜采铅水。讯远槎风，梦深薇露，化作断魂心字。红瓷候火，还乍识、冰环玉指。一缕萦帘翠影，依稀海天云气。

几回殢娇半醉，剪春灯、夜寒花碎。更好故溪飞雪，小窗深闭。荀令如今顿老，总忘却、樽前旧风味。谩惜馀熏，空篝素被。

次韵赋牡丹　〔宋〕刘壎

雨秀风明，烟柔雾滑，魏家初试娇紫。翠羽低云，檀心晕粉，独冠洛京新谱。沉香醉墨，曾赋与、昭阳仙侣。尘世几经朝暮，花神岂知今古？

愁听流莺自语，叹唐宫、草青如许。空有天边皓月，见霓裳舞。更后百年人换，又谁记、今番看花处？流水夕阳，断魂钟鼓。

端午习俗记兼感怀屈原

马维野（2017年5月30日，丁酉年五月初五）

江竞龙舟，门悬野艾，道是鸡年端午。五色柔丝，雄黄烈酒，打鬼钟馗仙主。木兰汤浴，驱晦气、病邪咸黜。百叶香侵角粽，千层裹包良黍。

灵均汨罗去猝，志难酬、悍秦亡楚。天问离骚邃美，世间辞祖。屈子徒行仕路，患奸佞、君王不堪蛊。远放沅湘，诗魂作舞。

198.烛影摇红（双调96字）

Z$_P$ZPP，ZPZ$_P$ZPPZ。PPZ$_P$ZZPP，Z$_P$ZPPZ。Z$_P$ZPPZ$_P$Z，ZPP、PPZZ。ZPPZ，ZZPP，P$_Z$PZ$_P$Z。

Z$_P$ZPP，ZPZ$_P$ZPPZ。P$_Z$PPZZPP，Z$_P$ZPPZ。Z$_P$ZPPZZ，Z$_P$PP、PPZZ。ZPPZ$_P$Z，ZZPP，P$_Z$PPZ。

芳脸匀红　［宋］周邦彦

芳脸匀红，黛眉巧画宫妆浅。风流天付与精神，全在娇波眼。早是萦心可惯，向尊前、频频顾眄。几回相见，见了还休，争如不见。

烛影摇红，夜阑饮散春宵短。当时谁会唱阳关，离恨天涯远。争奈云收雨散，凭阑干、东风泪满。海棠开后，燕子来时，黄昏深院。

题安陆浮云楼　［宋］廖世美

霭霭春空，画楼森耸凌云渚。紫薇登览最关情，绝妙夸能赋。惆怅相思迟暮，记当日、朱阑共语。塞鸿难问，岸柳何穷，别愁纷絮。

催促年光，旧来流水知何处？断肠何必更残阳，极目伤平楚。晚霁波声带雨，悄无人、舟横野渡。数峰江上，芳草天涯，参差烟树。

隔窗闻歌　[宋]张炎

闲苑深迷，趁香随粉都行遍。隔窗花气暖扶春，只许莺莺占。烛焰晴烘醉脸，想东邻、偷窥笑眼。欲寻无处，暗掐新声，银屏斜掩。

一片云闲，那知顾曲周郎怨。看花犹自未分明，毕竟何时见。已信仙缘较浅，谩凝思、风帘倒卷。出门一笑，月落江横，数峰天远。

199.暗香（双调97字）

P_Z P Z_P **Z**，Z Z_P P P P_Z Z，Z_P P P **Z**。Z Z P_Z P，Z Z P P Z P **Z**。Z_P Z P P Z Z，P_Z Z_P P_P、Z_P P P **Z**。Z Z Z_P、Z Z P P，P_Z Z Z P **Z**。

P **Z**，Z Z_P **Z**。Z Z Z P_Z P，Z Z P_P **Z**。Z P Z **Z**，P Z P P Z P **Z**。Z_P Z P P Z Z，P_Z Z Z_P、Z_P P P **Z**。Z_P Z P Z、P Z Z，Z P Z **Z**。

旧时月色　[宋]姜夔

旧时月色，算几番照我，梅边吹笛？唤起玉人，不管清寒与攀摘。何逊而今渐老，都忘却、春风词笔。但怪得、竹外疏花，香冷入瑶席。

江国，正寂寂。叹寄与路遥，夜雪初积。翠尊易泣，红萼无言耿相忆。长记曾携手处，千树压、西湖寒碧。又片片、吹尽也，几时见得？

送杜景斋归永嘉　　［宋］张炎

猗兰声歇，抱孤琴思远，几番弹彻。洗耳无人，寂寂行歌古时月。一笑东风又急，黯消凝、恨听啼鴂。想少陵、还叹飘零，遣兴在吟箧。

愁绝，更离别。待款语迟留，赋归心切。故园梦接，花影闲门掩春蝶。重访山中旧隐，有羁怀、未须轻说。莫相忘，堤上柳、此时共折。

晓霜一色　　［宋］吴潜

晓霜一色，正恁时陇上，征人横笛。驿使不来，借问孤芳为谁折？休说和羹未晚，都付与、逋仙吟笔。算只是，野店疏篱，樵子共争席。

寒圃，众籁寂。想暗里度香，万斛堆积。恼他鼻观，巡索还无最堪忆。萼绿堂前一笑，封老干、苔青莓碧。春漏也，应念我、要归未得。

200. 八声甘州（双调97字）

ZP$_Z$PZZZPP，Z$_P$PZP**P** [1]。ZPPP$_Z$Z，P$_Z$PZ$_P$Z，Z$_P$ZP**P**。ZZPPZ$_P$Z，ZZZP**P**。PZ

1　此开端上八下五式"ZP$_Z$PZZZPP，Z$_P$P$_Z$ZP**P**"亦可作上五下八式"ZP$_Z$PZZ，ZPPZ$_P$P$_Z$ZP**P**"。

P P Z，P~Z~Z P **P**。

Z~P~Z P~Z~P P~Z~Z，Z Z P Z Z，P~Z~Z P **P**。Z P P P

Z，P Z Z P **P**。Z P P、P P P Z，Z Z P、P~Z~Z Z P **P**。

P P Z、Z P P Z，Z~P~Z P **P**。

对潇潇暮雨洒江天 ［宋］柳永

对潇潇暮雨洒江天，一番洗清秋。渐霜风凄惨，关河冷落，残照当楼。是处红衰翠减，苒苒物华休。惟有长江水，无语东流。

不忍登高临远，望故乡渺邈，归思难收。叹年来踪迹，何事苦淹留？想佳人、妆楼颙望，误几回、天际识归舟。争知我、倚阑干处，正恁凝愁！

寄参寥子 ［宋］苏轼

有情风万里卷潮来，无情送潮归。问钱塘江上，西兴浦口，几度斜晖。不用思量今古，俯仰昔人非。谁似东坡老，白首忘机。

记取西湖西畔，正暮山好处，空翠烟霏。算诗人相得，如我与君稀。约他年、东还海道，愿谢公、雅志莫相违。西州路，不应回首，为我沾衣。

陪庾幕诸公游灵岩 ［宋］吴文英

渺空烟四远，是何年、青天坠长星？幻苍崖云树，名娃金屋，残霸宫城。箭径酸风射眼，腻水染花腥。时靸双鸳响，廊叶秋声。

　　宫里吴王沉醉，倩五湖倦客，独钓醒醒。问苍波无语，华髮奈山青。水涵空、阑干高处，送乱鸦、斜日落渔汀。连呼酒，上琴台去，秋与云平。

201. 长亭怨慢（又名《长亭怨》，双调97字）

Z P Z 、P P Z ₚ Z。Z Z P P ₂，Z P P Z。Z Z P P，Z P P Z Z P Z。Z P P Z，P Z ₚ Z 、P P Z。Z Z Z P P，Z Z Z 、P P P Z。

　　Z Z。Z P P Z Z，Z Z Z P P Z。P P Z Z，Z ₚ Z Z 、Z ₚ P P Z。Z Z Z 、Z Z P P，Z P Z 、P P P Z。Z P ₂ Z P P，P Z P P P Z。

渐吹尽　　［宋］姜夔

　　渐吹尽、枝头香絮。是处人家，绿深门户。远浦萦回，暮帆零乱向何许？阅人多矣，谁得似、长亭树？树若有情时，不会得、青青如此！

　　日暮。望高城不见，只见乱山无数。韦郎去也，怎忘得、玉环分付？第一是、早早归来，怕红萼、无人为主。算空有并刀，难翦离愁千缕。

重过中庵故园　　［宋］王沂孙

　　泛孤艇、东皋过遍。尚记当日，绿阴门掩。屐齿莓阶，酒痕罗袖事何限。欲寻前迹，空惆怅、成秋苑。自约赏花人，别后总、风流云散。

水远。怎知流水外，却是乱山尤远。天涯梦短，想忘了、绮疏雕槛。望不尽、苒苒斜阳，抚乔木、年华将晚。但数点红英，犹识西园凄婉。

202. 迷神引（双调97字）

P_ZZPPPPZ，ZZZ_PPPZ。PPZZ，ZPPZ。ZPP，PPZ、ZPZ。P_ZZPPZ，Z_PP_ZZ。Z_PZPPZ，ZPZ。

ZZPP，ZZPPZ。ZZPP，PPZ。ZPP_ZZ，ZPP_Z，PPZ。ZPP，PPZ，Z_PPZ。PZPPZ，Z_PP_ZZ。PPPPZ，ZZ_PZ。

一叶扁舟轻帆卷　［宋］柳永

一叶扁舟轻帆卷，暂泊楚江南岸。孤城暮角，引胡笳怨。水茫茫，平沙雁、旋惊散。烟敛寒林簇，画屏展。天际遥山小，黛眉浅。

旧赏轻抛，到此成游宦。觉客程劳，年光晚。异乡风物，忍萧索，当愁眼。帝城赊，秦楼阻，旅魂乱。芳草连空阔，残照满。佳人无消息，断云远。

红板桥头秋光暮　［宋］柳永

红板桥头秋光暮，淡月映烟方煦。寒溪蘸碧，绕垂杨路。重分飞，携纤手、泪如雨。波急隋堤远，片帆举。倏忽年华改，向期阻。

时觉春残，渐渐飘花絮。好夕良天长孤负。洞房闲掩，小屏空、无心觑。指归云，仙乡杳、在何处？遥夜香衾暖，算谁与。知他深深约，记得否？

203. 庆清朝（又名《庆清朝慢》，双调97字，格一）

Z_PZPP，$PPZZ$，$PPZ_PZP\mathbf{P}$。$PPZZ_PP$ Z，$Z_PZP\mathbf{P}$。ZZP_ZPZZ，$P_ZPPZZP\mathbf{P}$。PPZ，$ZPZZ$，$PZP\mathbf{P}$。

PZ_PZ_P，PZZ，ZZP_ZPZ，$ZZP\mathbf{P}$。ZZ_P $PPZZ$，$Z_PZP\mathbf{P}^1$。$ZZPPZ_PZ$，$P_ZPP_ZZZP\mathbf{P}$。PPZ，$ZPZZ$，$P_ZZP\mathbf{P}$。

踏青　［宋］王观

调雨为酥，催冰做水，东君分付春还。何人便将轻暖，点破残寒？结伴踏青去好，平头鞋子小双鸾。烟郊外，望中秀色，如有无间。

晴则个，阴则个，饾饤得天气，有许多般。须教镂花拨柳，争要先看。不道吴绫绣袜，香泥斜沁几行斑。东风巧，尽收翠绿，吹在眉山。

1　ZZ_PPPZZ，$Z_PZP\mathbf{P}$，又可作$ZPZZ$，$PPZ_PZP\mathbf{P}$，如李清照词。

禁幄低张　　[宋]李清照

禁幄低张，彤阑巧护，就中独占残春。容华淡伫，绰约俱见天真。待得群花过后，一番风露晓妆新。妖娆艳态，妒风笑月，长殢东君。

东城边，南陌上，正日烘池馆，竞走香轮。绮筵散日，谁人可继芳尘？更好明光宫殿，几枝先近日边匀。金尊倒，拚了尽烛，不管黄昏。

圆明园赏荷　　马维野（2020年7月1日）

碧水泓澄，蓝天湛澈，莺吟燕舞婆娑。红衫绿裙仙子，妩媚婀娜。朵朵芙蕖笑傲，荷花湖里荡清波。连成片，乐天艳曳，光捕风捉。

抬望眼，舒振臂，举步悠然缓，俊赏踯躅。衍迤千秋百代，愈美凌趱。起自淤泥不染，妍芳妩丽任评说。虽娇俏，却无媚骨，岂为廷活？

204. 庆清朝（又名《庆清朝慢》，双调97字，格二）

<u>Z$_P$ZPP</u>，PPZZ，PPZ$_P$ZP**P**。PPZZ，P$_Z$P$_Z$Z$_P$ZP**P**。ZZP$_Z$PZ$_P$Z，P$_Z$PP$_Z$ZZP**P**。PPZ，ZPP$_Z$Z，Z$_P$ZP**P**。

P$_Z$ZZPZZ，ZZ$_P$PPZ$_Z$Z，ZZP**P**。PPZZ，Z$_P$Z$_P$P$_Z$ZP$_Z$**P**。ZZP$_Z$PZ$_P$Z，P$_Z$PP$_Z$ZZP**P**。PPZ，ZPZZ，P$_Z$ZP**P**。

坠絮孳萍　［宋］史达祖

坠絮孳萍，狂鞭孕竹，偷移红紫池亭。馀花未落，似供残蝶经营。赋得送春诗了，夏帷撺断绿阴成。桑麻外，乳鸠稚燕，别样芳情。

荀令旧香易冷，叹俊游疏懒，枉自销凝。尘侵谢屐，幽径斑驳苔生。便觉寸心尚老，故人前度谩丁宁。空相误，袚兰曲水，挑菜东城。

浅草犹霜　［宋］张炎

浅草犹霜。融泥未燕，晴梢润叶初干。闲扶短策，邻家小聚清欢。错认篱根是雪，梅花过了一番寒。风还峭，较迟芳信，恰是春残。

此境此时此意，待移琴独去，石冷慵弹。飘飘爽气，飞鸟相与俱还。醉里不知何处，好诗尽在夕阳山。山深杳，更无人到，流水花间。

205. 声声慢（双调 97 字，格一）

P P Z$_P$ Z，Z$_P$ Z P P，P P Z P$_Z$ P$_Z$ Z。Z$_P$ Z P P P Z，Z P P Z^1。P P Z P$_Z$ Z Z，Z Z$_P$ P、Z$_P$ P P Z。Z Z Z，Z P P，Z Z Z P P Z^2。

1　前阕第四与第五句的上六下四式 Z$_P$ Z P Z$_Z$ P P Z，Z P P Z 亦可作上四下六式 Z$_P$ Z P$_Z$ P，P Z Z P P Z，如高观国词。

2　前阕末句 Z P P，Z Z Z P P Z 可作 Z P P Z Z，Z P P Z，如高观国词。

ZZPPZₚ**Z**，Pᵤ ZZ、PPZPP**Z**。ZZPP，

Pᵤ ZZPZₚ**Z**。PPZPZZ，ZPP、Pᵤ Pᵤ Zₚ**Z**。

ZZZ，ZZₚZₚ、PZZ**Z**。

寻寻觅觅　[宋]李清照

寻寻觅觅，冷冷清清，凄凄惨惨戚戚。乍暖还寒时候，最难将息。三杯两盏淡酒，怎敌他、晚来风急？雁过也，正伤心，却是旧时相识。

满地黄花堆积，憔悴损、如今有谁忺摘？守著窗儿，独自怎生得黑？梧桐更兼细雨，到黄昏、点点滴滴。这次第，怎一个、愁字了得？

元夕　[宋]高观国

壶天不夜，宝炬生香，光风荡摇金碧。月滟冰痕，花外峭寒无力。歌传翠帘尽卷，误惊回、瑶台仙迹。禁漏促，拚千金一刻，未酬佳夕。

卷地香尘不断，最得意、输他五陵狂客。楚柳吴梅，无限眼边春色。鲛绡暗中寄与，待重寻、行云消息。乍醉醒，怕南楼、吹断晓笛。

荷叶　马维野（2017年6月16日）

凌波翠盖，入水白根，轻盈妙舞意态。广叶柔滑珠露，动静无宰。晨光一缕朗照，愈倩娇、千万天籁。碧伞下，有尖尖、几朵小荷闲在。

自玉洁冰清派，出朽秽、泥污岂堪移改？秉性孤高，不与草茅斗赛。迎风婉悠荡漾，绽芙蕖、满沏企待。数日后，必是似、宫阙世外。

206. 声声慢（双调97字，格二）

P P Z_PZ，Z_PZ P P，P P Z Z P **P**。Z Z P P，P P Z Z P **P**。P P Z P_ZZ Z，Z Z_PP、Z_PP_ZP **P**。Z P Z，Z P P Z Z，Z_PZ P **P**。

Z_PZ P P Z Z，Z P P Z_PZ，Z Z P **P**。Z Z P P，P_ZP Z_PZ P **P**。P_ZP Z P Z Z，Z P P、Z_PZ P **P**。Z Z_PZ，Z P_ZP_Z、P Z Z **P**。

迎门高髻　［宋］王沂孙

迎门高髻，倚扇清吭，娉婷未数西州。浅拂朱铅，春风二月梢头。相逢靓妆俊语，有旧家、京洛风流。断肠句，试重拈彩笔，与赋闲愁。

犹记凌波欲去，问明珰罗袜，却为谁留？枉梦相思，几回南浦行舟。莫辞玉樽起舞，怕重来、燕子空楼。谩惆怅，抱琵琶、闲过此秋。

秋声　［宋］蒋捷

黄花深巷，红叶低窗，凄凉一片秋声。豆雨声来，中间夹带风声。疏疏二十五点，丽谯门、不锁更声。故人远，问谁摇玉佩，檐底铃声？

彩角声吹月堕，渐连营马动，四起笳声。闪烁邻灯，灯前尚有砧声。知他诉愁到晓，碎哝哝、多少蛩声。诉未了，把一半、分与雁声。

友谊医院通州院区就医　马维野（2020年6月11日）

天临盛夏，地扫残春，皇都热浪休扬。弱体依归，通州友谊分疆。昼生夜次覆诊，待吉时、妙手扶伤。望窗外，正愁云蔽日，晓雾茫茫。

古有悬壶济世，记仁心医者，万古流芳。砥柱中流，潮白渌水河旁。念肝胆相照久，现而今、共叙衷肠。疫情在，禁足术、先守病房。

阅读提示：与上一个仄声韵词谱不同，此词谱为平声韵。

207. 醉蓬莱（双调97字）

ZPPZZ，ZZPP，ZPP**Z**。Z$_P$ZPP，ZZ$_P$PP**Z**。ZZPP，ZPPZ，ZZPP**Z**。ZZPP，PPZZ，Z$_P$PP**Z**。

ZZPP，ZPPZ$_Z$，ZZPP，ZPP**Z**。Z$_P$ZPP，ZZ$_P$PP**Z**。ZZPP，ZP$_Z$PZ，Z$_P$ZPP**Z**。ZZPP，PPZ$_P$Z，Z$_P$PP$_Z$**Z**。

渐亭皋叶下　［宋］柳永

渐亭皋叶下，陇首云飞，素秋新霁。华阙中天，锁葱葱佳气。嫩菊黄深，拒霜红浅，近宝阶香砌。玉宇无尘，金茎有露，碧天如水。

正值升平，万几多暇，夜色澄鲜，漏声迢递。南极星中，有老人呈瑞。此际宸游，凤辇何处，度管弦清脆？太液波翻，披香帘卷，月明风细。

窜易前词　［宋］黄庭坚

对朝云叆叇，暮雨霏微，翠峰相倚。巫峡高唐，锁楚宫佳丽。蘸水朱门，半空霜戟，自一川都会。虏酒千杯，夷歌百转，迫人垂泪。

人道黔南，去天尺五，望极神京，万重烟水。悬榻相迎，有风流千骑。荔脸红深，麝脐香满，醉舞裀歌袂。杜宇催人，声声到晓，不如归是。

廷评庆寿　［宋］韦骧

漏新春消耗，柳眼微青，素梅犹小。帘幕轻寒，引炉烟袅袅。凤管雍容，雁筝清切，对绮筵呈妙。此际欢虞，门庭自有，辉光荣耀。

庆事难逢，世间须信，八十遐龄，古来稀少。况偶佳辰，是桑弧曾表。满奉金觥，暂停牙板，听雅歌精祷。惟愿增高，龟年鹤算，鸿恩紫诏。

208. 帝台春（双调98字）

　　ＰＺＺＺ，ＰＰＺＰＺ。ＺＺＰ，ＺＺＰＰ，ＰＰＰＺ。ＺＺＰＰＺＺＺ，ＺＰＺ、ＺＰＰＺ。ＺＰＰ，ＺＺＰＰ，

ＰＰＺＺ。

ＰＰＺ，ＰＺＺ；ＺＺＺ，ＺＰＺ。ＺＺＺ、ＺＺＰＰ，ＺＰＰ、ＺＺＺ、ＺＰＰＺ。ＰＺＰＰＺＰＺ，ＰＺＺＰＺＰＺ。ＺＰＺＰＰ，ＺＰＰＰＺ。

芳草碧色　　［宋］李甲

芳草碧色，萋萋遍南陌。暖絮乱红，也知人，春愁无力。忆得盈盈拾翠侣，共携赏、凤城寒食。到今来，海角逢春，天涯为客。

愁旋释，还似织；泪暗拭，又偷滴。谩伫立、遍倚危阑，尽黄昏，也只是、暮云凝碧。拚则而今已拚了，忘则怎生便忘得。又还问鳞鸿，试重寻消息。

209. **陌上花**（双调98字）

ＰＰＺＺ，ＰＰＰＺ、ＺＰＰＺ。ＺＺＰＰ，ＺＺＺＰＺ。ＰｚＰＺＺＰＰＺ，ＺＺＺＰＰＺ。ＺＰＰＺＺ，ＺＰＰＺ，ＺＰＰＺ。

ＺＰＰＺＺ，ＰＰＰＺ，ＺＺＰＰＰＺ。ＺＺＰＰ，ＺＺＺＰＰＺ。ＰｚＰＺＺＰＰＺ，ＺｐＺＰＰＰＺ。ＺＰＰ，ＺＺＰＰＰＺ，ＺＰＰＺ。

有怀　　［元］张翥

关山梦里，归来还又、岁华催晚。马影鸡声，谙尽倦邮荒馆。绿笺密记多情事，一看一回肠断。待殷勤寄与，旧游莺燕，水流云散。

满罗衫是酒，香痕凝处，唾碧啼红相半。只恐梅花，瘦倚夜寒谁暖。不成便没相逢日，重整钗鸾筝雁。但何郎，纵有春风词笔，病怀浑懒。

雪　马维野（2019年11月30日）

无疆北土，皇州寒透、朔风凄冷。雪驾冬云，昨夜舞龙飞凤。山峦壑谷着白絮，草木向天霜净。笑宫鸦斗雀，觅食乖乱，逞强争胜。

看河山半壁，恬夷幽素，岁岁年年夸逞。大地苍茫，谁配宰司参秉？诗仙曲圣今安在？世已罕稀酬赠。任长空，醉舞皑皑银粟，雅人余兴。

210. 双双燕（双调98字）

$ZPZZ$，ZZ_PZPP，$ZPPZ$。$PPZZ$，ZZ Z_PPPZ。Z_PZPPZ_PZ，ZZ_PZ、P_ZPZ_PZ。P PZ_PZPP，Z_PZPPZ_PZ。

PZ。P_ZPZ_PZ。$ZZZPP$，Z_PPPZ_ZZ。$PPPZ$，$ZZZPPZ$。Z_PZPPZ_PZ，ZZZ、$PPPZ$。PP_Z $ZZPP$，ZZP_ZPZ_PZ。

咏燕　［宋］史达祖

过春社了，度帘幕中间，去年尘冷。差池欲住，试入旧巢相并。还相雕梁藻井，又软语、商量不定。飘然快拂花梢，翠尾分开红影。

芳径。芹泥雨润。爱贴地争飞，竞夸轻俊。红楼归晚，看足柳昏花暝[1]。应自栖香正稳，便忘了、天涯芳信。愁损翠黛双蛾，日日画阑独凭。

满城社雨　　［清］张惠言

满城社雨，又唤起无家，一年新恨。花轻柳重，隔断红楼芳径。旧垒谁家曾识，更生怕、主人相问。商量多少雕檐，还是差池不定。

谁省。去年春静。直数到今年，丝魂絮影。前身应是，一片落红残粉。不住呢喃交讯，又惹得、莺儿闲听[2]。输于池上鸳鸯，日日阑前双暝。

211. 扬州慢（双调98字）

Z_pZPP，Z_pPPZ，P_zPZZP**P**。ZZ_pPP_zZ，Z_pZZP**P**。ZPZZ_pPP_zZ，ZPPZ，Z_pZP**P**。ZP_zP，Z_pZP_zP，Z_pZP**P**。

P_zPZ_pZ，ZPP、Z_pZP**P**。ZZ_pZPP，P_zPZ_pZ，Z_pZP**P**。Z_pZZPPZ，PPZ、Z_pZP**P**。ZZ_pPP_zZ，P_zPZ_pZP**P**。

1　暝，读上声 mǐng。

2　听，读去声 tìng。

淮左名都　　［宋］姜夔

淮左名都，竹西佳处，解鞍少驻初程。过春风十里，尽荠麦青青。自胡马窥江去后，废池乔木，犹厌言兵。渐黄昏，清角吹寒，都在空城。

杜郎俊赏，算而今、重到须惊。纵豆蔻词工，青楼梦好，难赋深情。二十四桥仍在，波心荡、冷月无声。念桥边红药，年年知为谁生？

十里春风　　［宋］赵以夫

十里春风，二分明月，蕊仙飞下琼楼。看冰花翦翦，拥碎玉成球。想长日、云阶伫立，太真肌骨，飞燕风流。敛群芳、清丽精神，都付扬州。

雨窗数朵，梦惊回、天际香浮。似阆苑花神，怜人冷落，骑鹤来游。为问竹西风景，长空淡、烟水悠悠。又黄昏，羌管孤城，吹起新愁。

琼花次韵　　［宋］李莱老

玉倚风轻，粉凝冰薄，土花祠冷无人。听吹箫月底，传暮草金城。笑红紫、纷纷成雨，溯空如蝶，恐堕珠尘。叹而今、杜郎还见，应赋悲春。

佩环何许，纵无情、莺燕犹惊。怅朱槛香消，绿屏梦渺，肠断瑶琼。九曲迷楼依旧，沉沉夜、想觅行云。但荒烟幽翠，东风吹作秋声。

元大都城墙遗址秋思　马维野（2015年9月6日）

碧水澄莹，紫薇凄秀，安驱少驻尘途。看波光闪烁，映挂叶佻浮。带凉意、秋风过耳，已刁萧起，绿景逐疏。纵天蓝日曜，清寒毕竟凌突。

轻挪碎步，见雕墙、岳立坚孤。任鹗视鹰瞵，龙腾虎跃，不再如初。恨后嗣无能辈，失疆土、未战先输。或残花败柳，回春就在皇都。

212. 应天长（又名《应天长令》《应天长慢》，双调98字）

P_Z P Z Z, P Z Z P, P P Z_P Z_P P **Z**。Z Z Z P P Z, P P Z P **Z**。P P Z, Z_P P_Z **Z**, Z_P Z Z、Z_P P P **Z**。Z P Z_P, Z_P Z P_Z P, Z_P P_Z P **Z**。

P Z Z P P, Z_P Z P P, P Z Z P **Z**。Z Z Z Z_P P P Z, P P Z P **Z**。P_Z P Z, P Z **Z**, Z Z_P Z、Z P P **Z**。Z P_Z Z_P, Z_P Z P P, Z_P P_Z P **Z**。

条风布暖　〔宋〕周邦彦

条风布暖，霏雾弄晴，池塘遍满春色。正是夜堂无月，沉沉暗寒食。梁间燕，前社客，似笑我、闭门愁寂。乱花过，隔院芸香，满地狼藉。

长记那回时，邂逅相逢，郊外驻油壁。又见汉宫传烛，飞烟五侯宅。青青草，迷路陌。强带酒、细寻前迹。市桥远，柳下人家，犹自相识。

吴门元夕 ［宋］吴文英

丽花鬪靥，清麝溅尘，春声遍满芳陌。竟路障空云幕，冰壶浸霞色。芙容镜，词赋客。竞绣笔、醉嫌天窄。素娥下，小驻轻镳，眼乱红碧。

前事顿非昔，故苑年光，浑与世相隔。向暮巷空人绝，残灯耿尘壁。凌波恨，帘户寂，听怨写、堕梅哀笛。伫立久，雨暗河桥，谯漏疏滴。

嫩黄上柳 ［宋］方千里

嫩黄上柳，新绿涨池，东风艳冶天色。又见乍晴还雨，年华傍寒食。春依旧，身是客。对丽景、易伤岑寂。怅凝望、一带平芜，剪就茵藉。

前度少年场，醉记旗亭，联句遍窗壁。调笑映墙红粉，参差水边宅。芦鞭懒过故陌。恨未老、渐成尘迹。谩无语，立尽斜阳，怀抱谁识。

夭桃弄粉 ［宋］杨泽民

夭桃弄粉，繁杏透香，依然旧日颜色。奈彼妒花风雨，连阴过寒食。金钗试寻妙客。正昼永、院深人寂。善歌更解舞，传闻触处声藉。

当日俊游时，屡向平康，吟咏共题壁。自后纵经回曲，难寻阿姨宅。芳华苑，罗绮陌。怎断得、怪踪狂迹。惯来往，柳外花间，莺燕都识。

213. 大有（双调 99 字）

Z_{P}ZPP，ZPPZ，ZZ_{P}P、PZP**Z**。ZPP、PPZZP**Z**。PPZZP_{Z}PZ，$P_{Z}$$Z_{P}$$Z_{P}$、$Z_{P}$PP**Z**。ZZZZPP，$P_{Z}PZZ_{P}$P**Z**。

PPZ，PZ**Z**。Z_{P}ZZPP[1]，ZPP_{Z}**Z**。PZPP，ZZZPP**Z**。ZZZPPZ，PPZ、PPP**Z**。ZPZ、ZZPP，PPZ**Z**。

九日　［宋］潘希白

戏马台前，采花篱下，问岁华、还是重九。恰归来、南山翠色依旧。帘栊昨夜听风雨，都不似、登临时候。一片宋玉情怀，十分卫郎清瘦。

红萸佩，空对酒。砧杵动微寒，暗欺罗袖。秋已无多，早是败荷衰柳。强整帽檐欹侧，曾经向、天涯搔首。几回忆、故国莼鲈，霜前雁后。

仙骨清羸　［宋］周邦彦

仙骨清羸，沈腰憔悴，见傍人、惊怪消瘦。柳无言、双眉尽日齐鬥。都缘薄幸赋情浅，许多时、不成欢偶。幸自也总由他，何须负这心口。

令人恨，行坐儿断了更思量，没心求守。前日相逢，又

1　PZ**Z**。Z_{P}ZZPP亦可作“PZZZ_{P}ZZPP。”

早见伊仍旧。却更被温存后。都忘了当时傝偬。便挡撮、九百身心，依前待有。

214. 三姝媚（双调99字）

$P_ZPPZ\mathbf{Z}$。ZZ_PZ_PPP，$Z_PPP\mathbf{Z}$。$ZZPP$，ZZ_PPPZ，$ZPP\mathbf{Z}$。Z_PZPZ_ZP，P_ZZ_PZ、$Z_PPP\mathbf{Z}$。Z_PZPP，Z_PZPP，$ZPP\mathbf{Z}$。

$Z_PZPPZ_P\mathbf{Z}$，$ZZZPP$，$ZPP\mathbf{Z}$。Z_PZPP，ZZ_PPPZ，$ZPP\mathbf{Z}$。$ZZPP$，P_ZZZ、$Z_PPP\mathbf{Z}$。Z_PZPPPZ，$PPZ_P\mathbf{Z}$。

烟光摇缥瓦　　［宋］史达祖

烟光摇缥瓦。望晴檐多风，柳花如洒。锦瑟横床，想泪痕尘影，凤弦常下。倦出犀帷，频梦见、王孙骄马。讳道相思，偷理绡裙，自惊腰衩。

惆怅南楼遥夜。记翠箔张灯，枕肩歌罢。又入铜驼，遍旧家门巷，首询声价。可惜东风，将恨与、闲花俱谢。记取崔徽模样，归来暗写。

送圣与还越　　［宋］周密

浅寒梅未绽。正潮过西陵，短亭逢雁。秉烛相看，叹俊游零落，满襟依黯。露草霜花，愁正在、废宫芜苑。明月河桥，笛外尊前，旧情消减。

莫诉离肠深浅。恨聚散匆匆，梦随帆远。玉镜尘昏，怕赋情人老，后逢凄惋。一样归心，又唤起、故园愁眼。立尽斜阳无语，空江岁晚。

吹笙池上道　［宋］吴文英

吹笙池上道。为王孙重来，旋生芳草。水石清寒，过半春犹自，燕沉莺悄。稚柳阑干，晴荡漾、禁烟残照。往事依然，争忍重听，怨红凄调。

曲榭方亭初扫。印藓迹双鸳，记穿林窈。顿隔年华，似梦回花上，露晞平晓。恨逐孤鸿，客又去、清明还到。便鞚墙头归骑，青梅已老。

芙蓉城伴侣　［宋］张炎

芙蓉城伴侣。乍卸却单衣，茜罗重护。傍水开时，细看来、浑似阮郎前度。记得小楼，听一夜、江南春雨。梦醒箫声，流水青冥，旧游何许。

谁剪层芳深贮。便洗尽长安，半面尘土。绝似桃根，带笑痕来伴，柳枝娇舞。莫是孤村，试与问、酒家何处。曾醉梢头双果，园林未暑。

215. 锁窗寒（又名《琐窗寒》《锁寒窗》双调99字）

ＺＺＰＰ，ＰＰＺＺ，ＺＰＰ**Ｚ**。ＰＰＺＺ，ＺＺＺ$_P$ＰＰ**Ｚ**。ＺＰＰ、Ｐ$_Z$Ｚ$_P$ＺＰ，ＺＰＺＺＰＰ**Ｚ**。ＺＺ$_P$ＰＰ$_Z$Ｚ，ＰＰＰＺ，ＺＰＰ**Ｚ**。

ＰＺ。ＰＰＺ，ＺＺＺＰＰ，ＺＰＺ**Ｚ**。ＰＰＺＺ，Ｚ

ZPPPｚ**Z**。ZPP、PZZP，ZPZZPZ**Z**。ZPP、ZZPP，ZZPP**Z**。

暗柳啼鸦 ［宋］周邦彦

暗柳啼鸦，单衣伫立，小帘朱户。桐花半亩，静锁一庭愁雨。洒空阶、夜阑未休，故人剪烛西窗语。似楚江暝宿，风灯零乱，少年羁旅。

迟暮。嬉游处，正店舍无烟，禁城百五。旗亭唤酒，付与高阳俦侣。想东园、桃李自春，小唇秀靥今在否？到归时、定有残英，待客携尊俎。

燕子池塘 ［宋］方千里

燕子池塘，黄鹂院落，海棠庭户。东君暗许，借与轻风柔雨。奈春光、困人正浓，画栏小立慵无语。念冶游时节，融怡天气，异乡愁旅。

朝暮。凝情处，叹聚散悲欢，岁常十五。连飞并羽，未抵鸳朋凤侣。算章台、杨柳尚存，楚娥鬓影依旧否？再相逢、拚解雕鞍，燕乐同杯俎。

216. **燕山亭**（又名《宴山亭》，双调 99 字）

Zｐ ZPP，Zｐ ZZP，ZZPPP**Z**。<u>PZZP，ZZPP</u>，Zｐ ZZPP**Z**。ZZPP，ZPZ、Zｐ PP**Z**。P**Z**，ZZZPP，ZPP**Z**。

PZPZPP，ZPｚ Z，PPZPP**Z**。<u>PPZZ，</u>

ZZPP，PPZPP**Z**。ZZPP，P$_Z$Z$_P$Z、Z$_P$PP**Z**。P**Z**，PZZ、PPZ**Z**。

裁剪冰绡　〔宋〕赵佶

裁剪冰绡，打叠数重，冷淡燕脂匀注。新样靓妆，艳溢香融，羞杀蕊珠宫女。易得凋零，更多少、无情风雨。愁苦。闲院落凄凉，几番春暮？

凭寄离恨重重，这双燕，何曾会人言语。天遥地远，万水千山，知他故宫何处？怎不思量，除梦里、有时曾去。无据，和梦也、有时不做。

海棠　〔宋〕王之道

微雨斑斑，晕湿海棠，渐觉燕脂红褪。迟日短垣，娇怯和风，摇曳一成春困。玉软酴酥，扶不起、晚妆慵整。愁恨。对佳时媚景，可堪重省。

曾约小桃新燕，有蜂媒蝶使，为传芳信。西蜀杜郎，东坡苏老，道也道应难尽。一朵风流，雅称且、凤翘云鬟。相映，眉拂黛、梅腮弄粉。

阅读提示：以上两首词后阕断句有所不同。

217.瑶台聚八仙（双调99字）

Z$_P$ZP**P**，P$_Z$ZZ、PP$_Z$ZZP**P**。ZPPZ，PZZZP**P**。Z$_P$ZPPPZZ，P$_Z$PZZZP**P**。ZP**P**。ZPZZ，PZP**P**。

ＰＰＺＺＺＺ，ＺＺＰＺＺ，ＺＺＰ**Ｐ**。ＺＺＰＰ，Ｐ
ＺＺＺＰ**Ｐ**。ＺＰＰＺＰＺＺＺ，ＺＰＺＺ、ＰＰＺＰＺ**Ｐ**。Ｐ
ＰＺ，ＺＺＰＰＰＺＺ，ＺＺＰ**Ｐ**。

杭友寄声，以词答意　[宋]张炎

秋水涓涓，人正远、鱼雁待拂吟笺。也知游意，多在第
二桥边。花底鸳鸯深处影，柳阴淡隔里湖船。路绵绵。梦吹
旧笛，如此山川。

平生两谢屐，任放歌自得，直上风烟。峭壁谁家，长啸
竟落松前。十年孤剑万里，又何似、畦分抱瓮泉。山中酒，
且醉餐石髓，白眼青天。

秋声　马维野（2019年10月20日）

一叶知秋，长空朗、朝晖映耀空幽。软风吹过，听落叶
妙声讴。万紫千红惊炫目，天人胜处是皇州。魄赳赳。散闲
信步，心旷无忧。

悲歌是季自古，俱乃文墨误，士论当休！硕果初尝，观
北土正霜收。仲春播下百种，问回报、功成赖兆头。谁堪配，
这果实累累，共享田酬？

218. 夜合花（双调99字）

ＺＰＺＰＰ，ＺＰＰＰＺ，ＺＰＺＰＺＰ**Ｐ**。ＰＺＰＺＺ，
ＰＰＺＺＰ**Ｐ**。ＺＰＺＺ，ＺＰ**Ｐ**。ＺＰＺＰ、ＰＺＰ**Ｐ**。Ｚ
ＰＰＺ，ＰＰＺＺ，ＺＺＰ**Ｐ**。

P~Z~ZZZP**P**，ZPPZZ，PZP**P**。PPZZ，PPZZP**P**。<u>PZZ，ZP**P**</u>。ZPP、PZP**P**。ZPPZ，Z~P~PZZ，Z~P~ZP**P**。

自鹤江入京泊葑门外有感　［宋］吴文英

柳暝河桥，莺晴台苑，短策频惹春香。当时夜泊，温柔便入深乡。词韵窄，酒杯长。翦蜡花、壶箭催忙。共追游处，凌波翠陌，连棹横塘。

十年一梦凄凉，似西湖燕去，吴馆巢荒。重来万感，依前唤酒银罂。溪雨急，岸花狂。趁残鸦、飞过苍茫。故人楼上，凭谁指与，芳草斜阳？

风叶敲窗　［宋］孙惟信

风叶敲窗，露蛩吟甃，谢娘庭院秋宵。凤屏半掩，钗花映烛红摇。润玉暖，腻云娇。染芳情、香透鲛绡。断魂留梦，烟迷楚驿，月冷蓝桥。

谁念卖药文箫？望仙城路杳，莺燕迢迢。罗衫暗摺，兰痕粉迹都销。流水远，乱花飘。苦相思、宽尽春腰。几时重恁，玉骢过处，小袖轻招。

219.玉蝴蝶（又名《玉蝴蝶慢》，双调99字，格二）

ZZZPPZ，P~Z~PZ~P~Z，Z~P~ZP**P**。ZZPP，PZZZP**P**。<u>ZPP、P~Z~PZ~P~Z，P~Z~ZZ、Z~P~ZP**P**</u>。ZPP，ZPPZ，P~Z~ZP**P**。

P **P**。P_ZPZZ，ZPPZ，ZZP**P**。ZZPP，

ZPPZZP**P**。ZPZ_P、P_ZPZ_PZ，P_ZZZ_P、Z_P

ZP**P**。ZP**P**，ZPPZ，Z_PZP**P**。

望处雨收云断　［宋］柳永

望处雨收云断，凭阑悄悄，目送秋光。晚景萧疏，堪动宋玉悲凉。水风轻、蘋花渐老，月露冷、梧叶飘黄。遣情伤，故人何在？烟水茫茫。

难忘[1]。文期酒会，几孤风月，屡变星霜。海阔山遥，未知何处是潇湘！念双燕、难凭远信，指暮天、空识归航。黯相望，断鸿声里，立尽斜阳。

目断江南千里　［宋］晁冲之

目断江南千里，灞桥一望，烟水微茫。尽锁重门，人去暗度流光。雨轻轻、梨花院落，风淡淡、杨柳池塘。恨偏长，佩沉湘浦，云散高唐。

清狂。重来一梦，手搓梅子，煮酒初尝。寂寞经春，小桥依旧燕飞忙。玉钩栏、凭多渐暖，金缕枕、别久犹香。最难忘，看花南陌，待月西厢。

晚雨未摧宫树　［宋］史达祖

晚雨未摧宫树，可怜闲叶，犹抱凉蝉。短景归秋，吟思

1　忘，读阳平 wáng。

又接愁边。漏初长、梦魂难禁，人渐老、风月俱寒。想幽欢，土花庭甃，虫网阑干。

无端。啼蛄搅夜，恨随团扇，苦近秋莲。一笛当楼，谢娘悬泪立风前。故园晚、强留诗酒，新雁远、不致寒暄。隔苍烟，楚香罗袖，谁伴婵娟？

唤起一襟凉思　　［宋］高观国

唤起一襟凉思[1]，未成晚雨，先做秋阴。楚客悲残，谁解此意登临。古台荒、断霞斜照，新梦黯、微月疏砧。总难禁[2]，尽将幽恨，分付孤斟。

从今。倦看青镜，既迟勋业，可负烟林。断梗无凭，岁华摇落又惊心。想莼汀、水云愁凝，闲蕙帐、猿鹤悲吟。信沉沉。故园归计，休更侵寻。

220. 月下笛（双调99字）

ZZPP，PPZZ，ZPP**Z**。PPZ**Z**，ZPPZ
P**Z**。PPZ$_P$ZPPZ，ZZ$_P$Z、PPZ**Z**。ZP$_Z$P$_Z$
Z$_Z$Z，PPZ$_P$Z，ZP$_Z$P**Z**。

P**Z**，PPZ**Z**。ZZZPP，ZPP**Z**。PPZ**Z**，Z
PPZP**Z**。ZPPZPPZ，ZZ$_P$Z、PPZ**Z**。ZZ$_P$
Z，ZP$_Z$P，PZPPZ**Z**。

1　思，读去声 sì。

2　禁，读阴平 jīn。

寄仇山村溧阳　［宋］张炎

千里行秋，支筇背锦，顿怀清友。殊乡聚首。爱吟犹自诗瘦。山人不解思猿鹤，笑问我、韦娘在否。记长堤画舫，花柔春闹，几番携手。

别后，都依旧。但靖节门前，近来无柳。盟鸥尚有，可怜西塞渔叟。断肠不恨江南老，恨落叶、飘零最久。倦游处，减羁愁，犹未消磨是酒。

与客携壶　［宋］姜夔

与客携壶，梅花过了，夜来风雨。幽禽自语。啄香心、度墙去。春衣都是柔荑翦，尚沾惹、残茸半缕。怅玉钿似扫，朱门深闭，再见无路。

凝伫，曾游处。但系马垂杨，认郎鹦鹉。扬州梦觉，彩云飞过何许？多情须倩梁间燕，问吟袖、弓腰在否？怎知道，误了人，年少自恁虚度。

221. 东风第一枝（双调 100 字）

<u>ＺＺＰＰ，Ｐ_ＺＰＺＺ，ＰＰＺ_ＰＺＰＺ。</u>Ｚ_ＰＰＺ_ＰＺ ＰＰ，ＺＺ_ＰＺＰＰ_Ｚ**Ｚ**。ＰＰＺ_ＰＺ，ＺＺＺ、Ｚ_ＰＰＰ**Ｚ**。 ＺＺＰ、ＺＺＰＰ，Ｚ_ＰＺＺＰＰ**Ｚ**。

<u>ＰＺＺ、ＺＰＺ_Ｐ**Ｚ**，ＰＺＺ、ＺＰＺ_Ｐ**Ｚ**。</u>ＺＰＺ_ＰＺ ＰＰ，ＺＰ_ＺＰ_ＺＺ_Ｐ**Ｚ**。Ｐ_ＺＰＺ_ＰＺ，ＺＺＺ、Ｚ_ＰＰＰ**Ｚ**。 ＺＺＰ、Ｚ_ＰＺＰＰ，ＺＺＺＰＰ**Ｚ**。

咏春雪 ［宋］史达祖

巧沁兰心，偷黏草甲，东风欲障新暖。谩凝碧瓦难留，信知暮寒轻浅。行天入镜，做弄出、轻松纤软。料故园、不卷重帘，误了乍来双燕。

青未了、柳回白眼，红欲断、杏开素面。旧游忆著山阴，后盟遂妨上苑。寒炉重暖，便放慢、春衫针线。恐凤靴、挑菜归来，万一灞桥相见。

早春赋 ［宋］周密

草梦初回，柳眠未起，新阴才试花讯。雏鸳迎晓偎香，小蝶舞晴弄影。飞梭庭院，早已觉、日迟人静。画帘轻、不隔春寒，旋减酒红香晕。

吟欲就、远烟催暝，人欲醉、晚风吹醒。瘦肌羞怯金宽，笑靥暖融粉沁。珠歌缓引，更巧试、杏妆梅鬓。怕等闲、虚度芳期，老却翠娇红嫩。

怡生园遐思 马维野（2007年7月26日）

塞北葱葱，江南郁郁，皇都放眼寰宇。务虚会上神游，乌托邦国闲叙。怡生园内，任思绪、苍茫无律。尚记得、二到杭州，赏宝塔西湖趣。

千里路、始于脚底，百年事、止乎掌际。称王必属赢家，谓寇终当败绩。金陵城下，春秋梦、何时曾几？忆山城、可有梅花，再度盛开芳丽？

222. 渡江云（又名《三犯渡江云》，双调 100 字）

P_ZPPZZ，ZPP_ZZ，Z_PZZZP**P**。ZPPZZ，
ZZ_PPP_Z，ZZZ_PP**P**。P_ZPZZ，ZP_ZP_Z、Z_PZ
P**P**。PZZ_P、Z_PPPZ，Z_PZZP**P**。

P**P**。P_ZPZ_PZ，ZZPP，ZPPZ_P**Z**。PZZ_P、
PPZ_PZ，Z_PZP**P**。PPZZPPZ，ZZZ_P、PZ
P**P**。PZ_PZ，P_PPZZP**P**。

山空天入海　［宋］张炎

山空天入海，倚楼望极，风急暮潮初。一帘鸠外雨，几
处闲田，隔水动春锄。新烟禁柳，想如今、绿到西湖。犹记得、
当年深隐，门掩两三株。

愁余。荒洲古溆，断梗疏萍，更漂流何处？空自觉、围
差带减，影怯灯孤。常疑即见桃花面，甚近来、翻笑无书。
书纵远，如何梦也都无？

晴岚低楚甸　［宋］周邦彦

晴岚低楚甸，暖回雁翼，阵势起平沙。骤惊春在眼，借
问何时，委曲到山家。涂香晕色，盛粉饰、争作妍华。千万丝、
陌头杨柳，渐渐可藏鸦。

堪嗟。清江东注，画舸西流，指长安日下。愁宴阑、风
翻旗尾，潮溅乌纱。今宵正对初弦月，傍水驿、深舣蒹葭。
沉恨处，时时自剔灯花。

赋荷花　［宋］卢祖皋

锦云香满镜，岸巾横笛，浮醉一舟轻。别愁萦短鬓，晚凉池阁，此地忽逢迎。柄圆敧绿，倚风流、还恁娉婷。凭画阑，嫣然输笑，无语寄心情。

盈盈。露华匀玉，日影酣红，记晚妆慵整。还暗惊、人间离合，羞对池萍。三年一觉西湖梦，又等闲、金井秋声。销魂久，夜深月冷风清。

223. 高阳台（又名《庆春泽》，双调 100 字）

$Z_P Z P P$，$P P Z_P Z$，$P_Z P Z_P Z P \mathbf{P}$。$Z_P Z P P$，$P_Z P Z_P Z P \mathbf{P}$。$P_Z P Z_P Z P P Z$，$Z P Z_P$、$Z_P Z P \mathbf{P}$。$Z P P$，$\underline{Z_P Z P P}$，$\underline{Z_P Z P \mathbf{P}}$。

$P P Z Z P P Z$，$Z P P P Z Z$，$Z_P Z P \mathbf{P}$。$Z_P Z P P$，$P_Z P Z_P Z P \mathbf{P}$。$P_Z P Z_P Z P P Z$，$Z P Z_P$、$Z_P Z P \mathbf{P}$。$Z P P$、$Z_P Z P P$，$Z_P Z P \mathbf{P}$[1]。

西湖春感　［宋］张炎

接叶巢莺，平波卷絮，断桥斜日归船。能几番游，看花又是明年。东风且伴蔷薇住，到蔷薇、春已堪怜。更凄然，万绿西泠，一抹荒烟。

当年燕子知何处？但苔深韦曲，草暗斜川。见说新愁，

1　$Z_P Z P \mathbf{P}$，亦可作"$Z P P \mathbf{P}$"，也就是说，当第二个字是平声时，第一个字必须是仄声。

如今也到鸥边。无心再续笙歌梦，掩重门、浅醉闲眠。莫开帘，怕见飞花，怕听啼鹃。

寄越中诸友　［宋］周密

小雨分江，残寒迷浦，春容浅入蒹葭。雪霁空城，燕归何处人家？梦魂欲渡苍茫去，怕梦轻、还被愁遮。感流年，夜汐东还，冷照西斜。

萋萋望极王孙草，认云中烟树，鸥外春沙。白发青山，可怜相对苍华。归鸿自趁潮回去，笑倦游、犹是天涯。问东风，先到垂杨，后到梅花？

芙蓉　［宋］蒋捷

霞铄帘珠，云蒸篆玉，环楼婉婉飞铃。天上王郎，飙轮此地曾停。秋香不断台隍远，溢万丛、锦艳鲜明。事成尘，鸾凤箫中，空度歌声。

臞翁一点清寒髓，惯餐英菊屿，饮露兰汀。透屋高红，新营小样花城。霜浓月淡三更梦，梦曼仙、来倚吟屏。共襟期，不是琼姬，不是芳卿。

红入桃腮　［宋］王观

红入桃腮，青回柳眼，韶华已破三分。人不归来，空教草怨王孙。平明几点催花雨，梦半阑、欹枕初闻。问东君，因甚将春，老了闲人。

东郊十里香尘满，旋安排玉勒，整顿雕轮。趁取芳时，共寻岛上红云。朱衣引马黄金带,算到头、总是虚名。莫闲愁,一半悲秋, 一半伤春。

丙子元夕　〔宋〕刘镇

灯火烘春, 楼台浸月, 良宵一刻千金。锦步承莲, 彩云簇仗难寻, 蓬壶影动星球转, 映两行、宝珥瑶簪。恣嬉游, 玉漏声催, 未歇芳心。

笙歌十里夸张地, 记年时行乐, 憔悴而今。客里情怀, 伴人闲笑闲吟。小桃未静刘郎老, 把相思、细写瑶琴。怕归来, 红紫欺风, 三径成阴。

224. **换巢鸾凤**（双调100字）

PZP**P**, ZPPZZ, ZZP**P**。ZPPZZ, ZZZP**P**。PPPZZP**P**。ZPZP, PPZ**P**。PPZ, ZZZ、ZPP**P**。

P**Z**。PZ**Z**。PZZP, PZPP**Z**。ZZPP, ZPPZ, PZPPP**Z**。PZPPZPP, ZPPZPP**Z**。ZPP、ZZP**Z**。

梅意　〔宋〕史达祖

人若梅娇, 正愁横断坞, 梦绕谿桥。倚风融汉粉, 坐月怨秦箫。相思因甚到纤腰? 定知我今, 无魂可销。佳期晚, 谩几度、泪痕相照。

人悄。天眇眇。花外语香, 时透郎怀抱。暗握荑苗, 乍尝樱颗，犹恨侵阶芳草。天念王昌忒多情，换巢鸾凤教偕老。温柔乡，醉芙蓉、一帐春晓。

225. 绛都春（双调 100 字）

ＰＰＺＺ。ＺＺＺＺＰ，ＰＰＰＺ。ＺＺＺＰ，ＰＺＰＰＰＰＺ。Ｐ_zＰＰ_zＺＰＰＺ，ＺＰ_zＺＰＰＰＺ。ＺＰＰ_zＺ，ＰＰＺＺ，ＺＰＰＺ。

ＰＺ。ＰＰＺＺ，ＺＰＺ、ＺＺＰＰＰＺ。ＺＺＺＰ，Ｐ_zＺＰＰＰＰＺ，Ｐ_zＰＰＺＰＰＺ。ＺＰ_zＺ、Ｐ_zＰＺ_PＺ。ＺＰＰ_zＺＰＰ，ＺＰＺＺ。

早梅 ［宋］无名氏

寒阴渐晓。报驿使探春，南枝开早。粉蕊弄香，芳脸凝酥琼枝小。雪天分外精神好，向白玉堂前应到。化工不管，朱门闭也，暗传音耗。

轻渺。盈盈笑靥，称娇面、爱学宫妆新巧。几度醉吟，独倚栏干黄昏后，月笼疏影横斜照。更莫待、单于吹老。便须折取归来，胆瓶顿了。

燕之久矣，京口适见似人，怅怨有感 ［宋］吴文英

南楼坠燕。又灯晕夜凉，疏帘空卷。叶吹暮喧，花露晨晞秋光短。当时明月娉婷伴。怅客路、幽扃俱远。雾鬟依约，除非照影，镜空不见。

别馆。秋娘乍识，似人处、最在双波凝盼。旧色旧香，

闲雨闲云情终浅。丹青谁画真真面。便只作、梅花频看。更愁花变梨霙，又随梦散。

春愁怎画　　［宋］蒋捷

春愁怎画。正莺背带雪，酴醾花谢。细雨院深，淡月廊斜重帘挂。归时记约烧灯夜。早拆尽、秋千红架。纵然归近，风光又是，翠阴初夏。

娅姹。嚬青泫白，恨玉佩罢舞，芳尘凝榭。几拟倩人，付与兰香秋罗帕，知他坠策斜拢马。在底处、垂杨楼下。无言暗拥娇鬟，凤钗溜也。

太师生辰　　［宋］毛滂

馀寒尚峭。早凤沼冻开，芝田春到。茂对诞期，天与公春向廊庙。元功开物争春妙。付与秾华多少。召还和气，拂开雾色，未妨谈笑。

缥缈。五云乱处，种彫菰向熟，碧桃犹小。雨露在门，光彩充闾乌亦好。宝熏郁雾城南道。天自锡公难老。看公身任安危，二十四考。

次韵赵西里游平山堂二词　　［宋］张榘

平山老柳。寄多少胜游，春愁诗瘦。万叠翠屏，一抹江烟浑如旧。晴空栏槛今何有？寂寞文章身后。唤回奇事，青油上客，放怀樽酒。

知不？全淮万里，羽书静，草绿长亭津堠。小队出郊，花底赓酬闲时候。和薰筹幕垂春昼。坐看蓉池波皱。主宾同会风云，盛名可久。

226. 解语花（双调 100 字）

P P Z Z，Z Z P P，P Z P P **Z**。Z P P **Z**。P P Z，Z$_P$ Z Z P Z$_P$ **Z**。P P Z **Z**。P$_Z$ Z Z、P$_Z$ P Z$_P$ **Z**。P Z P、P Z P P，Z$_P$ Z P P **Z**。

P Z Z$_P$ P Z **Z**。Z P P P Z，P Z P **Z**。P P P **Z**。P P Z，Z$_P$ Z Z P P **Z**。P P Z **Z**，P$_Z$ Z Z、Z$_P$ P P$_Z$ **Z**。P Z P，P Z P P，Z Z P P **Z**。

元宵 ［宋］周邦彦

风销焰蜡，露浥烘炉，花市光相射。桂华流瓦。纤云散，耿耿素娥欲下。衣裳淡雅。看楚女、纤腰一把。箫鼓喧，人影参差，满路飘香麝。

因念都城放夜。望千门如昼，嬉笑游冶。钿车罗帕。相逢处，自有暗尘随马。年光是也，唯只见、旧情衰谢。清漏移，飞盖归来，从舞休歌罢。

行歌趁月 ［宋］张炎

行歌趁月，唤酒延秋，多买莺莺笑。蕊枝娇小。浑无奈、一搠醉乡怀抱。筹花鬥草。几曾放、好春闲了。芳意阑，可惜香心，一夜酸风扫。

海上仙山缥缈。问玉环何事，苦无分晓。旧愁空杳。蓝桥路、深掩半庭斜照。馀情暗恼，都缘是、那时年少。惊梦回、懒说相思，毕竟如今老。

雪　[宋]刘子寰

龙沙殿腊，兔苑留寒，花照冰壶夜。乱山平野。装珠树满眼，买春无价。墙头苑下。浑不见、桃夭杏冶。疑趁风、庚岭寒梅，触处都飘谢。

吹面峭寒未怕。览瑶池万里，飞观高榭。霓旌鹤驾。歌黄竹、胜跃踏青骄马。峰峦似画。但点缀、片时相借。惊望中、玉宇琼楼，残溜空鸳瓦。

颐和园深秋游　马维野（2019年11月11日）

征鸿过尽，斗雀留多，秋色皇家苑。柳烟湖畔。铜牛卧、翘首妙观彼岸。佛香寿万。临近睹、桥横水面。七色浓、文绘长廊，风骨残荷炫。

多彩如诗画卷。令闲人凡致，萌起平渐。天高云淡。暇遑趁、乐此善时游转。回归世念，俗界里、衣茶酒饭。余醒心，规避喧杂，为陋躯康健。

227.念奴娇（又名《百字令》《酹江月》《一壶天》《湘月》，双调100字，格一）

P$_z$PZ$_p$Z，ZPZP$_z$Z，Z$_p$PP**Z**。Z$_p$ZPZ$_z$PPZZ，Z$_p$ZP$_z$PP**Z**。<u>Z$_p$ZPP，P$_z$PZP$_z$Z，Z$_p$</u>ZPP**Z**。P$_z$PZ$_p$Z，ZPPZP$_z$**Z**。

$Z_P Z P_Z Z P P$，$Z_P P P_Z Z$，$Z_P Z P P \mathbf{Z}$。$Z_P Z$
$P_Z P P Z Z$，$Z_P Z P_Z P P \mathbf{Z}$。$Z_P Z P P$，$P_Z P Z_P Z$，
$Z_P Z P P \mathbf{Z}$。$Z_P P P Z$，$Z_P P P Z P \mathbf{Z}$。

中秋　[宋]苏轼

凭高眺远，见长空万里，云无留迹。桂魄飞来光射处，冷浸一天秋碧。玉宇琼楼，乘鸾来去，人在清凉国。江山如画，望中烟树历历。

我醉拍手狂歌，举杯邀月，对影成三客。起舞徘徊风露下，今夕不知何夕？便欲乘风，翻然归去，何用骑鹏翼。水晶宫里，一声吹断横笛。

书东流村壁　[宋]辛弃疾

野棠花落，又匆匆、过了清明时节。刬地东风欺客梦，一夜云屏寒怯。曲岸持觞，垂杨系马，此地曾轻别。楼空人去，旧游飞燕能说。

闻道绮陌东头，行人长见，帘底纤纤月。旧恨春江流未断，新恨云山千叠。料得明朝，尊前重见，镜里花难折。也应惊问，近来多少华发？

春情　[宋]李清照

萧条庭院，又斜风细雨，重门须闭。宠柳娇花寒食近，种种恼人天气。险韵诗成，扶头酒醒，别是闲滋味。征鸿过尽，万千心事难寄。

楼上几日春寒，帘垂四面，玉阑干慵倚。被冷香消新梦觉，不许愁人不起。清露晨流，新桐初引，多少游春意。日高烟敛，更看今日晴未？

浮生有几 ［宋］范成大

浮生有几，叹欢娱常少，忧愁相属。富贵功名皆由命，何必区区仆仆。燕蝠尘中，鸡虫影里，见了还追逐。山间林下，几人真个幽独。

谁似当日严君，故人龙衮，独抱羊裘宿。试把渔竿都掉了，百种千般拘束。两岸烟林，半溪山影，此处无荣辱。荒台遗像，至今嗟咏不足。

辛丑年元日赋 马维野（2021年2月12日，辛丑年正月初一）

光阴荏苒，送庚子离俗，又迎辛丑。鼠尾牯头相继缵，万户千家奔凑。雨洒江南，雪飘塞北，云水乡音奏。神州大地，善和祥瑞妍秀。

回首去岁年初，新冠误戴，寰宇凌惊骤。假作真时真亦假，人祸天灾倾构。余孽难除，荼毒犹在，历史教人否？牛年期冀，亲朋天地同寿。

228. 念奴娇（又名《大江东去》《百字令》《醉江月》《一壶天》《湘月》，双调100字，格二）

Z$_P$PPZ，Z$_P$Z$_Z$Z、Z$_P$ZZ$_P$PPZ。Z$_P$Z$_P$Z$_Z$PPZZ，Z$_P$ZPPZ$_P$Z。Z$_P$ZPP，P$_Z$ZP$_P$Z，Z$_P$

ＺＰＰ**Ｚ**。Ｚ_ＰＰＰＺ，Ｚ_ＰＰＰＺＰ**Ｚ**。

Ｐ_ＺＺＰ_ＺＺＰＰ，Ｚ_ＰＰＰＺＺ，Ｚ_ＰＰＰ**Ｚ**[1]。Ｚ_ＰＺＰ_ＺＰＰＺＺ，Ｚ_ＰＺＰ_ＺＰＰ**Ｚ**。Ｚ_ＰＺＰＰ，Ｐ_ＺＰＺ_ＰＺ，Ｚ_ＰＺＰＰ**Ｚ**。Ｚ_ＰＰＰＺ，Ｚ_ＰＰＰＺＰ**Ｚ**。

赤壁怀古　〔宋〕苏轼

大江东去，浪淘尽、千古风流人物。故垒西边人道是，三国周郎赤壁。乱石穿空，惊涛拍岸，卷起千堆雪。江山如画，一时多少豪杰？

遥想公瑾当年，小乔初嫁了，雄姿英发。羽扇纶巾谈笑间，强虏灰飞烟灭。故国神游，多情应笑，我早生华髮。人间如梦，一尊还酹江月。

登多景楼　〔宋〕陈亮

危楼还望，叹此意、今古几人曾会？鬼设神施，浑认作、天限南疆北界。一水横陈，连岗三面，做出争雄势。六朝何事，只成门户私计？

因笑王谢诸人，登高怀远，也学英雄涕。凭却长江管不到，河洛腥膻无际。正好长驱，不须反顾，寻取中流誓。小儿破贼，势成宁问彊对。

---

1 Ｚ_ＰＰＰＺＺ，Ｚ_ＰＰＰ**Ｚ**是前五后四。也可用前四后五"ＰＰＺ_ＰＺ，ＺＰＺＰＰ**Ｚ**"，如陈亮的"登高怀远，也学英雄涕"句。

过洞庭　［宋］张孝祥

洞庭青草，近中秋、更无一点风色。玉鉴琼田三万顷，著我扁舟一叶。素月分辉，明河共影，表里俱澄澈。悠然心会，妙处难与君说。

应念岭海经年，孤光自照，肝肺皆冰雪。短髮萧骚襟袖冷，稳泛沧浪空阔。尽吸西江，细斟北斗，万象为宾客。扣舷独笑，不知今夕何夕。

断虹霁雨　［宋］黄庭坚

断虹霁雨，净秋空，山染修眉新绿。桂影扶疏，谁便道，今夕清辉不足？万里青天，姮娥何处，驾此一轮玉。寒光零乱，为谁偏照醽醁？

年少从我追游，晚凉幽径，绕张园森木。共倒金荷家万里，难得尊前相属。老子平生，江南江北，最爱临风曲。孙郎微笑，坐来声喷霜竹。

沙湖　马维野（2007年7月12日）

映天湖水，苇蓬簇、千百鹭鸥飞遍。西夏明珠天嵌玉，到处风情无限。远赏波光，近观砾烁，绿柳红花绚。长河荒漠，看绿洲美如幻。

轻舟似箭擎风，一时掀卷起，浪花堆漫。鸟岛丛生鸣百雀，险处凭栏禽苑。塞上精图，沙中霁景，梦绕魂萦泛。今临胜境，顿游情更舒展。

阅读提示：此谱与前谱不尽相同，前者是定格，后者是变格。两者的主要区别是前阕第一整句上，前者是 $P_z P Z_p$ Z，$ZPZP_z Z$，$Z_p P P Z$，后者是 $Z_p P P Z$，$Z P_z Z$、$Z_p Z Z_p P P Z$。变格《念奴娇》正是由于苏轼的性情豪放而"不守规矩"作了《赤壁怀古》而被后来人认可而得，而词的第一句"大江东去"也成了《念奴娇》的别名，以至于后来《念奴娇》的变格比定格还响亮。

229. 琵琶仙（双调100字）

P Z P P，Z P Z、Z Z P P P **Z**。P Z P Z P P，P P Z P **Z**。P Z Z、P P Z Z，Z P Z、Z P P **Z**。Z Z P P，P P Z Z，P Z P **Z**。

Z P Z、P Z P P，Z P Z、P P Z P **Z**。P Z Z P P Z，Z P P P **Z**。P Z Z、P P Z Z，Z Z P、Z Z P **Z**。Z Z P Z P P，Z P P **Z**。

双桨来时　［宋］姜夔

双桨来时，有人似、旧曲桃根桃叶。歌扇轻约飞花，蛾眉正奇绝。春渐远、汀洲自绿，更添了、几声啼鸩。十里扬州，三生杜牧，前事休说。

又还是、宫烛分烟，奈愁里、匆匆换时节。都把一襟芳思，与空阶榆荚。千万缕、藏鸦细柳，为玉尊、起舞回雪。想见西出阳关，故人初别。

230. 绕佛阁（双调100字）

ＺＰＺ**Ｚ**，ＰＰ_ＺＺＺ，ＰＺＰ**Ｚ**。ＰＺＰ**Ｚ**。ＺＰＺ
Ｚ，ＰＰＺＰ**Ｚ**。ＺＰＺ**Ｚ**。ＰＺＺＺ，ＰＺＰ**Ｚ**。ＰＺＰ**Ｚ**，
ＺＰＺＺ，ＰＰＺＰ**Ｚ**。

ＺＺＺＰＺ，ＺＺＰＰＰＺ**Ｚ**。ＰＺＺＰ，ＰＰＰＺ**Ｚ**，
ＺＺＺＰＰ，ＰＺＰ**Ｚ**。ＺＰＰ**Ｚ**。ＺＺＺＰＰ，ＰＺＰ**Ｚ**。
ＺＰＰ、ＺＰＰ**Ｚ**。

旅情　[宋]周邦彦

暗尘四敛，楼观迥出，高映孤馆。清漏将短。厌闻夜久，
箫声动书幔。桂华又满。闲步露草，偏爱幽远。花气清婉，
望中迤逦，城阴度河岸。

倦客最萧索，醉倚斜桥穿柳线。还似汴堤，虹梁横水面，
看浪飐春灯，舟下如箭。此行重见。叹故友难逢，羁思空乱。
两眉愁、向谁舒展？

与沈野逸东皋天街卢楼追凉小饮　[宋]吴文英

夜空似水，横汉静立，银浪声杳。瑶镜夐小。素娥乍起，
楼心弄孤照。絮云未巧，梧韵露井，偏借秋早。晴暗多少，
怕教彻胆，蟾光见怀抱。

浪迹尚为客，恨满长安千古道。还记暗萤，穿帘街语悄，
叹步影归来，人鬓花老。紫箫天渺。又露饮风前，凉坠轻帽。
酒杯空、数星横晓。

231. 夜合花（双调 100 字）

Z$_P$Z̄PP，PPZ$_P$Z，ZPPZP**P**。PPZZ，P
PZZP**P**。ZZ$_P$Z，ZP**P**。ZPP、PZP**P**。ZP
PZ，PPZZ，Z$_P$ZP**P**。

PPZZP**P**。PZPPZZ，Z$_P$ZP**P**。PPZZ，
PPZZP**P**。Z$_P$Z$_P$Z，ZP**P**。ZP$_Z$P、PZP**P**。
ZPPZ，PPZZ，Z$_P$ZP**P**。

柳锁莺魂　　［宋］史达祖

柳锁莺魂，花翻蝶梦，自知愁染潘郎。轻衫未揽，犹将
泪点偷藏。念前事，怯流光。早春窥、酥雨池塘。向销凝里，
梅开半面，情满徐妆。

风丝一寸柔肠。曾在歌边惹恨，烛底萦香。芳机瑞锦，
如何未织鸳鸯？人扶醉，月依墙。是当初、谁敢疏狂！把闲
言语，花房夜久，各自思量。

斑驳云开　　［宋］高观国

斑驳云开，濛松雨过，海棠花外寒轻。湖山翠暖，东风
正要新晴。又唤醒，旧游情。记年时、今日清明。隔花阴浅，
香随笑语，特地逢迎。

人生好景难并[1]，依旧秋千巷陌，花月蓬瀛。春衫抖擞，

1　并，读阴平 bīng。

馀香半染芳尘。念嫩约，杳难凭。被几声、啼鸟惊心。一庭芳草，危阑晚日，无限消凝。

232. 翠楼吟（双调 101 字）

ＺＺＰＰ，ＰＰＺＺ，ＰＰＺＺₚＰＺ。ＰＰＰＺＺ，ＺＰＺ、ₚＰＰＺ。ＰＰＰＺ。ＺＺＺＰＰ，ＰＰＰＺ。ＰＰＺ，ＺＰＰＺ，ＺＰＰＺ。

ＺＺ。ₚＺＰＰ，ＺＺＰＰＺ，ＺＰＰＺ。Ｐ ₂ＰＰＺ，ＺＰＺ、ＰＰＰＺ。ＰＰＰＺ。ＺＺＺＰＰ，ＰＰＰＺ。ＰＰＺ，ＺＰＰＺ，ＺＰＰＺ。

月冷龙沙　　[宋] 姜夔

月冷龙沙，尘清虎落，今年汉酺初赐。新翻胡部曲，听毡幕、元戎歌吹。层楼高峙。看槛曲萦红，檐牙飞翠。人姝丽，粉香吹下，夜寒风细。

此地。宜有词仙，拥素云黄鹤，与君游戏。玉梯凝望久，叹芳草、萋萋千里。天涯情味。仗酒祓清愁，花销英气。西山外，晚来还卷，一帘秋霁。

月魄荒唐　　[清] 黄之隽

月魄荒唐，花灵仿佛，相携最无人处。栏干芳草外，忽惊转、几声啼宇。飘零何许。似一缕游丝，因风吹去。浑无据，想应凄断，路旁酸雨。

日暮。渺渺愁予，觉黯然销却，别情离绪。春阴楼外远，入烟柳、和莺私语。连江暝树，欲打点幽香，随郎黏住。能留否，只愁轻绝，化为飞絮。

233. 桂枝香（又名《疏帘淡月》，双调101字）

$P\ P\ Z\ \mathbf{Z}$。$Z\ Z\ Z\ P\ z\ P$，$Z\ p\ P\ z\ P\ \mathbf{Z}$。$Z\ p\ Z\ P\ P\ Z\ p\ Z$，$Z\ P\ P\ \mathbf{Z}^{1}$。$P\ z\ P\ Z\ p\ Z\ P\ P\ Z$，$Z\ P\ P$、$Z\ p\ P\ P\ \mathbf{Z}$。<u>$Z\ P$ $P\ Z$，$Z\ p\ P\ P\ z\ Z$</u>，$Z\ P\ P\ \mathbf{Z}$。

$Z\ Z\ p\ Z$、$P\ P\ Z\ \mathbf{Z}$。$Z\ Z\ p\ Z\ P\ P$，$Z\ p\ P\ z\ P\ \mathbf{Z}$。$Z\ p$ $Z\ P\ P$，$Z\ p\ Z\ Z\ P\ P\ \mathbf{Z}^{2}$。$P\ z\ P\ Z\ p\ Z\ P\ P\ \mathbf{Z}$，$Z\ P\ P$、$P\ z$ $Z\ P\ \mathbf{Z}$。$Z\ P\ P\ Z$，$P\ z\ P\ Z\ p\ Z$，$Z\ P\ P\ \mathbf{Z}$。

登临送目　［宋］王安石

登临送目。正故国晚秋，天气初肃。千里澄江似练，翠峰如簇。归帆去棹残阳里，背西风、酒旗斜矗。彩舟云淡，星河鹭起，画图难足。

念往昔、繁华竞逐。叹门外楼头，悲恨相续。千古凭高，对此谩嗟荣辱。六朝旧事随流水，但寒烟、芳草凝绿。至今商女，时时犹唱，后庭遗曲。

1　此处的上六下四式"$Z_{P}Z P P Z_{P}Z$，$Z P P\mathbf{Z}$"亦可为上四下六式"$Z_{P}Z P P$，$Z_{P}Z$ $Z P P\mathbf{Z}$"。

2　此处的上四下六式"$Z_{P}Z P P$，$Z P Z Z P P\mathbf{Z}$"亦可为上六下四式"$Z_{P}Z P P Z_{P}Z$，$Z P P\mathbf{Z}$"。

秋思　［宋］张辑

梧桐雨细。渐滴作秋声，被风惊碎。润逼衣箪，线袅蕙炉沉水。悠悠岁月天涯醉，一分秋、一分憔悴。紫箫吟断，素笺恨切，夜寒鸿起。

又何苦、凄凉客里。负草堂春绿，竹溪空翠。落叶西风，吹老几番尘世。从前谙尽江湖味，听商歌、归兴千里。露侵宿酒，疏帘淡月，照人无寐。

观木樨有感寄吕郎中　［宋］陈亮

天高气肃。正月色分明，秋容新沐。桂子初收，三十六宫都足。不辞散落人间去，怕群花、自嫌凡俗。向他秋晚，唤回春意，几曾幽独。

是天上、馀香剩馥。怪一树香风，十里相续。坐对花旁，但见色浮金粟。芙蓉只解添秋思，况东篱、凄凉黄菊。入时太浅，背时太远，爱寻高躅。

丙子送李侔东归　［宋］詹玉

沉云别浦。又何苦扁舟，青衫尘土。客里相逢，洒洒舌端飞雨。只今便把如伊吕，是当年、渔翁樵父。少知音者，苍烟吾社，白鸥吾侣。

是如此、英雄辛苦。知从前、几个适齐去鲁。一剑西风，大海鱼龙掀舞。自来多被清谈误，把刘琨、埋没千古。扣舷一笑，夕阳西下，大江东去。

除夕赋　马维野（2016年2月7日，除夕）

贞孤感逝。正乙未休归，启丙申日。万代千秋运斗，几多尘事。翻云覆雨人间乱，叹权豪、寇王如戏。顺天成道，逆流遭摈，古今同理。

顾昔往、风华正炽。也指点江山，铁肩道义。纵使豪情万丈，俱成追忆。交年拱手白羊匿，现而今、凭丙申志。智仁披沥，倾心展拓，傲然倬立。

234. 锦堂春（又名《锦堂春慢》，双调101字）

PZPP，PPZZ，PPZZP**P**。ZZPP，PZZZP**P**。ZZZPPZ，ZZPZP**P**。ZZPZZ，ZPP，PZP**P**。

ZPPPPZ，ZPPZZ，ZZP**P**。PZPPPZ，ZZP**P**。ZZPPZZ，ZZZ、PZP**P**。ZZPPZZ，PZPP，ZZP**P**。

红日迟迟　［宋］司马光

红日迟迟，虚廊转影，槐阴迤逦西斜。彩笔工夫，难状晚景烟霞。蝶尚不知春去，谩绕幽砌寻花。奈猛风过后，纵有残红，飞向谁家？

始知青鬓无价，叹飘零官路，荏苒年华。今日笙歌丛里，特地咨嗟。席上青衫湿透，算感旧、何止琵琶！怎不教人易老，多少离愁，散在天涯。

235. 木兰花慢（双调 101 字）

ＺＰＰＺＺ，ＺＰＺ、ＺＰ**Ｐ**。ＺＺＺＰＰ，ＰＰＺＺ，ＰＺＰ**Ｐ**。**ＰＰ**，ＺＰＺＺ，ＺＰＰＺᵖＺＺＰ**Ｐ**。<u>ＰＺＰ</u><u>ＰＺＺ，ＺＰＺＺＰ**Ｐ**。</u>

ＰＰ。ＺＺＰᴢ**Ｐ**。ＰＺＺ，ＺＰ**Ｐ**。ＺＺＰᴢＺＺ，Ｐᴢ ＰＺＺ，ＺᵖＺＰ**Ｐ**。**ＰＰ**，ＺＰＺＺ，ＺＰＰ、ＺＺＺＰ**Ｐ**。ＰＺＰＰＺＺ，ＺＰＺᵖＺＰ**Ｐ**。

拆桐花烂漫　［宋］柳永

拆桐花烂漫，乍疏雨、洗清明。正艳杏烧林，缃桃绣野，芳景如屏。倾城，尽寻胜去，骤雕鞍绀幰出郊坰。风暖繁弦脆管，万家竞奏新声。

盈盈。斗草踏青。人艳冶，递逢迎。向路傍往往，遗簪堕珥，珠翠纵横。欢情，对佳丽地，信金罍、罄竭玉山倾。拚却明朝永日，画堂一枕春醒。

虎丘陪仓幕游　［宋］吴文英

紫骝嘶冻草，晓云锁、岫眉颦。正蕙雪初销，松腰玉瘦，憔悴真真。轻藜渐穿险磴，步荒苔、犹认瘗花痕。千古兴亡旧恨，半丘残日孤云。

开尊。重吊吴魂。岚翠冷、洗微醺。问几曾夜宿，月明起看，剑水星纹？登临，总成去客，更软红、先有探芳人。回首沧波故苑，落梅烟雨黄昏。

236. 霓裳中序第一（双调101字）

P P Z Z Z，Z Z P P P Z Z。P Z Z $_P$ P Z Z。Z P_Z
Z Z $_P$ P，Z $_P$ P P Z。P P Z Z，Z Z P、P Z P Z。P P Z，
Z P Z $_P$ Z，Z Z Z P Z。

P Z。Z P P Z。Z Z Z、P P Z $_P$ Z。P P P Z Z Z，
Z Z P P，Z $_P$ Z P Z。Z P P Z Z，Z Z Z、P P Z Z。
P P Z，Z $_P$ P P Z，Z Z Z P Z。

亭皋正望极　［宋］姜夔

亭皋正望极，乱落江莲归未得。多病却无气力。况纨扇
渐疏，罗衣初索。流光过隙，叹杏梁、双燕如客。人何在？
一帘淡月，仿佛照颜色。

幽寂。乱蛩吟壁。动庾信、清愁似织。沉思年少浪迹，
笛里关山，柳下坊陌。坠红无信息，漫暗水、涓涓溜碧。飘
零久，而今何意，醉卧酒垆侧？

次笕房韵　［宋］周密

湘屏展翠叠，恨入宫沟流怨叶。釭冷金花暗结。又雁影
带霜，蛩音凄月。珠宽腕雪，叹锦笺、芳字盈箧。人何在？
玉箫旧约，忍对素娥说。

愁切。夜砧幽咽。任帐底、沉烟渐灭。红兰谁采赠别，
洛汜分绡，汉浦遗玦。舞鸾光半缺，最怕听、离弦乍阕。凭
阑久，一庭香露，桂影弄栖蝶。

茉莉咏　〔宋〕尹焕

青鬟粲素靥，海国仙人偏耐热。餐尽香风露屑。便万里凌空，肯凭莲叶。盈盈步月，悄似怜、轻去瑶阙。人何在？忆渠痴小，点点爱轻揿。

愁绝。旧游轻别。忍重看、锁香金箧。凄凉清夜簟席，杳杳诗魂，真化风蝶。冷香清到骨，梦十里、梅花霁雪。归来也，恹恹心事，自共素娥说。

237. 寿楼春（双调 101 字）

ＰＰＰＰ**Ｐ**。ＺＰＰＺＺ，ＰＺＰ**Ｐ**。ＺＺＰＰＰＺ，ＺＰＰ**Ｐ**。ＰＺＺ，ＰＰ**Ｐ**。ＺＺＰ、ＰＰＰ**Ｐ**。ＺＺＺＰＰ，ＰＰＺＺ，ＰＺＺＰ**Ｐ**。

ＰＰＺ，ＰＰ**Ｐ**。ＺＰＰＺＺ，ＰＺＰ**Ｐ**。ＺＺＰＰＰＺ，ＺＰＰ**Ｐ**。ＰＺＺ，ＰＰ**Ｐ**。ＺＺＰ、ＰＰＰ**Ｐ**。ＺＰＺＰＰ，ＰＰＺＺＰＺ**Ｐ**。

寻春服感念　〔宋〕史达祖

裁春衫寻芳。记金刀素手，同在晴窗。几度因风残絮，照花斜阳。谁念我，今无肠[1]？自少年、消磨疏狂。但听雨挑灯，欹床病酒，多梦睡时妆。

飞花去，良宵长。有丝阑旧曲，金谱新腔。最恨湘云人散，

1　肠，一作"裳"。

楚兰魂伤。身是客，愁为乡。算玉箫、犹逢韦郎。近寒食人家，相思未忘蘋藻香。

238. 南浦（双调 105 字）

ＰＺＺＰＰ，ＺＰＰ、ＺＺＰＰＰＺ。ＰＺＺＰＰ，ＰＺ，ＰＺＰＰＰＺ。ＰＰＺＺ，ＺＰＰＺＰＰＺ。ＰＺＰＰＰＺＺ，ＺＺＺＰＰＺ。

ＰＰＰＺＰＰ，ＺＰＰＺＺ，ＰＰＺＺ。ＰＺＺＰＰ，ＰＰＺ、ＰＺＺＰＰＺ。ＰＰＺＺ，ＺＰＰＺＰＰＺ。ＰＺＰＰＰＺＺ，ＰＺＺＰＰＺ。

春水　［宋］张炎

波暖绿粼粼，燕飞来、好是苏堤才晓。鱼没浪痕圆，流红去、翻笑东风难扫。荒桥断浦，柳阴撑出扁舟小。回首池塘青欲遍，绝似梦中芳草。

和云流出空山，甚年年净洗，花香不了。新渌乍生时，孤村路、犹忆那回曾到。馀情渺渺。茂林觞咏如今悄。前度刘郎归去后，溪上碧桃多少。

第六章　常用长调词谱选（下）

239. 拜星月（双调102字）

ZZPP，PPPZ，ZZPPZZ。ZZPP，ZP
PPZ。ZPZ，ZZPPZZ，ZZPPPZ。ZZPP，
ZPPPZ。

ZPP、ZZPPZ。PPZ、ZZPPZ。ZZZZ
PP，ZPPPZ。ZPP、ZZPPZ。PPZ、ZZP
PZ。ZZZ、ZZPP，ZPPZZ。

秋思　［宋］周邦彦

夜色催更，清尘收露，小曲幽坊月暗。竹槛灯窗，识秋
娘庭院。笑相遇，似觉琼枝玉树，暖日明霞光烂。水眄兰情，
总平生稀见。

画图中、旧识春风面。谁知道、自到瑶台畔。眷恋雨润
云温，苦惊风吹散。念荒寒、寄宿无人馆。重门闭、败壁秋
虫叹。怎奈向、一缕相思，隔溪山不断。

240. 齐天乐（又名《台城路》《五福降中天》《如此江山》，双调 102 字）

Z P P Z P P Z，P P Z P P **Z**。Z_P Z P P，P $_Z$ P Z $_P$ Z，Z_P Z P P Z $_P$ **Z**。P $_Z$ P Z $_P$ **Z**。Z Z $_P$ Z P P，Z P P **Z**。Z_P Z P P，Z P P Z Z P **Z**。

Z_P P P Z P **Z**，Z P $_Z$ P Z Z，P Z P **Z**。Z_P Z P P，P $_Z$ P Z $_P$ **Z**，Z_P Z P P Z $_P$ **Z**。P $_Z$ P Z **Z**。Z Z $_P$ Z P P，Z P P **Z**。Z_Z Z P P，P $_Z$ P P Z **Z**。

萤 ［宋］王沂孙

碧痕初化池塘草，荧荧野光相趁。扇薄星流，盘明露滴，零落秋原飞磷。练裳暗近。记穿柳生凉，度荷分暝。误我残编，翠囊空叹梦无准。

楼阴时过数点，倚阑人未睡，曾赋幽恨。汉苑飘苔，秦陵坠叶，千古凄凉不尽。何人为省？但隔水馀晖，傍林残影。已觉萧疏，更堪秋夜永！

蝉 ［宋］王沂孙

绿槐千树西窗悄，厌厌昼眠惊起。饮露身轻，吟风翅薄，半剪冰笺谁寄？凄凉倦耳。漫重拂琴丝，怕寻冠珥。短梦深宫，向人犹自诉憔悴。

残虹收尽过雨，晚来频断续，都是秋意。病叶难留，纤柯易老，空忆斜阳身世。窗明月碎。甚已绝馀音，尚遗枯蜕。

鬓影参差，断魂青镜里。

蟋蟀　〔宋〕姜夔

庾郎先自吟愁赋，凄凄更闻私语。露湿铜铺，苔侵石井，都是曾听伊处。哀音似诉，正思妇无眠，起寻机杼。曲曲屏山，夜凉独自甚情绪。

西窗又吹暗雨，为谁频断续，相和砧杵。候馆迎秋，离宫吊月，别有伤心无数。豳诗漫与。笑篱落呼灯，世间儿女。写入琴丝，一声声更苦。

与冯深居登禹陵　〔宋〕吴文英

三千年事残鸦外，无言倦凭秋树。逝水移川，高陵变谷，那识当时神禹。幽云怪雨。翠萍湿空梁，夜深飞去。雁起青天，数行书似旧藏处。

寂寥西窗久坐，故人悭会遇，同剪灯语。积藓残碑，零圭断璧，重拂人间尘土。霜红罢舞。漫山色青青，雾朝烟暮。岸锁春船，画旗喧赛鼓。

五十年历史感怀　马维野（2016年5月16日）

左极滋蔓兴殃祸，依稀五十年旧。古物逢殃，生灵涂炭，动乱空前绝后。国家主脑，也劫数难逃，未终天寿。扫地斯文，任尊严法度蒙垢。

逆施焉可恒久？邓公拼智勇，诎辱担受。养晦韬光，藏锋敛锷，幸是中华北斗。狂澜挽骤。导国运昌隆，外邦倾首。

伟绩丰功，必千年不朽！

241. 曲游春（双调102字）

ＺＺＰＰＺ，ＺＺＰＰＺ，ＰＺＰ**Ｚ**。ＺＺＰＰ，ＺＺ_Ｐ
ＰＰ_ＺＺ，ＺＰＰ**Ｚ**。ＺＺＰＰ**Ｚ**，ＺＺＺ、ＺＰＰ**Ｚ**。ＺＺＰ、
ＺＺＰＰ，ＰＺＺＰＰ**Ｚ**。

Ｚ**Ｚ**，ＰＰＺ_Ｐ**Ｚ**。ＺＰＺＰＰ，ＰＺＰ**Ｚ**。Ｐ_ＺＺＰＰ，
ＺＰＰＺＺ，ＺＰＰ**Ｚ**。Ｚ_ＰＺＰＰＺ，ＺＺＺ、Ｐ_ＺＰＺＺ。
ＺＺＰ、ＺＺＰＰ，ＺＰＺ**Ｚ**。

禁苑东风外　　［宋］周密

禁苑东风外，飏暖丝晴絮，春思如织。燕约莺期，恼芳
情偏在，翠深红隙。漠漠香尘隔，沸十里、乱弦丛笛。看画船、
尽入西泠，闲却半湖春色。

柳陌，新烟凝碧。映帘底宫眉，堤上游勒。轻暝笼寒，
怕梨云梦冷，杏香愁幂。歌管酬寒食，奈蝶怨、良宵岑寂。
正满湖、碎月摇花，怎生去得？

清明湖上　　［宋］施岳

画舸西泠路，占柳阴花影，芳意如织。小楫冲波，度
麴尘扇底，粉香帘隙。岸转斜阳隔，又过尽、别船箫笛。
傍断桥、翠绕红围，相对半篙晴色。

顷刻，千山暮碧。向沽酒楼前，犹系金勒。乘月归来，
正梨花夜缟，海棠烟幂。院宇明寒食，醉乍醒、一庭春寂。

任满身、露湿东风，欲眠未得。

242. 瑞鹤仙（双调 102 字，格一）

ＰＰＰＺ**Ｚ**。ＰＺＺ、ＺＺＰＰＺ**Ｚ**。ＰＰＺＰ**Ｚ**，Ｚ
ＰＰ，ＰＺＰＰＰ**Ｚ**。ＰＰＺ**Ｚ**，ＺＺＰ、ＰＰＺ**Ｚ**。ＺＰ
ＰＺＺ，ＰＺＺＰ，ＺＺＰ**Ｚ**。

ＺＺＰＰＺ**Ｚ**，ＺＺＰＰ，ＺＰＰ**Ｚ**。ＰＰＺ**Ｚ**，ＰＰＺ，
ＺＰ**Ｚ**。ＺＰＰ、ＺＺＰＰＰＺ，ＰＰＰＺＺ**Ｚ**。ＺＰＰＺＺ，
ＰＺＺＰＺ**Ｚ**。

悄郊原带郭 ［宋］周邦彦

悄郊原带郭。行路永、客去车尘漠漠。斜阳映山落，敛
馀红，犹恋孤城栏角。凌波步弱，过短亭、何用素约？有流
莺劝我，重解绣鞍，缓引春酌。

不记归时早暮，上马谁扶，醒眠朱阁。惊飙动幕，扶残醉，
绕红药。叹西园、已是花深无地，东风何事又恶？任流光
过却，犹喜洞天自乐。

243. 瑞鹤仙（双调 102 字，格二）

ＰＰＰＺ**Ｚ**。ＰＺＺＰＺ，ＰＺ$_P$Ｐ**Ｚ**。ＰＰＺＰ**Ｚ**，
ＺＰＰＺ$_P$Ｚ，ＰＰＰ**Ｚ**。ＰＰＺ**Ｚ**，ＺＰＰ、ＰＰＺ**Ｚ**。
ＺＰＰ、ＰＺＰＰＺ，ＺＰＰ**Ｚ**。

Ｚ**Ｚ**。ＰＰＺＺ，ＺＺＰＰ，ＺＰＰ**Ｚ**。ＰＰＺ$_P$**Ｚ**。
ＰＰＺ、ＺＰ**Ｚ**。ＺＰ$_Z$ＰＺ$_P$Ｚ，ＰＰＺ$_P$Ｚ，Ｚ$_P$ＺＰＰＺ**Ｚ**。

ＺＰＰ、ＺＺＰＺ，ＺＰＺ**Ｚ**。

郊原初过雨　［宋］袁去华

郊原初过雨。见败叶零乱，风定犹舞。斜阳挂深树。映浓愁浅黛，遥山眉妩。来时旧路，尚岩花、娇黄半吐。到而今，唯有溪边流水，见人如故。

无语。邮亭深静，下马远寻，旧曾题处。无聊倦旅。伤离恨，最愁苦。纵收香藏镜，他年重到，人面桃花在否？念沉沉、小阁幽窗，有时梦去。

晴丝牵绪乱　［宋］吴文英

晴丝牵绪乱，对沧江斜日，花飞人远。垂杨暗吴苑，正旗亭烟冷，河桥风暖。兰情蕙盼，惹相思、春根酒畔。又争知、吟骨萦销，渐把旧衫重翦。

凄断。流红千浪，缺月孤楼，总难留燕。歌尘凝扇。待凭信，拌分钿。试挑灯欲写，还依不忍，笺幅偷和泪卷。寄残云、剩雨蓬莱，也应梦见。

阅读提示：以上二词在个别断句上有所不同。

244. 石州慢（又名《石州引》，双调102字）

ＺＺＰＰ，ＰＺₚＺＰ，ＰＺＰ**Ｚ**。ＰＰＺₚＺＰＰ，ＺＺₚＰＰ**Ｚ**。Ｐₚ ＺＰＺₚＺ，ＺＰ ₚＰₚＺＰＰ，ＰＰＰＺＰ Ｚ**Ｚ**。Ｚₚ ＺＺＰₚ Ｐ，ＺＰＰＰ**Ｚ**。

Ｐ**Ｚ**。ＺＰＰ**Ｚ**，Ｚₚ ＺＰＰ，ＺＰＰ**Ｚ**。Ｚₚ ＺＰＰ，

$Z_P Z P P P Z。P_Z P Z_P Z，Z Z Z_P Z P P，P_Z P Z_P Z P P Z。Z Z Z P Z，Z P_Z Z_P P Z。$

薄雨初寒　［宋］贺铸

薄雨初寒，斜照弄晴，春意空阔。长亭柳色才黄，远客一枝先折。烟横水际，映带几点归鸦，东风销尽龙沙雪。还记出关来，恰而今时节。

将发。画楼芳酒，红泪清歌，顿成轻别。已是经年，杳杳音尘多绝。欲知方寸，共有几许清愁，芭蕉不展丁香结。枉望断天涯，两厌厌风月。

寒水依痕　［宋］张元幹

寒水依痕，春意渐回，沙际烟阔。溪梅晴照生香，冷蕊数枝争发。天涯旧恨，试看几许消魂，长亭门外山重叠。不尽眼中青，是愁来时节。

情切。画楼深闭，想见东风，暗销肌雪。辜负枕前云雨，尊前花月。心期切处，更有多少凄凉，殷勤留与归时说。到得却相逢，恰经年离别。

己酉秋吴兴舟中作　［宋］张元幹

雨急云飞，惊散暮鸦，微弄凉月。谁家疏柳低迷，几点流萤明灭。夜帆风驶，满湖烟水苍茫，菰蒲零乱秋声咽。梦断酒醒时，倚危樯清绝。

心折。长庚光怒，群盗纵横，逆胡猖獗。欲挽天河，一洗中原膏血。两宫何处？塞垣只隔长江，唾壶空击悲歌缺。万里想龙沙，泣孤臣吴越。

仲冬次松原　　马维野（2015年12月28日）

冻冽临风，寒凛枕流，冬日夕照。苍苍凤野无边，莽莽荒原有道。冰湖覆雪，映射万点繁星，藏藏闪闪余光曜。纵使冷如刀，马嘶人喧闹。

来报。寓楼红酒，下室清茶，洗尘餐俏。把盏端杯，挚友相逢欣笑。天南地北，任尔阔论高谈，抒怀展义添情调。到此一游人，梦思心头绕。

245. 水龙吟（又名《龙吟曲》《庄椿岁》《小楼连苑》，双调102字）

Ｚ Ｐ Ｐ Ｚ Ｐ Ｐ，Ｚ Ｐ Ｐ $_Z$ Ｚ Ｐ Ｐ **Ｚ**。Ｐ $_Z$ Ｐ Ｚ Ｚ，Ｐ $_Z$ Ｐ Ｚ $_P$ Ｚ，Ｐ $_Z$ Ｐ Ｚ $_P$ **Ｚ**。Ｚ $_P$ Ｚ Ｐ Ｐ，Ｐ $_Z$ Ｐ Ｚ $_P$ Ｚ，Ｚ $_P$ Ｐ Ｐ **Ｚ**。Ｚ Ｐ Ｐ Ｚ Ｚ，Ｐ Ｐ Ｚ Ｚ，Ｐ $_Z$ Ｐ Ｚ、Ｐ Ｐ **Ｚ**。

Ｚ $_P$ Ｚ Ｐ $_Z$ Ｐ Ｐ $_Z$ **Ｚ**，Ｚ Ｐ Ｐ、Ｚ $_P$ Ｐ Ｐ **Ｚ**。Ｐ $_Z$ Ｐ Ｚ $_P$ Ｚ，Ｚ $_P$ Ｐ Ｐ Ｚ，Ｐ $_Z$ Ｐ Ｚ $_P$ **Ｚ**。Ｚ $_P$ Ｚ Ｐ Ｐ，Ｐ $_Z$ Ｐ Ｚ $_P$ Ｚ，Ｚ Ｐ Ｐ **Ｚ**。Ｚ Ｐ Ｐ，Ｚ Ｚ Ｐ Ｐ Ｚ Ｚ，Ｚ Ｐ Ｐ **Ｚ**。

次韵章质夫杨花词　　［宋］苏轼

似花还似非花，也无人惜从教坠。抛家傍路，思量却是，无情有思。萦损柔肠，困酣娇眼，欲开还闭。梦随风万里，寻郎去处，又还被、莺呼起。

不恨此花飞尽,恨西园、落红难缀。晓来雨过,遗踪何在?一池萍碎。春色三分,二分尘土,一分流水。细看来,不是杨花点点,是离人泪。

登建康赏心亭　[宋]辛弃疾

楚天千里清秋,水随天去秋无际。遥岑远目,献愁供恨,玉簪螺髻。落日楼头,断鸿声里,江南游子。把吴钩看了,栏干拍遍,无人会、登临意。

休说鲈鱼堪鲙,尽西风、季鹰归未?求田问舍,怕应羞见,刘郎才气。可惜流年,忧愁风雨,树犹如此!倩何人,唤取盈盈翠袖,揾英雄泪!

春恨　[宋]陈亮

闹花深处层楼,画帘半卷东风软。春归翠陌,平莎茸嫩,垂杨金浅。迟日催花,淡云阁雨,轻寒轻暖。恨芳菲世界,游人未赏,都付与、莺和燕。

寂寞凭高念远,向南楼、一声归雁。金钗鬥草,青丝勒马,风流云散。罗绶分香,翠绡封泪,几多幽怨。正销魂,又是疏烟淡月,子规声断。

小楼连苑横空　[宋]秦观

小楼连远横空,下窥绣毂雕鞍骤。朱帘半卷,单衣初试,清明时候。破暖轻风,弄晴微雨,欲无还有。卖花声过尽,斜阳院落,红成阵、飞鸳甃。

玉佩丁东别后，怅佳期、参差难又。名缰利锁，天还知道，和天也瘦。花下重门，柳边深巷，不堪回首。念多情但有，当时皓月，向人依旧。

阅读提示：秦观词的末句断句与其他词不尽相同。

重庆长江夜游　马维野（2018年11月27日）

走龙洴涌淘沙，千年不返东流水。迢迢万里，朝天门下，华灯祥瑞。一叶扁舟，几艘画舸，听涛人醉。看风催岸动，浪花点点，疾如箭，排闼退。

念耳边凉声沸，斗星移、云阴秋尾。林寒涧肃，江郎才尽，英雄无悔。白帝城孤，三峡西起，兆忧刘备。往如烟，旧事缠绵重庆，且明晴未？

颐和园秋兴　马维野（2017年10月23日）

北园霜叶凉声，一湖秋水明如镜。秋高气爽，休光临照，凌波云影。扑面残荷，迎风衰柳，孤高亭景。万寿山尽染，斑斓五彩，诗中画，添游兴。

石舫河清海晏，看铜牛、昂扬独醒。西堤寄语，佛香谐趣，长廊夸逞。留雀嚣嚣，征鸿寂寂，各怀心境。取容情，当世芸芸吟鸟，愈加争胜。

246. 宴清都（双调102字）

Z Z P P **Z**。P P Z、Z$_P$ P P Z P **Z**。<u>P P Z$_P$ Z</u>，P <u>P Z Z</u>，Z P P$_Z$ **Z**。P P Z Z P P$_Z$，Z Z Z、P P Z **Z**。

Z_PZZ、ZZPP，PPZZP**Z**。

PPZZPP，P_ZPZ_PZ，PZP**Z**。<u>PPZZ，P</u>
<u>PZZ</u>，ZPP**Z**。PPZZ_PPZ，ZZZ、PPZ**Z**。
ZZ_PP、ZZPP，PPZ**Z**。

连理海棠　　［宋］吴文英

绣幄鸳鸯柱。红情密、腻云低护秦树。芳根兼倚，花梢
钿合，锦屏人妒。东风睡足交枝，正梦枕、瑶钗燕股。障滟蜡、
满照欢丛，嫠蟾冷落羞度。

人间万感幽单，华清惯浴，春盎风露。连鬟并暖，同心
共结，向承恩处。凭谁为歌《长恨》？暗殿锁、秋灯夜语。
叙旧期、不负春盟，红朝翠暮。

登雪川图有赋　　［宋］周密

老去闲情懒。东风外、菲菲花絮零乱。轻鸥涨绿，啼鹃
暗碧，一春过半。寻芳已是来迟，怕迤逦、华年暗换。应怅恨、
白雪歌空，秋霜鬓冷谁管。

凭阑自笑清狂，事随花谢，愁与春远。持杯顾曲，登楼
赋笔，杜郎才减。前欢已隔残照，但耿耿、临高望眼。溯流红、
一棹归时，半蟾弄晚。

247.**瑶华**（又名《瑶花慢》，双调102字）

<u>PPZZ，Z_PZPP</u>，ZZ_PPP**Z**。PPZ_PZ，Z_P
ZZ_P、Z_PZPPP**Z**。PPPZ，ZPZ、PPP**Z**。Z

ＺＰ、ＰＺＰＰ，ＺＺＺₚＰＰ**Ｚ**。

　　ＰＰＺＺＰＰ，ＺＺₚＺＰＰ，ＺₚＺＰ**Ｚ**。ＰＰＺＺ，ＰＺＺ、ＺₚＺＰＰＰ**Ｚ**。ＺＰＰ₂Ｚ，ＺＺＺ、ＰＰＰ**Ｚ**。ＺＺＰ、ＺₚＺＰＰ，ＺＺＺₚＰＰ**Ｚ**。

分韵得作字，戏虞宜兴　[宋]吴文英

秋风采石，羽扇挥兵，认紫骝飞跃。江蓠塞草，应笑春、空锁凌烟高阁。胡歌秦陇，问铙鼓、新词谁作？有秀荪、来染吴香，瘦马青刍南陌。

冰澌细响长桥，荡波底蛟腥，不浣霜锷。乌丝醉墨，红袖暖、十里湖山行乐。老仙何处？算洞府、光阴如昨。想地宽、多种桃花，艳锦东风成幄。

朱钿宝玦　[宋]周密

朱钿宝玦，天上飞琼，比人间春别。江南江北，曾未见、谩拟梨云梅雪。淮山春晚，问谁识，芳心高洁？消几番、花落花开，老了玉关豪杰。

金壶剪送琼枝，看一骑红尘，香度瑶阙。韶华正好，应自喜、初识长安蜂蝶。杜郎老矣，想旧事、花须能说。记少年、一梦扬州，二十四桥明月。

248. 忆旧游（双调102字）

ＺＰＰＺＺ，ＺＺＰＰ，ＺₚＺＰ**Ｐ**。ＺₚＺＰＰＺ，ＺＰＰＺＺ，ＺＺＰ**Ｐ**。ＺＰＺＺＰＺ，ＰＺＺＰ**Ｐ**。ＺＺＺ

PP，PPZZ，ZZPP。

PP，ZPZ^1，ZZZPP，PZPP。Z$_P$ZPPZ，ZPPPZ，PZPP。ZPZZPZ，PZZPP。ZZZPP，PPZZPZP。

记愁横浅黛　［宋］周邦彦

记愁横浅黛，泪洗红铅，门掩秋宵。坠叶惊离思，听寒螀夜泣，乱雨潇潇。凤钗半脱云鬓，窗影烛光摇。渐暗竹敲凉，疏萤照晚，两地魂销。

迢迢，问音信，道径底花阴，时认鸣镳。也拟临朱户，叹因郎憔悴，羞见郎招。旧巢更有新燕，杨柳拂河桥。但满目京尘，东风竟日吹露桃。

别黄澹翁　［宋］吴文英

送人犹未苦，苦送春、随人去天涯。片红都飞尽，正阴阴润绿，暗里啼鸦。赋情顿雪双鬓，飞梦逐尘沙。叹病渴凄凉，分香瘦减，两地看花。

西湖断桥路，想系马垂杨，依旧欹斜。葵麦迷烟处，问离巢孤燕，飞过谁家？故人为写深怨，空壁扫秋蛇。但醉上吴台，残阳草色归思赊。

阅读提示：以上二词的断句有所不同。

---

1 PP，ZPZ可作"PPZPZ"。

249. 长相思慢（又名《长相思》，双调103字）

Z Z P P，P P P Z，Z$_P$ Z P Z P **P**。P P Z Z，Z Z P P P Z，Z Z P **P**。Z Z P **P**，Z P P Z$_P$ Z，Z Z P **P**。Z Z P P，Z P P、Z Z P **P**。

Z P Z P P，Z Z P P Z Z，Z Z P **P**。P P Z Z，P Z P P，Z Z P **P**。P P Z Z，Z P P、P Z P **P**。Z P P Z Z，P Z P P，Z Z P **P**。

夜色澄明　［宋］周邦彦

夜色澄明，天街如水，风力微冷帘旌。幽期再偶，坐久相看才喜，欲叹还惊。醉眼重醒，映雕阑修竹，共数流萤。细语轻盈，尽银台、挂蜡潜听。

自初识伊来，便惜妖娆艳质，美盼柔情。桃溪换世，鸾驭凌空，有愿须成。游丝荡絮，任轻狂、相逐牵萦。但连环不解，流水长东，难负深盟。

京妓　［宋］柳永

画鼓喧街，兰灯满市，皎月初照严城。清都绛阙夜景，风传银箭，露嫒金茎。巷陌纵横。过平康款辔，缓听歌声。凤烛荧荧。那人家、未掩香屏。

向罗绮丛中，认得依稀旧日，雅态轻盈。娇波艳冶，巧笑依然，有意相迎。墙头马上，漫迟留、难写深诚。又岂知、名宦拘检，年来减尽风情。

阅读提示：以上二词在断句上有所不同。

250. 双声子（双调103字）

ＺＰＰＺ，ＺＰＰＺ，ＰＺＰＺＰ**Ｐ**。ＰＰＰＺ，ＰＰ
ＰＺ，ＰＺＺＺＰ**Ｐ**。ＰＰＺＺ，ＰＺＺ、ＰＺＰ**Ｐ**。ＰＰＺ，
ＺＰＺ，ＰＰＰＺＰ**Ｐ**。

ＺＰＰ，ＰＺＰＺＺ，ＰＰＺＺＰ**Ｐ**。ＰＰＰＺ，ＰＰ
ＰＺ，ＰＰＺＺＰ**Ｐ**。ＺＰＰＺＺ，ＰＺＺ、ＰＺＰ**Ｐ**。Ｐ
ＰＺＺＰＰ，ＺＰＺＺＰ**Ｐ**。

晚天萧索　　[宋]柳永

晚天萧索，断蓬踪迹，乘兴兰棹东游。三吴风景，姑苏
台榭，牢落暮霭初收。夫差旧国，香径没、徒有荒丘。繁华处，
悄无睹，惟闻麋鹿呦呦。

想当年，空运筹决战，图王取霸无休。江山如画，云涛
烟浪，翻输范蠡扁舟。验前经旧史，嗟漫载、当日风流。斜
阳暮草茫茫，尽成万古遗愁。

251. 眉妩（又名《百宜娇》，双调103字）

ＺＰＰＰＺ，ＺＺＰＰ，ＰＺＺＰ**Ｚ**。ＺＺＰＰＺ，Ｐ
ＰＺ，ＰＰＰＺＰ**Ｚ**。ＺＰＺＺ，ＺＺＰ、ＰＺＰ**Ｚ**。ＺＰＺ、
ＺＺＰＰＺ，ＺＰＺＰ**Ｚ**。

ＰＺＰＰＰＺ¹。ＺＺＰＺ_ｐＺ，ＰＺＰＺ。Ｚ_ｐＺＰＰＺ，ＰＰＺ、ＰＰＰＺＰＺ。ＺＰＺＺ，ＺＺＰ、ＰＺＰＺ。ＺＰＺＰＰ，ＰＺＺＰＺＺ²。

新月　［宋］王沂孙

渐新痕悬柳，澹彩穿花，依约破初暝。便有团圆意，深深拜，相逢谁在香径？画眉未稳，料素娥、犹带离恨。最堪爱、一曲银钩小，宝帘挂秋冷。

千古盈亏休问。叹慢磨玉斧，难补金镜。太液池犹在，凄凉处、何人重赋清景？故山夜永，试待他、窥户端正。看云外山河，还老尽桂花影。

戏张仲远　［宋］姜夔

看垂杨连苑，杜若侵沙，愁损未归眼。信马青楼去，重帘下，娉婷人妙飞燕。翠尊共款。听艳歌、郎意先感。便携手、月地云阶里，爱良夜微暖。

无限。风流疏散。有暗藏弓履，偷寄香翰。明日闻津鼓，湘江上，催人还解春缆。乱红万点，怅断魂、烟水遥远。又争似相携，乘一舸、镇长见。

252. 雨霖铃（双调103字）

ＰＰＺ_ｐＺ，ＺＰＰＺ，ＺＺＰＺ。ＰＰＺ_ｐＺＰＺ，Ｐ

1　ＰＺＰＰＰＺ，亦可作"ＰＺ。ＰＰＰＺ"。
2　ＰＺＺＰＺＺ，亦可作"ＰＺＺ、ＺＰＺ"。

PZZ，PPP**Z**。ZZPPZZ，ZPZP**Z**。ZZZ、PZPP，ZZPPZP**Z**。

PPZZPP**Z**，ZPP、ZZPP**Z**。PPZZ$_P$PZ，PZZ、ZPP**Z**。ZZPP，PZPPZZP**Z**。ZZZ、PZPP，ZZPP**Z**。

寒蝉凄切 ［宋］柳永

寒蝉凄切，对长亭晚，骤雨初歇。都门帐饮无绪，方[1]留恋处，兰舟催发。执手相看泪眼，竟无语凝噎。念去去、千里烟波，暮霭沉沉楚天阔。

多情自古伤离别，更那堪、冷落清秋节。今宵酒醒何处？杨柳岸、晓风残月。此去经年，应是良辰好景虚设。便纵有、千种风情，更与何人说？

孜孜矻矻 ［宋］王安石

孜孜矻矻，向无明里，强作窠窟。浮名浮利何济，堪留恋处，轮回仓猝。幸有明空妙觉，可弹指超出。缘底事、抛了全潮，认一浮沤作瀛渤。

本源自性天真佛，祗些些、妄想中埋没。贪他眼花阳艳，谁信道、本来无物。一旦茫然，终被阎罗老子相屈。便纵有、千种机筹，怎免伊唐突。

1　此处《全宋词》无"方"字，《白香词谱》有。本书参照王安石词，词谱依《白香词谱》。

咏月季花　马维野（2017年5月5日）

时逢立夏，暮春消尽，万朵中罢。落红似昙花现，东风不在，谁赢天下？礼让三分后绽，岂贪一时霎？向久远、光艳中园，百艳凋衰我犹姹。

浓香免却生休洽，志高洁、寄傲豪情撒。孤芳自赏悠奕，笑百草、附庸风雅。地北天南，浮媚盈盈为取容姹。喜又见、山野乡间，月季开如画。

253. 竹马子（又名《竹马儿》，双调103字）

ＰＰＺＰＰ，ＰＰＺＺ，ＺＰＰＺ。ＺＺ_ＰＰＺＺ，ＰＰＺＺ_Ｐ，ＰＰＰＺ。ＺＺＰ_ＺＺＰＰ，ＰＰＺＺ，ＺＰＰＺ。ＺＺＺＰＰ，ＺＰＰ，ＰＺＰＰＰＺ。

ＺＺＰＰＺ，ＰＰＺＺ，ＺＰＰＺ。ＰＰＺＺＰＺ，ＰＺＰＰＰＺ。ＺＺＺＺＰＰ，ＰＰＰＺ，ＰＺＰＰＺ。ＰＰＺＺ，ＺＺＰＰＺ。

登孤垒荒凉　〔宋〕柳永

登孤垒荒凉，危亭旷望，静临烟渚。对雌霓挂雨，雄风拂槛，微收烦暑。渐觉一叶惊秋，残蝉噪晚，素商时序。览景想前欢，指神京，非雾非烟深处。

向此成追感，新愁易积，故人难聚。凭高尽日凝伫。赢得消魂无语。极目霁霭霏微，暝鸦零乱，萧索江城暮。南楼画角，又送残阳去。

当芳草粘天　　［清］陈匪石

当芳草粘天，晴丝罥路，柳阴垂晚。送黄鹂好语，风柔日永，悁悁池馆。未识芍药开时，蔷薇谢后，系春长短。缥缈紫箫声，阻行云，犹记红墙西畔。

对景空延伫，蔫香易落，坠钿谁见。幽阶履迹苔满。山色修蛾人远。一霎梦雨飘檐，涨波连镜，宫烛轻烟散。双双度幕，又遇归来燕。

254. 拜星月慢（双调104字）

ZZPP，PPPZ，ZZPPZZ。ZZPP，ZPPZ。ZPZ，ZZ、ZZPPZZ，ZZPPPZ。ZZPP，ZPPPZ。

ZPP、ZZPPZ。PPZ、ZZPPZ。ZZZZPP，ZPPPZ。ZPP、ZZPPZ。PPZ、ZZPZ。ZZZ、ZZPP，ZPPZZ。

绛雪生凉　　［宋］吴文英

绛雪生凉，碧霞笼夜，小立中庭芜地。昨梦西湖，老扁舟身世。叹游荡，暂赏、吟花酌露尊俎，冷玉红香罍洗。眼眩魂迷，古陶洲十里。

翠参差、澹月平芳砌。砖花滉、小浪鱼鳞起。雾盎浅障青罗，洗湘娥春腻。荡兰烟、麝馥浓侵醉。吹不散、绣屋重门闭。又怕便、绿减西风，泣秋檠烛外。

255. 二郎神（双调104字，格一）

ＰＰ**Ｚ**，ＺＺＺ、ＰＰＰ**Ｚ**。ＺＺＺＰＰＰＺ，ＺＰＰＺ，ＺＰＰ**Ｚ**。ＰＺＰＰＰＺＺ，ＺＺＺ、ＰＰＺ**Ｚ**。ＺＺＺ、ＰＰＺＺ，ＺＺＰＰＰ**Ｚ**。

Ｐ**Ｚ**。ＰＰＺＺ，ＺＰＰ**Ｚ**。ＺＺｐＺ、ＰＰＰＺＺ，ＺｐＺｐＺ、ＰＰＰ**Ｚ**。ＺＺＰＰＰＺＺ，ＺＺｐＺ、ＰＰＺ**Ｚ**。ＺｐＰｚＺＰＰ，ＺＺＰＰｚ，ＰＰＰ**Ｚ**。

炎光谢　［宋］柳永

炎光谢，过暮雨、芳尘轻洒。乍露冷风清庭户，爽天如水，玉钩遥挂。应是星娥嗟久阻，叙旧约、飙轮欲驾。极目处、微云暗度，耿耿银河高泻。

闲雅。须知此景，古今无价。运巧思、穿针楼上女，抬粉面、云鬟相亚。钿合金钗私语处，算谁在、回廊影下？愿天上人间，占得欢娱，年年今夜。

深深院　［宋］王十朋

深深院，夜雨过、帘栊高卷。正满槛、海棠开欲半。仍朵朵、红深红浅。遥认三千宫女面。匀点点、胭脂未遍。更微带、春醪宿醉，袅娜香肌娇艳。

日暖。芳心暗吐，含羞轻颤。笑繁杏夭桃争烂漫。爱容易、出墙临岸。子美当年游蜀苑。又岂是、无心眷恋。都只为、天然体态，难把诗工裁剪。

256. 绮寮怨（双调104字）

ZZPPPZ，ZPPZ**P**。Z$_p$Z$_p$Z、Z$_p$ZPP，

P$_z$PZ、ZZP**P**。PPP$_z$PZZ，PPZ、ZZPZ**P**。

ZZ$_p$P、ZZPP，PPZ、ZZPZ**P**。

ZZZPZ**P**。PPZ$_p$Z，PPZZP**P**。ZZPP，

Z$_p$PZ、ZP**P**。PPZPPZ，ZZZ、ZP**P**。PPZ**P**，

PPZZ$_p$Z、PZ**P**。

思情　　［宋］周邦彦

上马人扶残醉，晓风吹未醒。映水曲、翠瓦朱檐，垂杨里、乍见津亭。当时曾题败壁，蛛丝罩、淡墨苔晕青。念去来、岁月如流，徘徊久、叹息愁思盈。

去去倦寻路程。江陵旧事，何曾再问杨琼。旧曲凄清，敛愁黛、与谁听？尊前故人如在，想念我、最关情。何须渭城，歌声未尽处，先泪零。

满院荼蘼开尽　　［宋］陈允平

满院荼蘼开尽，杜鹃啼梦醒。记晓月、绿水桥边，东风又、折柳旗亭。蒙茸轻烟草色，疏帘净、乱织罗带青。对一尊、别酒初斟，征衫上、点滴香泪盈。

几度恨沉断云。飞鸾何处，连环尚结双琼。一曲琵琶，溢江上、惯曾听。依依翠屏香冷，听夜雨、动离情。春深小楼，无心对锦瑟，空涕零。

题写韵轩　［宋］赵文

绛阙珠宫何处，碧梧双凤吟。为底事、一落人间，轻题破、隐韵天音。当时点云滴雨，匆匆处，误墨沾素襟。算人间、最苦多情，争知道、天上情更深。

世事似晴又阴。罗襦甲帐，回头一梦难寻。虎啸菆嵚，护遗迹、尚如今。斜阳落花流水，吹紫宇、澹成林。霜空月明，天风响、环佩飞翠禽。

阅读提示：最后一句赵文词与周邦彦词、陈允平词的断句不同。

257. 绮罗香（双调104字）

ZZPP，PPZZ，Z$_P$ZZ$_P$PPZ。Z$_P$ZPP，Z$_P$ZZPPZ。Z$_P$P$_Z$Z、Z$_P$ZPP，ZPZ$_Z$Z、Z$_P$PPZ。ZP$_Z$P、Z$_P$ZPP，ZPZ$_P$ZZPZ。

PPPZZ，PZPPZZ，PPPZ。ZZPP，Z$_P$ZZPPZ。Z$_P$Z$_P$Z$_P$、Z$_P$ZPP，Z$_P$Z$_P$Z$_P$、ZPPZ。ZPZ$_P$、Z$_P$ZPP，ZPPZZ。

红叶　［宋］张炎

万里飞霜，千林落木，寒艳不招春妒。枫冷吴江，独客又吟愁句。正船舣、流水孤村，似花绕、斜阳归路。甚荒沟、一片凄凉，载情不去载愁去。

长安谁问倦旅，羞见衰颜借酒，飘零如许。谩倚新妆，不入洛阳花谱。为回风、起舞尊前，尽化作、断霞千缕。记阴阴、绿遍江南，夜窗听暗雨。

咏春雨　[宋]史达祖

做冷欺花，将烟困柳，千里偷催春暮。尽日冥迷，愁里欲飞还住。惊粉重、蝶宿西园，喜泥润、燕归南浦。最妨它、佳约风流，钿车不到杜陵路。

沉沉江上望极，还被春潮晚急，难寻官渡。隐约遥峰，和泪谢娘眉妩。临断岸、新绿生时，是落红、带愁流处。记当日、门掩梨花，翦灯深夜语。

红叶　[宋]王沂孙

玉杵馀丹，金刀剩彩，重染吴江孤树。几点朱铅，几度怨啼秋暮。惊旧梦、绿鬟轻凋，诉新恨、绛唇微注。最堪怜、同拂新霜，绣蓉一镜晚妆妒。

千林摇落渐少，何事西风老色，争妍如许。二月残花，空误小车山路。重认取、流水荒沟，怕犹有、寄情芳语。但凄凉、秋苑斜阳，冷枝留醉舞。

258. 永遇乐（双调104字）

$\underline{Z_PZPP，Z_PPPZ，PZPZ}$。ZZP$_Z$P，PP ZZ，ZZPP**Z**。P$_ZPZP_Z$Z，PPZ$_P$Z，Z$_P$ZZZPP**Z**。ZPZ$_P$，PPZ$_P$Z，ZZ$_PZP_Z$**Z**。

$\underline{PPZZ，PPPZ，Z_PZPPZ_P}$**Z**。ZZPP，Z$_P$

404

$PP_ZZ，Z_PZPP\mathbf{Z}。Z_PPPZ，P_ZPZ_PZ，Z_PZ$
$P_ZPZ_P\mathbf{Z}。P_ZPZ，PPZZ，ZP_ZZ\mathbf{Z}。$

京口北固亭怀古　[宋]辛弃疾

千古江山，英雄无觅，孙仲谋处。舞榭歌台，风流总被，雨打风吹去。斜阳草树，寻常巷陌，人道寄奴曾住。想当年，金戈铁马，气吞万里如虎。

元嘉草草，封狼居胥，赢得仓皇北顾。四十三年，望中犹记，烽火扬州路。可堪回首，佛狸祠下，一片神鸦社鼓。凭谁问，廉颇老矣，尚能饭否？

明月如霜　[宋]苏轼

明月如霜，好风如水，清景无限。曲港跳鱼，圆荷泻露，寂寞无人见。纮如三鼓，铿然一叶，黯黯梦云惊断。夜茫茫，重寻无处，觉来小园行遍。

天涯倦客，山中归路，望断故园心眼。燕子楼空，佳人何在？空锁楼中燕。古今如梦，何曾梦觉，但有旧欢新怨。异时对，黄楼夜景，为余浩叹。

赠雍宅璨奴　[宋]晁补之

银烛将残，玳筵初散，依旧愁绪。醉里凝眸，娇来纵体，此意难分付。怜伊只似，风前轻燕，好语暂来还去。重楼静，珠帘休下，待扫画梁留住。

青娥皓齿，云鬟花面，见了绮罗无数。只你厌厌，教人竟日，一点无由诉。如今拚了，萦眠惹梦，没个顿身心处。深诚事，骖鸾解佩，是许未许。

元土城遗址怀古　马维野（2015年7月20日）

大漠狼烟，荒原丹羽，枭猛鹰犬。铁马金戈，弯弓响箭，剑影刀光闪。南征北战，东伐西讨，逞铁木真强悍。众儿郎，看忽必烈，元都稳坐金殿。

幅员广袤，边疆修远，打下江山千万。功盖秦皇，勋压汉武，举世皆惊叹。人生如梦，长河历史，谁敢争锋蒙汉？败俄寇，归还掠土，我方释憾。

259. 澡兰香（双调104字）

P P Z Z，Z Z P P，Z Z Z P Z Z。P P Z Z，Z Z P P，Z Z Z P P Z。Z P P，P Z P P，P P P P Z Z。Z Z P P Z Z，P P P Z。

Z Z P P Z Z，Z Z P P，Z P P Z。P P Z Z，Z Z P P，Z Z Z P P Z。Z P P、Z Z P P，P Z P P Z Z。Z Z Z、Z Z P P，P P P Z。

淮安重午　[宋]吴文英

盘丝系腕，巧篆垂簪，玉隐绀纱睡觉。银瓶露井，彩箑云窗，往事少年依约。为当时、曾写榴裙，伤心红绡褪萼。黍梦光阴渐老，汀洲烟蒻。

莫唱江南古调，怨抑难招，楚江沈魄。薰风燕乳，暗雨梅黄，午镜澡兰帘幕。念秦楼、也拟人归，应翦菖蒲自酌。但怅望、一缕新蟾，随人天角。

中秋杂感　马维野（2017年10月4日，丁酉年八月十五）

寒蝉寂寂，断雁声声，落木彩妆九野。银霜碧瓦，玉露金风，向万里长空阙。念姮娥，红袖飘香，广寒宫中日夜。玉兔长持药杵，孤光凄切。

莫叹吴刚举钺，桂树难伐，岂惟仙界？千秋百代，桎梏樊笼，只聆谀辞声烈。坐神坛、历代君王，偏爱疏贤近僭。看佞史、过眼烟云，朦胧圆月。

260. 秋霁（双调105字）

Z_PZPP，$ZZZPP$，$ZZPZ$。Z_PZPP，Z_PP_ZPZ，P_ZPZZ_PPZ。P_ZPZZ，ZPZ_PZPPZ。ZZZ，PZ、$ZPPZZPZ$[1]。

PP_ZZZ，$ZZPP$，ZZ_PPP，Z_PP_ZPZ。ZPP、$PP Z_PZ$，PPP_ZZZPZ。$ZP Z_PZ$，$P_ZP_ZZZ PP$，ZP_ZPZ，$ZPPZ$。

江水苍苍　[宋] 史达祖

江水苍苍，望倦柳愁荷，共感秋色。废阁先凉，古帘空暮，雁程最嫌风力。故园信息，爱渠入眼南山碧。念上国，

---

1 PZ，$ZPPZZPZ$，可断句为"$PZZP$，$PZZPZ$"，亦可不断句，即"$PZZP$ $PZZPZ$"。

谁是、鲙鲈江汉未归客？

还又岁晚，瘦骨临风，夜闻秋声，吹动岑寂。露蛬悲、清灯冷屋，翻书愁上鬓毛白。年少俊游浑断得。但可怜处、无奈苒苒魂惊，采香南浦，翦梅烟驿。

云麓园长桥　［宋］吴文英

一水盈盈，汉影隔游尘，净洗寒绿。秋沐平烟，日回西照，乍惊饮虹天北。彩阑翠馥，锦云直下花成屋。试纵目，空际、醉乘风露跨黄鹄。

追想缥缈，钓雪松江，恍然烟蓑，秋梦重续。问何如、临池脍玉，扁舟空舣洞庭宿，也胜饮湘然楚竹。夜久人悄，玉妃唤月归来，桂笙声里，水宫六六。

己未六月九日雨后赋　［宋］吴潜

阶砌吟蛩，正竹外萧萧，雨骤风驶。凉浸桃笙，暑消葵扇，借伊一些秋意。枕边茉莉。满尘奁、贮香能腻。也不用，玉骨冰肌，人伴佳眠尔。

谁信此境，渐入华胥，旷然不知，庄蝶谁是。笑邯郸、羁魂客梦，贪他荣贵暂时里。飞鼠扑灯还自坠。展转惊寤，才听禁鼓三敲，夜声寥阒，又般滋味。

秋晴　［宋］无名氏

虹影侵阶，乍雨歇长空，万里凝碧。孤鹜高飞，落霞相映，远状水乡秋色。黯然望极。动人无限愁如织。又听得，云外数声，新雁正嘹唳。

当此暗想，画阁轻抛，杳然殊无，些个消息。漏声稀、银屏冷落，那堪残月照窗白。衣带顿宽犹阻隔。算此情苦，除非宋玉风流，共怀伤感，有谁知得。

261. 曲玉管（双调 105 字）

ＺＺＰＰ，ＰＰＺＺ，ＰＰＺＺＰＰ**Ｚ**。ＺＺＰＰＰＺ，ＰＺＰ**Ｐ**，ＺＰ**Ｐ**。<u>ＺＺＰＰ，ＰＰＰＺ</u>，ＺＰＺＺＰＰ**Ｚ**。ＺＺＰＰ，ＺＺＰＺＰＰ，ＺＰ**Ｐ**。

ＺＺＰＰ，ＺＰＺ、ＰＰＰＺ，ＺＰＺＺＰＰ，ＰＰＺＺＰ**Ｐ**。ＺＰ**Ｐ**。ＺＰＰＰＺ，ＺＺＰＰＰＺ，ＺＰＰＺ，ＺＺＰＰ，ＺＺＰ**Ｐ**。

陇首云飞　［宋］柳永

陇首云飞，江边日晚，烟波满目凭阑久。立望关河萧索，千里清秋，忍凝眸。杳杳神京，盈盈仙子，别来锦字终难偶。断雁无凭，冉冉飞下汀洲，思悠悠。

暗想当初，有多少、幽欢佳会，岂知聚散难期，翻成雨恨云愁。阻追游。每登山临水，惹起平生心事，一场消黯，永日无言，却下层楼。

忆虎山旧游　［清］况周颐

两桨春柔，重闉夕远，尊前几日惊鸿影。不道琼箫吹彻，凄感平生，忍伶俜。杳杳蘅皋，茫茫桑海，碧城往事愁重省。

问讯寒山，可有无限伤情，作钟声。

换尽垂杨，只萦损、天涯丝鬓，那知倦后相如，春来苦恨青青。楚腰擎。抵而今消黯，点检青衫红泪，夕阳衰草，满目江山，不见倾城。

草长江南　［清］陈匪石

草长江南，花开陌上，依然九十春光好。目送征鸿如客，千里迢迢，转魂销。近水楼台，喧天箫鼓，朅来舞燕交肩少。旧地重经，往往嘶过溪桥，玉骢骄。

梦醒天涯，有无限、凭栏心事，感音子夜能歌，倾杯块垒频浇。几昏朝。只沈阴愁拥，迤逦长城如线，络空垂海，野鹤飞归，不见东辽。

262. 西吴曲（双调105字）

ＺＰＰ、ＺＺＰ**Ｚ**，ＺＰＰＺＺ、ＺＰ**Ｚ**。ＺＰＰＺＺ，ＰＰＰＺＰ**Ｚ**。ＺＺＰＰ，ＰＺＺ、ＰＰＰ**Ｚ**。ＺＺＺ、ＰＺＰＰ，ＺＺＺＺＰＰ**Ｚ**。

ＺＰＰＺ，ＰＺＺＰＰ，ＰＰＺＰＺ**Ｚ**。ＺＺ**Ｚ**。ＺＰＰＺＰＰ，ＰＰＰＺ，ＺＺＰＰＺ**Ｚ**。ＰＰＰＺ，ＺＺＺＰＰ，ＰＺＺＰＰ，ＰＺＺＰ**Ｚ**。

怀襄阳　［宋］刘过

说襄阳、旧事重省，记铜驼巷陌、醉还醒。笑莺花别后，刘郎憔悴萍梗。倦客天涯，还买个、西风轻艇。便欲访、骑马山翁，问岘首那时风景。

楚王城里，知几度经过，摩挲故宫柳癭。漫吊景。冷烟衰草凄迷，伤心兴废，赖有阳春古郢。乾坤谁望，陆百里路中原，空老尽英雄，肠断剑锋冷。

263.二郎神（又名《转调二郎神》，双调105字，格二）

Z_PPPZ，ZZZ、Z_PPPZ。$ZZZPP$，Z_PPPZ，Z_PZPPZZ。$ZZPPPPZ$，ZZ_PZ、Z_PPPZ。$Z_PZZ_PP_ZP$，Z_PPPZ，$ZPPZ$。

PZ。ZPZ_PZ，PP_ZZ_PZ。$ZZZPP$，ZPP_ZZ，Z_PZPPZZ。ZZP_ZP，ZPP_ZZ，Z_PZZ_PPPZ。P_ZZZ，$Z_PZ_PP_ZPZZ$，$ZPPZ$。

闷来弹雀　［宋］徐伸

闷来弹雀，又搅破、一帘花影。谩试著春衫，还思纤手，薰彻金炉烬冷。动是愁端如何向？但怪得、新来多病。想旧日沈腰，而今潘鬓，不堪临镜。

重省。别来泪滴，罗衣犹凝。料为我厌厌，日高慵起，长托春醒未醒。雁翼不来，马蹄轻驻，门闭一庭芳景。空伫立，尽日阑干倚遍，昼长人静。

闷来无那　［宋］张孝祥

闷来无那，暗数尽、残更不寐。念楚馆香车，吴溪兰棹，多少愁云恨水。阵阵回风吹雪霰，更旅雁、一声沙际。想静拥孤衾，频挑寒灺，数行珠泪。

凝睇。傍人笑我，终朝如醉。便锦织回鸾，素传双鲤，难写衷肠密意。绿鬓点霜，玉肌消雪，两处十分憔悴。争忍见，旧时娟娟素月，照人千里。

抽还手版　[宋]刘克庄

抽还手版，受用处、十分轻省。便衣罽家机，饭炊躬稼，且免支移系省。帝悯龙钟蹒朝谒，予长假、毋烦申省。笑木石虚斋，暮年忺做，端明提省。

闲冷。橐金散尽，书筒来省。有小小楼儿，看山待月，绝胜崔公望省。两鹤随轩，一奴负锸，此外诸馀从省。把一身本末，绿章奏过，泰玄都省。

次陈唯道　[宋]赵以夫

野塘暗碧，渐点点、翠钿明镜。想昼永珠帘，人闲金屋，时倚妆台照影。睡起阑干凝思处，漫数尽、归鸦栖暝[1]。知月下莺黄，云边蛾绿，为谁低整。

曾倩。雁传鹊报，心期千定。奈柳絮浮云，桃花流水，长是参差不并。莫怨春归，莫愁柘老，蚕已三眠将醒。肠断句，枉费丹青，漠漠水遥烟迥。

1　暝，读上声 mǐng。

小楼向晚 ［宋］吴潜

小楼向晚，正柳锁、一城烟雨。记十里吴山，绣帘朱户，曾学宫词内舞。浪逐东风无人管，但脉脉、岁移年度。嗟往事未尘，新愁还织，怎堪重诉。

凝伫。问春何事，飞红飘絮。纵杜曲秦川，旧家都在，谁寄音书说与。野草凄迷，暮云深黯，浑自替人无绪。珠泪滴，应把寸肠万结，夜帷深处。

阅读提示：各篇的断句不尽相同。

264. 尉迟杯（双调105字）

P$_Z$P**Z**，ZZZ、ZZPP**Z**。PPZZPP，PZPPP**Z**。PPZZ，PZZ、PPZP**Z**。ZPP、P$_Z$PZZ，ZPPZP**Z**。

PZZZPP，PPZ、PPZZP**Z**。ZZPPPP**Z**，PZZ、PPZ**Z**。P$_Z$PZ$_P$、PPZZ，ZPZ、PPZ**Z**。ZPP，ZZPP，ZPPZP**Z**。

离恨 ［宋］周邦彦

隋堤路，渐日晚、密霭生深树。阴阴淡月笼沙，还宿河桥深处。无情画舸，都不管、烟波隔南浦。等行人、醉拥重衾，载将离恨归去。

因念旧客京华，长偎傍、疏林小槛欢聚。冶叶倡条俱相识，仍惯见、珠歌翠舞。如今向、渔村水驿，夜如岁、焚香独自语。有何人、念我无憀，梦魂凝想鸳侣。

长亭路　〔宋〕陈允平

长亭路，望渭北、漠漠春天树。殷勤别酒重斟，明日相思何处？晴丝飏暖，芳草外、斜阳自南浦。望孤帆、影接天涯，一江潮带愁去。

回首杜若汀洲，叹泛梗飘萍，乍散还聚。满径残红春归后，犹自有、杨花乱舞。怅金徽、梁尘暗锁，算谁是、知音堪共语。尽天涯、梦断东风，彩云鸾凤无侣。

265. 安公子（双调 106 字）

Z Z P P **Z**，Z P P Z P P **Z**。Z$_P$Z P P P Z Z，Z Z$_P$P P **Z**。Z Z Z、P P Z Z P P **Z**。P$_Z$P$_Z$Z$_P$Z$_P$Z P P **Z**。Z Z P$_Z$P Z$_P$，Z$_P$Z P P Z$_P$**Z**。

Z$_P$Z P P **Z**，Z P P$_Z$Z P P **Z**。Z Z P P P Z Z，Z P P P **Z**。Z Z Z、P P Z$_P$Z P P **Z**，Z$_P$Z Z P、Z$_P$Z P P **Z**。Z Z Z$_P$P P Z，Z Z$_P$Z$_P$P P$_Z$**Z**。

远岸收残雨　〔宋〕柳永

远岸收残雨，雨残稍觉江天暮。拾翠汀洲人寂静，立双双鸥鹭。望几点、渔灯隐映蒹葭浦。停画桡两两舟人语。道去程今夜，遥指前村烟树。

游宦成羁旅，短樯吟倚闲凝伫。万水千山迷远近，想乡关何处？自别后、风亭月榭孤欢聚，刚断肠、惹得离情苦。

听杜宇声声，劝人不如归去。

渐渐东风暖　［宋］晁端礼

渐渐东风暖，杏梢梅萼红深浅。正好花前携素手，却云飞雨散。是即是、从来好事多磨难。就中我与你才相见。便世间烦恼，受了千千万万。

回首空肠断，甚时与你同欢宴。但得人心长在了，管天须开眼。又只恐、日疏日远衷肠变。便忘了、当本深深愿。待寄封书去，更与丁宁一遍。

弱柳丝千缕　［宋］袁去华

弱柳丝千缕，嫩黄匀遍鸦啼处。寒入罗衣春尚浅，过一番风雨。问燕子来时，绿水桥边路。曾画楼、见个人人否？料静掩云窗，尘满哀弦危柱。

庾信愁如许，为谁都著眉端聚。独立东风弹泪眼，寄烟波东去。念永昼春闲，人倦如何度？闲傍枕、百啭黄鹂语。唤觉来厌厌，残照依然花坞。

266. 解连环（双调106字）

ZPPZ。PｚPPZZ，ZPPZ。ZZZｐ、ZｐZPP，ZPZZｐP，ZPPZ。ZZPP，ZPｚZ、ZｐPPZ。ZPPZZ，ZZZP¹，ZZｐPZ。

1　ZZZP，亦可作"PPPZ"，如张炎"残毡拥雪"。

P P Z P Z **Z**。Z P P Z Z $_P$，Z $_P$ P $_Z$ P **Z**。Z Z Z、
P Z P P，Z P Z P P，Z Z $_P$ P **Z**。Z Z P P，Z Z $_P$ Z、
Z $_P$ P P **Z**。P $_Z$ P P $_Z$、Z P Z Z，Z P Z **Z**。

怨怀无托　［宋］周邦彦

怨怀无托。嗟情人断绝，信音辽邈。信妙手、能解连环，似风散雨收，雾轻云薄。燕子楼空，暗尘锁、一床弦索。想移根换叶，尽是旧时，手种红药。

汀洲渐生杜若。料舟依岸曲，人在天角。谩记得、当日音书，把闲语闲言，待总烧却。水驿春回，望寄我、江南梅萼。拚今生、对花对酒，为伊泪落。

玉鞭重倚　［宋］姜夔

玉鞭重倚。却沉吟未上，又萦离思。为大乔、能拨春风，小乔妙移筝，雁啼秋水。柳怯云松，更何必、十分梳洗。道郎携羽扇，那日隔帘，半面曾记。

西窗夜凉雨霁。叹幽欢未足，何事轻弃。问后约、空指蔷薇，算如此溪山，甚时重至。水驿灯昏，又见在、曲屏近底。念唯有、夜来皓月，照伊自睡。

暮檐凉薄　［宋］吴文英

暮檐凉薄。疑清风动竹，故人来邈。渐夜久、闲引流萤，弄微照素怀，暗呈纤白。梦远双成，凤笙杳、玉绳西落。掩练帐倦入，又惹旧愁，汗香阑角。

银瓶恨沉断索。叹梧桐未秋，露井先觉。抱素影、明月空闲，早尘损丹青，楚山依约。翠冷红衰，怕惊起、西池鱼跃。记湘娥、绛绡暗解，褪花坠萼。

孤雁　[宋]张炎

楚江空晚。怅离群万里，恍然惊散。自顾影、欲下寒塘，正沙净草枯，水平天远。写不成书，只寄得、相思一点。料因循误了，残毡拥雪，故人心眼。

谁怜旅愁荏苒。谩长门夜悄，锦筝弹怨。想伴侣、犹宿芦花，也曾念春前，去程应转。暮雨相呼，怕蓦地、玉关重见。未羞他、双燕归来，画帘半卷。

267. 望远行（双调106字）

ＰＰＺＺ，ＰＰＺ、ＺＺＰＰＰ**Ｚ**。ＺＰＰＺ，ＺＺＰＰ，ＺＺＺＰＰ**Ｚ**。ＺＺＰＰ，ＰＺＺＰＰＺ，ＰＺＺＰＰ**Ｚ**。ＺＰＰ、ＰＺＰＰＺ**Ｚ**。

Ｐ**Ｚ**。ＰＺＺＰＺＺ，ＺＺＺ、ＺＰＰ**Ｚ**。ＺＺＺＰ，ＺＰＺＺ，ＰＺＺＰＰ**Ｚ**。ＰＺＰＰＰＺ，ＰＰＰＺ，ＺＺＰＰＰ**Ｚ**。ＺＺＰＰＺ，ＰＰＰ**Ｚ**。

长空降瑞　[宋]柳永

长空降瑞，寒风翦、淅淅瑶花初下。乱飘僧舍，密洒歌楼，迤逦渐迷鸳瓦。好是渔人，披得一蓑归去，江上晚来堪画。满长安、高却旗亭酒价。

幽雅。乘兴最宜访戴，泛小棹、越溪潇洒。皓鹤夺鲜，白鹇失素，千里广铺寒野。须信幽兰歌断，彤云收尽，别有瑶台琼榭。放一轮明月，交光清夜。

268. 望海潮（双调 107 字）

$Z_P P P Z$，$Z_P P P Z$，$P_Z P Z_P Z P \mathbf{P}$。<u>$Z_P Z P_Z P$，</u>
<u>$P_Z P Z_P Z$</u>，$P_Z P Z_P Z P \mathbf{P}$。$Z_P Z Z P \mathbf{P}$。$Z P Z_P P Z$[1]，
$Z_P Z P \mathbf{P}$。$Z_P Z P P$，$Z P P Z Z P \mathbf{P}$。

$P_Z P Z_P Z P \mathbf{P}$。$Z P Z_P P Z_P Z$，$Z_P Z P \mathbf{P}$。<u>$Z_P Z$</u>
<u>$P_Z P$，$P_Z P Z_P Z$</u>，$P_Z P Z_P Z P \mathbf{P}$。$Z_P Z Z P \mathbf{P}$。Z
<u>$Z P P Z$，$Z_P Z P \mathbf{P}$。</u>$Z_P Z P P Z_P Z$，$Z_P Z Z P \mathbf{P}$。

东南形胜　〔宋〕柳永

东南形胜，三吴都会，钱塘自古繁华。烟柳画桥，风帘翠幕，参差十万人家。云树绕堤沙。怒涛卷霜雪，天堑无涯。市列珠玑，户盈罗绮竞豪奢。

重湖叠巘清嘉。有三秋桂子，十里荷花。羌管弄晴，菱歌泛夜，嬉嬉钓叟莲娃。千骑拥高牙。乘醉听箫鼓，吟赏烟霞。异日图将好景，归去凤池夸。

梅英疏淡　〔宋〕秦观

梅英疏淡，冰澌溶泄，东风暗换年华。金谷俊游，铜驼

1　此句亦可作"$Z P_Z P Z_P Z$"，如秦观的"正絮翻蝶舞"。

巷陌，新晴细履平沙。长记误随车。正絮翻蝶舞，芳思交加。柳下桃蹊，乱分春色到人家。

西园夜饮鸣笳。有华灯碍月，飞盖妨花。兰苑未空，行人渐老，重来是事堪嗟。烟暝酒旗斜。但倚楼极目，时见栖鸦。无奈归心，暗随流水到天涯。

高阳方面　［宋］晁端礼

高阳方面，河间都会，三关地最称雄。粉堞万层，金城百雉，楼横一带长虹。烟素敛晴空。正望迷平野，目断飞鸿。易水风烟，范阳山色有无中。

安边暂倚元戎。看纶巾对酒，羽扇摇风。金勒少年，吴钩壮士，宁论卫霍前功。乃眷在清衷。恐凤池虚久，归去匆匆。幸有佳人锦瑟，玉笋且轻拢。

泛舟　［宋］赵崇嶓

轻云过雨，炎晖初减，楼台片片馀霞。曲径通幽，小阑斜护，水天薄暮人家。暝色趣归鸦。竹风交立玉，清透窗纱。断岸涟漪，乱萍芳苇绕烟沙。

依稀画艇莲娃。掩鲛绡微沁，急桨咿哑。香雾霏微，冷光摇曳，娅红深映低花。天际玉钩斜。矶边菱唱答，惊断鸣蛙。满棹白蘋归去，幽兴绕天涯。

家乡雪夜上元辞　马维野（2016年2月22日）

邑乡光耀，炫然天地，家家户户张灯。室外霜寒，窗前露暖，残冬荡逸春风。好日聚亲朋。话长短今古，转递心声。命酒传杯，品茶飞盏笑萦盈。

凡间大美无穷。恰丰和地利，豫顺天兴。瑞雪纷纷，习风阵阵，欣逢盛世休明。纵目万千程。念月宫寒苦，桂殿冰清。料想嫦娥寂寞，正向往尘听。

269. 望湘人（双调107字）

ZPPZZ，PZZP，ZPPZPZ。ZZPP，ZPZZ，ZZPPPZ。ZZPP，ZPPZ，PPPZ。ZZP、PZPP，ZZPPPZ。

PZPPZZ。ZPPZZ，ZPPZ。ZPZPP，ZZZPPZ。PZZZ，ZPPZ，ZZPPPZ。ZZ、ZZPP，ZZPPPZ。

春思　[宋]贺铸

厌莺声到枕，花气动帘，醉魂愁梦相半。被惜馀薰，带惊剩眼，几许伤春春晚。泪竹痕鲜，佩兰香老，湘天浓暖。记小江、风月佳时，屡约非烟游伴。

须信鸾弦易断。奈云和再鼓，曲终人远。认罗袜无踪，旧处弄波清浅。青翰棹舣，白蘋洲畔，尽目临皋飞观。不解寄、一字相思，幸有归来双燕。

270. 夜飞鹊（双调107字）

PPZPZ，PZPP。PZZZPP。PPZZPZ

ＰＺ，Ｚ$_P$ＰＰＺＰ**Ｐ**。ＰＰＺＰＺ，ＺＰＰＰＺ，ＺＺＰ**Ｐ**。ＰＰＺＺ，ＺＰＰ、Ｚ$_P$ＺＰ**Ｐ**。

ＰＺＺ$_P$ＰＰＺ，ＰＺ$_P$ＺＰＰ$_Z$，Ｚ$_P$ＺＰ**Ｐ**。ＰＺＰＰＺＺ，Ｐ$_Z$ＰＺ$_P$Ｚ，ＰＺＰ**Ｐ**。ＺＰＰ$_Z$Ｚ，ＺＰＰ、ＺＺＰ**Ｐ**。ＺＰＰＺ$_P$Ｚ，Ｐ$_Z$ＰＺＺ，Ｚ$_P$ＺＰ**Ｐ**。

别情　［宋］周邦彦

河桥送人处，凉夜何其。斜月远堕馀辉。铜盘烛泪已流尽，霏霏凉露沾衣。相将散离会，探风前津鼓，树杪参旗。花骢会意，纵扬鞭、亦自行迟。

迢递路回清野，人语渐无闻，空带愁归。何意重红满地，遗钿不见，斜径都迷。兔葵燕麦，向残阳、欲与人齐。但徘徊班草，欷歔酹酒，极望天西。

星桥度情处　［宋］胡翼龙

星桥度情处,地久天长。尘世无此匆忙。纤云淡荡凉蟾小，家家瓜果钱唐。愁人独无那，叹紫箫易断，青翼难将。返魂何在？漫空留、荀令馀香。

忍记穿针儿女，篝尘想都暗，叠损衣裳。谁念才情未减，老来何逊，少日卢郎。柳风荷露，黯销凝、罗扇练囊。更银河曲曲，玉签点点，都是凄凉。

271. 薄幸（又名《薄倖》，双调108字）

Ｚ$_P$ＰＰ**Ｚ**，ＺＺ$_P$Ｚ、ＰＰＺ**Ｚ**。ＺＺ$_P$Ｚ、ＰＰＰＺ，

Z_PZZPP_Z**Z**。ZZ_PP、PZPP，PPZZPP**Z**。ZZZPP，Z_PPP_ZZ，Z_PZPPZ_PZ。

Z_PZZPPZ，PZZ、Z_PPP**Z**。P_ZPPZ_PZ，PPPZ，P_ZPZ_PZPP**Z**。ZPPZ，ZPPZ_PZ，PPZZPP**Z**。PPZZ，Z_PZPPZ**Z**。

艳真多态 ［宋］贺铸

艳真多态，更的的、频回昈睐。便认得、琴心相许，与写宜男双带。记画堂、斜月朦胧，轻颦微笑娇无奈。便翡翠屏开，芙蓉帐掩，与把香罗偷解。

自过了收灯后，都不见、踏青挑菜。几回凭双燕，丁宁深意，往来翻恨重帘碍。约何时再？正春浓酒暖，人闲昼永无聊赖。厌厌睡起，犹有花梢日在。

青楼春晚 ［宋］吕渭老

青楼春晚，昼寂寂、梳匀又懒。乍听得、鸦啼莺弄，惹起新愁无限。记年时、偷掷春心，花间隔雾遥相见。便角枕题诗，宝钗贳酒，共醉青苔深院。

怎忘得、回廊下，携手处、花明月满。如今但暮雨，蜂愁蝶恨，小窗闲对芭蕉展。却谁拘管。尽无言、闲品秦筝，泪满参差雁。腰支渐小，心与杨花共远。

送安伯弟 ［宋］韩元吉

送君南浦。对烟柳、青青万缕。更满眼、残红吹尽，叶底黄鹂自语。甚动人、多少离情，楼头水阔山无数。记竹里题诗，花边载酒，魂断江干春暮。

都莫问功名事，白髪渐、星星如许。任鸡鸣起舞，乡关何在，凭高目尽孤鸿去。漫留君住，趁酴醿香暖，持杯且醉瑶台露。相思记取，愁绝西窗夜雨。

咏疟　［清］贺双卿

依依孤影，浑似梦、凭谁唤醒！受多少、蝶嗔蜂怒，有药难医花症。最忙时，那得功夫，凄凉自整红炉等。总诉尽浓愁，滴干清泪，冤煞娥眉不省。

去过酉来先午，偏放却、更深宵永。正千回万转，欲眠仍起，断鸿叫破残阳冷。晚山如镜，小柴扉烟锁，佳人翠袖恹恹病。春归望早，只恐东风未肯。

272. 夺锦标（又名《锦标归》《清溪怨》，双调108字，格一）

Z$_P$ZPP，ZZPP，ZZPPPZ。PPZZ，PPZZ，ZZZPPZ。ZZZPP、ZZZ、ZPPZ。ZPP、ZZPP，ZZPPZZ。

ZZPPZP，PZPPZZ，PPPZ。ZZPPZ，ZPZPZ，PPPZ。ZZZPP，ZZZ、PPPZ。ZPP、PZPP，ZZPPPZ。

待雪 ［宋］曹勋

风搅长空，冷入寒云，正是严凝初至。围炉坐久，珠帘卷起，准拟六花飞砌。渐苒苒晴烟，更暗觉、远天开霁。阻琼瑶、不舞蓝田，但有蟾华铺地。

想像如今剡溪，应误幽人访客，轻舟闲舣。翠幕登临处，散无限清兴，顿孤沉醉。念好景佳时，谩望极、祥霙为瑞。却梅花、知我心情，故把飞英飘坠。

273. 夺锦标（又名《锦标归》《清溪怨》，双调 108 字，格二）

ZₚZPP，PPZZ，ZZPPZₚZ。ZZPPZZ，PZPP，ZPPZ。ZPPZₚZ，ZPZₚ、PPPZ。ZPP、ZₚZPP，ZZPPPZ。

PZPPZZ，ZZPP，ZZZₚPPZₚZ。ZZPPPᵤZ，PᵤZPP，ZPPZ。ZPPZₚZ，ZPPᵤZ、PPPZ。ZPP、ZₚZPP，ZZPPPZ。

七夕 ［元］张埜

凉月横舟，银河浸练，万里秋容如拭。冉冉鸾骖鹤驭，桥倚高寒，鹊飞空碧。问欢情几许，早收拾、新愁重织。恨人间、会少离多，万古千秋今夕。

谁念文园病客，夜色沉沉，独抱一天岑寂。忍记穿针亭榭，金鸭香寒，玉徽尘积。凭新凉半枕，又依稀、行云消息。

听窗前、泪雨浪浪，梦里檐前犹滴。

清溪吊张丽华 ［元］白朴

霜水明秋，霞天送晚，画出江南江北。满目山围故国，三阁余香，六朝陈迹。有《庭花》遗谱，惨哀音、令人嗟惜。想当时、天子无愁，自古佳人难得。

惆怅龙沉宫井，石上啼痕，犹点胭脂红湿。去去天荒地老，流水无情，落花狼籍。恨青溪留在，渺重城、烟波空碧。对西风、谁与招魂，梦里行云消息？

孤影长嗟 ［元］白朴

孤影长嗟，凭高眺远，落日新亭西北。幸有山河在眼，风景留人，楚囚何泣。尽纷争蜗角，算都输、林泉闲适。淡悠悠、流水行云，任我平生踪迹。

谁念江州司马，沦落天涯，青衫未免沾湿。梦里封龙旧隐，经卷琴囊，酒樽诗笔。对中天凉月，且高歌、徘徊今夕。陇头人、应也相思，万里梅花消息。

阅读提示：此谱与前谱有几处不同，请读者自鉴。

274. 惜黄花慢（双调108字）

ＺＺＰ**Ｐ**，ＺＺＰＺＺ，Ｚ_PＺＰ**Ｐ**。<u>ＺＰＰ_ZＺ，ＺＰＺＺ</u>，<u>Ｐ_ZＰＺＺ，Ｚ_PＺＰ**Ｐ**</u>。ＺＰＰ_ZＺＰＰＺ，ＺＰＺ、ＰＺＰ**Ｐ**。ＺＺ**Ｐ**，ＺＰＺＺ，ＰＺＰ**Ｐ**。

ＰＰＺＺＰ**Ｐ**。ＺＺＰＺＺ，ＺＺＰ**Ｐ**。ＺＰＰＺ，Ｚ

PZZ，PPZZ，Z$_P$ZP**P**。ZPZZPPZ，ZPZ、Z$_P$ZP**P**。ZZP，ZPZZP**P**。

送客吴皋　[宋]吴文英

送客吴皋，正试霜夜冷，枫落长桥。望天不尽，背城渐杳，离亭黯黯，恨水迢迢。翠香零落红衣老，暮愁锁、残柳眉梢。念瘦腰，沈郎旧日，曾系兰桡。

仙人凤咽琼箫。怅断魂送远，九辩难招。醉鬟留盼，小窗翦烛，歌云载恨，飞上银霄。素秋不解随船去，败红趁、一叶寒涛。梦翠翘，怨鸿料过南谯。

菊　[宋]吴文英

粉蜃金裳，映绣屏认得，旧日萧娘。翠微高处，故人帽底，一年最好，偏是重阳。避春只怕春不远，望幽径、偷理秋妆。殢醉乡，寸心似翦，飘荡愁觞。

潮腮笑入清霜。斗万花样巧，深染蜂黄。露痕千点，自怜旧色，寒泉半掬，百感幽香。雁声不到东篱畔，满城但、风雨凄凉。最断肠，夜深怨蝶飞狂。

孤雁　[清]贺双卿

碧尽遥天，但暮霞散绮，碎剪红鲜。听时愁近，望时怕远，孤鸿一个，去向谁边？素霜已冷芦花渚，更休倩、鸥鹭相怜。暗自眠。凤凰纵好，宁是姻缘！

凄凉劝你无言。趁一沙半水，且度流年。稻梁初尽，网罗正苦，梦魂易警，几处寒烟。断肠可似婵娟意，寸心里、多少缠绵！夜未闲，倦飞误宿平田。

275.一萼红（双调108字）

ZPP，ZZ_PPP_ZZ，Z_PZZPP**P**。<u>Z_PZPP，P_ZPZ_PZ</u>，P_ZZP_ZZP**P**。ZP_ZZ、P_ZPZ_PZ，Z_PZ_PZ、PZZP**P**。<u>Z_PZPP，P_ZPZ_PZ</u>，Z_PZP**P**。

Z_PZP_ZPZ_PZ，ZZ_PPP_ZZ，Z_PZP**P**。<u>Z_PZPP，P_ZPZ_PZ</u>，P_ZPZ_ZZP**P**。ZP_ZZ_P、PPZ_PZ，Z_PP_ZZ_P、Z_PZZP**P**。Z_PZP_ZPZ_PZ_P，Z_PZP**P**。

古城阴　［宋］姜夔

古城阴，有官梅几许，红萼未宜簪。池面冰胶，墙腰雪老，云意还又沉沉。翠藤共、闲穿径竹，渐笑语、惊起卧沙禽。野老林泉，故王台榭，呼唤登临。

南去北来何事，荡湘云楚水，目极伤心？朱户黏鸡，金盘簇燕，空叹时序侵寻。记曾共、西楼雅集，想垂杨、还袅万丝金。待得归鞍到时，只怕春深。

泊沙河　［宋］詹玉

泊沙河，月钩儿挂浪，惊起两鱼梭。浅碧依痕，嫩凉生润，山色轻染修蛾。钓船在、绿杨阴下，暮听得、扇底有吴歌。一段风情，西湖和靖，赤壁东坡。

往事水流云去，叹山川良是，富贵人多。老树高低，疏星明淡，只有今古销磨。是几度、潮生潮落，甚人海、空只恁风波。闲著江湖尽宽，谁肯渔蓑？

登蓬莱阁有感　[宋]周密

步深幽，正云黄天淡，雪意未全休。鉴曲寒沙，茂林烟草，俯仰千古悠悠。岁华晚、漂零渐远，谁念我、同载五湖舟？磴古松斜，崖阴苔老，一片清愁。

回首天涯归梦，几魂飞西浦，泪洒东州。故国山川，故园心眼，还似王粲登楼。最负他、秦鬟妆镜，好江山、何事此时游！为唤狂吟老监，共赋销忧。

赋红梅　[宋]张炎

倚阑干，问绿华何事，偷饵九还丹。浣锦溪边，餐霞竹里，翠袖不倚天寒。照芳树、晴光泛晓，护么凤、无处认冰颜。露洗春腴，风摇醉魄，听笛江南。

树挂珊瑚冷月，叹玉奴妆褪，仙掾诗悭。谩觅花云，不同梨梦，推篷恍记孤山。步夜雪、前村问酒，几消凝、把做杏花看。得似古桃流水，不到人间。

春分日作　马维野（2020年3月20日）

看今朝，昼夜平分日，一梦季节新。路侧花黄，河边柳绿，光影斑密留痕。树丛内、流莺百啭，引群鸟、奏五乐争音。叶摆枝摇，蜂盘蝶舞，馥郁幽芬。

踏步行阡意爽，走弯弯小径，颐养精神。两袖清风，一头雾水，缘何鸳起松林？想必是、螟虫噬树，为木挺，千百度飞临。泛起蓬茸馨香，淡荡春心。

276. 过秦楼（双调 109 字）

$\underline{ZZPP}$，Z_PPPZ，$ZZZPP\mathbf{Z}$。$\underline{P_ZPZ_PZ}$，$\underline{Z_PZPP}$，$Z_PZZPP\mathbf{Z}$。PP_ZZZPP，P_ZZPP[1]，$ZPP\mathbf{Z}$。$\underline{ZPPZZ}$，$\underline{Z_PPPZ}$，$ZPP\mathbf{Z}$。

PZZ、$\underline{Z_PZPP}$，PPZ_PZ，$ZZZPP\mathbf{Z}$。$\underline{PP}$ $\underline{ZZ}$，$\underline{Z_PZPP}$，$ZZZPP_Z\mathbf{Z}$。$Z_PZ_PPZ_PZ$，P_ZP Z_PZPP，$Z_PPP\mathbf{Z}$。$ZPPZZ$，$Z_PZPPZ\mathbf{Z}$。

水浴清蟾　［宋］周邦彦

水浴清蟾，叶喧凉吹，巷陌马声初断。闲依露井，笑扑流萤，惹破画罗轻扇。人静夜久凭阑，愁不归眠，立残更箭。叹年华一瞬，人今千里，梦沉书远。

空见说、鬓怯琼梳，容销金镜，渐懒趁时匀染。梅风地溽，虹雨苔滋，一架舞红都变。谁信无憀，为伊才减江淹，情伤荀倩。但明河影下，还看稀星数点。

避暑次窗云韵　［宋］周密

绀玉波宽，碧云亭小，苒苒水枫香细。鱼牵翠带，燕掠红衣，雨急万荷喧睡。临槛自采瑶房，铅粉沾襟，雪丝萦指。

---

1 PP_ZZZPP，P_ZZPP，亦可作"PP_ZPP，ZZP_ZZPP"，如吴文英作"湘女归魂，佩环玉冷无声"。

喜嘶蝉树远，盟鸥乡近，镜奁光里。

帘户悄、竹色侵棋，槐影移漏，昼永簟花铺水。清眠乍足，晚浴初慵，瘦约楚裙尺二。曲砌虚庭夜深，月透龟纱，凉生蝉翅。看银潢泻露，金井啼鸦渐起。

燕蹴飞红　［宋］邓有功

燕蹴飞红，莺迁新绿，几阵晚来风急。谢家池馆，金谷园林，还又把春虚掷。年时恨雨愁云，物换星移，有谁曾忆？把一尊试酹，落花芳草，总成尘迹。

频自笑、流浪孤萍，沾泥弱絮，有底困春无力。银屏香暖，宝篝波寒，又负月明今夕。往事梦里，沉思惟有罗襟，泪痕犹湿。奈垂杨万缕，不紧西风白日。

芙蓉　［宋］吴文英

藻国凄迷，麹澜澄映，怨入粉烟蓝雾。香笼麝水，腻涨红波，一镜万妆争妒。湘女归魂，佩环玉冷无声，凝情谁诉。又江空月堕，凌波尘起，彩鸳愁舞。

还暗忆、钿合兰桡，丝牵琼腕，见的更怜心苦。玲珑翠屋，轻薄冰绡，稳称锦云留住。生怕哀蝉，暗惊秋被红衰，啼珠零露。能西风老尽，羞趁东风嫁与。

颐和园之春　马维野（2020年3月23日）

万寿山光，昆明湖影，绿柳翠枝飘荡。繁花艳艳，嫩草芊芊，泛起馥芬充畅。云水交映春晖，炫目粼粼，昼星悠漾。

看长廊静远，西堤喧近，望羊无量。

还顾见、妙舞天鹅，昂头秀颈，恰似养心凫逛。铜牛像卧，玉带桥横，到此一游神旷。大美尘寰，人生若有逍遥，今朝别样。纵皇亲贵胄，岂与诗坛比尚?

277. 风流子（双调 110 字）

$PPPZZ$，PPZ，$Z_PZZP\mathbf{P}$。$ZZ_PP_ZZZ_P$，
$ZPPZ$；$ZPPZ$，$PZP\mathbf{P}$。ZPZ，$ZPPZZ$，P
$ZZP\mathbf{P}$。ZZP_ZP，P_ZPZ_PZ；$ZPPZ$，$Z_PZP\mathbf{P}$。

$PPPPZ$，PPZ、P_ZZZZPP。$PZZPPZ$，
$PZP\mathbf{P}$。$ZZ_PZ_PP_ZP_Z$，Z_PPZ_Z；Z_PPP
Z_P，$Z_PZP\mathbf{P}$。P_ZZZPZZ，$PZP\mathbf{P}$。

秋怨　〔宋〕周邦彦

枫林凋晚叶，关河迥，楚客惨将归。望一川暝霭，雁声哀怨；半规凉月，人影参差。酒醒后，泪花销凤蜡，风幕卷金泥。砧杵韵高，唤回残梦；绮罗香减，牵起馀悲。

亭皋分襟地，难拚处、偏是掩面牵衣。何况怨怀长结，重见无期。想寄恨书中，银钩空满；断肠声里，玉箸还垂。多少暗愁密意，唯有天知。

东风吹碧草　〔宋〕秦观

东风吹碧草，年华换、行客老沧洲。见梅吐旧英，柳摇新绿；恼人春色，还上枝头。寸心乱，北随云黯黯，东逐水

悠悠。斜日半山，暝烟两岸；数声横笛，一叶扁舟。

青门同携手，前欢记、浑似梦里扬州。谁念断肠南陌，回首西楼。算天长地久，有时有尽；奈何绵绵，此恨难休。拟待倩人说与，生怕人愁。

新阳上帘幌 ［宋］秦观

新阳上帘幌，东风转，又是一年华。正驼褐寒侵，燕钗春袅；句翻词客，簪鬥宫娃。堪娱处，林莺啼暖树，渚鸭睡晴沙。绣阁轻烟，剪灯时候，青旗残雪，卖酒人家。

此时，因重省，瑶台畔，曾过翠盖香车。惆怅尘缘犹在，密约还赊。念鳞鸿不见，谁传芳信，潇湘人远，空采蘋花。无奈疏梅风景，淡草天涯。

仲夏颐和园 马维野（2020年7月7日）

颐和园仲夏，西堤垒，映满目红霞。望碧波荡漾，玉泉危塔；凯风徐婉，清水荷花。走湖岸，看经年宿鸟，听几处鸣蛙。点叶蜻蜓，如风似箭；傍边芦苇，似曳如拔。

人稀蝉声响，凉荫柳、沿路树做虫家。遥指一排桥孔，白玉涤瑕。纵万里浮云，长空有界；百年佛阁，大地无涯。喜见绕亭旅燕，心写诗葩。

278. 疏影（双调110字）

PPZ**Z**，ZP_zP_zZZ，PZPZ。<u>Z_pZPP，Z_p</u>

$\underline{ZPP}$，PPZZP$\mathbf{Z}$[1]。PPZZPPZ，ZZZ、PPP$\mathbf{Z}$。ZZ$_P$P、ZZPP，Z$_P$ZZ$_P$PP$\mathbf{Z}$。

PZPPZZ，P$_Z$PZZZ，PZP$\mathbf{Z}$。ZZPP，Z$_P$ZPP，ZZP$_Z$PP$\mathbf{Z}$。PPZZPPZ，ZZZ、Z$_P$PP$\mathbf{Z}$。ZZ$_P$Z$_P$、Z$_P$ZPP，Z$_P$ZZPP$\mathbf{Z}$。

苔枝缀玉　[宋]姜夔

苔枝缀玉，有翠禽小小，枝上同宿。客里相逢，篱角黄昏，无言自倚修竹。昭君不惯胡沙远，但暗忆、江南江北。想佩环、月夜归来，化作此花幽独。

犹记深宫旧事，那人正睡里，飞近蛾绿。莫似春风，不管盈盈，早与安排金屋。还教一片随波去，又却怨、玉龙哀曲。等恁时、重觅幽香，已入小窗横幅。

寒泉溅雪　[宋]赵文

寒泉溅雪，有环佩隐隐，飞度霜月。易水风寒，壮士悲歌，关山万里离别。杨花浩荡晴空转，又化作、云鸿霜鹘。耿石壕，夜久无言寂历，如闻幽咽。

云谷山人老矣，江空又岁晚，相对愁绝。玉立长身，自是胎仙，舞我黄庭三叠。人间只惯丁当字，妙处在、一声清拙。待明朝、试拂菱花，老我一簪华髮。

---

1 PPZZP$\mathbf{Z}$亦可作"ZZPPP$\mathbf{Z}$"。

梅影 ［宋］张炎

黄昏片月，似碎阴满地，还更清绝。枝北枝南，疑有疑无，几度背灯难折。依稀倩女离魂处，缓步出、前村时节。看夜深、竹外横斜，应妒过云明灭。

窥镜蛾眉淡抹，为容不在貌，独抱孤洁。莫是花光，描取春痕，不怕丽谯吹彻。还惊海上然犀去，照水底、珊瑚如活。做弄得、酒醒天寒，空对一庭香雪。

279. 八归（双调111字，格一）

ZPZZ，PPPZ，PZZZP**P**。PPZZPPZ，PPZZPP，ZZP**P**。ZZPPPZZ，ZPZ、PZPP；ZZZ、PZP**P**。ZPZP**P**。

P**P**。PPPZ，PPPZ，ZPPZP**P**。ZPPZ，ZPPZ，PZPZP**P**。ZPPZZ，ZPZZZP**P**。ZPZ，ZPZZ，PPPZ**P**。

重阳前二日怀梅溪 ［宋］高观国

楚峰翠冷，吴波烟远，吹袂万里西风。关河迥隔新愁外，遥怜倦客音尘，未见征鸿。雨帽风巾归梦杳，想吟思、吹入飞蓬；料恨满、幽苑离宫。正愁黯文通。

秋浓。新霜初试，重阳催近，醉红偷染江枫。瘦筇相伴，旧游回首，吹帽知与谁同。想茱囊酒琖，暂时冷落菊花丛。两凝伫，壮怀立尽，微云斜照中。

秋怀　马维野（2020年10月13日）

细风染木，秋霜红叶，描绘五彩京秋。天南地北浓妆俏，缤纷炫目迷魂，点染乡愁。正是霞光争引曜，湛蓝幕、烘衬云兜；碧绿地、浓显田收。果实挂枝头。

清道。人虽年老，身心衰弱，此时依恃熙柔。百凡尘事，万般官路，都是纡缓轻流。笑忙忙碌碌，万千世界躁无休。到终尽，位高势力，无非泥一抔。

280. 沁园春（又名《寿星明》，双调114字）

Z_PZPP，Z_PZPP，$ZZZ\mathbf{P}$。ZP_ZPZ_PZ，P_ZPZ_PZ；P_ZPZ_PZ，$Z_PZP\mathbf{P}$。Z_PZPP，P_ZPZ_PZ，$Z_PZPPZ_PZ\mathbf{P}$。PPZ，ZP_ZPZ_PZ，$Z_PZP\mathbf{P}$。

$PPZ_ZZP\mathbf{P}$。$Z_PZ_PZPPP_P\mathbf{P}$。ZZ_PPPZ_ZZ，P_ZPZ_PZ；P_ZPZ_PZ，$Z_PZP\mathbf{P}$。Z_PZPP，$P_ZP$$Z_PZ$，$Z_PZPPZ_PZ\mathbf{P}$。$PPZ_ZZ$，$ZP_ZPZ_PZ$，$Z_PZP\mathbf{P}$。

孤馆灯青　[宋]苏轼

孤馆灯青，野店鸡号，旅枕梦残。渐月华收练，晨霜耿耿；云山摛锦，朝露溥溥。世路无穷，劳生有限，似此区区长鲜欢。微吟罢，凭征鞍无语，往事千端。

当时共客长安。似二陆初来俱少年。有笔头千字，胸中万卷；致君尧舜，此事何难？用舍由时，行藏在我，袖手何

妨闲处看。身长健，但优游卒岁，且鬥尊前。

孤鹤归飞　［宋］陆游

孤鹤归飞，再过辽天，换尽旧人。念累累枯冢，茫茫梦境，王侯蝼蚁，毕竟成尘。载酒园林，寻花巷陌，当日何曾轻负春。流年改，叹围腰带剩，点鬓霜新。

交亲散落如云。又岂料、如今馀此身。幸眼明身健，茶甘饭软；非惟我老，更有人贫。躲尽危机，消残壮志，短艇湖中闲采莼。吾何恨，有渔翁共醉，鹬友为邻。

灵山齐庵赋　［宋］辛弃疾

叠嶂西驰，万马回旋，众山欲东。正惊湍直下，跳珠倒溅；小桥横截，缺月初弓。老合投闲，天教多事，检校长身十万松。吾庐小，在龙蛇影外，风雨声中。

争先见面重重，看爽气朝来三数峰。似谢家子弟，衣冠磊落；相如庭户，车骑雍容。我觉其间，雄深雅健，如对文章太史公。新堤路，问偃湖何日，烟水濛濛？

忆黄山　［宋］汪莘

三十六峰，三十六溪，长锁清秋。对孤峰绝顶，云烟竞秀；悬崖峭壁，瀑布争流。洞里桃花，仙家芝草，雪后春正取次游。亲曾见，是龙潭白昼，海涌潮头。

当年黄帝浮丘，有玉枕玉床还在不？向天都月夜，遥闻凤管；翠微霜晓，仰盼龙楼。砂穴长红，丹炉已冷，安得灵方闻早修？谁如此，问原头白鹿，水畔青牛。

除夕　马维野（2015年2月18日）

斗转星移，午未交接，又是一年。看红尘滚滚，丛生万象；黄原莽莽，幻演千般。美酒盈杯，香茶半盏，户户家家守岁酣。燃花焰，夜云霄曜煜，五彩斑斓。

悠悠往事如烟。数十载白驹过隙焉。念丝青亢志，终究有幸；鬓霜寡怨，毕竟无牵。海阔天空，山高水远，历历曾经似梦还。兴家业，赞三阳开泰，谈笑之间。

喀纳斯游记　马维野（2007年8月10日）

西域边陲，喀纳斯湖，仲夏日边。看神仙湾里，浮云缭绕；观鱼台下，危路盘旋。碧水蓝天，红花绿叶，地造无双锦绣山。游船稳，满目青峦翠，奇景联翩。

交逢喜事人欢。更乐见今番诸笑颜。任高歌一曲，行云响遏；低吟几句，流水休前。壮美山河，光辉星月，期盼中华永世安。身仍健，愿亲朋遍历，共享同甘。

阅读提示：前阕第四、第五句与第六、第七句宜扇面对，如苏轼之"渐月华收练，晨霜耿耿；云山摛锦，朝露泠泠"；但亦可第四与第五句扇面对，如陆游之"念累累枯冢，茫茫梦境"。后阕第三与第四句宜扇面对，如苏轼之"有笔头千字，胸中万卷"，但亦可第三、第四句与第五、第六句扇面对，如毛泽东之"惜秦皇汉武，略输文采；唐宗宋祖，稍逊风骚"。

281. 紫萸香慢（双调114字）

ＺＰＰ、ＰＰＰＺ，ＺＰＺＺＰ**Ｐ**。ＺＰＰＰＺ，ＺＰＺ、ＺＰ**Ｐ**。ＺＺＰＰＰＺ，ＺＰＰＰＺ，ＺＺＰｚ**Ｐ**。ＺＰＰ、ＺＺＺＺＰ**Ｐ**。ＺＺＺ、ＺＰＺ**Ｐ**。

Ｐ**Ｐ**，ＺＺＰ**Ｐ**。ＰＺＺ、ＺＰ**Ｐ**。<u>ＺＰＰＺＺ，ＰＰＺＺ</u>，ＰＺＰ**Ｐ**。ＺＰＺＰＰＺ，ＺＰＺ、ＺＰ**Ｐ**。ＺＰＰ、ＺＰＰＺ，ＺＰＰＺ，ＰＺＰＺＰ**Ｐ**。ＰＺＺ**Ｐ**。

近重阳偏多风雨　［宋］姚云文

近重阳、偏多风雨，绝怜此日暄明。问秋香浓未？待携客、出西城。正自羁怀多感，怕荒台高处，更不胜情。向尊前、又忆漉酒插花人。只座上、已无老兵。

凄清，浅醉还醒。愁不肯、与诗平。记长楸走马，雕弓搾柳，前事休评。紫萸一枝传赐，梦谁到、汉家陵。尽乌纱、便随风去，要天知道，华髮如此星星。歌罢涕零。

送雁　［清］屈大均

恨沙蓬，偏随人转，更怜雾柳难青。问征鸿南向，几时暖、返龙庭。正有无边烟雪，与鲜飙千里，送度长城。向并门、少待白首牧羝人。正海上，手携李卿。

秋声，宿定还惊。愁里月，不分明。又哀笳四起，衣砧断续，终夜伤情。跨羊小儿争射，怎能到，白蘋汀。尽长天、遍排人字，逆风飞去，毛羽随处飘零。书寄未成。

阅读提示：以上两首词作的前阕同一韵脚字位上皆用了"人"，可见从宋到清，古人将 en、ing 视为同韵。

282. 八归（双调 115 字，格二）

P P Z Z，P P Z$_P$ Z，P Z Z Z P$_Z$ Z。P P Z Z P P Z，P Z Z P P Z，Z$_P$ P$_Z$ P Z。Z Z P$_Z$ P P Z Z，Z Z Z、P P P Z。Z Z Z、Z$_P$ Z P P，Z Z Z P Z。

P Z P P Z Z，P P P Z，Z Z P P P Z。Z P P Z，Z P P Z，Z Z P P P Z。Z P P Z Z，Z Z P P Z P Z。P P Z，Z P P Z，Z Z P P，P P P Z Z。

湘中送胡德华　［宋］姜夔

芳莲坠粉，疏桐吹绿，庭院暗雨乍歇。无端抱影销魂处，还见篠墙萤暗，藓阶蛩切。送客重寻西去路，问水面、琵琶谁拨？最可惜、一片江山，总付与啼鴂。

长恨相从未款，而今何事，又对西风离别？渚寒烟淡，棹移人远，缥缈行舟如叶。想文君望久，倚竹愁生步罗袜。归来后、翠尊双饮，下了珠帘，玲珑闲看月。

秋江带雨　［宋］史达祖

秋江带雨，寒沙萦水，人瞰画阁愁独。烟蓑散响惊诗思，还被乱鸥飞去，秀句难续。冷眼尽归图画上，认隔岸、微茫云屋。想半属、渔市樵村，欲暮竞然竹。

须信风流未老，凭谁持酒，慰此凄凉心目？一鞭南陌，几篙官渡，赖有歌眉舒绿。只匆匆眺远，早觉闲愁挂乔木。
应难奈，故人天际，望彻淮山，相思无雁足。

283. 贺新郎（又名《金缕曲》《乳燕飞》《貂裘换酒》，
双调116字）

Z$_P$ZPPZ。ZPP、P$_Z$PZZ，ZPPZ。Z$_P$Z
P$_Z$PPZZ，Z$_P$ZPPZZ。Z$_P$ZZ、PPPZ。Z$_P$
ZP$_Z$PPZZ，ZPP、Z$_P$ZPPZ。PZZ、ZPZ。

P$_Z$PZ$_P$ZPPZ，ZPP、P$_Z$PZZ，ZPPZ。
Z$_P$ZP$_Z$PPZZ，Z$_P$ZPPZ$_P$Z。Z$_P$ZZ、PPPZ。
Z$_P$ZP$_Z$PPZ$_P$Z，ZPPZ$_P$ZPPZ。PZZ、ZPZ。

别茂嘉十二弟　　[宋]辛弃疾

绿树听鹈鴂。更那堪、鹧鸪声住，杜鹃声切。啼到春归
无寻处，苦恨芳菲都歇。算未抵、人间离别。马上琵琶关塞黑，
更长门、翠辇辞金阙。看燕燕、送归妾。

将军百战身名裂。向河梁、回头万里，故人长绝。易水
萧萧西风冷，满座衣冠似雪。正壮士、悲歌未彻。啼鸟还知
如许恨，料不啼清泪长啼血。谁共我、醉明月？

夏景　　[宋]苏轼

乳燕飞华屋。悄无人、桐阴转午，晚凉新浴。手弄生绡
白团扇，扇手一时似玉。渐困倚、孤眠清熟。帘外谁来推绣户，
枉教人、梦断瑶台曲。又却是，风敲竹。

石榴半吐红巾蹙。待浮花、浪蕊都尽，伴君幽独。秾艳一枝细看取，芳心千重似束。又恐被、秋风惊绿。若待得君来向此，花前对酒不忍触。共粉泪、两簌簌。

送胡邦衡待制　［宋］张元幹

梦绕神州路。怅秋风，连营画角，故宫离黍。底事昆仑倾砥柱，九地黄流乱注？聚万落、千村狐兔。天意从来高难问，况人情、老易悲如许！更南浦、送君去。

凉生岸柳催残暑。耿斜河、疏星淡月，断云微度。万里江山知何处？回首对床夜语。雁不到、书成谁与？目尽青天怀今古，肯儿曹、恩怨相尔汝？举大白、听金缕。

睡起啼莺语　［宋］叶梦得

睡起啼莺语。掩青苔、房栊向晚，乱红无数。吹尽残花无人见，惟有垂杨自舞。渐暖蔼、初回轻暑。宝扇重寻明月影，暗尘侵、尚有乘鸾女。惊旧恨，遽如许。

江南梦断横江渚。浪黏天、葡萄涨绿，半空烟雨。无限楼前沧波意，谁采蘋花寄取？但怅望、兰舟容与。万里云帆何时到？送孤鸿、目断千山阻。谁为我、唱金缕。

亡妇忌日有感　［清］纳兰性德

此恨何时已。滴空阶、寒更雨歇，葬花天气。三载悠悠魂梦杳，是梦久应醒矣。料也觉、人间无味。不及夜台尘土隔，冷清清、一片埋愁地。钗钿约，竟抛弃。

重泉若有双鱼寄。好知他、年来苦乐，与谁相倚。我自中宵成转侧，忍听湘弦重理。待结个、他生知已。还怕两人俱薄命，再缘悭、剩月零风里。清泪尽、纸灰起。

元土城遗址公园游思　　马维野（2016年5月3日）

又是晴空好。抢时光、悠然自适，绕缭花草。河举双凫园谧静，岸柳争鸣树鸟。曲陌短、捷足轻脚。满目茏葱佳气爽，奈何风、吹乱新词调。思绪断、阒如草。

千年往事知多少？任豪杰、翻云覆雨，力征伐讨。铁马金戈沙场啸，拓土开疆远袤。看世势、纷争云扰。朝代更迭皆天意，水浮舟、覆舸皆从道。温历史、受良教。

284. 摸鱼儿（又名《摸鱼子》《买陂塘》《迈陂塘》《双蕖怨》，双调116字）

ZPP、$ZPPZ$，P_ZPPZPZ。$P_ZPZ_PZPP$$Z$，$Z_PZZPPZ$。$PZZ$。$Z_PZZ$、$PPZ_PZPPZ$。$P_ZPZ_PZ$，$ZZ_PZPP$，$Z_PPPZ$，$Z_PZZPZ$。

PPZ，Z_PZPPZ_PZ。$PPPZPZ$。P_ZPZ_PZPPZ，Z_PZZPPZ。PZZ。P_ZZZ、$Z_PPPZ_ZPP$$Z$。$P_ZPZ_PZ$。$Z_PZZPP$，$P_ZPZ_PZ$，$Z_PZZPZ$。

更能消几番风雨　　［宋］辛弃疾

更能消、几番风雨，匆匆春又归去。惜春长恨花开早，何况落红无数。春且住。见说道、天涯芳草迷归路。怨春不语，算只有殷勤，画檐蛛网，尽日惹飞絮。

长门事，准拟佳期又误。蛾眉曾有人妒。千金纵买相如赋，脉脉此情谁诉？君莫舞。君不见、玉环飞燕皆尘土。闲愁最苦。休去倚危楼，斜阳正在，烟柳断肠处。

东皋寓居　[宋]晁补之

买陂塘、旋栽杨柳，依稀淮岸江浦。东皋嘉雨新痕涨，沙觜鹭来鸥聚。堪爱处。最好是、一川夜月光流渚。无人独舞，任翠幄张天，柔茵藉地，酒尽未能去。

青绫被，莫忆金闺故步。儒冠曾把身误。弓刀千骑成何事？荒了邵平瓜圃。君试觑。满青镜、星星鬓影今如许。功名浪语。便似得班超，封侯万里，归计恐迟暮。

雁丘词　[宋]元好问

问世间、情是何物，直教生死相许？天南地北双飞客，老翅几回寒暑。欢乐趣。离别苦，就中更有痴儿女。君应有语，渺万里层云，千山暮雪，只影向谁去？

横汾路，寂寞当年箫鼓，荒烟依旧平楚。招魂楚些何嗟及，山鬼暗啼风雨。天也妒。未信与，莺儿燕子俱黄土。千秋万古。为留待骚人，狂歌痛饮，来访雁丘处。

送春　[元]张翥

涨西湖、半篙新雨，麴尘波外风软。兰舟同上鸳鸯浦，天气嫩寒轻暖。帘半卷，度一缕、歌云不碍桃花扇。莺娇燕婉。

任狂客无肠，王孙有恨，莫放酒杯浅。

垂杨岸，何处红亭翠馆？如今游兴全懒。山容水态依然好，惟有绮罗云散。君不见，歌舞地、青芜满目成秋苑。斜阳又晚。正落絮飞花，将春欲去，目断水天远。

南北冬异　马维野（2016年1月19日）

大寒临、朔方无度。晴空风冽穿骨。严冰上下深三尺，气冷峻难出户。且举目。南粤里、葱葱郁郁丛芳馥。萋萋草木，看海碧云舒，马龙车水，酿蜜蜡蜂舞。

鹏城到，斗艳争奇无数。枝头垂挂花束。千红万紫添春意，引惹外乡人妒。轻再顾。观远近、熙熙攘攘八方人。繁华四路。往事小渔村，日新月异，恰似有神助。

285. 金明池（又名《夏云峰》《金明春》，双调120字）

PZPP，PPZZ，ZZPPPZ。PPZ、PPZZ；PPZ、PPPZ。ZPP、ZZPP，ZZZPP，ZPPZ[1]。ZZZPP，PPPZ，ZZPPPZ。

ZZPPPZ。ZZZPP，PPPZ。PPZ、PPZZ，PPZ、PPPZ。PPZ、ZZPP，ZZZPP，PPPZ。ZPZPP，PPZZ，ZZZPPZ。

---

1 ZZZPP，ZPPZ亦可作"ZZPZ，ZZZPPZ"。

春游　［宋］无名氏

琼苑金池，青门紫陌，似雪杨花满路。云日淡、天低昼永，过三点、两点细雨。好花枝、半出墙头，似怅望、芳草王孙何处。更水绕人家，桥当门巷，燕燕莺莺飞舞。

怎得东君长为主？把绿鬓朱颜，一时留住。佳人唱、金衣莫惜，才子倒、玉山休诉。况春来、倍觉伤心，念故国情多，新年愁苦。纵宝马嘶风，红尘拂面，也则寻芳归去。

伤春　［宋］仲殊

天阔云高，溪横水远，晚日寒生轻晕。闲阶静、杨花渐少，朱门掩、莺声犹嫩。悔匆匆、过却清明，旋占得馀芳，已成幽恨。都几日阴沉，连宵慵困，起来韶华都尽。

怨人双眉闲斗损。乍品得情怀，看承全近。深深态、无非自许，厌厌意、终羞人问。争知道、梦里蓬莱，待忘了馀香，时传音信。纵留得莺花，东风不住，也则眼前愁闷。

庚子年上元节赋　马维野（2020年2月8日）

明月清风，春灯丽影，子鼠元宵昭亮。旁街寂、寒流涌动；芸窗静、柔光舒畅。动诗情、命笔才庸，欲写却词穷，咏思奔荡。任妙绪东流，临文无状，满纸荒唐充盎。

万里长空星彩放。看一盏冰轮，徐升初上。携银兔、嫦娥寂寞；挥玄钺、吴刚悄想。神仙界、亦有忧烦，更恼尽凡间，滋生冠状。笑宦海多愁，人心向背，岂可但凭私望？

除夕抒怀　马维野（2018年2月15日，除夕夜）

归酉依依，来戌跃跃，又是交年更漏。天时运、穿梭日月，三光照、扬晖穹厚。小星球、弹子离弓，且看众生灵，幻尘驰骤。笑历史长河，英雄豪斗，喜恋王权招手。

五帝三皇闻凯奏。纵汉武秦皇，焉能修久？乌纱帽、门楣暂耀；诗词曲、文坛恒秀。新春到、万物复苏，淡水泡清茶，犹如丕酒。勿贪世间俗，争名事利，不若养鸡牵狗。

286. 春风袅娜（双调125字）

ＺＰＰＺ$_P$Ｚ，ＺＺＰ**Ｐ**。ＰＺＺ，Ｚ$_P$Ｐ**Ｐ**。ＺＰＰＺ$_P$Ｚ，Ｐ$_Z$ＰＺ$_Z$Ｚ；Ｐ$_Z$ＰＺ$_P$Ｚ，Ｚ$_P$ＺＰ**Ｐ**。ＺＺＰＰ，ＰＰＺ$_P$Ｚ，Ｚ$_P$ＺＰＰＰＺ**Ｐ**。ＺＺＰＰＺＺ，ＰＰＰＺＺＰ**Ｐ**。

Ｚ$_P$ＺＰ$_Z$ＰＺ$_P$Ｚ，ＰＰＺＺ，Ｐ$_Z$ＰＺ、ＺＺＰ**Ｐ**。ＰＰＺ，ＺＰ**Ｐ**。ＰＰＺＺ，Ｚ$_P$ＺＰ**Ｐ**。Ｚ$_P$ＺＰＰ，Ｚ$_P$ＰＰＺ；ＺＰＺＺ，ＺＺＰ**Ｐ**。Ｚ$_P$ＰＰＺ，ＺＰＰＺ$_P$Ｚ，ＰＰＺＺ，ＰＺＰ**Ｐ**。

春恨　［宋］冯伟寿

被梁间双燕，话尽春愁。朝粉谢，午花柔。倚红阑故与，蝶围蜂绕；柳绵无数，飞上搔头。凤管声圆，蚕房香暖，笑挽罗衫须少留。隔院兰馨趁风远，邻墙桃影伴烟收。

些子风情未减，眉头眼尾，万千事、欲说还休。蔷薇露，牡丹球。殷勤记省，前度绸缪。梦里飞红，觉来无觅；望中新绿，别后空稠。相思难偶，叹无情明月，今年已是，三度如钩。

游丝　[清]朱彝尊

倩东君著力，系住韶华。穿小径，漾晴沙。正阴云笼日，难寻野马；轻飔染草，细绾秋蛇。燕蹴还低，莺衔忽溜，惹却黄须无数花。纵许悠扬度朱户，终愁人影隔窗纱。

惆怅谢娘池阁，湘帘乍捲，凝斜盼、近拂檐牙。疏篱冒，短垣遮。微风别院，明月谁家？红袖招时，偏随罗扇；玉鞭袅处，又逐香车。休憎轻薄，笑多情似我，春心不定，飞梦天涯。

送查秦望任晋宁州守　[清]李良年

正千林初碧，莺到山间。对楚尾，乱峰妍。忽朝来、见说使君西去，留春无策，又送征鞍。五马青莎，双旗赭岭，帕首蛮童夹道看。随意轻茵柳绵外，迎人空翠彩云边。

风物滇南尽好，芳甘无数，绿波里、叶叶嘉莲。沙际市，郭门船。人家如画，半入溪烟。挂笏西窗，应多爽气，放衙东阁，定倚新篇。古来才子，有碧鸡作颂，冉骎驰檄，亦向南天。

邱路看桃花　[清]吴绮

问桃源何处，曾赚渔郎。沿岭路，泛湖光。扣兰弦、又见苎萝烟雨，忽成霞彩，飞入蓬窗。但有天红，都无湿翠，不辨胭脂深浅妆。十里笼将画溪水，一身疑上紫云乡。

生恐封姨巧妒，丝丝点点，到明日、步障难藏。倾椒醑，祝东皇。尊前惜取，娇压红裳。莫待重寻，元都仙苑，且教沉醉，濯锦春江。尘缘休恋，怕双扉人去，题门诗在，前度茫茫。

《山花野草集》代序　马维野（2015年6月16日）

伴光阴荏苒，鬓染微霜。苍浩浩，地茫茫。笑尘寰、尸位素餐者众，江山指点，事术骄扬。品至无争，德高寡欲，看破红尘能几桩？幕府情迷弄权柄，文坛意蔑写华章。

不爱沉沦宦海，机关算尽，也难把、正道弘彰。书香永，礼纲常。偷闲访古，祖武流芳。口赋生篇，心填习作；天空海阔，论短说长。拙诗奏百，记蹉跎岁月，山花野草，自赏孤芳。

287. 引驾行（双调125字）

PPZZ，PPZZPPZ，ZPP、ZPZ，PPZ
ZP**P**。P**P**，PPPZ，PPZZPZZ，ZPP、ZZZ，
PPPZP**P**。PP，PZPPZ，ZPPZZP**P**。ZZ
ZPP，ZZZ、PZP**P**。

P**P**。PPZZ，ZZZZP**P**。ZZPZZ，PPZ
Z，ZZP**P**。P**P**，PZPPZ，PPPZZP**P**。ZZP、
PZZZ，ZPZP**P**。

红尘紫陌　［宋］柳永

红尘紫陌，斜阳暮草长安道，是离人、断魂处，迢迢匹马西征。新晴，韶光明媚，轻烟淡薄和气暖，望花村、路隐映，摇鞭时过长亭。愁生，伤凤城仙子，别来千里重行行。又记得临歧，泪眼湿、莲脸盈盈。

消凝。花朝月夕，最苦冷落银屏。想媚容耿耿，无眠屈指，已算回程。相萦，空万般思忆，争如归去睹倾城。向绣帏、深处并枕，说如此牵情。

288. 大酺（双调133字）

ZZPP，PPZ，PZPPPZ。PPPZZ，ZZ_PPP_ZZ，Z_PPPZ。<u>ZZPP，PPZZ</u>，PZZ_PP_ZPZ。P_ZPPZ_PZ，ZPPZ_PZ，Z_PPPZ。ZZ_PZPP，ZP_ZP_ZZ，ZPPZ。

PPP_ZZ。ZPZ、PZP_ZPZ。ZZZ、PPP_ZZ，ZZPP，ZPP、ZPPZ¹。Z_PZPPZ，P_ZZZ_P、P_ZPZ_PZ。Z_PPZ、P_ZPZ。P_ZP_ZPZ，P_ZZPPPZ。ZPZ_PP_ZZZ。

春雨　［宋］周邦彦

对宿烟收，春禽静，飞雨时鸣高屋。墙头青玉旆，洗铅

1　ZPP、ZPPZ亦可作"ZPP_ZZPPZ"。

449

霜都尽，嫩梢相触。润逼琴丝，寒侵枕障，虫网吹黏帘竹。邮亭无人处，听檐声不断，困眠初熟。奈愁极顿惊，梦轻难记，自怜幽独。

行人归意速。最先念、流潦妨车毂。怎奈向、兰成憔悴，卫玠清羸，等闲时、易伤心目。未怪平阳客，双泪落、笛中哀曲。况萧索、青芜国。红糁铺地，门外荆桃如菽。夜游共谁秉烛。

和陈次贾赠行韵　〔宋〕李曾伯

对剑花凝，笳叶卷，天宇尘清声肃。楼船催解处，正日戈夕照，风旗西矗。虎战龙争，人非地是，形势昔雄三国。景升今何在，怅婆娑老子，奚堪荆牧。岂自古常言，力宁鬥智，智宁如福。

西征非太速。奈臣职、难负君王嘱。嗟往事、祁山抗表，剑阁刊铭，祇成坠甑并空轴。喜听平安信，岂止为、区区一竹。蚊蝱类、笑谈逐。玉关归老，不愿封侯食肉。愿还太平旧蜀。

荷塘小隐　〔宋〕吴文英

峭石帆收，归期差，林沼年销红碧。渔箬樵笠畔，买佳邻翻盖，浣花新宅。地凿桃阴，天澄藻镜，聊与渔郎分席。沧波耕不碎，似蓝田初种，翠烟生璧。料情属新莲，梦惊春草，断桥相识。

平生江海客。秀怀抱、云锦当秋织。任岁晚、陶篱菊暗，逋冢梅荒，总输玉井尝甘液。忍弃红香叶，集楚裳、西风催著。正明月、秋无极。归隐何处，门外垂杨天窄。放船五湖夜色。

渐雨回春　［宋］杨泽民

渐雨回春，风清夏，垂柳凉生芳屋。馀花犹满地，引蜂游蝶戏，慢飞轻触。院宇深沉，帘栊寂静，苍玉时敲疏竹。雕梁新来燕，恣呢喃不住，似曾相熟。但双去并来，漫索幽恨，枕单衾独。

仙郎去又速。料今在、何许停双毂。任梦想、频登台榭，遍倚阑干，水云千里空流目。纵遇双鱼客，难尽写、别来心曲。媚容幸倾城国。今日何事，还又难分楚菽。寸心天上可烛。

289. 多丽（又名《绿头鸭》《陇头泉》，双调139字）

ＺＰＰ，ＺＰＺ_ＰＺＰ**Ｐ**。ＺＰＰ、ＰＰＺ_ＰＺ，ＺＺ_ＰＰ_ＺＺＰ**Ｐ**。<u>Ｐ_ＺＰ_ＺＰ_Ｚ、ＺＰＺ_ＰＺ；ＺＺ_ＰＺ_Ｐ、Ｚ_ＰＺＰ**Ｐ**。Ｚ_ＰＺＰＰ，ＰＰＺ_ＰＺ</u>，Ｚ_ＰＰ_ＺＰ_ＺＺＺＰ**Ｐ**。ＺＺ_ＰＺ、ＰＰＺ_ＰＺ，Ｚ_ＰＺＺＰ**Ｐ**。ＰＰＺ_Ｚ、ＰＰＺ_ＰＺ，Ｚ_ＰＺＰ**Ｐ**。

Ｚ_ＰＰ_ＺＰ、Ｐ_ＺＰＺ_ＰＺ，ＺＺ_ＰＰ_ＺＺＰ**Ｐ**。<u>ＺＰＰ_Ｚ、Ｐ_ＺＰＺＺ，ＺＺＺ_Ｐ、Ｐ_ＺＺＰ**Ｐ**</u>。ＺＺＰＰ，ＰＰＺ_ＰＺ，Ｐ_ＺＰＰＺＺＰ**Ｐ**。Ｚ_ＰＺ_ＰＺ，ＰＰＺ_ＰＺ，ＰＺＺＰ**Ｐ**。ＰＺ，ＰＰＺＺ，ＰＺＰ**Ｐ**。

咏月　［宋］晁端礼

晚云收，淡天一片琉璃。烂银盘、来从海底，皓色千里澄辉。莹无尘、素娥淡伫；静可数、丹桂参差。玉露初零，金风未凛，一年无似此佳时。露坐久，疏萤时度，乌鹊正南飞。瑶台冷，栏干凭暖，欲下迟迟。

念佳人、音尘别后，对此应解相思。最关情、漏声正永，暗断肠、花影偷移。料得来宵，清光未减，阴晴天气又争知？共凝恋，如今别后，还是隔年期。人强健，清尊素影，长愿相随。

咏白菊　〔宋〕李清照

小楼寒，夜长帘幕低垂。恨萧萧、无情风雨，夜来揉损琼肌。也不似、贵妃醉脸，也不似、孙寿愁眉。韩令偷香，徐娘傅粉，莫将比拟未新奇。细看取、屈平陶令，风韵正相宜。微风起，清芬酝藉，不减酴醾。

渐秋阑、雪清玉瘦，向人无限依依。似愁凝、汉皋解佩，似泪洒、纨扇题诗。朗月清风，浓烟暗雨，天教憔悴度芳姿。纵爱惜、不知从此，留得几多时？人情好，何须更忆，泽畔东篱。

景萧疏　〔宋〕张孝祥

景萧疏，楚江那更高秋。远连天、茫茫都是，败芦枯蓼汀洲。认炊烟、几家蜗舍，映夕照、一簇渔舟。去国虽遥，宁亲渐近，数峰青处是吾州。便乘取、波平风静，荃棹且夷犹。关情有，冥冥去雁，拍拍轻鸥。

忽追思、当年往事，惹起无限羁愁。挂筊朝来多爽气，
秉烛夜永足清游。翠袖香寒，朱弦韵悄，无情江水只东流。
桅楼晚，清商哀怨，还听隔船讴。无言久、馀霞散绮，烟际
帆收。

七夕　［宋］辛弃疾

叹飘零，离多会少堪惊。又争如、天人有信，不同浮世
难恁。占秋初、桂花散采，向夜久、银汉无声。凤驾催云，
红帷卷月，泠泠一水会双星。素杼冷，临风休织，深诉隔年诚。
飞光浅，青童语款，丹鹊桥平。

看人间、争求新巧，纷纷女伴欢迎。避灯时、彩丝未整，
拜月处、蛛网先成。谁念临州，萧条官舍，烛摇秋扇坐中庭。
笑此夕，金钗无据，遗恨满蓬瀛。敧高枕，梧桐听雨，如是
天明。

次韵王伯寿　［宋］张纲

敛晴烟，桂花如水轻寒。宴中秋、朋簪来会，满筵绿鬓
朱颜。罄尊罍、兴吞海量，妙歌吹、声彻云端。独念衰残，
强陪欢笑，恍然感旧觉悲酸。功名志，黄粱晓梦，老去奈何天。
休追悔，天应教人，赢取身闲。

想姮娥、情都如旧，也须知我贪欢。奈潘鬓、霜蓬渐满，
况沈腰、革带频宽。月有重圆，人谁长健，一回相见一回难。
王夫子，看君风度，何不早弹冠。莫学我，年年对月，扶病

江干。

290. 六丑（双调 140 字）

ＺＰＰＺＺ，ＺＺＺ、ＰＰＰ**Ｚ**。ＺＰＺＰ，ＰＰＰＺ**Ｚ**。
ＺＺＰ**Ｚ**。ＺＺＰＰＺ，ＺＰＰＺ，ＺＺ$_P$ＰＰ**Ｚ**。ＰＰＺ$_P$
ＺＰＰ**Ｚ**。ＺＺＰＰ，ＰＰＺ**Ｚ**。ＰＰＺＰＰ**Ｚ**。ＺＰＰＺＺ，
ＰＺＰ**Ｚ**。

ＰＰＺ$_P$**Ｚ**，ＺＰＰＺ**Ｚ**。ＺＺＰＰＺ$_P$，ＰＺ**Ｚ**。Ｐ$_Z$
ＰＺＰ**Ｚ**。ＺＰ$_Z$ＰＺＺ，ＺＰＰ**Ｚ**。ＰＰ$_Z$Ｚ、Ｚ$_P$ＰＰ**Ｚ**。
Ｐ$_Z$Ｚ$_P$ＺＺＺ，ＰＰＺＺ，ＺＰＰ**Ｚ**。ＰＰＺ、Ｚ$_P$ＺＰ**Ｚ**。
ＺＺＰ$_Z$、ＺＺＰＰＺ，Ｐ$_Z$ＰＺ**Ｚ**。

落花　[宋]周邦彦

正单衣试酒，怅客里、光阴虚掷。愿春暂留，春归如过翼。
一去无迹。为问花何在？夜来风雨，葬楚宫倾国。钗钿堕处
遗香泽。乱点桃蹊，轻翻柳陌。多情为谁追惜？但蜂媒蝶使，
时叩窗隔。

东园岑寂，渐蒙笼暗碧。静绕珍丛底，成叹息。长条故
惹行客。似牵衣待话，别情无极。残英小、强簪巾帻。终不
似一朵，钗头颤袅，向人欹侧。漂流处、莫趁潮汐。恐断红、
尚有相思字，何由见得？

壬寅岁吴门元夕风雨　[宋]吴文英

渐新鹅映柳，茂苑锁、东风初掣。馆娃旧游，罗襦香未

灭。玉夜花节。记向留连处，看街临晚，放小帘低揭。星河激艳春云热。笑靥欹梅，仙衣舞缬。澄澄素娥宫阙。醉西楼十二，铜漏催彻。

红消翠歇，叹霜簪练鬂。过眼年光，旧情尽别。泥深厌听啼鴂。恨愁霏润沁，陌头尘袜。青鸾杳、钿车音绝。却因甚、不把欢期，付与少年华月。残梅瘦、飞趁风雪。向夜永，更说长安梦，灯花正结。

春感和彭明叔韵　［宋］刘辰翁

看东风海底，送落日、飞空如掷。醉游暮归，怕西州堕策。归路偏失。记上元时节，千门立马，望金坡残雪。素娥推下团栾辙。塞草惊尘，河水渡楫。悠悠雨丝风拂。但相随断雁，时度荒泽。

回头紫陌，梦归归未得。憔悴江南，秋风旧客。去年说著今日。漫故人相命，玳筵鸣瑟。愁汗漫、全林杯窄。况飘泊相遇，当时老叟，梨园歌籍。高歌为我几回阕。似子规、落月啼乌悄，傍人泪滴。

阅读提示：三首词例在断句上有所差异。

291. 六州歌头（双调143字）

P$_z$PZ$_p$Z，Z$_p$ZZP**P**。<u>PP$_z$Z，PPZ，ZP**P**。</u>ZP**P**。Z$_p$ZPPZ，Z$_p$PZ，PP$_z$Z，P$_z$Z$_p$Z，PP$_z$Z，ZP**P**。Z$_p$ZPP，ZZPPZ，Z$_p$ZP**P**。Z

$Z_p P P_z Z$，$Z_p Z Z P \mathbf{P}$。$Z_p Z P \mathbf{P}$。$Z P \mathbf{P}$。

$Z P P Z$，$Z_p P Z$，$P P_z Z$，$Z P \mathbf{P}$。$P_z Z_p Z$，$P P_z Z$，$Z P \mathbf{P}$。$Z P_z \mathbf{P}$。$Z_p Z P P Z$，$Z_p P P_z Z$，$Z P \mathbf{P}$。

$P_z Z Z$，$P_z Z_p Z$，$Z P \mathbf{P}$。$Z_p Z P_z P Z_p Z$，$P_z P Z$、$Z_p Z P \mathbf{P}$。$Z P_z P_z P Z$，$P_p Z Z P \mathbf{P}$。$Z_p Z P \mathbf{P}$。

长淮望断　［宋］张孝祥

长淮望断，关塞莽然平。征尘暗，霜风劲，悄边声。黯销凝。追想当年事，殆天数，非人力，洙泗上，弦歌地，亦膻腥。隔水毡乡，落日牛羊下，区脱纵横。看名王宵猎，骑火一川明。笳鼓悲鸣。遣人惊。

念腰间箭，匣中剑，空埃蠹，竟何成？时易失，心徒壮，岁将零。渺神京。干羽方怀远，静烽燧，且休兵。冠盖使，纷驰骛，若为情。闻道中原遗老，常南望、羽葆霓旌。使行人到此，忠愤气填膺。有泪如倾。

题岳鄂王庙　［宋］刘过

中兴诸将，谁是万人英？身草莽，人虽死，气填膺，尚如生。年少起河朔，弓两石，剑三尺，定襄汉，开虢洛，洗洞庭。北望帝京，狡兔依然在，良犬先烹。过旧时营垒，荆鄂有遗民。忆故将军，泪如倾。

说当年事，知恨苦，不奉诏，伪耶真？臣有罪，陛下圣，可鉴临，一片心。万古分茅土，终不到，旧奸臣。人世夜，白日照，忽开明。衮佩冕圭百拜，九泉下、荣感君恩。看年年三月，满地野花春。卤簿迎神。

少年侠气　［宋］贺铸

少年侠气，交结五都雄。肝胆洞，毛髪耸，立谈中。死生同。一诺千金重，推翘勇，矜豪纵，轻盖拥，联飞鞚，斗城东。轰饮酒垆，春色浮寒瓮，吸海垂虹。闲呼鹰嗾犬，白羽摘雕弓。狡穴俄空。乐匆匆。

似黄粱梦，辞丹凤，明月共，漾孤篷。官冗从，怀倥偬，落尘笼。簿书丛。鹖弁如云众，供粗用，忽奇功。笳鼓动，渔阳弄，思悲翁。不请长缨，系取天骄种，剑吼西风。恨登山临水，手寄七弦桐。目送归鸿。

桃花　［宋］韩元吉

东风著意，先上小桃枝。红粉腻，娇如醉，倚朱扉，记年时。隐映新妆面，临水岸，春将半，云日暖，斜桥转，夹城西。草软莎平，跋马垂杨渡，玉勒争嘶。认蛾眉凝笑，脸薄拂燕支。绣户曾窥，恨依依。

共携手处，香如雾，红随步，怨春迟。销瘦损，凭谁问？只花知。泪空垂。旧日堂前燕，和烟雨，又双飞。人自老，春长好，梦佳期。前度刘郎，几许风流地，花也应悲。但茫茫暮霭，目断武陵溪。往事难追。

向来人道 ［宋］刘辰翁

向来人道,真个胜周公。燕然眇,浯溪小,万世功,再建隆。
十五年宇宙, 宫中赝, 堂中伴, 翻虎鼠, 搏鹯雀, 覆蛇龙。
鹤髮庞眉,憔悴空山久,来上东封。便一朝符瑞,四十万人同。
说甚东风, 怕西风。

甚边尘起, 渔阳惨, 霓裳断, 广寒宫。青楼杳, 朱门悄,
镜湖空, 里湖通。大纛高牙去, 人不见, 港重重。斜阳外,
芳草碧, 落花红。抛尽黄金无计, 方知道、前此和戎。但千
年传说, 夜半一声铜。何面江东。

海棠花溪赋 马维野（2016年4月7日）

海棠依旧,正锦簇枝头。白花俏,红芯媚,绽方遒。正
缭纠。彩瓣随风舞,纷纷落,洋洋洒,任践踏,成泥土,韵
香留。千百新蜂,苦作终成蜜,总也无愁。早霞添丽色,春
叶宛如秋。百鸟唧啾。客心柔。

念手中笔,指尖键,铺文路,任怀惆。元朝逝,残垣在,
壮心收。欲何求?万里江山美,地连袤,物繁稠。余古恨,
沙俄掠,北疆丢。三百万方原野,亡失尽、还我难酬。但愿
存国耻,勿与虎皮谋!谁已知羞?

292. 哨遍（又名《稍遍》，双调203字）

ZZZP，P_ZZZP，ZZPPZ。P_ZZ_PP，Z_PZ
ZP。ZPPPPPZ。ZZP，P_ZPZPPZ，PP

ZZPP**Z**。P<u>ZZPP，PPZ_PZ</u>，PPPZP**Z**。Z
Z_PPP_ZZZP**P**，ZZZPPZP**P**。PZPP，ZZP
P，ZPP_Z**Z**。

P。Z_PZP**P**，Z_PPPZZ_P**Z**。Z_PZPP_ZZ，
PPPZP**Z**。ZZZPP，<u>ZPP_ZZ</u>，PPZZPP**Z**。
Z_PZZPP，PPZZ，PPPZP**Z**。ZZPP_ZZZP_Z**P**，
ZZZP_ZPZP**P**。ZPP、ZP_ZP**Z**。PZ_PPZ_PPZ，
ZZPP**Z**。ZPPZPP_ZZZ，ZZPPZ**Z**。ZPP
ZZP**P**，ZPP、ZZP**Z**。

为米折腰　[宋]苏轼

为米折腰，因酒弃家，口体交相累。归去来，谁不遣君归？觉从前皆非今是。露未晞，征夫指予归路，门前笑语喧童稚。嗟旧菊都荒，新松暗老，吾年今已如此。但小窗容膝闭柴扉，策杖看孤云暮鸿飞。云出无心，鸟倦知还，本非有意。

噫！归去来兮，我今忘[1]我兼忘世。亲戚无浪语，琴书中有真味。步翠麓崎岖，泛溪窈窕，涓涓暗谷流春水。观草木欣荣，幽人自感，吾生行且休矣。念寓形宇内复几时，不自觉皇皇欲何之？委吾心、去留谁计？神仙知在何处？富贵非吾志。但知临水登山啸咏，自引壶觞自醉。此生天命更

1　忘，读阳平 wáng，本句第二个"忘"字同。

何疑？且乘流、遇坎还止。

一壑自专　　〔宋〕辛弃疾

　　一壑自专，五柳笑人，晚乃归田里。问谁知、几者动之微。望飞鸿、冥冥天际。论妙理，浊醪正堪长醉，从今自酿躬耕米。嗟美恶难齐，盈虚如代，天耶何必人知。试回头五十九年非，似梦里欢娱觉来悲。夔乃怜蚿，谷亦亡羊，算来何异？

　　嘻！物讳穷时，丰狐文豹罪因皮。富贵非吾愿，皇皇乎欲何之？正万籁都沉，月明中夜，心弥万里清如水。却自觉神游，归来坐对，依稀淮岸江涘。看一时鱼鸟忘情喜，会我已忘机更忘己。又何曾物我相视。非会濠梁遗意，要是吾非子。但教河伯、休惭海若，大小均为水耳。世间喜愠更何其，笑先生三仕三已。

第七章　常用小令曲谱选

　　元曲小令与宋词的一大区别就是元曲小令可用衬字，而且元曲小令衬字的情况特别多。本书对衬字都用小号字体排印，以便读者区分和把握。特别提醒读者，按现代读音，元曲小令里有不少与曲谱字调不符的用字，这或许是作者用字有误，或许是元代人的发音与今不同，且方言土语皆可入曲。譬如"一"，普通话读阴平 yī，还可以根据不同情况发音阳平 yí 和去声 yì，但在元曲里面经常发上声 yǐ。再如"插"，普通话读阴平 chā，但在元曲里面发上声 chǎ（我国北方农村某些地方至今仍然发上声音调，大概是元人统治北方地区时间长的缘故吧）。我们当代人填曲，当以汉语拼音的标准正音为准，切不可按当地的非正确读音用字。如果将曲谱当作词谱来填写，写出来的曲作或可与词作同样文雅。

293. 阿忽令（又名《阿纳忽》，19 字）

Z P P Z_P, Z Z P **P**。P P Z P P **S**, P Q S P **P**。

凤头金钗 〔元〕无名氏

双凤头金钗，一虎口罗鞋。天然海棠颜色，宜唱那阿纳忽[1]修来。

欲春 马维野（2016年3月8日）

将到春头前，又在水中间。鸳鸯伴鸭安坦，今更喜合欢。

294. 白鹤子（20字）

Z_PPPZZ，Z_PQZPP。P_ZP_ZZPP，S_PSP PQ。

四时春富贵 〔元〕关汉卿

四时春富贵，万物酒风流。澄澄水如蓝，灼灼花如绣。

鸟啼花影里 〔元〕关汉卿

鸟啼花影里，人立粉墙头。春意两相牵，秋水双波溜。

四边风凛冽 〔元〕鲍天佑

四边风凛冽，一望雪模糊。行过小溪桥，迷却前村路。

暑日观荷 马维野（2016年7月29日）

暑天知日烈，湖静晓莲香。根深叶盘肥，水浅花冠壮。

295. 一锭银（21字）

$ZZPPZ_PQP$，$ZPPZ$。ZZ_PPPZ_PZ，ZZ PP。

---

1 忽，普通话读阴平 hū，而按曲谱此处应是上声，可见要么是元代作者用音有误，要么是当时当地"忽"读 hǔ。元曲小令此等情况甚多。

翠袖殷勤　［元］无名氏

翠袖殷勤捧玉觞，浅斟低唱。便是个恼乱杀苏州小样，小名儿唤做当当。

一枝海棠花开全程记　马维野（2018年4月14日）

冷暖相交半月忽，海棠花开路。尽享春风满树，怒放如火如荼。

296.黄蔷薇（22字）

$ZPPQS_Q，ZZS_QPP。Z_PZPPQS，ZZPPQS_P。$

御水流红叶　［元］顾德润

步秋香径晚，怨翠阁衾寒。笑把霜枫叶拣，写罢衷情兴懒。

燕别无孝顺　［元］高克礼

燕燕别无甚孝顺，哥哥行在意殷勤。三纳子藤箱儿问肯，便待要锦帐罗帏就亲。

月季花　马维野（2016年5月11日）

月轮情不改，应季揣合开。满目花繁叶蔼，看尽斑斓色彩。

297.快活三（22字）

$PP_ZZZP_Z，Z_PZZPP。P_ZPZ_PZZPP，ZS_QPPQ。$

梨花白雪飘 〔元〕胡祗遹

梨花白雪飘，杏艳紫霞消。柳丝舞困小蛮腰，显得东风恶。

忆别 〔元〕无名氏

人去后敛翠鬟，春归也掩朱门。日长庭静怕黄昏，又是愁时分。

298. 庆宣和（22字）

Z_PZPPZ_PZP，Z_PZPP。$Z_PZPPZPP$，QS，QS（叠二字或句末一字）。

毛氏池亭 〔元〕张可久

云影天光乍有无，老树扶疏。万柄高荷小西湖，听雨，听雨。

闲情 〔清〕凌廷堪

坐对天边白玉盘，小扑轻纨。月影今宵共团圆，正满，正满。

自京飞穗空中 马维野（2016年4月11日）

南去羊城万里遥，谁待驾起长飙？饥感传餐自逍遥，正好，正好。

299. 得胜乐（24字）

PZS_P，PPQ，$Z_PZPP_ZZZ_P$。$Q_PS_QPPZ_PQ$，QZ_PZZPP。

独自寝 ［元］白朴

独自寝，难成梦，睡觉来怀儿里抱空。六幅罗裙宽褪，玉腕上钏儿松。

红日晚 ［元］白朴

红日晚，残霞在，秋水共长天一色。寒雁儿呀呀的天外，怎生不捎带个字儿来？

元土城遗址公园散步 马维野（2017年1月19日）

风峻冷，天清湛，寒水漾洄港涟。唤醒成吉思梦，看我好写新篇。

阅读提示：白朴是元代著名曲作大家，即便是这样的作者，写出来的小令曲也常有口语化、方言化的作品，如这两首《得胜令》。可见总体上来讲,词比曲的确高雅很多。当然，如果能按照填词的要求去填曲，曲亦能与此媲美。

300. 凭阑人（24字）

ZₚZPPZₚZP，ZₚZPPZₚZP。ZₚPPZP，QPPZP。

莺羽金衣 ［元］张可久

莺羽金衣舒晚风，燕嘴香泥沾乱红。翠帘花影重，五人春睡浓。

寄征衣 ［元］姚燧

欲寄君衣君不还，不寄君衣君又寒。寄与不寄间，妾身千万难。

闺怨　［元］王元鼎

垂柳依依惹幕烟，素魄娟娟当绣轩。妾身独自眠，月圆人未圆。

撷莓　马维野（2016年1月24日）

日艳天寒风朔吹，会友农庄撷草莓。颗颗鲜嫩肥，不堪千手摧。

301.十二月（24字）

P P Z $\mathbf{S_P}$，Z$_P$Z P $\mathbf{P}$。P P$_Z$Z S$_P$，Z$_P$Z P $\mathbf{P}$。P P Z $\mathbf{Z_P}$，Z$_P$Z P $\mathbf{P}$。

寒食道中　［元］张养浩

清明禁烟，雨过郊原。三四株溪边杏桃，一两处墙里秋千。隐隐的如闻管弦，却原来是流水溅溅。

别情　［元］王实甫

自别后遥山隐隐，更那堪远水粼粼。见杨柳飞绵滚滚，对桃花醉脸醺醺。透内阁香风阵阵，掩重门暮雨纷纷。

小月河散步　马维野（2020年5月21日）

一阵阵风吹夏声，午饭罢雨送春情。小月河波洄水浅，元土城树静风平。虽说是修真养性，到而今也就三成。

阅读提示：曲牌格律符号标明的对仗，表示主字对仗，不包含衬字。

302. 皂旗儿（24字）

Z Z P P Z Z **P**，P **P**。P P Z Z Z P **P**，P，P Z Z
P P P **Q**。

炕暖窗明　［元］无名氏

炕暖窗明草舍低，谁及？周公枕上梦初回，呀，直睡到
上三竿红日。

303. 醉高歌（25字）

P P Z_P Z P **P**，Z_P Z P P Z **S**。P_Z P Z_P Z P P **Q**，
Z_P S P P **Q** **S**。

十年燕月歌声　［元］姚燧

十年燕月歌声，几点吴霜鬓影。西风吹起鲈鱼兴，已在
桑榆暮景。

感怀　［元］姚燧

岸边烟柳苍苍，江上寒波漾漾。阳关旧曲低低唱，只恐
行人断肠。

304. 大喜人心（26字）

P P P P Z Z **P**，Q S Q S P P **Z**。S Z P P P **Z**，Z
P P Z Z **P**。

诗书　［元］无名氏

诗书诗书润几斋，任落魄任落魄无妨碍。脱利名浮去外，
俺窝中好避乖。

305. 采茶歌（又名《楚江秋》，27字）

ZPP，ZPP，P_ZPZ_PZZPP。Z_PZPPPZS，

P_ZPZ_PSZPP。

叙寒温　　［元］钟嗣成

叙寒温，问原因，断肠人寄断肠人。锦字香沾新泪粉，彩笺红渍旧啼痕。

306. 沽美酒（又名《琼林宴》，27字）

P_ZPZSP，SPZPP，PZPPZ_PQP_S。PP

ZZ_P，ZZSZPZ_P。

在官只说闲　　［元］张养浩

在官时只说闲，得闲也又思官，直到教人做样看。从前的试观：那一个不遇灾难？

花奴羯鼓催　　［元］无名氏

花奴将羯鼓催，宁王把玉笛吹。御手亲将桐树击，郑观音琵琶韵美，簇捧定个太真妃。

307. 落梅风（又名《寿阳曲》，27字）

PPZ，SZP_Z，SPPSPPQ。P_ZPZPPQS_P，

ZPPZPPQ。

渔灯暗　　［元］马致远

渔灯暗，客梦回，一声声滴人心碎。孤舟五更家万里，是离人几行情泪。

花村外　［元］马致远

花村外，草店西，晚霞明雨收天霁。四围山一竿残照里，锦屏风又添铺翠。

人初静　［元］马致远

人初静，月正明。纱窗外玉梅斜映。梅花笑人偏弄影，月沉时一般孤零。

江上寄越中诸友　［元］张可久

江村路，水墨图，不知名野花无数。离愁满怀难寄书，付残潮落红流去。

东坝清晨　马维野（2016年6月14日）

清晨起，走水边，眼前云影飘浮幻。天鹅野鸭悠漾懒，小桥流水荷花绽。

308.双鸳鸯（又名《合欢曲》，27字）

Q P **P**，Z P **P**。Z$_P$ Z P P S Z **P**。Q$_P$ Z P$_Z$ P P Z Z，

P$_Z$ P P Z Z P **P**。

驿尘红　［元］王恽

驿尘红，荔枝风，吹断繁华一梦空。玉辇不来宫殿闭，青山依旧御墙中。

醉留连　［元］王恽

醉留连，赏春妍，一曲清歌酒十千。说与琵琶红袖客，好将新事曲中传。

玉箫哀　［元］荆干臣

玉箫哀，立闲阶，彩凤人归更不来。隐隐遥山行云碍，萋萋芳草远烟埋。

玉渊潭公园之冬　马维野（2017年2月1日）

朔风微，侧寒追，披玉渊潭里晚晖。更有双鸭冰面戏，白桥羞把玉亭窥。

颐和园暑趣　马维野（2016年7月29日）

夏荷娇，棒蒲茅，云影槐头惹草鸦。燕舞柳枝麻雀乱，天鹅黑羽水中陶。

309. 梧叶儿（又名《知秋令》，27字）

$P\,P\,Z$，$Z_P\,Z\,\mathbf{P}$，$P_Z\,Z\,Z\,P\,\mathbf{P}$。$P\,P\,Z$，$Z_P\,Z\,\mathbf{P}$，$Z\,P\,\mathbf{P}$，$P_Z\,P_Z\,O_P\,P\,P\,Q\,\mathbf{S}_Q$。

别情　［元］关汉卿

别离易，相见难，何处锁雕鞍？春将去，人未还，这其间，殃及杀愁眉泪眼。

春思　［元］徐再思

芳草思南浦，行云梦楚阳，流水恨潇湘。花底春莺燕，钗头金凤凰，被面绣鸳鸯，是几等儿眠思梦想。

咏野兰花　马维野（2016年4月29日）

行阡陌，踏秽荒，闻野草兰芳。随人践，仍茂昌，欲坚强，临风斗妍无邑赏。

310. 哪吒令（28字）

Z**P**，PPZ_P**Z**_**P**。P**Z**，PPS**P**。S**P**_Z_，SSZ**P**。Z_P_QP，PPQ，ZZP**P**。

柳条　［元］无名氏

青芽芽柳条，接绿茸茸芳草。绿茸茸芳草，间碧森森竹梢。碧森森竹梢，接红馥馥小桃。娇滴滴景物新，笑吟吟闲行乐，一步步扇面儿堪描。

赋诗　［元］孙季昌

见横槊赋诗，是皇家栋梁；见临江酾酒，是将军虎狼。见修文偃武，是朝廷纪纲。如今安在哉，做一世英雄将，空留下水国鱼邦。

311. 骂玉郎（又名《瑶华令》，28字）

PPZZPP**Q**，QZZP**P**。P_Z_PSZPP**Q**。PZP，Z_P_ZP_Z_，PP**Q**。

长江有尽愁无尽　［元］钟嗣成

长江有尽愁无尽，空目断楚天云。人来得纸真实信。亲手开，在意读，从头认。

闺中闻杜鹃　［元］曾瑞

无情杜宇闲淘气，头直上耳根底。声声聒得人心碎。你怎知，我就里，愁无际？

衢州夜景 马维野（2016年12月29日）

深冬旅寄衢州夜，不忍古城别。灯红酒绿江波冽。茶厚浓，饼软酥，人欢惬。

312.鹊踏枝（28字）

ＺＰＰ，ＺＰＰ，ＰＺＰＰ，ＺＺＰＰ。ＺＰＰＰＰＺＺ，ＺＰＰＰＱＰＰ。

巧莺调 ［元］无名氏

声沥沥巧莺调，舞翩翩粉蝶飘。忙劫劫蜂翅穿花，闹炒炒燕子寻巢。喜孜孜寻芳斗草，笑吟吟南陌西郊。

家门春早 马维野（2017年3月11日）

对云天，绽新兰。初叶枝生，嫩草盈园。待春光增深渐渐，李桃樱梨杏花繁。

313.山丹花（28字）

ＰzＰＺＺＰＺＰ，ＰＰＰ，ＰＰＰ。ＰＰＰＱＺＰＰ，ＳＺＰＰＰ，ＰＰＰ。

昨朝满树花正开 ［元］无名氏

昨朝满树花正开，胡蝶来，胡蝶来。今朝花落委苍苔，不见胡蝶来，胡蝶来。

314.四边静（28字）

ＰＰＰＺ，ＰＱＰＰＺＺＰ。ＰＰＰＺ，ＰＰＰＺ。ＰＰＱＰ，ＺＺＰＰＱ。

香山叠翠　［元］马谦斋

香山叠翠，红叶西风衬马蹄。重阳佳致，千金曾费。黄橙绿醅，烂醉登高会。

出院乐　马维野（2018年1月17日）

天寒驱扰，人病无常半月疗。求医寻药，幸得郎中高妙。明日出院再道豪，忽闻喜鹊枝头叫。

315. 天净沙（28字）

$P_z P Z_p Z P \mathbf{P}$，$Z_p P P_z Z P \mathbf{P}$，$Z_p Z P P Q S_p$。
$P P P_z \mathbf{Q}_Q$，$Z_p P P_z Z P \mathbf{P}$。

秋思　［元］马致远

枯藤老树昏鸦，小桥流水人家，古道西风瘦马。夕阳西下，断肠人在天涯。

秋　［元］白朴

孤村落日残霞，轻烟老树寒鸦，一点飞鸿影下。青山绿水，白草红叶黄花。

夏　［元］白朴

云收雨过波添，楼高水冷瓜甜，绿树阴垂画檐。纱厨藤簟，玉人罗扇轻缣。

秋　［元］朱庭玉

庭前落尽梧桐，水边开彻芙蓉，解与诗人意同。辞柯霜叶，飞来就我题红。

丙申年末次于小汤山　马维野（2017年1月10日）

京畿地旷风寒，村郊路僻天蓝，邑野泉温气暖。年终岁末，小汤山里偷闲。

为《山花野草集》出版题　马维野（2015年12月8日）

诗词曲赋篇章，字格声调文光，雅兴丹情逸响。偷闲学样，梓行书册平装。

316.脱布衫（28字）

ZPPZQP**P**，ZPPSPP**Q**_P_。ZPPSPQ**S**，PPZZPP**Q**。

草堂中夏日偏宜　[元]张择

草堂中夏日偏宜，正流金铄石天气。素馨花一枝玉质，白莲藕样弯琼臂。

下西风黄叶纷飞　[元]王德信

下西风黄叶纷飞，染寒烟衰草萋迷。酒席上斜签着坐的，蹙愁眉死临侵地。

317.迎仙客（28字）

P_z_Q**P**，ZP**P**，Z_P_Z_P_Z_PPZ**P**。ZP**P**，PZ**P**，Z_P_QP**P**，S_P_ZPP**Q**。

暮春　[元]李致远

吹落红，楝花风，深院垂杨轻雾中。小窗闲，停绣工。帘幕重重，不锁相思梦。

秋夜 ［元］张可久

雨乍晴，月笼明，秋香院落砧杵鸣。二三更，千万声，捣碎离情，不管愁人听。

小月河观鸟 马维野（2017年1月4日）

冬日圆，碧云天，小月河旁黄柳边。冷风微，枯叶干。举目树冠，小鸟枝头乱。

318. 翠裙腰（29字）

P_ZPZ_PZPPQ，P_ZZZPP。P_ZPZ_PZPPZ，ZPP。$Z_PPPZZPP$。

莺穿细柳翻金翅 ［宋］杨果

莺穿细柳翻金翅，迁上最高枝。海棠零乱飘阶址，坠胭脂。共谁同唱送春词。

319. 干荷叶（又名《翠盘秋》，29字）

PPP_Q，SPP，Z_PZPPQ。ZPP，SPP。$PPPZZPP$，Z_PZPPQ。

干荷叶 ［元］刘秉忠

干荷叶，色苍苍，老柄风摇荡。减了清香，越添黄。都因昨夜一场霜，寂寞在秋江上。

南高峰 ［元］刘秉忠

南高峰，北高峰，惨淡烟霞洞。宋高宗，一场空。吴山依旧酒旗风，两度江南梦。

320. 胡十八（29字）

Z_P Z_P P，Z P Z_P **P_Z**。P_Z Z_P P_Z，Z P **P**。P_Z P Z_P Z S P **P**。Z **Z_P**，Z **P**。P_Z Z_P P，Z_P P **Z**。

正妙年　[元]张养浩

正妙年，不觉的老来到。思往常，似昨朝。好光阴流水不相饶。都不如醉了，睡着。任金乌搬废兴，我只推不知道。

遇天蓝　马维野（2017年1月20日）

逢大寒，过小年。风静静，水宽宽。今天又见北京蓝。举眼，乐观。问碧空，可恒湛？

321. 青哥儿（29字）

P_Z P P P P **Z**，P_Z P Z_P Z_P P **P**。Z_P Z P P Q Z **P**，Z_P Z P P Z P **P**。P P **Z**。

正月　[元]马致远

春城春宵无价，照星桥火树银花。妙舞清歌最是他，翡翠坡前那人家。鳌山下。

二月　[元]马致远

前村梅花开尽，看东风桃李争春。宝马香车陌上尘，两两三三见游人。清明近。

山城夜色　马维野（2016年3月11日）

春来西南思尽，山城五彩缤纷。远望登高暮色沉，灯火千家照江津。桥横亘。

322. 清江引（又名《江儿水》，29字）

P$_Z$PZP$_Z$PZ**S**，Z$_P$ZPP**Q**。P$_Z$PZ$_P$Z**P**，Z$_P$ZPP**Q**，P$_Z$P$_Z$ZPP**QS**。

湘云楚雨　［元］贯云石

湘云楚雨归路杳，总是伤怀抱。江声搅暮涛，树影留残照，兰舟把愁都载了。

春思　［元］张可久

黄莺乱啼门外柳，雨细清明后。能消几日春，又是相思瘦，梨花小窗人病酒。

秋怀　［元］张可久

西风信来家万里，问我归期未？雁啼红叶天，人醉黄花地，芭蕉雨声秋梦里。

秋居　［元］吴西逸

白雁乱飞秋似雪，清露生凉夜。扫却石边云，醉踏松根月，星斗满天人睡也。

323. 四块玉（29字）

Z$_P$S**P**，P**PS**。**S**ZPPZP**P**，P$_Z$PZ$_P$S**PPQ**。Z$_P$ZP，Z$_P$Z**P**，P$_Z$Q**P**$_S$。

翠竹边　［元］马致远

翠竹边，青松侧，竹影松声两茅斋。太平幸得闲身在，三径修，五柳栽，归去来。

乐闲　[元]张可久

远是非，寻潇洒。地暖江南燕宜家，人闲水北春无价。一品茶，五色瓜，四季花。

别情　[元]关汉卿

自送别，心难舍，一点相思几时绝？凭阑袖拂杨花雪。溪又斜，山又遮，人去也！

闲适　[元]关汉卿

旧酒投，新醅泼，老瓦盆边笑呵呵，共山僧野叟闲吟和。他出一对鸡，我出一个鹅，闲快活！

自京之沪　马维野（2016年1月4日）

沪霭霾，京阳杲。朗日皇都雾霾消，瞬间千里阴云抱。丰雨沉，四野浇，心欲飘。

324. 玉抱肚（29字）

ＰＰＰＺ，ＺＺＺＰＺＺＺ，ＺＺＰＰＰ。ＰＰＺＺＺＰＰ，ＺＰＰＰＺＺ。

休来这里闲嗑　[元]无名氏

休来这里闲嗑，俺奶奶知道骂我，逞甚么娄罗？当初有个郑元和，早收心休恋我。

京城冬风　马维野（2019年12月30日）

寒风严冽，冷凛凛驰骤彻夜，吼啸千声也不歇。冬来峻酷最相叠，直到天明它方退却。

325. 喜春来（又名《喜春风》《喜春儿》《阳春曲》, 29 字 ）

$P_ZPZ_PQPP\mathbf{Z}$, $Z_PZPPZ_PZ\mathbf{P}$, P_ZPZ_PZ $ZP\mathbf{P}$。$PQ\mathbf{Z_P}$, $Z_PZZP\mathbf{P}$。

知荣知辱牢缄口　　［元］白朴

知荣知辱牢缄口，谁是谁非暗点头，诗书丛里且淹留。闲袖手，贫煞也风流。

残花酝酿蜂儿蜜　　［元］胡祇遹

残花酝酿蜂儿蜜，细雨调和燕子泥。绿窗春睡觉来迟。谁唤起，窗外晓莺啼。

金华客舍　　［元］张可久

落红小雨苍苔径，飞絮东风细柳营。可怜客里过清明。不待听，昨夜杜鹃声。

永康驿中　　［元］张可久

荷盘敲丽珠千颗，山背披云玉一蓑。半篇诗景费吟哦。芳草坡，松外采茶歌。

笔头风月时时过　　［元］姚燧

笔头风月时时过，眼底儿曹渐渐多。有人问我事如何，人海阔，无日不风波。

椰岛韵　　马维野（2016年2月24日）

花香袅袅弥椰郡，鸟语声声贯雨林，旭光四射透行云。

仙境隐，游子忘归心。

入夏　马维野（2015年6月22日）

天临夏至春温遁，雨过花繁叶茂馨，萋萋芳草绿如茵。骄阳吟，大地喜夕曛。

326. 步步娇（单调30字）

Q_PZPPPPZ，Z_PZPPZ。Z_PZP，Z_PZP PZPP。ZPP，Z_PZPPQ。

绿柳青青　[元]商挺

绿柳青青和风荡，桃李争先放。紫燕忙，队队衔泥戏雕梁。柳丝黄，堪画在帏屏上。

潘妃曲　[元]商挺

肠断关山传情字，无限伤春事。因他憔悴而死，只怕傍人问着时。口儿里强推辞，怎瞒得唐裙裎。

颐和园初春　马维野（2016年3月19日）

二月皇都春来早，处处风光好。早花欲放苞，水映十七孔石桥。游友乐逍遥，玉带桥头峭。

327. 大拜门（30字）

ZZPP，PPQP，P_ZP_ZZ_P、PPPQ。PPZP，P_ZPQP，P_ZP_ZZ_P、Z_PZPP。

玉兔鹘牌悬　[元]关汉卿

玉兔鹘牌悬，怀揣着帝宣，称了俺、男儿深愿。忙加玉鞭，急催骏马宛，_{恨不圣到}、俺那佳人家门前。

小区秋叶　马维野（2019年10月25日）

雨送新晴，秋声愈浓，凉风起、蓝天_下雀儿喧动。兴衰草丛，年年媲隆，寓楼外、云叶初红。

328. 游四门（30字）

P_ZP S_P Z Z P **P**，Z_P Z Z P **P**。P_Z P Z_P Z P P **Z**，Z_P Z Z P **P**。**P**，Z Z Z P **P**。

琴书笔砚作生涯　〔元〕无名氏

琴书笔砚作生涯，谁肯恋荣华。有时相伴渔樵话，兴尽饮流霞。嗏，不醉不归家。

落红满地湿胭脂　〔元〕无名氏

落红满地湿胭脂，游赏正宜时。呆才料_不顾蔷薇刺，贪折海棠枝。支，抓破绣裙儿。

329. 枳郎儿（30字）

Z P **P**，Z P P Z Z Q P **P**。S Z P P P Z **P**。P P P **Z**，Z Z P P Z Q P **P**。

访仙家　〔元〕柴野愚

访仙家，访仙家远远入烟霞。汲水新烹阳羡茶。瑶琴弹罢，看满园金粉落松花。

深圳红树林公园　马维野（2016年11月28日）

遇天晴，遇天晴趁早探鹏城。走进滨园挪步轻。椰林宁静，鸟语花香满目茏葱。

阅读提示：第二句前三字可叠第一句三字。

330. 拨不断（又名《续断弦》，31字）

S P **P**，Z P **P**，P~Z~ P Z~P~ Z P P **Z**。Z~P~ Z P P Z~P~ Z P，P~Z~ P S~P~ Z P P **Z**，Z~P~ P Z~P~ **Q**。

浙江亭　　［元］马致远

浙江亭，看潮生，潮来潮去原无定。惟有西山万古青，子陵一钓多高兴，闹中取静。

酒杯深　　［元］马致远

酒杯深，故人心，相逢且莫推辞饮。君若歌时我慢斟，屈原清死由他恁，醉和醒争甚？

布衣中　　［元］马致远

布衣中，问英雄，王图霸业成何用！禾黍高低六代宫，楸梧远近千官冢，一场恶梦。

大鱼　　［元］王和卿

胜神鳌，夯风涛，脊梁上轻负着蓬莱岛。万里夕阳锦背高，翻身犹恨东洋小，太公怎钓？

游北京农业嘉年华　　马维野（2016年3月18日）

百农兴，看昌平，嘉年华里人攒动。赏牡丹开引凤鸣，千姿百媚繁花景，人生若梦。

331. 节节高（31字）

ZPPZ，ZPP**Q**。PPQS，PPS**Q**。ZZP，PPZ，QS**P**。QSPPZ**P**。

题洞庭鹿角庙壁 ［元］卢挚

雨晴云散，满江明月。风微浪息，扁舟一叶。半夜心，三生梦，万里别。闷倚篷窗睡些。

丁酉年国颂 马维野（2017年1月28日，丁酉年正月初一）

赵钱孙李，史牒渊浩。山川绣锦，经天两曜。几许妍，千秋媚，万古娇。听汉咏七音远飘。

332. 庆元贞（31字）

P$_Z$PQ$_P$ZZP**P**，ZPP$_Z$QZP**P**，Z$_P$PPZSP**P**。P**P**，ZZ**P**，Z$_P$ZZP**P**。

几年月冷倚阑干 ［元］顾德润

几年月冷倚阑干，半生花落盼天颜，九重云锁隔巫山。休看，作等闲，好去到人间。

西安秋访 马维野（2017年11月13日）

兴高迤访到长安，昊空飞渡路通宽，无边秋色美心田。江山，有续篇，上下五千年。

333. 阅金经（又名《金字经》《西番经》，31字）

ZZPPZ，ZPP$_Z$Z**P**。Z$_P$ZPPZ$_P$**P**，P，S$_P$PP$_Z$Z**P**。PPZ，P$_Z$PS$_P$Z**P**。

泪溅描金袖　[元]贯云石

泪溅描金袖，不知心为谁。芳草萋萋人未归。期，一春鱼雁稀。人憔悴，愁堆八字眉。

春　[元]徐再思

紫燕寻旧垒，翠鸳栖暖沙。一处处绿杨堪系马。他，问前村沽酒家。秋千下，粉墙边红杏花。

宿邯郸驿　[元]卢挚

梦中邯郸道，又来走这遭。须不是山人索价高，时自嘲，虚名无处逃。谁惊觉？晓霜侵鬓毛。

334. 丰年乐（32字）

ＺＺＰ**Ｐ**，ＺＰ**Ｐ**。ＺＺＰ**Ｐ**，ＺＰＰ**Ｐ**。ＺＰ**Ｐ**，ＺＺＰＰＰ**Ｚ**。ＳＰＰＰ**Ｚ**，ＰＺ**Ｐ**。

世路艰难　[元]乔吉

世路艰难，鬓毛斑。好古退闲，白云归山。鸟知还，想起来连云栈。不如磻溪岸，垂钓竿。

335. 后庭花（32字）

Ｐ_ＺＰＺ_ＰＺ**Ｐ**，Ｐ_ＺＰＺ_ＰＺ**Ｐ**。Ｚ_ＰＱＰＰＺ，ＰＰＺ_ＰＺ**Ｐ**。ＺＰ**Ｐ**，Ｚ_ＰＰＰＱ，ＰＰＰＺ**Ｐ**。

孤身万里游　[元]吕止庵

孤身万里游，寸心千古愁。霜落吴江冷，云高楚甸秋。认归舟，风帆无数，斜阳独倚楼。

清溪一叶舟　〔元〕赵孟頫

清溪一叶舟，芙蓉两岸秋。采菱谁家女，歌声起暮鸥。乱云愁，满头风雨，戴荷叶归去休。

初春　马维野（2016年3月21日）

心闲漫步轻，水滢流势平。冬逝寒云尽，春来暖气升。看蝶蜂，争花纷乱，芳园听鸟鸣。

336. 快活年（32字）

P P P Z ^{1} Z P **P**，P P P Z **Z**。P P Z Z Z P **P**，Z $_P$
Z P P **Q**。Z $_P$ Z P P **Z**，P Z Z $_P$。

闲来乘兴访渔樵　〔元〕盍西村

闲来乘兴访渔樵，寻林泉故交。开怀畅饮两三瓢，只愿身安乐。笑了重还笑，沉醉倒。

成都夜咏　马维野（2016年12月5日）

三杰行远次成都，秋深寒叶露。千年战略武侯书，一表出师著。锦绣山川蜀，天下人仰慕。

337. 四换头（32字）

P P Z $_P$ Z $_P$，Z $_P$ Z P P Z Z **P**。P P P **Z**，P P P **Z**。
P Z $_P$ Z **P**，P P Z **Z**，Z $_P$ Z P P **Q**。

1　P P P Z可作"Z Z P P"。如"袅袅婷婷似观音""暗想多情不良才""独宿孤眠几时休"。

西园杖履　[元]无名氏

西园杖履，望眼无穷恨有余。飘残香絮，歌残白纻。海棠花底鹂鸪，杨柳梢头杜宇，都唤取春归去。

两叶眉头　[元]无名氏

两叶眉头，怎锁相思万种愁？从他别后，无心挑绣。这般证候，天知道和天瘦！

338.四季花（32字）

S P P S Q P Q，P Z S P P。Z P P Z S，P Q Z P P。
Z P P，S Z P Z Z P P。

一年三百六十日　[元]无名氏

一年三百六十日，花酒不曾离。醉醺醺酒淹衫袖湿，花压帽檐低。帽檐低，吃了穿了是便宜。

339.春闺怨（33字）

S Z P P P Z_PZ，Q P P Q Z P P。P_ZP Z_PZ P P Z。
P Z P，Z_PZ P P，P Z Z P P。

不系雕鞍门前柳　[元]乔吉

不系雕鞍门前柳，玉容寂寞见花羞。冷风儿吹雨黄昏后。帘控钩，掩上珠楼，风雨替花愁。

门前赏玉兰　马维野（2016年3月20日）

小径弯弯通屋宇，艳阳高挂照斋居，枝头飞雪人来觑。周细盱，看花瓣如玉，新蕊展如趋。

340. 大德歌 （33字）

Z_PPZ**P**，ZP**P**。Q_PPP_ZZ**S**_P。Z_PZPPQ，PPZ_PZ**P**。P_ZPZZPP_Z**Q**，Z_PZZP**P**。

春 ［元］关汉卿

子规啼，不如归，道是春归人未归。几日添憔悴，虚飘飘柳絮飞。一春鱼雁无消息，则见双燕斗衔泥。

夏 ［元］关汉卿

俏冤家，在天涯。偏那里绿杨堪系马。困坐南窗下，教对清风想念他。蛾眉淡了教谁画？瘦岩岩羞带石榴花。

秋 ［元］关汉卿

风飘飘，雨潇潇，便做陈抟睡不着。懊恼伤怀抱，扑簌簌泪点抛。秋蝉儿噪罢寒蛩儿叫，淅零零细雨打芭蕉。

冬 ［元］关汉卿

雪纷纷，掩重门，不由人不断魂。瘦损江梅韵，那里是清江江上村。香闺里冷落谁瞅问？好一个憔悴的凭阑人。

天一阁 马维野（2016年3月24日）

到宁波，景光多，早春花破朵。鉴史人无过，经学好立德。藏书万卷留香墨，道是天下第一阁。

341. 红衫儿 （33字）

<u>ZZPP**Z**</u>，Z_PZPP**Z**。ZP**P**，ZP**P**，PZPP**Z**。ZP**P**，ZP**P**，ZZPPZ**Z**。

道情　[元] 张可久

白鹭洲边住，黄鹤矶头去。唤奚奴，鲙鲈鱼，何必谋诸妇？酒葫芦，醉模糊，也有安排我处。

五塔寺深秋　马维野（2018年11月20日）

叶萎花歇季，秋末冬初里。断云稀，岁阳迟，遗塔凌空睇。朔风披，灿黄枝，古木千年傲立。

342. 新水令（33字）

P_ZPZ_PZZP**P**，ZPP、ZPP**Q**。P_ZPPZZ，Z_PZZP**P**。Z_PZP**P**，P_ZZZP**Q**。

大江东去　[元] 关汉卿

大江东去浪千叠，引着这数十人、驾着这小舟一叶。又不比九重龙凤阙，可正是千丈虎狼穴。大丈夫心别，我觑这单刀会似赛村社。

辞官　[元] 张养浩

急流中勇退不争多，厌喧烦、静中闲坐。利名场说著逆耳，烟霞疾做了沉疴。若不是天意相合，这清福怎能个。

343. 一半儿（33字）

P_ZPZ_PZZP**P**，Z_PZPPZ_PQ**P**，Z_PZP_ZPPQ**P**。ZP**P**，一半儿PP一半儿**S**。

春妆　[元] 查德卿

自将杨柳品题人，笑捻花枝比较春，输与海棠三四分。

再偷匀，一半儿胭脂一半儿粉。

春困　[元]查德清

梨花云绕锦香亭，胡蝶春融软玉屏，花外鸟啼三四声。梦初惊，一半儿昏迷一半儿醒。

云鬟雾鬓　[元]关汉卿

云鬟雾鬓胜堆鸦，浅露金莲簌绛纱，不比等闲墙外花。骂你个俏冤家，一半儿难当一半儿耍。

雪花　马维野（2015年12月27日）

烂盈云舞坠无声，聚水生来赛玉晶，俳笑东西南北风。甚光莹，一半儿柔温一半儿冷。

344. 醉扶归（33字）

Z$_P$ZPP**Z**，Z$_P$ZZP**P**。Z$_P$OPPZS**P**，Z$_P$ZPP**Z**。ZZPPZ**P**，SZPP**Q**。

秃指甲　[元]关汉卿

十指如枯笋，和袖捧金樽。搊杀银筝字不真，揉痒天生钝。纵有相思泪痕，索把拳头揾。

赋粉团儿色　[元]刘时中

色映金茎露，香腻玉盘酥。一段清冰出玉壶，不管胭脂炉。晓镜青鸾影孤，正要何郎傅。

笔扫云烟散　[元]郑光祖

论文呵笔扫云烟散，论武呵剑射斗牛寒。扫荡妖氛不足难，折末待掌帅府居文翰。不消我羽扇纶巾坐间，破强虏三十万。

盛夏果实　马维野（2016年8月6日）

六月天时馈，枝上种实垂。苹果石榴朗润肥，红果海棠媚。柿子核桃绿瑰，也有山楂翠。

345. 初生月儿（34字）

P P Q P S_P Z **P**，Z Z P P Z_P Z **P**，Z P Z Z S Z **P**_Z。Z P **P**，P Z **P**，P P Z S_P Z P **P**。

初生月儿一似弓　［元］无名氏

初生月儿一似弓，梦里相逢恩爱同，觉来时锦被一半空。去无踪，难再逢，窗儿外烛影摇红。

阅读提示：根据曲谱，可以推断出"一"在当时当地的元人发音里读上声 yǐ。

346. 得胜令（34字）

Z_P Z Z P **P**，Z_P Z Z P **P**。Z_P Z P P Q，P_P P Z_P Z P S_S。P P，Z_P Z P P Q；P **P**，P_Z P Z_P Q S **P**_S。

四月一日喜雨　［元］张养浩

万象欲焦枯，一雨足沾濡。天地回生意，风云起壮图。农夫，舞破蓑衣绿；和余，欢喜的无是处。

347. 感皇恩（34字）

S Z P **P**，Z_P Z P **P**。Z P **P**，P Z_P Z，Z P **P**。P_Z P Z **Z**_Z，P_Z Z P **P**。Z P_Z **P**_P，P P Z，Z P **P**。

织锦回文　［元］钟嗣成

织锦回文，带草连真。意诚实，心想念，话殷勤。佳期未准，愁黛常颦。怨青春，捱白昼，怕黄昏。

阅读提示：按曲谱，可知当时当地的元人读"织"为上声 zhǐ。

348. 红绣鞋（34字）

$Z_PZP_ZPZ_PZ$，P_ZPZ_PZPP，$Q_PPPZZPP$。Z_PPPQZ_Z，Z_PZZPP，P_ZPPQS。

题小山苏堤渔唱　［元］冯子振

东里先生酒兴，南州高士文声，玉龙嘶断彩鸾鸣。水空秋月冷，山小暮天青，苏公堤上景。

湖上　［元］张可久

无是无非心事，不寒不暖花时，妆点西湖似西施。控青丝玉面马，歌金缕粉团儿，信人生行乐耳！

晚秋　［元］李致远

梦断陈王罗袜，情伤学士琵琶，又见西风换年华。数杯添泪酒，几点送秋花，行人天一涯[1]。

349. 贺圣朝（35字）

PZP，$ZPPPZP$，$ZZPPPZP$。$ZPPPZ$

1　按曲谱推知，涯在当时当地的元人发音里要么读上声 yǎ，要么是作者用字有误。

$Z\mathbf{P}$，$ZZZZ\mathbf{P}$，$ZPPPZ\mathbf{P}$。

春夏间　[元]无名氏

春夏间，遍郊原桃杏繁，用尽丹青图画难。道童将驴鞴上鞍，忍不住只恁般顽，将一个酒葫芦杨柳上拴。

350.庆东原（35字）

PPZ，$ZZ\mathbf{P}$，$P_ZPZ_PZPP\mathbf{Q}$。P_ZPZS_P，P_ZPZS_P，$PSP\mathbf{P}$。$ZZZPP$，$ZZPP\mathbf{Q}$。

黄金缕　[元]白朴

黄金缕，碧玉箫，温柔乡里寻常到。青春过了，朱颜渐老，白发凋骚。则待强簪花，又恐旁人笑。

江头即事（其一）　[元]曹德

低茅舍，卖酒家，客来旋把朱帘挂。长天落霞，方池睡鸭，老树昏鸦。几句杜陵诗，一幅王维画。

砧声住　[元]赵善庆

砧声住，蛩韵切，静寥寥门掩清秋夜。秋心凤阙，秋愁雁堞，秋梦蝴蝶。十载故乡心，一夜邮亭月。

351.汉东山（36字）

$P_ZPZ_PZ\mathbf{P}$，$P_Z\mathbf{Q}ZP\mathbf{P}$。$P_ZP_ZZP\mathbf{P}$，$ZPZZ_P\mathbf{P}$，$ZZPPZP\mathbf{P}$。$Z_PZ\mathbf{P}$，$S_PZ\mathbf{P}$，$ZP\mathbf{P}$。

香风瑞锦窠　[元]张可久

香风瑞锦窠，凉月素银波。兰舟夜如何？晚凉也末哥，万顷湖光镜新磨。小玉娥，隔翠荷，采莲歌。

述感　[元]张可久

红妆间翠娥，罗绮列笙歌，重重金玉多。受用也未歌！
二鬼无常上门呵。怎地躲？索共他，见阎罗。

暑日　马维野（2017年7月19日）

京畿暑日偟，树大好乘凉。高天佩骄阳，夏花半夭殇。
健步如飞紫陌长。人引吭，鸟语咙，小河旁。

352.河西六娘子（36字）

ZZPPZQ**P**，PPZPP**P**。PPPZPP**Z**，P
QZP**P**。PZZP**P**，ZPPQZ**P**。

骏马双翻碧玉蹄　[元]柴野愚

骏马双翻碧玉蹄，青丝蟊黄金羁。入秦楼将在垂杨下系，
花压帽檐低。风透绣罗衣，袅吟鞭月下归。

大暑之凉　马维野（2017年7月22日）

弄水驱风雨骤袭，天公送爽飚来急。高温侵虐了诸多日，
今也把头低。看花草又舒枝，赏霁清新夏美时。

353.卖花声（36字）

P~S~PZ~P~ZPP**Z**，Z~P~ZPPZQ**P**，P~Z~PZ~P~ZZ
P**P**。PPS**Z**，P~Z~PZ~P~**Z**~Z~，ZPPZPP**Q**。

雪儿娇小歌金缕　[元]徐再思

雪儿娇小歌金缕，老子婆娑倒玉壶，满身花影倩人扶。

昨宵不记，雕鞍归去，问今朝酒醒何处？

怀古　［元］张可久

美人自刎乌江岸，战火曾烧赤壁山，将军空老玉门关。伤心秦汉，生民涂炭，读书人一声长叹。

悟世　［元］乔吉

肝肠百炼炉间铁，富贵三更枕上蝶，功名两字酒中蛇。尖风薄雪，残杯冷炙，掩清灯竹篱茅舍。

皇都霾日　马维野（2015年12月25日）

寒烟弥漫阳光遁，百尺难分对面人，看花雾里是何神？桃源美境？不期忽进，欲飘然到天宫问。

354. 青玉案（37字）

P P Z Z P P Q，P P Z Z Z Z P P，Z Z P P P P S。P P Z Z，Z Q P P，P P S Z Z。

宫花御酒　［元］无名氏

插宫花饮御酒同欢乐，功劳簿上写上也么哥，万载标名麒麟阁。封妻荫子，进禄加官，想人生一世了。

阅读提示：了，在当时当地元人里读去声 liè。

355. 太平令（36字）

Z$_P$ Z P P Z$_P$ Q，Z$_P$ P P P Z Z。Z$_P$ Z P Z$_P$ P P$_Z$ Q，Z$_P$ Z P P Q Q。Z P Z P Z P$_S$，P Z P P P Q。

丹脸胭脂　〔元〕无名氏

丹脸上胭脂匀腻，翠盘中采袖低垂。宝髻上金钗斜坠，霞绶底珍珠珞臂。见娘行舞低，羽衣，整齐，欢喜煞唐朝皇帝。

飞赴南京参加论坛　马维野（2018年11月16日）

千里长空一步，北京金陵瞬目。毕竟身牵公务，大好秋光逆负。世儒聚集古都，非是无聊闲住。

356. 殿前喜（37字）

S P Z Z P P **P**，P P P Z **S**。S P Z Z P P **P**，Z S **P**。P **P** Z，P P P Z Z P **P**，P P Z Z **P**。

谪仙醉眼　〔元〕无名氏

谪仙醉眼何曾开，春眠花市侧。伯伦笑口寻常开，荷锸埋。防何碍，糟丘高垒葬残骸，先生也快哉。

357. 上小楼（37字）

P P Z **P** ~~z~~，P P P **Q**。P Z P P，P Z P P，P Z P **P**。S Z **P** ~~z~~，Z ~~p~~ S **P** ~~s~~。P P P **Q**，Q P P ~~z~~ Z P P **Q**。

寒潭玉龙　〔元〕张可久

寒潭玉龙，仙山幺凤。春断南枝，人在西楼，笛怨东风。曲未终，酒不空。罗浮仙梦，月黄昏暗香浮动。

隐居　〔元〕任昱

荆棘满途，蓬莱闲住。诸葛茅芦，陶令松菊，张翰莼鲈。

不顺俗，不妄图。清风高度，任年年落花飞絮。

颐和园秋桂　马维野（2016年9月30日）

离宫馥充，秋风飘送。金桂金黄，银桂银白，丹桂丹红。耳目聪，向远垌。心随花动，遍寻仙卉无相共。

358. 风入松（38字）

P$_Z$PPZZP**P**，Z$_P$ZZP**P**。P$_Z$PZZPPZ，Z$_P$PP$_Z$P$_Z$ZP**P**。Z$_P$ZPPZZ，P$_Z$PZZP**P**。

九日　［元］张可久

琅琅新雨洗湖天，小景六桥边。西风泼眼山如画，有黄花休恨无钱。细看茱萸一笑，诗翁健似常年。

清明　马维野（2016年4月3日）

和风吹绿满山蓬，五彩染皇城。孟春乱色千般美，又逢清明好踏青。满目花繁似锦，小园仄径独行。

359. 酒旗儿（38字）

<u>PZPPZ，SZQPP</u>。PZPPZZ**P**，ZQPPZ。QZPPZ**P**，ZPSZ，ZPPZP**P**。

陪雅斋万户游仙都洞天　［元］乔吉

千古藏真洞，一柱立晴空。石笋参差似太华峰，醉入天台梦。绿树溪边晚风，碧云不动，粉香吹下芙蓉。

紫竹院公园赏春　马维野（2018年3月25日）

晨起修枝懒，午后对花闲。晴好无云映堙渊，又送乌光艳。漫步轻盈半边，赏春紫苑，看幽篁已参天。

360.绿么遍（38字）

P P **Z**，P P **Z**。P P Z Z，Z Z P **P**。P P Z **P**，P

P Z **P**$_Z$，P$_Z$P$_Z$Z$_P$Z$_P$P P **Z**。P **P**，P P O O Z P$_Z$**P**。

自述　［元］乔吉

不占龙头选，不入名贤传。时时酒圣，处处诗禅。烟霞状元，江湖醉仙，笑谈便是编修院。留连，批风抹月四十年。

别离怨　［元］白贲

更别离怨，风流债。云归楚岫，月冷秦台。当时眷爱，如今阻隔，准备从今因他害。伤怀，冷清清日月怎生捱？

长春初秋　马维野（2020年8月20日）

碧空晴朗，清风吹荡。蓝天皎澈，一朵斜阳。神州北方，长春日光，彩云笼罩青纱帐。新凉，千家万户待秋香。

361.醉中天（38字）

Z$_P$Z P P **Z**，Z$_P$Z Z P **P**，Z$_P$Z P P Z$_P$Z **P**。Z$_P$

Z P P **Q**，Z$_P$Z P P Z **P**$_Z$。Z P P **Z**，P P Z$_P$Z P **P**。

佳人脸上黑痣　［元］白朴

疑是杨妃在，怎脱马嵬灾？曾与明皇捧砚来。美脸风流杀，叵奈挥毫李白。觑着娇态，洒松烟点破桃腮。

咏大蝴蝶　［元］王和卿

弹破庄周梦，两翅驾东风，三百座名园一采一个空。谁道风流种，唬杀寻芳的蜜蜂。轻轻飞动，把卖花人搧过桥东。

元旦日作　马维野（2021年1月1日）

几度公元梦，寰宇再无争，人类和谐世界宁。万事由天定，纷乱新冠逆行。赋闲习静，盼休期四海升平。

362. 播海令（39字）

P Z **P**，Z Z **P**，P Z **P**。Z P P P P **Z**，P P Z P Z P，P P Z Z S **P**。Z Z P P Z P **P**，P P P Q **P**。

乌帽歪　［元］无名氏

乌帽歪，醉眼开，心快哉。想贤愚今何在？云遮了庚亮楼，尘生满故国台。幸有金樽解愁怀，高歌归去来。

昆玉河春意　马维野（2016年3月27日）

昆玉湄，柳影垂，云浪飞。艳阳温亲桃醉，香花远播郁芬，天蓝气爽蕊肥。彼岸花黄映流洄，春光风欲追。

363. 沉醉东风（39字）

Z_Z Q P P Z **Z_P**，P_Z P Z P_Z Z P **P**。Z_P P_Z Z P，P_Z P **Z**，P_Z P_Z P_Z Q Z P_P **P_Q**。Q S P P Z Q **P_Z**，Z_P Z_P P P_Z P P Q **S**。

夜月青楼凤箫　［元］关汉卿

夜月青楼凤箫，春风翠髻金翘。雨云浓，心肠俏，俊庞儿玉软香娇。六幅湘裙一搦腰，间别来十分瘦了。

芦岸白蘋渡口　［元］白朴

黄芦岸白蘋渡口，绿柳堤红蓼滩头。虽无刎颈交，却有忘机友，点秋江白鹭沙鸥。傲杀人间万户侯，不识字烟波钓叟。

离了青山那答　［元］卢挚

恰离了绿水青山那答，早来到竹篱茅舍人家。野花路畔开，村酒槽头榨，直吃的欠欠答答。醉了山童不劝咱，白发上黄花乱插。

咫尺天南地北　［元］关汉卿

咫尺的天南地北，霎时间月缺花飞。手执着饯行杯，眼阁着别离泪，刚道得声保重将息。痛煞煞教人舍不得，好去者望前程万里！

渔得鱼心意足　［元］胡祗遹

渔得鱼心满意足，樵得樵眼笑眉舒。一个罢了钓竿，一个收了斤斧，林泉下偶然相遇。是两个不识字的渔樵士大夫，他两个笑加加的谈今论古。

春咏　马维野（2016年3月29日）

云淡天蓝暖阳，春风翠柳丛芳。草茏葱，芽荣旺，小河水寂映花黄。更喜新蜂采蜜忙，桃杏争妍蝶造访。

364. 红锦袍（40字）

$P_zPZ_pZZ\textbf{P}, Z_pPPZ\textbf{S}, P_zPPZ\textbf{Q}。P_zP$

Z Z **Z** ₚ，P ₂ Z Z P **S** ₚ。S ₚ Z P P，S ₚ P P Z，Z Z ₚ

P P Q **S**。

爱清闲主意别　〔元〕徐再思

那老子爱清闲主意别，钓桐江江上雪，泛桐江江上月。君王想念者，宣到凤凰阙。想着七里渔滩，将著一钩香饵，望著富春山归去也。

觑功名如梦蝶　〔元〕徐再思

那老子觑功名如梦蝶，五斗米腰懒折，百里侯心便舍。十年事可嗟，九日酒须赊。种著三径黄花，栽著五株杨柳，望东篱归去也。

365. 楚天遥（40字）

<u>S Z Z P P</u>，Z ₚ Z P P **Q**。P ₂ P Z Q P，Z ₚ Z P P **Q**。

Z ₚ Q Z P P，Z ₚ Z P P **Z**。Q ₚ S Z P P，Z ₚ Z P P **Q**。

屈指数春来　〔元〕薛昂夫

屈指数春来，弹指惊春去。蛛丝网落花，也要留春住。几日喜春晴，几夜愁春雨。六曲小山屏，题满伤春句。

阅读提示：按曲谱，可知在当时当地元人读"屈"为上声 qǔ。

有意送春归　〔元〕薛昂夫

有意送春归，无计留春住。明年又着来，何似休归去。桃花也解愁，点点飘红玉。目断楚天遥，不见春归路。

366.尧民歌（40字）

P_zPZ_pZZP**P**，PZPPZP**P**。P_zPZ_pZZ P**P**，ZZPPZP**P**。P**P**，P_zPZZP，Z_pZPP**Q**。

寒食道中 ［元］张养浩

人家浑似武陵源，烟霭蒙蒙淡春天。游人马上袅金鞭，野老天间话丰年。山川，都来杖屦边，早子称了闲居愿。

367.寄生草（41字）

PPZ，SZ**P**。P_QPZ_pZPP**Q**，P_zPZ_pZP P**Q**，P_zPZ_pQPP**Q**。P_zPZ_pZZP**P**，P_zPZ_p SPP**Q**。

枯荷底 ［元］无名氏

枯荷底，宿鹭丝。玉簪香惹胡蝶翅，长空雁写斜行字，御沟红叶题传示。东篱陶令酒初醒，西风了却黄花事。

饮 ［元］白朴

长醉后方何碍？不醒时有甚思？糟腌两个功名字，醅渰千古兴亡事，曲埋万丈虹霓志。不达时皆笑屈原非，但知音尽说陶潜是。

感叹 ［元］查德卿

姜太公贱卖了磻溪岸，韩元帅命博得拜将坛。羡傅说守定岩前版，叹灵辄吃了桑间饭，劝豫让吐出喉中炭。如今凌烟阁一层一个鬼门关，长安道一步一个连云栈。

春节次珠海　马维野（2016年2月12日）

行洲里，走海边。听涛渔女明珠献，临风白鹭黄石占，观光游客轻舟泛。云天迎我九霄情，珠江送你八方愿。

368. 碧玉箫（42字）

Z$_P$ZP**P**，Z$_P$QZP**P**；Z$_P$ZP**P**，Z$_P$SZP**P**。P$_Z$PZ$_P$SP$_Z$，PPZ$_P$ZP$_Z$。Z$_P$ZP**P**，Z$_P$ZPP**Q**。**P**，PZPP**Q**。

秋景堪题　［元］关汉卿

秋景堪题，红叶满山溪。松径偏宜，黄菊绕东篱。正清樽斟泼醅，有白衣劝酒杯。官品极，到底成何济？归，学取他渊明醉。

笑语喧哗　［元］关汉卿

笑语喧哗，墙内甚人家？度柳穿花，院后那娇娃。媚孜孜整绛纱，颤巍巍插翠花。可喜煞，巧笔难描画。他，困倚在秋千架。

玉渊潭赏樱花　马维野（2016年3月30日）

风煦天蓝，信步盛名园；花海人喧，绕走玉渊潭。白樱如雪山，红桃似血峦。湖碧涟，戏水鸳鸯乱。观，波映夕阳艳。

369. 殿前欢（又名《小妇孩儿》《凤将雏》《凤引雏》，42字）

ZP**P**，PPZ$_P$ZQP**P**。P$_Z$PS$_P$ZPP**Z**，Z$_P$Q

P P。P P Z Z P，P P Z，Z_P Z P P Z。P P Z Z，P Q P P。

小楼红　〔元〕卢挚

小楼红，隔纱窗斜照月朦胧。绣衾薄不耐春寒冻，帘幕无风，篆烟消宝鼎空。难成梦，辜负了鸾和凤。山长水远，何日相逢？

阅读提示：从曲谱可以看出，当时当地元人将"不"读作上声 bǔ（前也有曲作说明了这一点）。

酒杯浓　〔元〕卢挚

酒杯浓，一葫芦春色醉山翁。一葫芦酒压花梢重，随我奚童，葫芦干兴不穷。谁人共？一带青山送。乘风列子，列子乘风。

楚怀王　〔元〕贯云石

楚杯王，忠臣跳入汨罗江。《离骚》读罢空惆怅，日月同光。伤心来笑一场，笑你个三闾强，为甚不身心放？沧浪污你，你污沧浪。

阅读提示：从曲谱可以看出，当时当地元人可能将"污"读作上声 wǔ。

游榆林镇北台和红河峡　马维野（2017年12月21日）

过榆林，身闲游走到寒村。凛风打透了冬装衬，满目苍凉衰草如茵。高台镇北岑，红河峡绵亘，千古石窟恨。金阳幻耀，惊目销魂。

370. 平湖乐（42字）

ZPPZZP**P**，Z$_P$ZPPZ。Z$_P$ZPPZP**Z**，Z
P**P**，ZPP$_Z$ZPP**Z**。PPZZ，PPZZ，ZZZP**P**。

采菱人　［元］王恽

采菱人语隔秋烟，波静如横练。入手风光莫流转，共留连，
画船一笑春风面。江山信美，终非吾土，问何日是归年？

尧庙秋社　［元］王恽

社坛烟淡散林鸦，把酒观多稼。霹雳弦声斗高下，笑
喧哗，壤歌亭外山如画。朝来致有，西山爽气，不羡日夕佳。

371. 水仙子（42字）

P$_Q$PZ$_P$ZZ$_P$P**P**，Z$_P$ZPPZZ**P**。P$_Z$PZZ$_P$
PP**Z**，PPZ$_P$ZP**S**。P$_Z$PZ$_P$ZP**P**，<u>P$_Z$PZ</u>，Z$_P$
<u>ZP**S**</u>，Z$_P$ZP**P**。

玉纤流恨出冰丝　［元］徐再思

玉纤流恨出冰丝，瓠齿和春吐怨辞。秋波送巧传心
事，似邻船初听时。问江州司马何之，青衫泪，锦字诗，
总是相思。

夜雨　［元］徐再思

一声梧叶一声秋，一点芭蕉一点愁，三更归梦三更后，
落灯花棋未收。叹新丰孤馆人留，枕上十年事，江南二老忧，

都到心头。

怀古　[元] 张可久

秋风远塞皂雕旗，明月高台金凤杯。红妆肯为苍生计，女妖娆能有几？两蛾眉千古光辉，汉和番昭君去，越吞吴西子归，战马空肥。

372. 小桃红（42字）

P$_Z$PZ$_P$ZZPP，Z$_P$ZPPQ。Z$_P$ZPPZPQ。ZPP，P$_Z$PZ$_P$ZPPQ。ZPZ$_P$S$_P$，P$_Z$PZ$_P$Q，Z$_P$ZZPP。

效联珠格　[元] 乔吉

落花飞絮隔朱帘，帘静重门掩。掩镜羞看脸儿婪。婪眉尖，眉尖指屈将归期念。念他抛闪，闪咱少欠，欠你病恹恹。

阅读提示：此曲用了联珠格，即下句首字与上句末字（或下句前两个字与上句后两个字）相同，句句都要押韵。

寄鉴湖诸友　[元] 张可久

一城秋雨豆花凉，闲倚平山望。不似年时鉴湖上。锦云香，采莲人语荷花荡。西风雁行，清溪渔唱，吹恨入沧浪。

春闺怨　[元] 乔吉

玉楼风迸杏花衫，娇怯春寒赚。酒病十朝九朝嵌。瘦岩岩，愁浓难补眉儿淡。香消翠减，雨昏烟暗，芳草遍江南。

查干湖冬渔　马维野（2015年12月28日）

松原冬里冷如刀，凛冽寒风啸。裘广湖心午光照。捕鱼潮，八方聚众查干钓。看天网起，听人欢笑，一网十几万斤捞。

373. 朝天子（单调43字）

$Z\mathbf{P_S}, Z\mathbf{P_S}, Z_P Z P P Q。S P P_Z Z Z P_Z \mathbf{P}, Z_P Z P P Q。P S P \mathbf{P}, P_Z P S_P \mathbf{Z_P}, S P P_Z Z \mathbf{P_S}。Z \mathbf{P_S}, Z \mathbf{P_S}, Z_P Q P P Q。$

寺前　［元］张可久

寺前，洞天，粉翠围屏面。隔溪疑是武陵源，树影参差见。石屋金仙，岩阿碧藓，湿云飞砚边。冷泉，看猿，摇落梅花片。

伯牙　［元］薛昂夫

伯牙，韵雅，自与松风话。高山流水淡生涯，心与琴俱化。欲铸钟期，黄金无价。知音人既寡，尽他，爨下，煮了仙鹤罢。

门前春色　马维野（2016年3月26日）

午天，宇前，日丽风拂面。九春初染花满园，芳草连成片。丹紫清兰，洁白杏瓣，吐芬馥绕旋。权端，蕊间，采蜜新蜂恋。

374. 山坡羊（又名《苏武持节》，43字）

$P_Z P Z_P Q, P_Z P Z_P Q, P_Z P Z_P Z P P Q。Z P \mathbf{P},$

Z P **P**。P_SP Z_PZ P P **Q**，Z_PZ P_ZP P Q **S_P**。**P**，P_Z
Q **P_S**；**P**，P_ZQ **P_S**。

别怀　［元］张可久

衣松罗扣，尘生鸳鸯，芳容更比年时瘦。看吴钩，听秦讴。别离滋味今番又，湖水藕花堤上柳。飕，浑是秋；愁，休上楼。

叹世　［元］陈草庵

晨鸡初叫，昏鸦争噪，那个不去红尘闹。路遥遥，水迢迢。功名尽在长安道，今日少年明日老。山，依旧好；人，憔悴了！

述怀　［元］薛昂夫

大江东去，长安西去，为功名走遍天涯路。厌舟车，喜琴书。早星星鬓影瓜田暮，心待足时名便足。高，高处苦；低，低处苦。

潼关怀古　［元］张养浩

峰峦如聚，波涛如怒，山河表里潼关路。望西都，意踌躇。伤心秦汉经行处，宫阙万间都做了土。兴，百姓苦；亡，百姓苦。

长安怀古　［元］赵善庆

骊山横岫，渭河环秀，山河百二还如旧。狐兔悲，草木秋。秦宫隋苑徒遗臭，唐阙汉陵何处有？山，空自愁；河，空自流。

三月京城　马维野（2016年4月8日）

京城三月，生枝催芥，杨花柳絮飘萧烈。看黄蝶，嗅青节，也临池苑争春切。蜂恋桃香白似雪，瞥，景色绝；歇，心欲贴。

375. 霜角（43字）

P Z P **P**，Z_P P P Z **P**。Z_P Z P_Z P Z P_P Z，P Z Z，Z P **P**。Z_P **P**，P_Z Z **P**，Z_P P P Z **P**。Z_P Z P P Z_P Z，P Z_P Z，Z P **P**。

初日沧凉　［元］张可久

初日沧凉，海霞摇曙光。几招好山如画，晴霭霭，郁苍苍。众芳，云景香，道人眠石床。唤起南华梦蝶，莺啼在，绿垂杨。

冬　马维野（2017年1月29日）

云淡穹清，有乌阳送明。凛冽朔风惊噪，如曼啸，起凉声。独行，挪步轻，看枯枝败藤。纵使天寒地冻，静眠衰草，正待春萌。

376. 摊破喜春来（43字）

P P P S P P **Z**，P Z P P P Q **P**。Z P Z Z P P，Z P P P Z Z，P S Z Z P **P**。P Z **P**，P S Z，Z Z Z P **P**。

旅中　［元］顾德润

篱边黄菊经霜暗，囊底青蚨逐日悭。破情思晚砧鸣，断愁肠檐马韵，惊客梦晓钟寒。归去难！修一缄，回两字报平安。

小月河初冬　马维野（2016年11月23日）

河边黄柳柔枝荡，阡陌白杨青叶殇。几只雀跃顽石，水深寒鸭傲戏，松塔对视雕墙。花不香，争比尚，万木抢冬阳。

377. 时新乐（44字）

ＰＰＺ$_P$ＺＰＺ$_Z$ＰＺ，ＱＺＰＰＺ$_P$ＰＺ。ＰＰＺＺＰ，ＰＰＺ$_P$ＺＺＰＰ。ＺＰＱＰ，ＰＰＰＺ。Ｚ$_P$ＺＺＰＰ，Ｚ$_P$ＺＺＰＰ（叠后两句）。

金妆宝剑藏龙口　［元］周文质

金妆宝剑藏龙口，玉带红绒皇宣授。男儿得志秋，旌旗影里骤骅骝。满斝玉瓯，笙歌齐奏，喧满凤凰楼，喧满凤凰楼。

378. 祅神急（44字）

ＰＰＰＱＰ，ＺＺＺＰＺ。ＰＰＺＳ，ＰＰＰＺＺ。ＰＰＺＱＰ，ＰＺＰＰＺ。ＰＰＱ，ＰＺＰ，ＰＰＰＱＰ，ＺＺＰＰ。

珠帘闲玉钩　［元］无名氏

珠帘闲玉钩，宝篆冷金兽。银筝锦瑟，生疏了弦上手。恩情如纸叶薄，人比花枝瘦。雕鞍去，眉黛愁，数归期三月三，不觉的又过了中秋。

379. 醉太平（又名《凌波曲》，44字）

ＰＰＺＳ$_P$，ＳＺＰＰ。Ｐ$_Z$ＰＺ$_P$ＺＺＰＰ，Ｐ$_Z$ＰＺＳ$_P$。

$P_Z P Z_P S P P \mathbf{Q}$，$S P P_Z Q P P \mathbf{Q}$。$P_Z P Z Q Z P \mathbf{P}$，$P_Z P Q S_P$。

金华洞冷 〔元〕张可久

金华洞冷，铁笛风生。寻真何处寄闲情？小桃源暮景。数枝黄菊勾诗兴，一川红叶迷仙径。四山白月共秋声，诗翁醉醒。

黄庭小楷 〔元〕张可久

黄庭小楷，白苎新裁。一篇闲赋写秋怀，上越王古台。半天虹雨残云载，几家渔网斜阳晒。孤村酒市野花开，长吟去来。

长街告人 〔元〕贯云石

长街上告人，破窑里安身。捱的是一年春尽一年春，谁承望眷姻。红鸾来照孤辰运，白身合有姻缘分。绣球落处便成亲，因此上忍着疼撞门。

寒食 〔元〕王元鼎

声声啼乳鸦，生叫破韶华。夜深微雨润堤沙，香风万家。画楼洗净鸳鸯瓦，彩绳半湿秋千架。觉来红日上窗纱，听街头卖杏花。

戊戌年上元节赋 马维野（2018年3月2日）

云天未暖，雪地犹寒。地羊初作戊戌官，元宵愈显。月宫寂冷姮娥怨，斧柯暄热吴刚惮。人间彩绚要灯欢，仙界尘世如何去返?

380. 叨叨令（45字）

P$_Z$P Z$_P$ Z P P **Q**，P$_Z$P Z$_P$ Z P P **Q**。P$_Z$P Z$_P$ Z P P **Q**，P$_Z$P S Z P P **Q**。Z$_P$ S$_P$ Z P P，Z$_P$ S$_P$ Z P P（叠两句），P$_Z$P Z$_P$ Z P P **Q**。

道情　［元］邓玉宾

白云深处青山下，茅庵草舍无冬夏。闲来几句渔樵话，困来一枕葫芦架。您省的也么哥，您省的也么哥，煞强如风波千丈担惊怕。

黄尘万古长安路　［元］无名氏

黄尘万古长安路，折碑三尺邙山墓。西风一叶乌江渡，夕阳十里邯郸树。老了人也么哥，老了人也么哥，英雄尽是伤心处。

悲秋　［元］周文质

叮叮当当铁马儿乞留玎琅闹，啾啾唧唧促织儿依柔依然叫。滴滴点点细雨儿渐零渐留哨，潇潇洒洒梧叶儿失流疏刺落。睡不着也末哥，睡不着也末哥，孤孤另另单枕上迷彪模登靠。

溪边小径舟横渡　［元］无名氏

溪边小径舟横渡，门前流水清如玉。青山隔断红尘路，白云满地无寻处。说与你寻不得也么哥，寻不得也么哥，却原来侬家鹦鹉洲边住。

自北京飞往长沙　马维野（2018年10月25日）

深秋寒意偷袭静，皇城又是尘霾赠。腾空而起银云凤，高天转瞬长沙罄。看湘水北流平，看湘水北流平，经年再赏重游梦。

381. 塞鸿秋（45字）

$\underline{P_Z P Z_P Z P P Q}$，$P_Z P Z_P Z P P Q$。$P_Z P Z_P Z P P Q$，$P P Z_P Z P P Q$。$\underline{P_Z P Z_P Z P Z}$，$Z_P Z P P Q$，$P_Z P Z_P Z P P Q$。

浔阳即景　[元] 周德清

长江万里白如练，淮山数点清如淀。江帆几片疾如箭，山泉千尺飞如电。晚云都变露，新月初学扇，塞鸿一字来如线。

湖上即事　[元] 张可久

断桥流水西林渡，暗香疏影梅花路。蹇驴破帽登山去，夕阳古寺题诗处。树头啼翠禽，水面飞白鹭，伤心和靖先生墓。

春情　[元] 张可久

疏星淡月秋千院，愁云恨雨芙蓉面。伤情燕足留红线，恼人鸾影闲团扇。兽炉沉水烟，翠沼残花片，一行写入相思传。

爱他时似初生月　〔元〕无名氏

爱他时似_爱初生月，喜他时似_{喜看}梅梢月，想他时道几首西江月，盼他时似盼辰钩月。当初意儿别，今日相抛撇，要相逢似水_底捞明月。

三亚览胜　马维野（2016年2月18日）

清穹千片白云逍，沙滩万点黄石卧。茫茫碧水征帆过，滔滔银浪游人辵。高楼观海潮，近岸听涛迫，无涯风月椰林落。

382. 普天乐（46字）

$Z Z_p P$，$P_z P Z$。$P_z P Z_p S$，$Z Z P$。$P_z Z P$，$P P Z$。$Z_p Z P P P P Z_p Z$，$Z P P Z_p Z P P$。$P_z P Z Z^1$，$P_z P Z_p Z^2$，$Z_p Q P P$。

山　〔元〕张养浩

水挪蓝，山横黛。水光山色，掩映书斋。图画中，嚣尘外。暮醉朝吟妨何碍？正黄花三径齐开。家山在眼，田园称意，其乐无涯。

秋怀　〔元〕张可久

为谁忙，莫非命。西风驿马，落月书灯。_{青天}蜀道难，_{红叶}吴江冷。两字功名频看镜，不饶人白发星星。钓鱼子陵，

1　此处可P_s。

2　此处可P_s。

思莼季鹰，笑我飘零。

冬日昆玉河边　马维野（2016年1月10日）

百树凉，一河冻。太阳高宇，止水薄凌。塔影斜，寒光进，气冷风微霜天静。趁余闲步履优轻，轻行岸上，忻然举目，一片熙冰。

383. 对玉环（46字）

ＰＺＰ**Ｐ**，ＰＰＺＱ**Ｐ**。ＳＺＰ**Ｐ**，ＺＰＳＺ**Ｐ**。ＰＰＱＺ**Ｐ**，ＰＰＰＺ**Ｚ**。ＺＺＰＰ，ＰＰＺＺ**Ｐ**。ＳＳＰＰ，ＰＰＰＱ**Ｐ**。

歌舞婵娟　［元］无名氏

歌舞婵娟，风流胜玉仙。拆散姻缘，柳青忒爱钱。佳人蓦上船，书生缘分浅。几句新诗，金山古寺边。一曲琵琶，长江秋月圆。

384. 秦楼月（46字）

ＰＰ$_Z$**Ｚ**，ＺＰＺ$_P$ＺＰＰ**Ｚ**。ＰＰ**Ｚ**，Ｚ$_P$ＰＰ$_Z$**Ｚ**，ＺＰＰ**Ｚ**。Ｐ$_Z$ＰＺ$_P$ＺＰＰ**Ｚ**，Ｚ$_P$ＰＺ$_P$ＺＰＰ**Ｚ**。ＰＰ**Ｚ**，Ｚ$_P$ＰＰ$_Z$**Ｚ**，ＺＰＰ**Ｚ**。

寻芳屦　［元］张可久

寻芳屦，出门便是西湖路。西湖路，傍花行到，旧题诗处。瑞芝峰下杨梅坞，看松未了催归去。催归去，吴山云暗，又商量雨。

385. 玉交枝（又名《玉娇枝》，46字）

ＰＰＰＺ，ＰＰＺ_PＺ。ＰＰＺ_PＳＰＰＺ，ＺＰＰＺ_PＺＰ。Ｐ_ZＰＺＺＰＱＰ，ＰＰＺ_PＺＰＰＱ。ＰＰＺＳ，ＱＰＺＰＰＺＺ。

山间林下　［元］乔吉

山间林下，有草舍蓬窗幽雅，苍松翠竹堪图画。近烟村三四家，飘飘好梦随落花，纷纷世味如嚼蜡。一任他苍头皓发，莫徒劳心猿意马。

西塘小景　马维野（2016年5月17日）

江南名镇，西塘古韵，蓝天绿水晴波衬。老桥新道柳荫，石皮弄里一线旻，长廊烟雨别惜吝。倪宅又瞳，木雕馆中情未尽。

386. 驻马听（46字）

ＱＺＰＰ，ＱＺＰＰＰＺＳ_P。ＰＰＰＱ，ＺＰＰＺＱＰＰ。ＺＰＰＺＺＰＰ，ＰＰＰＺＰＰＳ。ＰＺＳ_P，ＳＰＰＱＰＰＱ。

吹　［元］白朴

裂石穿云，玉管宜横清更洁。霜天沙漠，鹧鸪风里欲偏斜。凤凰台上暮云遮，梅花惊作黄昏雪。人静也，一声吹落江楼月。

舞　［元］白朴

凤髻蟠空，袅娜腰肢温更柔。轻移莲步，汉宫飞燕旧风流。

谩催罨鼓品梁州，鹧鸪飞起春罗袖。锦缠头，刘郎错认风前柳。

打虎拍蝇　马维野（2016年5月3日）

大举拍蝇，勠力同心常打虎。赃官污吏，显形乖露罪当书。绘出长治久安图，阳光之下无贪腐。今俯瞩，普天严气清风度。

387.三番玉楼人（47字）

P Z P P **Z**，Z Z S P **P**，Z Z P P Q Z **S**。P P **Z**，Z Z **P**，S P **P**，Z P **P**。Z P Z Z **P**，Z P S **P**，Z P P **Z**，P Z S P **P**。

风摆檐间马　［元］无名氏

风摆檐间马，雨打响碧窗纱，枕剩衾寒没乱煞。不着我题名儿骂，暗想他，忒情杂。等来家，好生的歹斗咱。我将那厮脸儿上不抓，耳轮儿揪罢，我问你昨夜宿谁家。

388.人月圆（48字）

$P_Z P Z_P Z P P Q$，$Z_P Z Z P \mathbf{P}$。$Z_P P P Z$，$P_Z P Z_P Z$，$Z_P Z P \mathbf{P}$。$P_Z P Z_P Z$，$Z P P_Z Z$，$Z_P Z P \mathbf{P}$。$Z P P_Z \mathbf{Z}$，$P_Z P Z_P Z$，$Z_P Z P \mathbf{P}$。

阅读提示：曲谱《人月圆》与词谱《人月圆》基本相同，曲谱比词谱略显文雅，因里面有鼎足对或扇面对（虽然不是强求）。

重冈已隔红尘断　［宋］元好问

重冈已隔红尘断，村落更年丰。移居要就，窗中远岫，舍后长松。十年种木，一年种谷，都付儿童。老夫惟有，醒来明月，醉后清风。

甘露怀古　［元］徐再思

江皋楼观前朝寺，秋色入秦淮。败垣芳草，空廊落叶，深砌苍苔。远人南去，夕阳西下，江水东来。木兰花在，山僧试问，知为谁开？

山中书事　［元］张可久

兴亡千古繁华梦，诗眼倦天涯。孔林乔木，吴宫蔓草，楚庙寒鸦。数间茅舍，藏书万卷，投老村家。山中何事？松花酿酒，春水煎茶。

会稽怀古　［元］张可久

林深藏却云门寺，回首若耶溪。苎萝人去，蓬莱山在，老树荒碑。神仙何处，烧丹傍井，试墨临池。荷花十里，清风鉴水，明月天衣。

伤心莫问前朝事　［元］倪瓒

伤心莫问前朝事，重上越王台。鹧鸪啼处，东风草绿，残照花开。怅然孤啸，青山故国，乔木苍苔。当时明月，依依素影，何处飞来？

重庆早春　马维野（2016年3月11日）

山城二月风光秀，惹满目葱菁。蜿蜒长水，曲折古道，旧事新城。朝霞晚露，万花千柳，云岸烟汀。鸟鸣枝顶，园林翠茂，草木勃兴。

389. 一枝花（48字）

$P_Z P Z_P Q_S P$，$Z_P Z P P Q_S$。$P_Z P P Q_S Z_P$，$Z_P Z Z P P$。$Z_P Z P P$，$Z_P Z P P Q_S$，$P P Z_P Q_S P$。$\underline{Z P_Z P}$、$Z_P Z P P$，$Z_P P_Z Z$、$P_Z P Q S \underline{P}$。

咏剑　［元］施耐庵

离匣牛斗寒，到手风云助。插腰奸胆破，出袖鬼神伏。正直规模，<small>香檀杷</small>虎口双吞玉，<small>沙鱼鞘</small>龙鳞密砌珠。挂三尺、壁上飞泉，响半夜、床头骤雨。

辞官　［元］孛罗御史

懒簪獬豸冠，不入麒麟画。旋栽陶令菊，学种邵平瓜。<small>觑不的闹穰穰</small>蚁阵蜂衙，卖了青骢马，<small>换</small>耕牛度岁华。利名场、再不行踏，风波海、其实怕他。

390. 凉亭乐（49字）

$P P Q Z Z P P$，$Z Z P P$。$S Z P P Z Z P$，$Z_P Z P P Z$。$P P S Z$，$P P S Z Z$。$Z_P Z P P_P$，$Z_P Z P P Z Z P_Z$。$P P P$，$P_Z Q P$。

518

叹世　[元]阿里西瑛

金乌玉兔走如梭，看看的老了人呵。有那等不识事的痴呆待怎么？急回头迟了些儿个。你试看凌烟阁上，功名不在我。则不如对酒当歌，对酒当歌且快活。无忧愁，安乐窝。

玉渊潭看花　马维野（2019年3月26日）

春初到访玉渊潭，满目水净天蓝。只见花繁叶未添，芬芳新瓣勤装扮。游人走脚，蜂蝶采蜜见。戏水鸭欢，陪同鸳鸯好为伴。歌声扬，众乐添。

391. 满庭芳（又名《满庭霜》，49字）

$P_ZPZ\mathbf{S}$，P_ZPZZ，$Z_PZP\mathbf{P}$。$P_ZPS_PZPP\mathbf{Q}$，$Z_PZP\mathbf{P}$。$Q_PQZPPZ\mathbf{Z_P}$，$ZPPPZP\mathbf{P}$。$PP\mathbf{Q}$，$SPQ\mathbf{P_S}$，$PQZP\mathbf{P}$。

渔父词　[元]乔吉

扁舟最小，纶巾蒲扇，酒瓮诗瓢。樵青拍手渔童笑，回首金焦。箬笠底风云缥缈，钓竿头活计萧条。船轻棹，一江夜潮，明月卧吹箫。

看岳王传　[元]周德清

披文握武，建中兴庙宇，载青史图书。功成却被权臣妒，正落奸谋。闪杀人望旌节中原士夫，误杀人弃丘陵南渡銮舆。钱塘路，愁风怨雨，长是洒西湖。

392. 太常引（49字）

P$_Z$PZ$_P$ZZP**P**，Z$_P$ZZP**P**。Z$_P$ZZP**P**。P$_Z$Z$_P$ZPPZ**P**。

P$_Z$PZZ，P$_Z$PZ$_P$Z，Z$_P$ZZP**P**。ZZZP**P**，P$_Z$Z$_P$ZPPZ**P**。

姑苏台赏雪　［元］张可久

断塘流水洗凝脂，早起索吟诗。何处觅西施？垂杨柳萧萧鬓丝。银匙藻井，粉香梅圃，万瓦玉参差。一曲乐天词，富贵似吴王在时。

饯齐参议回山东　［元］刘燕歌

故人别我出阳关，无计锁雕鞍。今古别离难，兀谁画蛾眉远山。一尊别酒，一声杜宇，寂寞又春残。明月小楼间，第一夜相思泪弹。

393. 蟾宫曲（又名《折桂令》《天香引》《秋风第一枝》，50字）

PPZ$_P$Q$_P$P**P**，Z$_P$QPP，Z$_P$ZP**P**。Z$_P$ZP**P**，P$_Z$PZ$_P$Z，Z$_P$ZP**P**。ZZPPZ$_P$**S**，P$_Z$PPZZ$_P$**P**。Z$_P$ZP**P**，Z$_P$ZP**P**，Z$_P$ZP**P**。

扬州汪右丞席上即事　［元］卢挚

江城歌吹风流，雨过平山，月满西楼。几许年华，三生醉梦，六月凉秋。按锦瑟佳人劝酒，卷朱帘齐按凉州。客去

520

还留，云树萧萧，河汉悠悠。

环滁秀列诸峰　［元］庾天锡

环滁秀列诸峰，山有名泉，泻出其中。泉上危亭，僧仙好事，缔构成功。四景朝暮不同，宴酣之乐无穷。酒饮千钟，能醉能文，太守欧翁。

咸阳百二山河　［元］马致远

咸阳百二山河，两字功名，几阵干戈。项废东吴，刘兴西蜀，梦说南柯。韩信功兀的般证果，蒯通言那里是风魔？成也萧何，败也萧何，醉了由他！

西施伴我西游　［元］张可久

唤西施伴我西游，客路依依，烟水悠悠。翠树啼鹃，青天旅雁，白雪盟鸥。人倚梨花病酒，月明杨柳维舟。试上层楼，绿满江南，红褪春愁。

九日　［元］张可久

对青山强整乌纱，归雁横秋，倦客思家。翠袖殷勤，金杯错落，玉手琵琶。人老去西风白发，蝶愁来明日黄花。回首天涯，一抹斜阳，数点寒鸦。

春情　［元］徐再思

平生不会相思，才会相思，便害相思。身似浮云，心如飞絮，气若游丝。空一缕余香在此，盼千金游子何之。证候来时，正是何时？灯半昏时，月半明时。

冬日暖阳　马维野（2016年1月8日）

隆冬暖日尤稀，明灿流河，昭烂涟漪。遗址元都，清寒气爽，接踵如织。咏叹前朝橄笔，嗟唏今日描诗。贵贱高低，百世伦纪，俱已成迷。

394. 甘草子（50字）

ＰＰ**Ｓ**，ＳＳＰＰ，ＺＱＺＰＰ**Ｚ**。ＺＺＰ，ＰＰ**Ｚ**，ＺＰＱ，ＺＰ**Ｐ**。ＳＳＰＰＰＰ**Ｚ**，ＰＰＰＰＱ**Ｓ**。ＺＺＰＰＺＺ**Ｓ**，ＺＱＰ**Ｐ**。

金风发　〔元〕薛昂夫

金凤发，飒飒秋香，冷落在阑干下。万柳稀，重阳暇，看红叶，赏黄花。促织儿啾啾添潇洒，陶渊明欢乐煞。耐冷迎霜鼎内插，看雁落平沙。

玉东郊野公园游　马维野（2018年10月4日）

西风起，彳亍悠然，勉力野行乡里。树欲萧，花将闭，稻弯穗，雀争食。塔影西山云台亭立，含羞秋池镜里。万跬功成健四体，止步将息。

395. 刮地风（52字）

Ｚ_ＰＱＰＰＺＺ**Ｐ**，Ｚ_ＰＱＰ**Ｐ**。Ｐ_ＺＰＺ_ＰＺＱＰ**Ｐ**，ＺＺＰ**Ｐ**。Ｚ_ＰＰＰＱ，Ｑ_ＰＰＰ**Ｚ**。Ｚ_ＰＺＰ**Ｐ**，Ｚ_ＰＰＰ**Ｑ**。Ｐ_ＺＰＱＺ**Ｚ**，Ｐ_ＺＰＺＺ**Ｐ**，ＺＺＰ**Ｐ**。

春日　[元]赵显宏

春日凝妆上翠楼，满目离愁。悔教夫婿觅封侯，蹙损眉头。园林春到，物华依旧。并枕双歌，几时能够？团圆日是有，相思病怎休？都道我减了风流。

秋意　马维野（2016年10月25日）

落叶飘萧遍地黄，秋色无疆。残花败柳欲争强，止水潋光。小园弯径，木斜石上。草静风微，鹊声嘹亮。忽闻树顶响，惊松鼠放狂，一盏乌阳。

396.锦橙梅（52字）

P S S Z Z **P**，S P P Z P **P**。Z P S Z Z P P，Z Z P P **Z**。Z P P S S Z P，P S S P S P **P**。P Z S P Z **P**，Z P **P**，S Z P P **Q**。

红馥馥脸衬霞　[元]张可久

红馥馥的脸衬霞，黑髭髭的鬓堆鸦。料应他必是个中人，打扮的堪描画。颤巍巍的插着翠花，宽绰绰的穿著轻纱。兀的不风韵煞人也嗏，是谁家？我不住了偷睛儿抹。

厮收拾厮定当　[元]无名氏

厮收拾厮定当，越拘束着越荒唐。入门来不带酒厮禁持，觑不得娘香胡相。恁娘又不是女娘，绣房中不是茶坊，甘不过这不良。唤梅香，快扶入那销金帐。

阅读提示：按曲谱，可见当时当地的元人发音极不正常，特别是上声字位上的字，令今人匪夷所思。

397. 黑漆弩（又名《鹦鹉曲》《学士吟》，53字）

P P Z_P Z P P **Q**，P_Z P_Z Z_P Z P **Q**。Z P P、Z Z P P，Z Z P_Z P Z_P **S**。Z P P、Z Z P P，Z Z Z P P **Q**。Z P P、Z_P Z P P，**Q** S Z、P_Z P S **Q**。

游金山寺　[元]王恽

苍波万顷孤岑矗，是一片水面上天竺。金鳌头、满咽三杯，吸尽江山浓绿。蛟龙虑、恐下燃犀，风起浪翻如屋。任夕阳、归棹纵横，待偿我、平生不足。

398. 齐天乐（53字）

P P Z Z P **Z**_P，Z_P Z P P **Z**。P **P**，**P**，Z_P Z P **P**，Z P P Z Z P **P**。P **P**，Z_P **Q** P **P**_P，P Z Z **P**_Z。Z Z P **P**，P Z P **P**。P_Z Z P，P P Z，Z_P Z P **P**。

道情　[元]张可久

人生底事辛苦，枉被儒冠误。读书，图：驷马高车，但沾著者也之乎。区区，牢落江湖，奔走在仕途。半纸虚名，十载功夫。人传梁甫吟，自献长门赋，谁三顾茅庐？

399. 鹦鹉曲（54字）

P P Z_P Z P P **Q**，Z_P Z S S Z P **S**。Z P P S **Q** P P，Z S P P P **S**。Z P P Z_P Z P P，Z Z **Q** P P **Q**。Z P P Z Z P P，**Q** S Z P P S **Q**。

侬家鹦鹉洲边住　[元]白贲

侬家鹦鹉洲边住，是个不识字渔父。浪花中一叶扁舟，睡煞江南烟雨。觉来时满眼青山，抖擞绿蓑归去。算从前错怨天公，甚也有安排我处。

赤壁怀古　[元]冯子振

茅庐诸葛亲曾住，早赚出抱膝梁父。笑谈间汉鼎三分，不记得南阳耕雨。叹西风卷尽豪华，往事大江东去。彻如今话说渔樵，算也是英雄了处。

400. 寨儿令（又名《柳营曲》，54字）

$Z_PZ\mathbf{P}$，$ZP\mathbf{P}$，$PPZPPZ\mathbf{P_S}$。$Z_PZ\mathbf{P}$，Z_P
$ZP\mathbf{P}$，$Q_PZZP\mathbf{P}$。$P_ZPZ_PZP\mathbf{P}$，$P_S PZ_PZP\mathbf{P}$。
P_ZPPZS，$SZZP\mathbf{P}$。$\mathbf{P}$，$Z_PZZP\mathbf{P}$。

江上　[元]查德卿

烟艇闲，雨蓑乾，渔翁醉醒江上晚。啼鸟关关，流水潺潺，乐似富春山。数声柔橹江湾，一钩香饵波寒。回头贪兔魄，失意放渔竿。看，流下蓼花滩。

叹世　[元]马谦斋

手自搓，剑频磨，古来丈夫天下多。青镜摩挲，白首蹉跎，失志困衡窝。有声名谁识廉颇？广才学不用萧何。忙忙的逃海滨，急急的隐山阿。今日个，平地起风波。

次韵怀古　［元］张可久

写旧游，换新愁，玉箫寒酒醒江上楼。黄鹤矶头，白鹭汀洲，烟水共悠悠。人何在七国春秋，浪淘尽千古风流。隋堤犹翠柳，汉土自鸿沟。休！来往愧沙鸥。

401. 小梁州（55字）

$P_z P Z_p Z S P \mathbf{P}$，$Z_p Q P \mathbf{P}$。$P_z P Q_p Z Z P \mathbf{P}$，$P P \mathbf{Z}$，$Z_p Z Z P \mathbf{P}$。$P_z P S_p Z P P \mathbf{Q}$，$Z P P Q Z P \mathbf{P}$。$\underline{Z_p Z P_z}$，$P P \mathbf{Q}$。$P P P Q$，$Z_p Z Z P \mathbf{P}$。

秋　［元］贯云石

芙蓉映水菊花黄，满目秋光。枯荷叶底鹭鸶藏。金风荡，飘动桂枝香。雷峰塔畔登高望，见钱塘一派长江。湖水清，江潮漾。天边斜月，新雁两三行。

夏　［元］贯云石

画船撑入柳阴凉，一派笙簧。采莲人和采莲腔。声嘹亮，惊起宿鸳鸯。佳人才子游船上，醉醺醺笑饮琼浆。归棹晚，湖光荡，一钩新月，十里芰荷香。

仲夏散步逢雨　马维野（2016年6月10日）

风梳夏柳柳成行，望断白杨。凭河静水映乌光，听虫唱，仲夏好乘凉。偷闲简陌心花放，鸟鸣蜂乱草幽香。林岸依，渠边傍，风云突变，丝雨打薄裳。

402. 秋江送（60字）

P P Z，Z Z **S**，Z P Z Z **Z**。P Z **Z**，P Z P，Z Z
Z P Z Z **P**。P P Z **Z**，Z Z Z **P**，S S Z P **P**。P P Z P **P**，
Z Z P P P Z **P**。P Z Z Z，S P P Z P Z **P**。

财和气　［元］无名氏

财和气，酒共色，四般儿狠利害。成与败，兴又衰，断
送得利名人两鬓白。将名缰自解，利锁顿开，不索置田宅。
何须趱金帛？则不如打稽首疾忙归去来。人老了也，少不的北
邙山下丘土里埋。

403. 十棒鼓（64字）

P P Z Z，P P P P **Z**。S P P **Z** Z，Z **P** Z P **P**。P **Z** P
Z S **P**，Z S P Z **Z P**。P P **Z** P **Z P**，P P Z Z P P **Z**。Q
Q P **P Z**，P P P Q，P Q P P **Z P**。P P **Z** P Q **P**，Z Z P
P P Z **Z**，Z Z P **P**。

簪冠戴　［元］无名氏

将簪冠戴了，麻袍宽超。拖一条藜仗，自带椰瓢。沿门儿
花得，花得皮袋饱。傍人休笑，甘心守分学修道。乐乐陶陶，
春花秋月，秋月何时了？心中欢乐，且自清闲直到老，散诞
逍遥。

404. 新时令（74字）

Z P P，P P Z P **P**。P Z Z，P P Z P **P**。<u>S Z P P，</u>

PPZS**P**；ZQPP，PPPZ**P**。PPPZ**P**，PPZ

ZZP**P**。PPZS**P**，ZPZZ**P**。ZZP**P**，PPZZ**P**。

ZSP**P**，SPZZ**P**。

郑元和　［元］无名氏

郑元和，当初有家缘。骑骏马，来过粉墙边。一段风流，佳人二八年；四目相窥，才郎三坠鞭。心坚石也穿，如鱼似水效鹣鹣。郎君梦撒毡，鸨儿苦爱钱。瓦罐爻槌，凄凉受了万千；夜宿牟田，则为李亚仙。

405. 三棒鼓声频（90字）

PPZ**Z**，PZPP，ZPZ**Z**，PZP**P**。PPZZ

QZ**P**，PZP**Q**。ZPPZSPP**Q**，PZP**Z**。PPZ

PPP**Q**，PZP**P**。PPZPPZ**S**，PZP**P**。PPZ

ZPPZ**Z**，ZQPP**Z**。ZPPZP，PP**P**，PZZZ

PPZ**S**。

题渊明醉归图　［元］曹德

先生醉也，童子扶著。有诗便写，无酒重赊。山声野调欲唱些，俗事休说。问青天借得松间月，陪伴今夜。长安此时春梦热，多少豪杰。明朝镜中头似雪，乌帽难遮。星般大县儿难弃舍，晚入庐山社。比及眉未攒，腰曾折，迟了也去官陶靖节。

406. **骤雨打新荷**（94字）

ＺＺＰＰ，ＱＰＰＺＺ，ＺＺＰ**Ｐ**。ＰＰＺＺ，ＺＺＺ
Ｐ**Ｐ**。ＺＺＰＰＱＳ，ＺＰＺ、ＰＰＺ**Ｚ**。ＺＺＺ，ＰＰＺＺ，
ＺＺＰ**Ｐ**。ＰＰＺＰＺＺ（亦可ＺＺＰＰＺＺ），ＱＰＰＺＺ，
ＺＺＰ**Ｐ**。ＰＰＺＺ，Ｚ$_P$ＺＺＰ**Ｐ**。ＺＺＰＰＱ$_Z$Ｓ$_Z$，ＺＰＰ、
ＺＺＰ**Ｐ**。ＺＺＺ，ＰＰＺＺ，Ｚ$_P$ＺＰ**Ｐ**。

骤雨打新荷　　［宋］元好问

　　绿叶阴浓，遍池亭水阁，偏趁凉多。海榴初绽，朵朵簇
红罗。乳燕雏莺弄语，有高柳、鸣蝉相和。骤雨过，似琼珠
乱撒，打遍新荷。人生百年有几，念良辰美景，休放虚过。
穷通前定，何用苦张罗。命友邀宾玩赏，对芳樽、浅酌低歌。
且酩酊，任他两轮日月，来往如梭。

407. **昼夜乐**（103字）

Ｚ$_P$ＺＰＰＺＺ**Ｐ**，ＰＰ。ＰＰＺＺ$_P$ＺＰ**Ｐ**，ＰＰＱＳ。
Ｐ$_Z$ＰＺ$_P$ＱＺ$_P$ＰＰＱ，ＺＰＰＺＺＰ**Ｐ**。ＺＳＰ，Ｚ$_P$Ｑ
Ｐ**Ｐ**。Ｚ$_P$ＱＰ**Ｐ**，ＺＳＺＰＰＱ。Ｚ$_P$ＰＰＰＰＺＳ$_P$，ＰＰ，
Ｐ**Ｐ**，ＰＰＺ$_Z$Ｚ$_P$ＺＺＰ**Ｐ**。ＰＰＱＳ，Ｐ$_Z$ＰＺ$_P$ＳＺ$_P$ＰＺＰ，
Ｐ$_Z$ＰＺ$_P$ＺＺＰ**Ｐ**。Ｚ$_P$ＺＰ**Ｐ**，Ｚ$_P$ＺＰ**Ｐ**，ＳＳＰＰＱ。

冬　　［元］赵显宏

　　风送梅花过小桥，飘飘。飘飘地乱舞琼瑶，水面上流将去
了。觑绝时落英无消耗，似郎才水远山遥。怎不焦？今日明

朝。今日明朝，又不见他来到。佳人佳人多命薄！今遭，难逃。难逃他粉悴烟憔，直恁般鱼沉雁杳！谁承望拆散了鸾凤交，空教人梦断魂劳。心痒难揉，心痒难揉，盼不得鸡儿叫。

附录一　转入平声的入声字

（A）啊（B）八叭扒拔跋魃白雹薄鼻鳖憋瘪别逼荸拨钵勃剥箔驳帛博搏膊礴伯泊舶[1]（C）擦插锸察拆出吹戳撮[2]（D）哒瘩搭答达怛纛德得滴笛敌涤狄荻籴翟嫡镝迭跌喋牒蝶谍堞碟揲叠垤跮绖耋督读犊渎椟牍独毒咄掇裰铎夺度[3]踱（E）额（F）发乏伐筏阀罚筏佛伏袱被服菔鹏弗拂绋幅福蝠匐绂（G）鸽割革阁格隔骼葛骨[4]鹘刮鹕聒郭蝈国帼（H）喝[5]合盒貉涸劾核阂曷盍阖翮鹤黑忽惚鹄[6]斛槲觳猾滑豁活镬（J）击芨圾唧屐激积及汲级极岌吉戢藉籍疾棘即亟缉辑楫急集瘠脊夹浃荚铗挟[7]颊袷戛嚼接揭劫桀捷睫节结洁秸诘拮讦疖孑杰碣竭

---

[1] 泊，读阳平 bó，指船靠岸；读阴平 pō，指湖。
[2] 撮，读阴平 cuō，指聚合；读上声 zuǒ，指量词，用于成丛的毛发。
[3] 度，度阳平 duó，指推测；度去声 dù，指计量长短。
[4] 骨，读阴平 gū，用于"骨朵儿""骨碌"等词汇的发音；读上声 gǔ，指骨头。
[5] 喝，读阴平 hē，指饮；读去声 hè，指大声喊叫。
[6] 鹄，读阳平 hú，指天鹅；读上声 gǔ，指箭靶子。
[7] 挟，读阴平 jiā，指从物体两边钳住；读阳平 xié，指用胳膊夹着。

截菊掘属爵诀决抉玦鸠㑊[1]崛觉绝角[2]桷撅厥橛獗蹶蕨镢噱攫嚼谲（K）磕榼壳[3]哭窟矻（L）拉捋[4]（M）没摸膜（N）捏（O）喔（P）拍劈氆泼扑仆璞（Q）七漆戚掐袷切缺阙[5]（S）撒[6]塞[7]杀铩勺芍杓舌折涉失湿虱十拾什石实食蚀识淑叔熟孰塾秫赎刷说俗缩（T）塌剔踢帖贴突凸秃脱托橐（W）挖屋（X）夕汐昔惜淅晰螫蜇悉锡析吸息熄膝袭习席檄隰呷瞎黠辖狭峡侠狎匣柙歇蝎楔协胁缬薛削学鸢穴（Y）丫压鸭押噎一壹揖曰约（Z）匝咂砸杂凿[8]泽责择则啧帻箦贼咋札轧铡闸摘宅着蜇折哲蛰蜇摺谪磔辙辄织汁掷[9]侄直执殖植值职絷跖粥轴竹竺躅逐烛拙桌捉着卓茁琢啄浊擢濯缴[10]镯灼酌斫族镞足卒作[11]昨

---

1 㑊，读阳平 jué，指顽强；读去声 juè，指性子直。

2 角，都阳平 jué，指竞争；读上声 jiǎo，指犄角。

3 壳，读阳平 ké，指坚硬的外皮；读去声 qiào，义同前。

4 捋，读阴平 luō，指用手握着条状物顺着移动；读上声 lǚ，指用手顺着抹过去。

5 阙，阴平 quē，指过失；读去声 què，指皇宫门前两边供瞭望的楼。

6 撒，读阴平 sā，指放开；读上声 sǎ，指散布。

7 塞，读阴平 sāi，指堵上；读去声 sài，指边界上险要地方。

8 凿，读阳平 záo，指穿孔；旧时亦读去声 zuò，现已不用。

9 掷，旧事读阴平 zhī，现已不用，指撒下（骰子）；读去声 zhì，指扔、投。

10 缴，读阳平 zhuó，指系在箭上的丝绳；读上声 jiǎo，指交纳。

11 作，读阴平 zuō，指从事某种活动；读去声 zuò，指兴起。

附录二　声律启蒙

[清]车万育

卷上

一东

云对雨，雪对风，晚照对晴空。来鸿对去燕，宿鸟对鸣虫。三尺剑，六钧弓，岭北对江东。人间清暑殿，天上广寒宫。两岸晓烟杨柳绿，一园春雨杏花红。两鬓风霜，途次早行之客；一蓑烟雨，溪边晚钓之翁。沿对革，异对同，白叟对黄童。江风对海雾，牧子对渔翁。颜巷陋，阮途穷，冀北对辽东。池中濯足水，门外打头风。梁帝讲经同泰寺，汉皇置酒未央宫。尘虑萦心，懒抚七弦绿绮；霜华满鬓，羞看百炼青铜。贫对富，塞对通，野叟对溪童。鬓皤对眉绿，齿皓对唇红。天浩浩，日融融，佩剑对弯弓。半溪流水绿，千树落花红。野渡燕穿杨柳雨，芳池鱼戏芰荷风。女子眉纤，额下现一弯新月；男儿气壮，胸中吐万丈长虹。

二冬

春对夏，秋对冬，暮鼓对晨钟。观山对玩水，绿竹对苍松。冯妇虎，叶公龙，舞蝶对鸣蛩。衔泥双紫燕，课密几黄蜂。春日园中莺恰恰，秋天塞外雁雍雍。秦岭云横，迢递八千远路；巫山雨洗，嵯峨十二危峰。明对暗，淡对浓，上智对中庸。镜奁对衣笥，野杵对村舂。花灼烁，草蒙茸，九夏对三冬。台高名戏马，斋小号蟠龙。手擘蟹螯从毕卓，身披鹤氅自王恭。五老峰高，秀插云霄如玉笔；三姑石大，响传风雨若金镛。仁对义，让对恭，禹舜对羲农。雪花对云叶，芍药对芙蓉。陈后主，汉中宗，绣虎对雕龙。柳塘风淡淡，花圃月浓浓。春日正宜朝看蝶，秋风那更夜闻蛩。战士邀功，必借干戈成勇武；逸民适志，须凭诗酒养疏慵。

三江

楼对阁，户对窗，巨海对长江。蓉裳对蕙帐，玉瓒对银缸。青布幔，碧油幢，宝剑对金缸。忠心安社稷，利口覆家邦。世祖中兴延马武，桀王失道杀龙逢。秋雨潇潇，漫烂黄花都满径；春风袅袅，扶疏绿竹正盈窗。旌对旆，盖对幢，故国对他邦。行山对万水，九泽对三江。山岌岌，水淙淙，鼓振对钟撞。清风生酒舍，皓月照书窗。阵上倒戈辛纣战，道旁系剑子婴降。夏日池塘，出没浴波鸥对对；春风帘幕，往来营垒燕双双。铢对两，只对双，华岳对湘江。朝车对禁鼓，宿火对寒缸。青琐闼，碧纱窗，汉社对周邦。笙箫鸣细细，钟鼓响摐摐。主簿栖鸾名有览，治中展骥姓惟庞。苏武牧羊，雪屡餐于北海；庄周活鲋，水必决于西江。

四支

茶对酒，赋对诗，燕子对莺儿。栽花对种竹，落絮对游丝。四目颉，一只夔，鸲鹆对鹭鸶。半池红菡萏，一架白荼蘼。几阵秋风能应候，一犁春雨甚知时。智伯恩深，国士吞变形之炭；羊公德大，邑人竖堕泪之碑。行对止，速对迟，舞剑对围棋。花笺对草字，竹简对毛锥。汾水鼎，岘山碑，虎豹对熊罴。花开红锦绣，水漾碧琉璃。去妇因探邻舍枣，出妻为种后园葵。笛韵和谐，仙管恰从云里降；橹声咿轧，渔舟正向雪中移。戈对甲，鼓对旗，紫燕对黄鹂。梅酸对李苦，青眼对白眉。三弄笛，一围棋，雨打对风吹。海棠春睡早，杨柳昼眠迟。张骏曾为槐树赋，杜陵不作海堂诗。晋士特奇，可比一斑之豹；唐儒博识，堪为五总之龟。

五微

来对往，密对稀，燕舞对莺飞。风清对月朗，露重对烟微。霜菊瘦，雨梅肥，客路对渔矶。晚霞舒锦绣，朝露缀珠玑。夏暑客思欹石枕，秋寒妇念寄边衣。春水才深，青草岸边渔父去；夕阳半落，绿莎原上牧童归。宽对猛，是对非，服美对乘肥。珊瑚对玳瑁，锦绣对珠玑。桃灼灼，柳依依，绿暗对红稀。窗前莺并语，帘外燕双飞。汉致太平三尺剑，周臻大定一戎衣。吟成赏月之待，只悉月堕；斟满送春之酒，惟憾春归。声对色，饱对饥，虎节对龙旗。杨花对桂叶，白简对朱衣。龙也吠，燕于飞，荡荡对巍巍。春暄资日气，秋冷借霜威。出使振威冯奉世，治民异等尹翁归。燕我弟兄，载咏棣棠韡韡；命伊将帅，为歌杨柳依依。

六鱼

无对有，实对虚，作赋对观书。绿窗对朱户，宝马对香车。伯乐马，浩然驴，弋雁对求鱼。分金齐鲍叔，奉璧蔺相如。掷地金声孙绰赋，回文锦字窦滔书。未遇殷宗，胥靡困傅岩之筑；既逢周后，太公舍渭水之渔。终对始，疾对徐，短褐对华裾。六朝对三国，天禄对石渠。千字策，八行书，有若对相如。花残无戏蝶，藻密有潜鱼。落叶舞风高复下，小荷浮水卷还舒。爱见人长，共服宣尼休假盖；恐彰己吝，谁知阮裕竟焚车。麟对凤，鳖对鱼，内史对中书。犁锄对耒耜，畎浍对郊墟。犀角带，象牙梳，驷马对安车。青衣能报赦，黄耳解传书。庭畔有人持短剑，门前无客曳长裾。波浪拍船，骇舟人之水宿；峰峦绕舍，乐隐者之山居。

七虞

金对玉，宝对珠，玉兔对金乌。孤舟对短棹，一雁对双凫。横醉眼，捻吟须，李白对杨朱。秋霜多过雁，夜月有啼乌。日暖园林花易赏，雪寒村舍酒难沽。人处岭南，善探巨象口中齿；客居江左，偶夺骊龙颔下珠。贤对圣，智对愚，傅粉对施朱。名缰对利锁，挈榼对提壶。鸠哺子，燕调雏，石帐对郇厨。烟轻笼岸柳，风急撼庭梧。鸜眼一方端石砚，龙涎三炷博山炉。曲沼鱼多，可使渔人结网；平田兔少，漫劳耕者守株。秦对赵，越对吴，钓客对耕夫。箕裘对杖履，杞梓对桑榆。天欲晓，日将晡，狡兔对妖狐。读书甘刺股，煮粥惜焚须。韩信武能平四海，左思文足赋三都。嘉遁幽人，适志竹篱茅舍；胜游公子，玩情柳陌花衢。

八齐

岩对岫，涧对溪，远岸对危堤。鹤长对凫短，水雁对山鸡。星拱北，月流西，汉露对汤霓。桃林牛已放，虞坂马长嘶。叔侄去官闻广受，弟兄让国有夷齐。三月春浓，芍药丛中蝴蝶舞；五更天晓，海棠枝上子规啼。云对雨，水对泥，白璧对玄圭。献瓜对投李，禁鼓对征鼙。徐稚榻，鲁班梯，凤翥对鸾栖。有官清似水，无客醉如泥。截发惟闻陶侃母，断机只有乐羊妻。秋望佳人，目送楼头千里雁；早行远客，梦惊枕上五更鸡。熊对虎，象对犀，霹雳对虹霓。杜鹃对孔雀，

537

桂岭对梅溪。萧史凤,宋宗鸡,远近对高低。水寒鱼不跃,林茂鸟频栖。杨柳和烟彭泽县,桃花流水武陵溪。公子追欢,闲骤玉骢游紫陌;佳人倦绣,闷攲珊枕掩香闺。

九佳

河对海,汉对淮,赤岸对朱崖。鹭飞对鱼跃,宝钿对金钗。鱼圉圉,鸟嗜嗜,草履对芒鞋。古贤尝笃厚,时辈喜诙谐。孟训文公谈性善,颜师孔子问心斋。缓抚琴弦,像流莺而并语;斜排筝柱,类过雁之相挨。丰对俭,等对差,布袄对荆钗。雁行对鱼阵,榆塞对兰崖。桃荠女,采莲娃,菊径对苔阶。诗成六义备,乐奏八音谐。造律吏哀秦法酷,知音人说郑声哇。天欲飞霜,塞上有鸿行已过;云将作雨,庭前多蚁阵先排。城对市,巷对街,破屋对空阶。桃枝对桂叶,砌蚓对墙蜗。梅可望,橘堪怀,季路对高柴。花藏沽酒市,竹映读书斋。马首不容孤竹扣,车轮终就洛阳埋。朝宰锦衣,贵束乌犀之带;宫人宝髻,宜簪白燕之钗。

十灰

增对损,闭对开,碧草对苍苔。书签对笔架,两曜对三台。周召虎,宋桓魋,阆苑对蓬莱。薰风生殿阁,皓月照楼台。却马汉文思罢献,吞蝗唐太冀移灾。照耀八荒,赫赫丽天秋日;震惊百里,轰轰出地春雷。沙对水,火对灰,雨雪对风雷。书淫对传癖,水浒对岩隈。歌旧曲,酿新醅,舞馆对歌台。

春棠经雨放，秋菊傲霜开。作酒固难忘曲蘖，调羹必要用盐梅。月满庾楼，据胡床而可玩；花开唐苑，轰羯鼓以奚催。休对咎，福对灾，象箸对犀杯。宫花对御柳，峻阁对高台。花蓓蕾，草根荄，剔藓对剜苔。雨前庭蚁闹，霜后阵鸿哀。元亮南窗今日傲，孙弘东阁几时开？平展青茵，野外茸茸软草；高张翠幄，庭前郁郁凉槐。

十一真

邪对正，假对真，獬豸对麒麟。韩卢对苏雁，陆橘对庄椿。韩五鬼，李三人，北魏对西秦。蝉鸣哀暮夏，莺啭怨残春。野烧焰腾红烁烁，溪流波皱碧粼粼。行无踪，居无庐，颂成酒德；动有时，藏有节，论著钱神。哀对乐，富对贫，好友对嘉宾。弹冠对结绶，白日对青春。金翡翠，玉麒麟，虎爪对龙麟。柳塘生细浪，花径起香尘。闲爱登山穿谢屐，醉思漉酒脱陶巾。雪冷霜严，倚槛松筠同傲岁；日迟风暖，满园花柳各争春。香对火，炭对薪，日观对天津。禅心对道眼，野妇对宫嫔。仁无敌，德有邻，万石对千钧。滔滔三峡水，冉冉一溪冰。充国功名当画阁，子张言行贵书绅。笃志诗书，思入圣贤绝域；忘情官爵，羞沾名利纤尘。

十二文

家对国，武对文，四辅对三军。九经对三史，菊馥对兰芬。歌北鄙，咏南薰，迩听对遥闻。召公周太保，李广汉将军。

闻化蜀民皆草偃，争权晋土已瓜分。巫峡夜深，猿啸苦哀巴地月；衡峰秋早，雁飞高贴楚天云。歆对正，见对闻，偃武对修文。羊车对鹤驾，朝旭对晚曛。花有艳，竹成文，马燧对羊欣。山中梁宰相，树下汉将军。施帐解围嘉道韫，当垆沽酒叹文君。好景有期，北岭几枝梅似雪；丰年先兆，西郊千顷稼如云。尧对舜，夏对殷，蔡惠对刘蕡。山明对水秀，五典对三坟。唐李杜，晋机云，事父对忠君。雨晴鸠唤妇，霜冷雁呼群。酒量洪深周仆射，诗才俊逸鲍参军。鸟翼长随，凤兮洵众禽长；狐威不假，虎也真百兽尊。

十三元

幽对显，寂对喧，柳岸对桃源。莺朋对燕友，早暮对寒暄。鱼跃沼，鹤乘轩，醉胆对吟魂。轻尘生范甑，积雪拥袁门。缕缕轻烟芳草渡，丝丝微雨杏花村。诣阙王通，献太平十二策；出关老子，著道德五千言。儿对女，子对孙，药圃对花村。高楼对邃阁，赤豹对玄猿。妃子骑，夫人轩，旷野对平原。匏巴能鼓瑟，伯氏善吹埙。馥馥早梅思驿使，萋萋芳草怨王孙。秋夕月明，苏子黄冈游赤壁；春朝花发，石家金谷启芳园。歌对舞，德对恩，犬马对鸡豚。龙池对凤沼，雨骤以云屯。刘向阁，李膺门，唳鹤对啼猿。柳摇春白昼，梅弄月黄昏。岁冷松筠皆有节，春喧桃李本无言。噪晚齐蝉，岁岁秋来泣恨；啼宵蜀鸟，年年春去伤魂。

十四寒

多对少，易对难，虎踞对龙蟠。龙舟对凤辇，白鹤对青鸾。风淅淅，露溥溥，绣毂对雕鞍。鱼游荷叶沼，鹭立蓼花滩。有酒阮貂奚用解，无鱼冯铗必须弹。丁固梦松，柯叶忽然生腹上；文郎画竹，枝梢倏尔长毫端。寒对暑，湿对干，鲁隐对齐桓。寒毡对暖席，夜饮对晨餐。叔子带，仲由冠，郏鄏对邯郸。嘉禾忧夏旱，衰柳耐秋寒。杨柳绿遮元亮宅，杏花红映仲尼坛。江水流长，环绕似青罗带；海蟾轮满，澄明如白玉盘。横对竖，窄对宽，黑志对弹丸。朱帘对画栋，彩槛对雕栏。春既老，夜将阑，百辟对千官。怀仁称足足，抱义美般般。好马君王曾市骨，食猪处士仅思肝。世仰双仙，元礼舟中携郭泰，人称连璧，夏侯车上并潘安。

十五删

兴对废，附对攀，露草对霜菅，歌廉对借寇，习孔对希颜。山垒垒，水潺潺，奉璧对探镮，礼由公旦作，诗本仲尼删。驴困客方经灞水，鸡鸣人已出函关。几夜霜飞，已有苍鸿辞北塞，数朝雾暗，岂无玄豹隐南山。犹对尚，侈对悭，雾鬓对烟鬟。莺啼对鹊噪，独鹤对双鹇。黄牛峡，金马山，结草对衔环。昆山惟玉集，合浦有珠还。阮籍旧能为眼白，老莱新爱着衣斑。栖迟避世人，草衣木食，窈窕倾城女，云鬓花颜。姚对宋，柳对颜，赏善对惩奸。愁中对梦里，巧慧对痴顽。孔北海，谢东山，使越对征蛮，淫声闻濮上，离曲听阳关。骁将袍披仁贵白，小儿衣着老莱斑。茅舍无人，难却尘埃生榻上；竹亭有客，尚留风月在窗间。

卷下

一先

晴对雨，地对天，天地对山川。山川对草木，赤壁对青田。郑鄩鼎，武城弦，木笔对苔钱。金城三月柳，玉井九秋莲。何处春朝风景好，谁家秋夜月华圆。珠缀花梢，千点蔷薇香露；练横树杪，几丝杨柳残烟。前对后，后对先，众丑对孤妍。莺簧对蝶板，虎穴对龙渊。击石磬，观韦编，鼠目对鸢肩。春园花柳地，秋沼芰荷天。白羽频挥闲客坐，乌纱半坠醉翁眠。野店几家，羊角风摇沽酒旆；长川一带，鸭头波泛卖鱼船。离对坎，震对乾，一日对千年，尧天对舜日，蜀水对秦川。苏武节，郑虔毡，涧壑对林泉。挥戈能退日，持管莫窥天。寒食芳辰花烂熳，中秋佳节月婵娟。梦里荣华，飘忽枕中之客；壶中日月，安闲市上之仙。

二萧

恭对慢，吝对骄，水远对山遥。松轩对竹槛，雪赋对风谣。乘五马，贯双雕，烛灭对香消。明蟾常彻夜，骤雨不终朝。

楼阁天凉风飒飒，关河地隔雨潇潇。几点鹭鸶，日暮常飞红蓼岸；一双鸂鶒，春朝频泛绿杨桥。开对落，暗对昭，赵瑟对虞韶。辂车对驿骑，锦绣对琼瑶。羞攘臂，懒折腰，范甑对颜瓢。寒天鸳帐酒，夜月凤台箫。舞女腰肢杨柳软，佳人颜貌海棠娇。豪客寻春，南陌草青香阵阵；闲人避暑，东堂蕉绿影摇摇。班对马，董对晁，夏昼对春宵。雷声对电影，麦穗对禾苗。八千路，廿四桥，总角对垂髫。露桃匀嫩脸，风柳舞纤腰。贾谊赋成伤鵩鸟，周公诗说托鸱鸮。幽寺寻僧，逸兴岂知俄尔尽；长亭送客，离魂不觉黯然消。

三肴

风对雅，象对爻，巨蟒对长蛟。天文对地理，蟠蟀对螵蛸。龙夭矫，虎咆哮，北学对东胶。筑台须垒土，成屋必诛茅。潘岳不忘秋兴赋，边韶常被昼眠嘲，抚养群黎，已见国家隆治；滋生万物，方知天地泰交。蛇对虺，蜃对蛟，麟薮对鹊巢。风声对月色，麦穗对桑苞。何妥难，子云嘲，楚甸对商郊。五音惟耳听，万虑在心包。葛被汤征因仇饷，楚遭齐伐责包茅。高矣若天，洵是圣人大道；淡而如水，实为君子神交。牛对马，犬对猫，旨酒对嘉肴。桃红对柳绿，竹叶对松梢。藜杖叟，布衣樵，北野对东郊。白驹形皎皎，黄鸟语交交。花圃春残无客到，柴门夜永有僧敲。墙畔佳人，飘扬竞把秋千舞；楼前公子，笑语争将蹴鞠抛。

四豪

琴对瑟，剑对刀，地迥对天高。峨冠对博带，紫绶对绯袍。煎异茗，酌香醪，虎兕对猿猱。武夫攻骑射，野妇务蚕缫。秋雨一川淇澳竹，春风两岸武陵桃。螺髻青浓，楼外晚山千仞；鸭头绿腻，溪中春水半篙。刑对赏，贬对褒，破斧对征袍。梧桐对橘柚，枳棘对蓬蒿。雷焕剑，吕虔刀，橄榄对葡萄。一椽书舍小，百尺酒楼高。李白能诗时秉笔，刘伶爱酒每餔糟。礼别尊卑，拱北众星常灿灿；势分高下，朝东万水自滔滔。瓜对果，李对桃，犬子对羊羔。春分对夏至，谷水对山涛。双凤翼，九牛毛，主逸对臣劳。水流无限阔，山耸有余高。雨打村童新牧笠，尘生边将旧征袍。俊士居官，荣引鹓鸿之序；忠臣报国，誓殚犬马之劳。

五歌

山对水，海对河，雪竹对烟萝。新欢对旧恨，痛饮对高歌。琴再抚，剑重磨。媚柳对枯荷。荷盘从雨洗，柳线任风搓。饮酒岂知欹醉帽，观棋不觉烂樵柯。山寺清幽，直踞千寻云岭；江楼宏敞，遥临万顷烟波。繁对简，少对多，里咏对途歌。宦情对旅况，银鹿对铜驼。刺史鸭，将军鹅，玉律对金科。古堤垂弹柳，曲沼长新荷。命驾吕因思叔夜，引车蔺为避廉颇。千尺水帘，今古无人能手卷；一轮月镜，乾坤何匠用功磨。霜对露，浪对波，径菊对池荷。酒阑对歌罢，日暖对风和。梁父咏，楚狂歌，放鹤对观鹅。史才推永叔，刀笔仰萧何。种橘犹嫌千树少，寄梅谁信一枝多。林下风生，黄发村童推牧笠；江头日出，皓眉溪叟晒渔蓑。

六麻

松对柏，缕对麻，蚁阵对蜂衙。赪鳞对白鹭，冻雀对昏鸦，白堕酒，碧沉茶，品笛对吹笳。秋凉梧堕叶，春暖杏开花。雨长苔痕侵壁砌，月移梅影上窗纱。飒飒秋风，度城头之筚篥；迟迟晚照，动江上之琵琶。优对劣，凸对凹，翠竹对黄花。松杉对杞梓，菽麦对桑麻。山不断，水无涯，煮酒对烹茶。鱼游池面水，鹭立崖头沙。百亩风翻陶令秫，一畦雨熟邵平瓜。闲捧竹根，饮李白一壶之酒；偶擎桐叶，啜卢同七碗之茶。吴对楚，蜀对巴，落日对流霞。酒钱对诗债，柏叶对松花。驰驿骑，泛仙槎，碧玉对丹砂。设桥偏送笋，开道竟还瓜。楚国大夫沉汨水，洛阳才子谪长沙。书箧琴囊，乃士流活计；药炉茶鼎，实闲客生涯。

七阳

高对下，短对长，柳影对花香。词人对赋客，五帝对三王。深院落，小池塘，晚眺对晨妆。绛霄唐帝殿，绿野晋公堂。寒集谢庄衣上雪，秋添潘岳鬓边霜。人浴兰汤，事不忘于端午；客斟菊酒，兴常记于重阳。尧对舜，禹对汤，晋宋对隋唐。奇花对异卉，夏日对秋霜。八叉手，九回肠，地久对天长。

一堤杨柳绿，三径菊花黄。闻鼓塞兵方战斗，听钟宫女正梳妆。春饮方归，纱帽半淹邻舍酒；早朝初退，衮衣微惹御炉香。荀对孟，老对庄，鞞柳对垂杨。仙宫对梵宇，小阁对长廊。风月窟，水云乡，蟋蟀对螳螂。暖烟香霭霭，寒烛影煌煌。伍子欲酬渔父剑，韩生尝窃贾公香。三月韶光，常忆花明柳媚；一年好景，难忘橘绿橙黄。

八庚

深对浅，重对轻，有影对无声。蜂腰对蝶翅，宿醉对余醒。天北缺，日东生，独卧对同行。寒冰三尺厚，秋月十分明。万卷书容闲客览，一樽酒待故人倾。心侈唐玄，厌看霓裳之曲；意骄陈主，饱闻玉树之赓。虚对实，送对迎，后甲对先庚。鼓琴对舍瑟，搏虎对骑鲸。金匼匝，玉玎珰，玉宇对金茎。花间双粉蝶，柳内几黄莺。贫里每甘藜藿味，醉中厌听管弦声。肠断秋闺，凉吹已侵重被冷；梦惊晓枕，残蟾犹照半窗明。渔对猎，钓对耕，玉振对金声。雉城对雁塞，柳袅对葵倾。吹玉笛，弄银笙，阮杖对桓筝。墨呼松处士，纸号楮先生。露浥好花潘岳县，风搓细柳亚夫营。抚动琴弦，遽觉座中风雨至；哦成诗句，应知窗外鬼神惊。

九青

红对紫，白对青，渔火对禅灯。唐诗对汉史，释典对仙经。龟曳尾，鹤梳翎，月榭对风亭。一轮秋夜月，几点晓天星。

晋士只知山简醉，楚人谁识屈原醒。绣倦佳人，慵把鸳鸯文作枕；吮毫画者，思将孔雀写为屏。行对坐，醉对醒，佩紫对纡青。棋枰对笔架，雨雪对雷霆。狂蛱蝶，小蜻蜓，水岸对沙汀。天台孙绰赋，剑阁孟阳铭。传信子卿千里雁，照书车胤一囊萤。冉冉白云，夜半高遮千里月；澄澄碧水，宵中寒映一天星。书对史，传对经，鹦鹉对鹡鸰。黄茅对白荻，绿草对青萍。风绕铎，雨淋铃，水阁对山亭。渚莲千朵白，岸柳两行青。汉代宫中生秀柞，尧时阶畔长祥蓂。一枰决胜，棋子分黑白；半幅通灵，画色间丹青。

十蒸

新对旧，降对升，白犬对苍鹰。葛巾对藜杖，涧水对池冰。张兔网，挂鱼罾，燕雀对鲲鹏。炉中煎药火，窗下读书灯。织锦逐梭成舞凤，画屏误笔作飞蝇。宴客刘公，座上满斟三雅爵；迎仙汉帝，宫中高插九光灯。儒对士，佛时僧，面友对心朋。春残对夏老，夜寝对晨兴。千里马，九霄鹏，霞蔚对云蒸。寒堆阴岭雪，春泮水池冰。亚父愤生撞玉斗，周公誓死作金滕。将军元晖，莫怪人讥为饿虎；侍中卢昶，难逃世号作饥鹰。规对矩，墨对绳，独步时同登。吟哦对讽咏，访友对寻僧。风绕屋，水襄陵，紫鹄对苍鹰。鸟寒惊夜月，鱼暖上春冰。扬子口中飞白凤，何郎鼻上集青蝇。巨鲤跃池，翻几重之密藻；颠猿饮涧，挂百尺之垂藤。

十一尤

荣对辱，喜对忧，夜宴对春游。燕关对楚水，蜀犬对吴牛。茶敌睡，酒消愁，青眼对白头。马迁修史记，孔子作春秋。适兴子猷常泛棹，思归王粲强登楼。窗下佳人，妆罢重将金插鬓；筵前舞妓，曲终还要锦缠头。唇对齿，角对头，策马对骑牛。毫尖对笔底，绮阁对雕镂。杨柳岸，荻芦洲，语燕对啼鸠。客乘金络马，人泛木兰舟。绿野耕夫春举耜，碧池渔父晚垂钩。波浪千层，喜见蛟龙得水；云霄万里，惊看雕鹗横秋。庵对寺，殿对楼，酒艇对渔舟。金龙对彩凤，獭豕对童牛。王郎帽，苏子裘，四季对三秋。峰峦扶地秀，江汉接天流。一湾绿水渔村小，万里青山佛寺幽。龙马呈河，羲皇阐微而画卦；神龟出洛，禹王取法以陈畴。

十二侵

眉对目，口对心，锦瑟对瑶琴。晓耕对寒钓，晚笛对秋砧。松郁郁，竹森森，闵损对曾参。秦王亲击缶，虞帝自挥琴。三献卞和尝泣玉，四知杨震固辞金。寂寂秋朝，庭叶因霜摧嫩色；沉沉春夜，砌花随月转清阴。前对后，古对今，野兽对山禽。犍牛对牝马，水浅对山深。曾点瑟，戴逵琴，璞玉对浑金。艳红花弄色，浓绿柳敷阴。不雨汤王方剪爪，有风楚子正披襟。书生惜壮岁韶华，寸阴尺璧；游子爱良宵光景，一刻千金。丝对竹，剑对琴，素志对丹心。千愁对一醉，虎啸对龙吟。子罕玉，不疑金，往古对来今。天寒邹吹律，岁旱傅为霖。渠说子规为帝魄，侬知孔雀是家禽。屈子沉江，处处舟中争系粽；牛郎渡渚，家家台上竞穿针。

十三覃

千对百，两对三，地北对天南。佛堂对仙洞，道院对禅庵。山泼黛，水浮蓝，雪岭对云潭。凤飞方翙翙，虎视已眈眈。窗下书生时讽咏，筵前酒客日酣酣。白草满郊，秋日牧征人之马；绿桑盈亩，春时供农妇之蚕。将对欲，可对堪，德被对恩覃。权衡对尺度，雪寺对云庵。安邑枣，沿庭柑，不愧对无渐。魏徵能直谏，王衍善清谈。紫梨摘去从山北，丹荔传来自海南。攘鸡非君子所为，担当月一；养狙是山公之智，止用朝三。中对外，北对南，贝母对宜男。移山对浚井，谏苦对言甘。千取百，二为三，魏尚对周堪。海门翻夕浪，山市拥晴岚。新缔直投公子纻，旧交犹脱馆人骖。文达淹通，已咏冰兮寒过水；永和博雅，可知青者胜于蓝。

十四盐

悲对乐，爱对嫌，玉兔对银蟾。醉侯对诗史，眼底对眉尖。风习习，雨绵绵，李苦对瓜甜。画堂施锦帐，酒市舞青帘。横槊赋诗传孟德，引壶酌酒尚陶潜。两曜迭明，日东生而月西出；五行式序，水下润而火上炎。如对似，减对添，绣幕对朱帘。探珠对献玉，鹭立对鱼潜。玉屑饭，水晶盐，手剑对腰镰。燕巢依邃阁，蛛网挂虚檐。夺槊至三唐敬德，弈棋第一晋王恬。南浦客归，湛湛春波千顷净；西楼人悄，弯弯夜月一钩纤。逢对遇，仰对瞻，市井对闾阎。投簪对结绶，握发对掀髯。张绣幕，卷珠帘，石碏对江淹。宵征方肃肃，夜饮已厌厌。心褊小人长戚戚，礼多君子屡谦谦。美刺殊文，备三百五篇诗咏；吉凶异画，变六十四卦爻占。

十五咸

清对浊，苦对咸，一启对三缄。烟蓑对雨笠，月榜对风帆。莺睍睆，燕呢喃，柳杞对松杉。情深悲素扇，泪痛湿青衫。汉室既能分四姓，周朝何用叛三监。破的而探牛心，豪矜王济；竖竿以挂犊鼻，贫笑阮咸。能对否，圣对贤，卫瓘对浑瑊。雀罗对渔网，翠巘对苍崖。红罗帐，白布衫，笔格对书函。蕊香蜂竞采，泥软燕争衔。凶孽誓清闻祖逖，王家能乂有巫咸。溪叟新居，渔舍清幽临水岸；山僧久隐，梵宫寂寞倚云岩。冠对带，帽对衫，议鲠对言谗。行舟对御马，俗弊对民嵒。鼠且硕，兔多毚，史册对书缄。塞城闻奏角，江浦认归帆。河水一源形渺渺，泰山万仞势岩岩。郑为武公，赋缁衣而美德；周因巷伯，歌贝锦以伤谗。

附录三　格律诗谱名称音序索引

本索引按格律诗名称的汉语拼音音序统一排列，后面的数字表示在本书正文中的页码。

参考书目

［1］王力.诗词格律概要［M］.北京：北京出版社，1979.

［2］龙榆声.唐宋词格律［M］.上海：上海古籍出版社，1978.

［3］舒梦兰.白香词谱［M］.上海：上海古籍出版社，2001.

［4］潘慎，等.词律辞典［M］.太原：山西人民出版社，1991.

［5］唐圭璋.元人小令格律［M］.上海：上海古籍出版社，1982.

［6］彭定求，等.全唐诗［M］.北京：中华书局，1999.

［7］唐圭璋.全宋词［M］. 北京：中华书局，1999.

［8］萧涤非，等.唐诗鉴赏辞典［M］.上海：上海辞书出版社，1983.

［9］唐圭璋，等.唐宋词鉴赏辞典（唐·五代·北宋）［M］.上海：上海辞书出版社，1988.

［10］唐圭璋，等.唐宋词鉴赏辞典（南宋·辽·金）［M］.上海：上海辞书出版社，1988.

［11］缪钺.宋诗鉴赏辞典［M］.上海：上海辞书出版社，1987.

［12］蒋星煜，等.元曲鉴赏辞典［M］.上海：上海辞书出版社，1990.

［13］马维野.山花野草集［M］.南京：江苏凤凰文艺出版社，2015.

［14］马维野.诗词曲格律入门［M］.沈阳：辽宁人民出版社，2019.